寻找唯一的真相

现代悬疑馆 | 克莱夫·卡斯勒

[美] 克莱夫 · 卡斯勒　著
丁冲　刘勇军　译

贝尔的追捕

中国出版集团
现代出版社

版权登记号：01-2011-5568

图书在版编目（CIP）数据

贝尔的追捕 /（美）卡斯勒著；丁冲，刘勇军译 . —北京：现代出版社，2016.1

ISBN 978-7-5143-4232-1

Ⅰ. ①贝… Ⅱ. ①卡… ②丁… ③刘… Ⅲ. ①侦探小说—美国—现代 Ⅳ. ① I712.45

中国版本图书馆 CIP 数据核字（2015）第 274090 号

贝尔的追捕

作　　者	（美）克莱夫 · 卡斯勒
译　　者	丁　冲　刘勇军
责任编辑	哈　曼
出版发行	现代出版社
通讯地址	北京市安定门外安华里 504 号
邮政编码	100011
电　　话	010-64267325　64245264（传真）
网　　址	www.1980xd.com
电子邮箱	xiandai@vip.sina.com
印　　刷	三河市南阳印刷有限公司
开　　本	890mm × 1240mm　1/32
印　　张	11
版　　次	2016 年 1 月第 1 版　2016 年 1 月第 1 次印刷
书　　号	ISBN 978-7-5143-4232-1
定　　价	35.00 元

特里、德克和达娜

你们让我成为了世界上最幸福的父亲。

目录 | *Contents*

起先，驾驶室里看上去像是空无一人。阀门、管道、锅炉上的阀杆极为凌乱，里面覆盖着一层厚厚的淤泥，甚至还有长着触须一样的绿色海藻。驾驶室地板上的淤泥深至脚踝，但那个高个子老人似乎并没有注意到自己的鞋子已没入稀泥中。他跪在那里，仔细观察着状似小山丘的三堆隆起物。

考夫曼低头看着三具恶心的尸体。“他们怎么会出现在这里？这样一辆火车怎会无端在湖中沉睡半个世纪？”

高个子老人望着碧蓝色的湖水，此刻，湖面极其平静。“已经过去44年了……”

劫匪悠闲地躺在一张长绒皮椅上，打开一瓶放在木桶里冰冻的1884年波尔多“拉图嘉利庄园”，倒在玻璃杯中。

他知道镇里的警长很快就会组织警力来寻找凶手。但他们可能会找一个穷困潦倒的老矿工，在喝得醉醺醺的情况下把人杀了。警员会被撒出去，搜索整个小镇，他们可能会想，这人估计太穷了，连匹马都没有。镇里土生土长的人都没见过他骑过马或者驾驶过马车。

劫匪对自己天衣无缝的计划感到十分满意，此刻正沉浸其中，他从水晶杯中啜了一口葡萄酒，兴致勃勃地看着那个皮箱。这是他第 15 次还是第 16 次得手了？

今天，贝尔的心情相当不错。尽管他并不知道欧文和柯蒂斯找到什么线索了，但他确定骑摩托车的人就是“屠夫劫匪”，之前他化装成了一个喝醉酒的老矿工。至于手指的缺陷和那缕红头发，那并不是什么实质的证据。杰克·卡森也可能没瞧见劫匪头发的颜色。真正让贝尔感兴趣的是那辆摩托车，倒不是因为劫匪有辆摩托车那么简单，而是因为这种现代化的交通工具很符合劫匪精明、谨慎的性格。

现在最关键的问题是，劫匪骑摩托车出城时为何没被人发现？

贝尔踩过淤泥，走到玛格丽特的尸体旁。当年光彩夺目的头发在淤泥中呈扇形散开，上面缠满了芦苇一样的水藻，先前那张漂亮的脸就像艺术家未完工的雕塑作品。贝尔不由得想起当年在布朗宫殿酒店的电梯跟她邂逅的情形，她的美貌和活力令他印象深刻。

此刻，他感到无比伤感和同情。她掉进湖里之前的最后那几句话一直萦绕在他耳边。他永远无法解释自己对她的感觉。他对她并无爱慕之心，更像那种夹杂着恨的喜欢。

“现在也看不清她的样子了。”考夫曼说，“不过当年她肯定是个大美人。”

“是的，她很漂亮。”贝尔轻轻地说，“而且充满活力，但漂亮的面孔下却包藏邪恶之心。”他伤心地转过头去，眼里的泪水已经干涸……

幽灵再现

从深渊中出水时，那玩意儿像极了中生代海洋中一头凶神恶煞的怪兽。

驾驶室和锅炉上盖着一层绿色的黏液，湖底灰褐色的淤泥不停地从 81 英寸长的驱动轮上滑落，溅到冰冷的湖水里。这个锈迹斑斑的蒸汽火车头被拴在缆绳上，由一架安装在木制驳船上的巨型吊车慢慢从水中吊起。黏黏的淤泥仍不停地往下掉。

起先，驾驶室里看上去像是空无一人。阀门、管道、锅炉上的阀杆极为凌乱，里面覆盖着一层厚厚的淤泥，甚至还有长着触须一样的绿色海藻。驾驶室地板上的淤泥深至脚踝，但那个高个子老人似乎并没有注意到自己的鞋子已没入稀泥中。他跪在那里，仔细观察着状似小山丘的三堆隆起物。

考夫曼低头看着三具恶心的尸体。“他们怎么会出现在这里？这样一辆火车怎会无端在湖中沉睡半个世纪？”

高个子老人望着碧蓝色的湖水，此刻，湖面极其平静。“已经过去 44 年了……”

1950 年 4 月 15 日 / 蒙大拿州 弗拉特黑德湖

从深渊中出水时，那玩意儿像极了中生代海洋中一头凶神恶煞的怪兽。

驾驶室和锅炉上盖着一层绿色的黏液，湖底灰褐色的淤泥不停地从 81 英寸长的驱动轮上滑落，溅到冰冷的湖水里。这个锈迹斑斑的蒸汽火车头被拴在缆绳上，由一架安装在木制驳船上的巨型吊车慢慢从水中吊起。黏黏的淤泥仍不停地往下掉，在驾驶室敞开的侧窗下，3025 的编号仍清晰可辨。

该蒸汽火车头由宾夕法尼亚州费城包德温火车头制造厂生产，于 1904 年 4 月 10 日出厂。这种“太平洋”式蒸汽机火车头向来以体型庞大著称，为高置驱动轮，能长距离拉动 10 节全钢车厢，时速最高可达 90 英里。这种蒸汽机火车头也就是所谓的“4–6–2”式火车头，因其前轴以四轮驱动，机车排障器后的锅炉由六个轮子支撑，且驾驶室下方还装有两个小轮子，故名为“4–6–2”。

看着吊车司机起动吊杆，小心翼翼地将这个旧蒸汽机火车头吊上甲板时，驳船上的船员无不讶异，巨大的重量令停在湖面上的驳船足足下沉了 3 英寸。蒸汽机火车头放上甲板后差不多过了一分钟，六个人才稳住神，将缆绳解开。

“这个火车头沉在水底近 50 年了，但外观保持得还真不错。”驳船负责人喃喃道。这艘破旧不堪的驳船估计跟这个火车头一样古老，自 1920 年以来，它就在弗拉特黑德湖和周围的支流进行挖泥作业。

鲍勃·考夫曼个子高大，心地善良，是个天生的乐天派，成天笑呵呵的。因为在太阳底下折腾了好几个小时，脸晒得通红。这个男人跟这艘驳船打了27年的交道，现年75岁，早已过了退休的年龄，但只要清淤公司还继续找他，他就会一直干下去。在他看来，成天坐在家里，玩拼图游戏也是了无生趣。考夫曼端详着紧挨自己站立的男人，看出此人的年纪稍长于自己。

"有何高见？"考夫曼问道。

那人转过身来，满头银发，看上去应该快80岁了，但仍然保持着颀长的身材，一张饱经风霜的脸上刻满了岁月的痕迹。虽然戴着眼镜，但仍能看出老人正若有所思地盯着火车头。镜片散发出的蓝光中带着一缕淡紫色。上嘴唇浓浓的银色胡须像是特意留了多年，跟他的眉毛倒很般配，因为年龄的关系，老人的眉毛显得格外浓密。他取下那顶价格不菲的巴拿马帽，用手帕轻轻擦了擦脑门。

此刻，打捞上的火车头稳稳地停在甲板上，他往那边走去，全神贯注地看着驾驶室。泥水沿着梯子往下溢，漫过驳船甲板。

"虽然上面还有些污泥，但这车头看上去还是很漂亮。只等铁路博物馆拨款修复后就可展出了。"

"说来也真是幸运，一个渔夫丢了舷外发动机，在河底寻找发动机时意外发现了它，要不然，这个火车头可能还得再睡上半个世纪。"

"是啊，真幸运。"那个满头银发的高个子老人不紧不慢地说。

考夫曼跨步上前，伸出一只手摸了摸火车头的一个大驱动轮，一丝伤感掠过他的脸庞。"家父曾是联合太平洋铁路公司的工程师，"他轻轻地说，"父亲常说太平洋式火车头是他开过的最好的。小时候，他把火车停在车站时会经常让我坐在驾驶室里。因为太平洋式火车头速度够快，所以常用作客车。"

火车头被吊出冰冷的水面。此时，还有一群身穿潜水衣的潜水员站在平台上，这种潜水衣里外都是橡胶，中间夹有帆布。他们戴着铜制潜水帽，胸部系着大型加重带，穿着帆布鞋帮、铜制脚趾、铅制鞋底的潜水靴，光这双鞋就有36磅重。总的算下来，这些潜水员身上配备了重达150磅的装备，他们用力拉着连接水面供气潜水泵的脐带式管缆，平台随即上升，晃晃悠悠地落至甲板。这些潜水员一上岸，另一队人立马爬下梯子，站在平台上，随之一起慢慢降到水面。蒙大拿的冬季太过漫长，到现在湖面仍结着冰。

高个子老人一言不发地望着前面，驳船船员身上满是油渍的工作服和工作裤全然没能引起他的注意。他的穿戴颇为整洁，褐色的休闲裤，开司米夹克下配有一件价格不菲的开司米羊绒衫。鞋子更是擦得锃亮，甲板上浸满了油，到处都是锈迹斑斑的缆绳，但他的鞋子仍然闪亮，着实让人惊叹。

他看了看前往驾驶室的梯子上落着厚厚的一层淤泥，转头看向考夫曼。“我们去拿架梯子来，这样就可以爬到驾驶室瞧瞧了。”

考夫曼吩咐身旁的一名驳船船员，那人很快拿来梯子，并将它架在司机位后驾驶室底板的边缘。驳船老板首先爬了上去，接着，那位一直旁观的老者也上去了。车顶上的缆绳仍不停滴水，稀释的煤和淤泥顺着炉膛开着的门流至金属地板。

起先，驾驶室里看上去像是空无一人。阀门、管道、锅炉上的阀杆极为凌乱，里面覆盖着一层厚厚的淤泥，甚至还有长着触须一样的绿色海藻。驾驶室地板上的淤泥深至脚踝，但那个高个子老人似乎并没有注意到自己的鞋子已没入稀泥中。他跪在那里，仔细观察着状似小山丘的三堆隆起物。

“是司机和锅炉工。”他说。

“你肯定吗？”

他点点头。“错不了。司机名叫莱·亨特，家中还有妻子，育有两子，现在都人到中年了。锅炉工叫罗伯特·卡尔。他本打算跑完这趟就去结婚。”

“那第三个人是谁？”

“此人名叫亚伯纳·威德。这可是个难对付的乘客。他当年用枪指着亨特和卡尔的后背逼迫他们驾驶这个火车头。”

“他们的样子可真瘆人。”考夫曼喃喃道，看到眼前的一幕，他一阵恶心，“他们没变成骷髅倒有点儿让人意外。”

“如果他们葬身咸水中，早就应该尸骨无存了，但弗拉特黑德湖冰冷的淡水将他们的尸身保存得很好。你所看到的是脂肪组织，里面的脂肪并未损坏，浸在水中后会随着时间的流逝慢慢分解，这样，尸体上会形成一种蜡状物，像涂了一层肥皂在上面一样，这也就是我们说的皂化作用。”

“我们得叫警长和法医来。”

“他们会延阻施工吗？”陌生人问道。

考夫曼摇摇头。“不会，不会对施工有任何影响。只要救援队员将升降索挂上，我们就能把煤水车拉上来了。”

“我必须得看看挂车里有什么，这很重要。”

“没问题。”考夫曼看着他，这老头到底想干什么，他暗自思忖，“我们最好先把煤水车弄上来，这样事情也就简单了。如果在拖车跟煤水车没有分开之前进行施工，后果将不堪设想。那玩意儿也许没有火车头那么重，但我们也必须格外小心，要不它有可能支离破碎。看来这是个细活儿。另外，行李车厢的前段还有半截埋在煤水车下呢。”

“那可不是行李车厢，而是货车车厢。”

“你怎么知道？”

高个子老人没有理会这个问题：“先把煤水车拉上来吧。此事你来负责。”

考夫曼低头看着三具恶心的尸体：“他们怎么会出现在这里？这样一辆火车怎会无端在湖中沉睡半个世纪？”

高个子老人望着碧蓝色的湖水，此刻，湖面极其平静：“已经过去 44 年了，当年，有一艘运送轨道车的渡船来回横穿此湖，车上装的全是木头。”

“这就奇了，”考夫曼缓缓说道，“报纸和南太平洋公司的官方报道都声称这辆车是被人偷走的。据我回忆，是 1906 年 4 月 21 日的事了。”

高个子老人微微一笑：“这是公司方面为了掩盖事实的公关手段。火车可不是被偷走的。铁路公司的一名调度员拿了人家的钱，私自调用了火车头。”

“肯定是货车车厢里有什么值钱的东西，才让人动了杀机。”考夫曼说，“也许里面运的是黄金。”

高个子老人点点头：“所有人都说火车运的是金子。其实里面装的不是金子而是现钞。”

“44 年了，”考夫曼再次不紧不慢地说，“火车竟然失踪了这么久。也许那些钱还在车厢里呢。”

“也许吧。”高个子老人看着地平线上只有他能看到的景致说，“也许我们进去就能明白一切了。”

屠夫劫匪

该男子独来独往，根本无须同伴，这样，他的真实姓名和职业也就不容易被人察觉。现在，没人知道他是刚抢劫银行的犯罪分子、杀人恶魔。就连这节车厢也是在加拿大制作和装饰后偷运过加美边境的。

劫匪悠闲地躺在一张长绒皮椅上，打开一瓶放在木桶里冰冻的1884年波尔多“拉图嘉利庄园”，倒在玻璃杯中。

他知道镇里的警长很快就会组织警力来寻找凶手。但他们可能会找一个穷困潦倒的老矿工，在喝得醉醺醺的情况下把人杀了。警员会被撒出去，搜索整个小镇，他们可能会想，这人估计太穷了，连匹马都没有。镇里土生土长的人都没见过他骑过马或者驾驶过马车。

劫匪对自己天衣无缝的计划感到十分满意，此刻正沉浸其中，他从水晶杯中啜了一口葡萄酒，兴致勃勃地看着那个皮箱。这是他第15次还是第16次得手了？

1

1906 年 1 月 10 日 / 亚利桑那州 比斯比

一个流浪的老醉鬼沿着比斯比月亮大道蹒跚地往前走去，所有看到这一幕的人都会对他有所误会，这老头肯定没赶上矿产开采时的红火场面，那座矿产资源丰富的大山就在小镇下。他衣衫褴褛，一股子酸臭味。裤子上的一条吊钩已经脱落，破破烂烂的裤子塞在一双磨损严重的靴子里，而这样的靴子早该扔到镇后面的臭水沟里去了。

他那一头油腻肮脏的头发乱糟糟地披在肩上，长长的胡须垂至隆起的肚皮上。那双黑褐色的眼睛几近黝黑，两眼无神，给人一种冷冰冰甚至有些邪乎的感觉。那双从没握过铲子或鹤嘴锄的手上戴着一副工作手套。

他的一只胳膊底下夹着一个破旧的粗麻布袋，看来里面什么也没有。可奇怪的是，这个肮脏的麻布袋上却清晰地印着内布拉斯加州奥马哈市道格拉斯粮食公司。

老人花了一分钟才在月亮大道和墓碑峡谷路拐角处的一条长凳上坐了下来。他身后有个酒吧，但里面几乎空无一人，因为时值正午，老主顾们都在矿上忙碌着。偶尔路过或是在这座矿业小镇购物的人就没正眼瞧过他。路人走过时，他每次都会从裤兜里掏出一个威士忌酒瓶，夸张地喝一口，然后重新盖上，又放回裤兜里。其实那根本不是什么威士忌，而是茶，只不过没人知道罢了。

即使是6月，这样的天气也算热的了，他估摸着温度最高会到90华氏度[1]。他又坐了回去，看着一匹年迈的老马拉着轨道车来来回回经过街道。那时，比斯比还没有电车，街上的大多数交通工具都是四轮马车。镇里汽车和货车很少，现在更是一辆也没瞧见。

他对这座小镇的历史了如指掌，该镇建于1880年，是以大法官德威特·比斯比的名字命名的，此人亦是皇后铜矿公司的幕后投资人。这个社区规模不小，共有两万人口，是旧金山和圣路易斯之间最大的城镇。但是许多矿工和他们的家人都住在条件简陋的木房里，这个城镇的主要经济增长居然要靠酒吧和少部分卖淫女郎的推动。

那人头朝胸口点了点。他看上去就像一个昏昏欲睡的酒鬼。但这全是伪装的，他对周遭的一举一动清楚得很。他偶尔会瞥一眼街对面的比斯比国家银行，老头眯缝着眼睛，饶有兴致地看着一辆以链条传动的卡车经过，那辆备以实心轮胎的卡车隆隆行至银行，车上仅有一名保安，他从车里拿出一大袋刚印好的新钞走进银行。几分钟后，在银行出纳的帮助下，他拖着一个重重的箱子走过门口，来到卡车上。

老人知道箱子里装的是金子，只是本地金矿生产的300万盎司黄金中的一小部分。但他对那些金子并不感冒，一个人要处理这么多金子，实在太沉，也太冒险。他感兴趣的是保安拿的比斯比银行的现金，而非那些黄澄澄的金子。

他看到卡车开走后，发现两人从银行走了出来，他立即认出这两个人正是菲尔普斯道奇矿业公司的保安。明天，他们要用这些钱支付矿工的工资。他自顾自地笑了笑，知晓比斯比国家银行的资产又增加了不少。

① 约32.2摄氏度。

在这将近两周的时间里，他一直都在观察银行里进进出出的人，现在他看一眼便知道那些人都是干什么的，甚至对他们进出的时间也了如指掌。此时正合其意，银行里除了那名出纳和身兼经理之职的银行老板外再无旁人，他看了看表，又自顾自地点了点头。

这名老流浪汉站了起来，伸了伸懒腰，将那个空荡荡的粗布麻袋掠过肩膀，缓步穿过铺了地砖的街道，沿轨道朝银行走去。他正待进去之时，一个女人突然擦身而过。她厌恶地看了他一眼，“噌噌”走到他前面，走进银行。这突如其来的变故是他没有预计到的，但他决定不再等下去了，而是按照事先计划好的行事。他看了看街道，随即跟着女人走进银行。

他关上门。那名银行出纳进了金库，女人一直等到出纳重新出来。流浪汉从靴子里抽出一把1902年的柯尔特式38毫米口径自动手枪，狠狠地砸在女人的后颈上，冷漠地看着她慢慢蜷缩在木地板上。这一切发生得太突然，几乎没有发出任何声音。身在办公室的银行老板没有看见任何异常情况，也没有听见什么动静。

接着，那个醉醺醺的矿工突然摇身一变，成了一名银行抢劫犯。他敏捷地跳过柜台，进入银行老板的办公室，用枪指着他的头。“照我说的做，要不然毙了你。”他的声音低沉而又恐怖，“快，把那个出纳叫到你办公室来。”

银行老板是一个秃顶大胖子，早已吓个半死，那双褐色的眼睛因惊恐而睁得大大的。他只是目瞪口呆地看着劫匪，根本无力争辩，只是喊道：“罗伊，到我办公室来。”

“马上来，卡塞尔先生。”身在金库里的罗伊大声回应道。

“叫他别关金库的门。”劫匪轻轻说道，但声音中透着一股狠劲。

“罗伊，先别关金库的门。”卡塞尔遵照劫匪的吩咐喊道，看着那把顶着脑门的枪，眼神迷离。

罗伊从金库走了上来，腋下夹着一个账本。他没看见柜台下晕厥的女人，也没有一丝怀疑，就这样走进了卡塞尔的办公室。当他看到劫匪正用枪顶着老板的头，顿时僵立在那儿。劫匪把枪从卡塞尔的脑门拿开，挥舞着手枪，枪口指了指金库。

“你们两个都给我进金库。”他冷静地说。

两人根本无意反抗。卡塞尔从办公桌上起身，第一个走进了金库。劫匪快步走到窗边，查看了一遍街道，看是否有人朝银行走来：街上除了几个正在购物的女人和一辆运啤酒的马车经过外，十分安静。

金库的灯光很亮，钢制的天花板上挂着爱迪生铜台灯。除了装金子的箱子和成堆成堆的账单外，整个架子上都是钞票，这些都是用来支付矿工工资的。劫匪把麻袋扔给了出纳。

“罗伊，给我把钱装满了。”

罗伊哪敢违逆，颤抖着将各种面额的钞票扫进麻袋中。等他装完后，麻袋像是装满衣服的洗衣袋，胀得鼓鼓的。

“好了，给我趴在地板上！”劫匪命令道。

卡塞尔和罗伊觉得劫匪马上就要逃跑了，但他们只能遵照吩咐趴在地板上，双手举过头顶。劫匪从口袋中掏出一条厚厚的羊毛围巾，包住手枪枪管。然后对着两人的脑袋就是两枪，宛如两声巨大的撞击声，而不是尖锐的枪声。劫匪毫不犹豫地将麻袋扛上肩膀，头也不回地径直走出了金库。

可惜这事儿还没办利索。柜台底下躺着的那个女人呻吟着，想用手肘支撑着站起来。劫匪没有丝毫的怜悯，弯下腰，枪口向下指着女人的头。就这样，女人还没来得及弄清发生的一切，就被送去跟银行老板和出纳做伴，共赴黄泉。劫匪的一系列动作不拖泥不带水，干脆利落，更没有流露出一丝的悔意。他才不管这些人是不是还需要赡养家人。他冷血无情地杀死了三个手无寸铁的人，就跟踩死几只蚂蚁般简单利索。

他顿了顿，开始寻找刚才掉到地上的其中一枚弹壳。那弹壳刚才还留在包裹手枪的围巾里，这会儿却找不到了。最后，他没再浪费时间，而是镇定地走出了银行。似乎没人听见那三声沉闷的枪声，他自觉甚是满意。

男子背着满满一麻袋钞票，走过银行后面的巷子。接着，他来到楼梯下的一个隐秘小壁龛，脱下那身邋遢的衣服，扯下灰色的假发和花白的胡须，将这些东西扔进一个小行李箱中。没一会儿，他就换上了一件昂贵的西装，得意地将一顶圆顶高帽戴在那头梳得溜光的红色头发上。接着，他打上领结，又将那双破旧不堪的靴子放进行李箱中。此人个子不高，而那双靴子的鞋底和鞋帮足足让他“高”了2英寸。接着，他穿上一双英国产的皮鞋，鞋的后跟中放有衬垫，这样，他看上去比实际要高些。而后，男子的注意力全在之前藏在防水布下的一个大皮箱和一辆哈雷戴维森牌摩托车上。他不时来回观望着那条小巷子的两头，一边将麻袋里的钞票全都塞进现已绑在摩托车后轮行李架上的大皮箱里，一边又将藏有那套假行头的箱子绑在前轮的行李架上。

就在这时，藏身巷子中的男子听见墓碑峡谷路喊声四起——比斯比国家银行的尸体被人发现了。不过，他并没在意，径直推着摩托车，发动3马力、25立方英寸的单缸引擎。一条腿跨过座椅，驶出空无一人的巷子，来到铁路调车场。他沿着旁轨往前行驶时并没被人发现。此刻，轨道上正停着一辆等着加水的货运列车。

时机刚刚好。

5 分钟后，货车就会回到主干线上，然后开往图森市。这时，火车司机和司闸员正将一根大管子从木制的水箱中拉到下面的煤水车里用以补给蒸汽，根本没发现摩托车上的男子，那人从内衣口袋拿出一把钥匙，打开一节印有丹佛奥布莱恩家具公司车厢的门。很显然，那节车厢并不是碰巧出现在那儿的。其实根本就没有所谓的奥布莱恩家具公司，也没有这样一节往那里送货的车厢。只不过，他早就打点过了，这节车厢亦可畅通无阻地经得克萨斯州的厄尔巴索驶出比斯比，到达亚利桑那州的图森市。

他将那块贴在车厢侧面支架上又宽又厚的木板拿了下来，将它架在车厢上。这样，车厢和地面之间形成了一道斜坡，他随即将摩托车骑了上去。接着，他快速地关上滚动式车门，而后摸索着将一个小铰链打开，锁上车门。就在这时，火车头一声长笛，货车开始从旁轨驶向主轨。

从外面看去，这节车厢跟其他车厢并无二致，也像用过多年的旧车厢了，上面的油漆已经褪色，车厢的木边也已凹陷、碎裂。但这节车厢的外观是做过手脚的。就连门上的锁也是假的，乍一看，车厢锁得死死的，但里面别有洞天。这倒不是个空车厢，但也没有装满了家具，而是里面装饰得颇为豪华，就像是铁路公司老总的专属车厢。墙上和车厢顶部全部装上了红木镶板。地板则铺着一层厚厚的地毯。里面的装饰品和家具也是极尽奢华。车厢里还有一个豪华的起居室，里面的卧室也布置得富丽堂皇，不仅如此，车厢里的厨房也装有最新的厨具，随时可以准备美食佳肴。

只是没有下人、搬运工和厨师而已。

该男子独来独往，根本无须同伴，这样，他的真实姓名和职业也不容易被人察觉。现在，没人知道他是刚抢劫银行的犯罪分子、杀人恶魔。就连这节车厢也是在加拿大制作和装饰后偷运过加美边境的。

劫匪悠闲地躺在一张长绒皮椅上，打开一瓶放在木桶里冰冻的1884年波尔多“拉图嘉利庄园”，倒在玻璃杯中。

他知道镇里的警长很快就会组织警力来寻找凶手。但他们可能会找一个穷困潦倒的老矿工，在喝得醉醺醺的情况下把人杀了。警员会被撒出去，搜索整个小镇，他们可能会想，这人估计太穷了，连匹马都没有。镇里土生土长的人都没见过他骑过马或者驾驶过马车。

劫匪对自己天衣无缝的计划感到十分满意，此刻正沉浸其中，他从水晶杯中啜了一口葡萄酒，兴致勃勃地看着那个皮箱。这是他第15次还是第16次得手了？他想了想。男男女女加起来好像一共有38人成了他的枪下之鬼，对了，还得加上两个孩子，可他根本没在意过这些。他粗略估计了一下，矿工的工资大约为32.5万美元到33万美元。而大多数劫匪决计猜不到箱子里到底有多少钞票。

对他来说，这个算不得本事，因为他自己就是个银行家。

警长、副警长以及那些警员是不可能找到这个刽子手的。他好像从人间蒸发了一样。没人能将那个杀人恶魔跟这个穿戴得体、骑着摩托车穿过小镇的人联系在一起。

而这起罪恶滔天的杀人抢劫案件也将成为比斯比最大的悬案之一。

2

1906年9月15日 / 密苏里州 汉尼拔镇下的密西西比河

20世纪初，密西西比河上的蒸汽船开始逐渐淡出历史舞台。随着铁路的迅猛发展，以蒸汽为动力的客轮已经非常少见，而“圣彼得号”就是这为数不多仍在航行的客船之一。此船长达250英尺，宽75英尺，设计极其奢华：船上有优美的弧形侧梯，更有豪华的客舱和可以品尝各国美食的华丽餐厅。男士们悠闲自得地在装有镜子和贴有油画的漂亮房间里抽着雪茄玩牌，女士们则可以在豪华的画廊里鉴赏画作。

一群声名狼藉的老千常在游轮上玩牌。许多乘客上船时兜里揣着不少钱，离开时怕是都囊中羞涩。这次，“圣彼得号”的赌博室内一张摆在角落的赌桌显得很不起眼，两名男子正在上面玩梭哈。

乍一看，那样的场景跟赌博室里其他赌桌上的情况并无多大差别，但仔细一瞧，铺着绿色毛毡的赌桌上并无筹码。

约瑟夫·范·多恩冷静地看着手中的牌，然后将两张牌放在桌上。“幸亏我们没赌钱，”他微笑着说，“要不我欠你8000美元了。”

亨利·丹泽雷上校是美国刑事调查局的局长，他微笑着回应道：“如果你跟我一样出千，我们顶多打个平手而已。”

范·多恩看上去性情友善，也就40来岁。面颊和下巴上留着浓密的红胡子，跟他几乎谢顶的脑袋上留下的头发倒是很配，那个鹰钩鼻甚是醒目，褐色的眼睛透着忧郁和伤感，但是列位，你们可千万别被他的相貌和举止骗到。

他出生于爱尔兰，现在这个名字已家喻户晓，因为他有一股子韧劲，对那些杀人犯、劫匪和其他亡命之徒必定穷追不舍。当时的黑道都知道此人，为了将他们绳之以法，他就是追到天涯海角也不会罢手。他亦是范·多恩侦探事务所的创始人，而现在，这家侦探社也已小有名气，他和手下的员工阻止了多起政治谋杀事件，西部许多令人闻风丧胆的犯罪分子也都栽在了他们手上，而且他还帮忙成立了美国第一家秘密情报机构。

“你的牌运还是比我好。”他亲切地说。

丹泽雷个子高大，长得五大三粗，体重得有300多磅，却动如脱兔。他那头斑白的头发梳得十分整齐，明亮的日光从游船大窗户泄了进来，将他的头发照得油光锃亮。他那双蓝绿色的眼睛发出柔和的光，但周遭发生的一切似乎根本逃不出他的眼睛。

他是一名退伍老兵，曾参加过美西战争，跟着约翰·潘兴上校及其麾下的“黑水牛敢死队”第10骑兵队攻上圣胡安山，在远征菲律宾对抗摩洛人的战斗中还获得过勋章。经议会授权成立刑事调查局时，罗斯福总统任命他为第一任局长。

丹泽雷打开他那块大怀表的表盖，看了看上面的指针：“你的人迟到5分钟了。”

“伊萨·贝尔是我手下最出色的侦探。不管对方是什么人，都逃不过他的追捕。如果他迟到了，肯定事出有因。”

“上次拉莫斯·凯利企图刺杀罗斯福总统时，将他抓捕归案的正是此人？”

范·多恩点点头：“他曾率领部下包围密苏里的巴顿帮。射杀了三名匪徒，另外两名只得束手就擒。”

丹泽雷看着这位名探：“你认为此人能抓到那个杀人如麻的银行劫匪？”

“伊萨是不二人选。”

“他的家庭背景如何？”

“这小子出身富豪之家，”范·多恩说，“他父亲和祖父都是银行家。你听说过美国波士顿银行吗？”

丹泽雷点点头：“当然，我本人就有该银行的账户。”

“伊萨很有钱。他爷爷在遗嘱中给他留了500万美元，希望有朝一日伊萨能帮他管理这家银行，但事与愿违。伊萨宁愿做一名侦探，也不愿在银行工作。侦探社有他是我的幸运。”

丹泽雷忽然发现手臂上多了一道影子。他抬头望去，发现一双浅蓝色的眼睛盯着他，目光中透着一丝紫罗兰的色调，这双眼睛平视着望向远处，有如催眠一般的效果，好像能看透丹泽雷的内心世界。

丹泽雷的识人本领跟他的相马技术一样高超。来人身材颀长，6英尺有余，体重不过175磅。一抹浓密的淡黄色胡子遮住了整个上嘴唇，金黄色浓密的头发修剪得极为整齐。修长的手和手指，看上去十分灵活，此刻，那双手十分随意地垂在身体两侧。此人表情严肃。上校立马判断，跟这人打交道时开不得玩笑，那些愚蠢、不着边际，或溜须拍马的伎俩在他面前统统行不通。男子下巴和嘴唇透露着一股坚毅之气，但笑容温和。丹泽雷猜想他的年龄在30岁上下。

他衣着整洁，穿一件白色的亚麻西服，上面没一点褶皱。一条悬于背心左边口袋的金链很有分量，链子另一头上，一块大金表塞在右边口袋中。一顶低顶宽檐帽方方正正地戴在头上。丹泽雷倒有可能将他当成一名花花公子，但那双磨损得较为严重的皮靴跟此人优雅的穿戴似乎格格不入，看来他没少蹬过马镫。来人正是探长刚才介绍过的贝尔，他拿着一个小手提箱，将它挨着桌子放在下面。

“丹泽雷上校，”范·多恩介绍说，“他就是我刚才跟你说过的伊萨·贝尔。”

丹泽雷并未从椅子上起身，只是伸出手：“刚才乔还跟我说，你想抓谁，从没落空过。”

贝尔轻轻咧嘴一笑：“恐怕范·多恩先生言过其实了。三年前布切·卡西迪和哈利·隆格巴从纽约经水路去阿根廷，我晚到了10分钟，他们的船离开码头，我失手了。”

“当时有多少探员或是警察跟你一起抓捕他们？”

贝尔耸耸肩：“我喜欢独来独往。”

“那个叫隆格巴的人是不是‘虎豹小霸王’之一？”丹泽雷问道。

贝尔点点头：“那是他在怀俄明州圣丹斯偷马时得的绰号。那家伙被抓后在牢里待了 18 个月。”

“如果不给他们点儿颜色瞧瞧，那些人是不会束手就擒的。”

“他们肯定不会坐以待毙。”贝尔说，也没解释他当初是如何只身将臭名昭著的“虎豹小霸王”擒拿归案的。

范·多恩重新在椅子上落座，也没发表评论，只是看着上校，神色颇为得意。

“你干吗不坐，贝尔先生，跟我们玩玩牌如何？”

贝尔先是一脸疑惑地看着空荡荡的桌子，又看看丹泽雷。“你们好像连筹码都没有。”

“我们只是打着玩儿。”范·多恩说着洗好牌，然后将牌发到三人手里，“我现在欠上校 8000 美元了。”

贝尔坐定，戏谑的眼神瞬即变得镇定。玩扑克是假。他的上司和上校坐在角落里是想远离那些赌徒，但在旁人看来，他们似乎是在正儿八经地赌钱。贝尔将帽子放在膝盖上，拿起桌上的牌，故作沉思状。

“你对过去两年在西部发生的一系列抢劫银行和杀人案熟悉吗？”丹泽雷不失时机地问道。

“也就跟人聊过几次而已，”贝尔回应道，“范·多恩先生老让我去查别的案子。”

“你对这些案子了解吗？”

“我只知道那个劫匪在抢劫银行的时候见人就杀，逃走的时候简直像个幽灵，不会留下任何蛛丝马迹。”

“还有别的吗？”丹泽雷继续问道。

“不管此人是谁，”贝尔回答道，“他绝对是个高手。警方在调查的时候没一点头绪。”他顿了顿，然后盯着范·多恩说，“你为这事叫我来的吗？”

范·多恩点点头：“我希望由你主管此案。”

贝尔将一张牌扔在桌子上，拿起丹泽雷发的一张牌，左手将牌呈扇形叉开。

“你是左撇子吗，贝尔先生？”丹泽雷好奇地问道。

“不是，其实我习惯右手。”

范·多恩微微一笑：“伊萨能抽出他藏在帽中的短口手枪，迅速扣动扳机，你甚至连眼睛都来不及眨。”

随着谈话的深入，丹泽雷对贝尔逐渐多了几分敬意。他拉开外套，露出一把 1903 年造的无撞针 38 毫米口径柯尔特式自动手枪。“我相信乔，但眼见为实……”他话未说完，就发现两个黑漆漆的枪口对准了他。

“岁月不饶人啊，亨利。”范·多恩说，“要么就是你老了，要么就是你心不在焉。”

“我必须承认他的确很快。”丹泽雷说，现在他对贝尔的身手显然很是佩服。

“我去哪个办事处？”贝尔将手枪塞进帽顶中的一个小袋中，向范·多恩询问道。

“西部加利福尼亚州的普莱瑟维尔，得克萨斯州的特灵瓜和东部都发生过类似案件，”范·多恩回复道，“还有南部亚利桑那州的比斯比，北部的博兹曼和蒙大拿。我觉得你最好还是从中部开始入手。”

“那就是丹佛咯。”

范·多恩点点头：“你也知道，我们在那儿有个办事处，还有六个经验丰富的侦探。”

“三年前我跟其中两人合作过，”贝尔说，“柯蒂斯和欧文办事挺靠谱的。”

“对哦，我都不记得了，”范·多恩这才想起，“对了，我忘记跟你说了，杰克·凯切姆就是伊萨抓捕的，他在一起火车劫案中谋杀了两人，后被处以绞刑。”他停顿了一下，伸手从桌子底下拿出一个跟贝尔之前带进赌博室一模一样的箱子。贝尔随即把自己的空箱子给了范·多恩。“里面有所有跟此案有关的报告，但现在所有的线索都断了。”

“我什么时候开始？”

“你到下个码头下船，也就是克拉克斯维尔，到时候我们就分手了，你坐头班列车到独立城。那里会有人将联合太平洋铁路公司的特快车票给你，你乘那班火车去丹佛。虽然没多少，但你可以在途中好好分析一下我们给你的线索和证据。到达目的地，你马上就去追查那个该死的杀人狂。”说这话的时候，范·多恩褐色的眼睛流露出一丝愤怒和无奈，“对不起，你离开芝加哥时我没给你足够的时间打点行李，我希望你尽快动身。”

“老大，这个你就别操心了，”贝尔微微一笑，“幸运的是，这次出来我已经打包好了两箱东西。”

范·多恩扬了扬眉毛。“你早知道？”

“我是根据以往的经验推测的。”

“你在追捕行动中要跟我们保持联系。”丹泽雷说，“如果需要政府帮忙，我定当尽力。”

“谢谢你，先生，”贝尔感激地说，“一有眉目我就立刻联系你们。”

范·多恩说：“我还会在芝加哥办公室做点功课。因为州际电话服务还不能从圣路易斯跨越大草原到丹佛，更别说打到加州了，到时候你得通过电报向我们报告案件进展情况。”

“如果有情况的话，”丹泽雷不无讽刺地喃喃道，“你的对手可是美国最狡猾的犯罪分子。”

“我发誓，即使上天入地，不将这个浑蛋绳之以法，我绝不罢休。”

“祝你好运。”范·多恩真诚地说。

“别想扯开话题。”丹泽雷说，表情很是得意，随即将手中的牌放在绿色的毛毡上，“我三张 Q。”

范·多恩耸耸肩，将自己的牌扔在桌上：“你赢了。”

“你呢，贝尔先生？”丹泽雷得意地笑道。

伊萨·贝尔慢慢地将牌一张张放在桌上。“同花顺。”他淡淡地说。接着，他没再多言，起身快步走出赌博室。

3

日上三竿，一名男子驾着一辆由两头骡子拉着的旧马车，经过内华达州里欧莱特镇郊外的一座墓地。坟墓仅由几根简单的木栅栏围着，上面刻有亡者名字的“墓碑”亦是由木头制成。当年，许多孩子不是死于伤寒就是死于霍乱，这更让这座矿镇居民的生活雪上加霜。

7月，骄阳似火，莫哈维沙漠三伏天热得难以名状。驾驶马车的男子坐在系于座驾上一把破烂不堪的伞下。黑色的头发盖过脖颈，但并未掠过肩膀。他头戴一顶污浊的墨西哥宽边帽。脏兮兮的蓝色镜片将眼睛遮得严严实实，此人下半部分脸被一条手巾包裹着，这样，骡子飞驰时扬起的尘土也就不会进入口中了。因为弓着背，外人很难判断他的身形。

驾车从街上经过时，他饶有兴致地看着一栋土砖房，墙上嵌着数以千计酒吧喝剩的酒瓶。瓶底朝外，瓶口朝内，嵌在墙内的绿色酒瓶给人一种怪诞的感觉。

他驾车来到铁轨那儿，让骡子行驶在紧挨铁路的公路上。在炫目的阳光下，光滑的铁轨宛如两面狭长的镜子。这些蜿蜒穿过小镇居民区的中心地带的轨道属于拉斯韦加斯 & 托洛帕铁路公司。

马车慢慢往前行驶，经过 80 多节停靠在旁轨上的车厢。车上的货物已经卸载完毕。空荡荡的车厢正在装载运往工厂的矿石。驾乘马车的男子看着一辆长达 30 节车厢的火车，目光停留在其中一节车厢上。车厢侧面印有丹佛奥布莱恩家具公司。他又瞥了一眼身上那块廉价怀表的指针，此人身上几乎没带任何能看出他身份的东西，他知道火车还要 44 分钟才会开往拉斯韦加斯。

又行了四分之一英里后，他来到里欧莱特火车站。那栋坚固的建筑物兼具哥特式和早期西班牙风格。华丽的停车场是用从拉斯韦加斯打磨并搬运至此的石头建成。一列从旧金山开来的客车进站后停靠在月台旁边，不停地冒着蒸汽。之前的乘客早已下车，搬运工也将座位清理干净，现在，这列火车满载着返回旧金山的乘客。

驾车男子来到镇中心，此时小镇的街道正是繁忙之时。他转身看了一眼 HD & LD 波特百货商场。商场标志牌下，前门入口上方悬挂的木板上印有公司的标语：除了威士忌外，我们什么都卖。

1904 年的淘金热给这座小镇留下了许多建造得极为坚固、经久耐用的建筑物。到 1906 年，里欧莱特已发展成为一个人口 6000 多的繁荣社区，也很快由一个靠采金为支撑的“帐篷镇”发展成一个前途不可限量的小镇。

该镇的主建筑都是以石头和混凝土建成，里欧莱特也一举成为内华达的南部重镇。这时，一座4层高的银行映入眼帘，这栋漂亮的建筑堪称财富的象征。半个街区外，一座3层楼的石砌办公室近在眼前。

镇里有邮局、剧院、拥有20个床位的医院、舒适的旅馆、2座教堂、3间银行和1所大学校。最近，里欧莱特还奢侈地建立了一套高效的电话系统，并且该镇拥有自己的发电厂。这里还有兴旺的红灯区、40家酒吧和8个舞厅。

除了对约翰·S.库克银行的财产感兴趣外，驾乘马车的男子对周遭的一切并无半点兴致。他知道银行里面的保险柜里能装下价值过百万美元的银币。但携带矿工的工资款显然方便得多，他从来没劫过诸如金银之类的硬币。而且，他早已打探清楚，矿山周围一共有85家公司，他们的工资肯定是一笔不小的数目。

跟往常一样，他计划得非常周详，住在为矿工提供膳食的寄宿公寓里，也多次去库克银行踩过点，他在里面用假名开了个户头，每次都存一点钱在里面，跟银行经理也算混熟了。经理以为镇里新来的这人是名采矿工程师。但现在，他戴着黑色的假发，嘴唇上的胡须和下巴上的短尖髯也是假的。他走路时还一瘸一拐，据他说是矿难造成的。他的化装技术极为高超，有此做掩饰，他能够仔细观察镇里居民的存储习惯以及银行处理小额业务时的做法。

他赶着马车往库克银行驶去，但是，他现在的身份已不是采矿工程师，而是一个微不足道的矿石搬运工。他跟镇里其他的搬运工并无区别，忍着沙漠的酷暑，为养家糊口拼命干活，他在马厩后面勒住骡子。确保没人发现后，他竖起一个跟他身形一般大小、穿戴也完全一样的假人，将它绑在马车座位上。然后，他牵着骡子往后朝穿过小镇的主街百老汇大道走去。就在快进入银行入口处前面的水泥通道时，他狠狠拍打骡子的屁股，让它们拖着马车沿着主街飞奔而去，假人端坐在马车上，“拽”着缰绳。

他观察着是否会有人进入银行。镇里闲逛的人似乎都没有往银行方向去。他抬头看了看那栋4层楼的建筑，瞥了一眼上层楼面金色的窗户，上面贴有牙医和医生的广告。另有一个标志牌，指示标志往下，意在告知镇里的邮局设在地下室。

他悠闲地走进银行，环顾了一下休息室。除了一个取钱的人外，里面再无其他客户。那人从银行出纳那里拿到钱后，转身径直朝银行外面走去，根本就没看这个陌生人。

算这小子走运，劫匪心想。

如果这个取钱的家伙好事，多看他几眼，那他可能会被当场射杀。劫匪行事向来谨慎，不会冒险让任何人认出他。尽管这种机会很小，但他的伪装还是有可能穿帮。

他在附近酒吧中打听过，这家银行由本地矿产资源最丰富的公司老板经营，特别是他还拥有蒙哥马利肖松尼矿，当初为获得采矿权，他可是支付了近200万美元。

劫匪跳上柜台，跳到吓得魂不守舍的出纳身边，现在情况一切正常，劫匪心想。他从靴子里拔出手枪，枪口对着出纳的脑袋。

“不许动！别想去踩柜台下的警报器，否则让你脑袋开花。”

那名出纳简直不敢相信眼前发生的一幕。“这，这真是抢劫吗？”他结结巴巴地说。

“没错！”劫匪恶狠狠地说，“现在，我要你慢慢走到经理办公室，装作什么事也没发生。”

出纳怕得要命，朝那间关着门的办公室走去，门上的雕花玻璃既不能从里面看到外面，也不能从外面看到里面。他走到近前敲了敲门。

“请进。”门里面传来一个声音。

这位名叫弗雷德的出纳打开门，几乎是踉跄挤进去的，一头撞在经理的办公桌前。办公桌上那块写着赫伯特·威尔金斯的铭牌跌落在地上。威尔金斯机敏地知道出事了，伸手去拿桌底下的左轮手枪。但他迟了 5 秒钟。劫匪在附近酒吧已经探知经理有枪。

“别想动那枪！”劫匪厉声呵斥道，现在他已同疯子无异。

威尔金斯可不是那种能够轻易吓倒的人。他盯着劫匪，细微地观察着他的相貌。“你别想得手。”他轻蔑地说。

劫匪说：“我以前从没失过手，这次也不会例外。”声音冷漠且老成。他指着那个近 8 英尺高的大保险柜说：“打开！”

威尔金斯直视着劫匪的眼睛：“不，我绝不会打开。”

劫匪根本不愿浪费时间，举起那把用厚厚的毛巾包裹的手枪，对着出纳的眉心就是一枪。然后转头看着威尔金斯。“也许我离开的时候一个子儿也捞不着，但你也不会活着看到这一幕。”

威尔金斯惊恐地站在那里，低头一看，弗雷德脑袋旁边溢出了一摊殷红的血。他看着被子弹打穿后冒烟的毛巾，知道大厦里不可能有人听到这声枪响。现在，他就像着了魔一样，径直走向保险柜，转动密码锁。半分钟后，他按下锁闩，保险柜厚厚的钢门随即弹开。

“拿去吧，该死的！”他嘶声叫道。

劫匪微微一笑，一枪击中威尔金斯的太阳穴，还没等这名银行经理倒地，劫匪已经大步走到前门，“嘭”的一声将门关了，在窗户挂上“打烊”的字样后拉下百叶窗。接着，他有条不紊地将保险柜里的钞票洗劫一空，将钱全装在那个之前系在腰间、藏身衬衫的洗衣袋中。

最后，鼓囊囊的洗衣袋再也装不下了，他又把剩下的钞票往裤兜里和靴子里塞。保险柜里的钱全都被他拿走了，劫匪扫了一眼贵重的金银币，仅拿了一枚金币作纪念。

银行后面有一条厚重的铁门，正对一条狭窄的街道。劫匪打开里面的门锁，门“嘎吱”一声开了，他扫视了一下街道两头，对面是一排整齐的居民楼。

一群小孩子在离银行一个街区外的地方打棒球。这可不是个好兆头。这是劫匪始料未及的。他在库克银行周围的街道观察过好几个钟头，这是他第一次发现银行后面有小孩在玩儿。但他既定的计划不容耽搁，必须在12分钟时间里赶去铁路站场，到他事先准备好的秘密车厢里。想到这儿，他将洗衣袋扛上肩膀，这样，他右边的脸全被遮住了，劫匪绕过那群正在打棒球的小孩，继续沿街道往上走去，闪身进入一条小巷子。

打球的小孩几乎都没有在意他。只有一个小孩盯着这个穿着穷酸衣服、右肩上背着袋子的人看了一阵儿。这个小男孩觉得好生奇怪，此人为何还戴着一顶墨西哥宽边帽，这种款式的帽子在里欧莱特很少见。镇子里的大多数男人都戴软毡帽、圆顶高帽或矿帽，而且，这个衣衫褴褛的男人身上不知道什么地方感觉很不协调、很不对劲儿……就在这时，另一个男孩大声喊了一句，他这才转过身躯，专心打棒球去了，差点儿没能接住一个高飞球。

劫匪将袋子在肩膀上系紧了，洗衣袋挂在肩膀后面。先前他已将摩托车停在一个牙医诊所后面的排水管后。他翻身骑上摩托车，脚踩踏板，沿亚玛戈萨街疾驰而去，经过一片红灯区，最后来到铁路站场。

司闸员正沿铁轨朝守车走去。劫匪看到这一幕，感觉自己的运气差到极点。尽管他经过周密计划，但命运好像在跟他开玩笑似的。他之前抢劫杀人顺利得多，这次，他被一个愚蠢的小孩看了几眼。现在又碰到这名司闸员。他以前在逃跑的时候从没出现过这么多状况。但也没辙，他只能见机行事。

幸运的是，司闸员并没有往劫匪的方向看。他一节车厢挨着一节车厢，检查轴箱、车厢跟车轮连接处的润滑脂。如果在轴箱里转动的铜套管不够润滑，轴端会因摩擦生热而导致危险。车厢的重量会让车轴折断，从而导致致命的撞车事故。

劫匪驾驶摩托车经过时，司闸员并没有抬头，而是专心检查，希望快点完事儿，火车马上就要开往托洛帕，然后继续行至萨克拉门托。

火车司机已经检查过计量仪，确保有足够的蒸汽能够拉动重载火车。劫匪只是一个劲地祈祷司闸员不要回头看到他进入那节私人车厢里。他眼疾手快地打开车门锁，把门推开，再将摩托车推到车厢内，然后从架在门上的小梯子爬了上去，将那包分量不轻的钱袋扔过门槛。

一进入车厢，劫匪瞄了一眼火车的长度，司闸员正往车务员专用车里爬。他应该没看到劫匪进入那节私人车厢。

劫匪安稳地坐在装修豪华的车厢里，轻松地看着《里欧莱特先锋报》。他忍不住想，不知道明天报纸会怎么报道这起银行经理和出纳双双殒命的劫案。跟往常一样，他丝毫没有悔意，也从未对受害者有任何悲悯之心。

后来，大家当然不清楚这名抢劫银行的刽子手是如何神不知鬼不觉地逃匿的，除此之外，人们也不知道镇外往布尔弗罗格方向的那条道上怎么会无故出现一辆马车。车上并无一人，似乎只是一个木偶在驾驶马车。追查马车的警员也是一头雾水。

约什·米勒警长倒也做了一番推理，但最终毫无结果，好像什么也说不通。凶徒并没有留下任何线索。

里欧莱特的这起杀人抢劫案再次成为悬案。

4

夏日的阳光让高出海平面一英里的科罗拉多州变得更加绚丽。天空万里无云，丹佛市的上空一片湛蓝，宛如铺开一床蓝色的被子。81华氏度[①]的温度也算适宜。

伊萨·贝尔关上特等舱的门，从卧铺车上下来，来到车后面的月台上。他顿了顿，抬头看了看联合车站哥特式塔楼的钟。这栋宏伟的3层建筑足有四分之一英里长，该楼的石材取自落基山脉。

那个巨型大钟箭头式的指针正指向11点40分。贝尔从裁剪十分讲究的亚麻西服背心口袋里掏出那块大金表，看了看指针所指的罗马数字。时间显示为11点43分。他兀自笑了，知道钟楼上的钟慢了3分钟。

贝尔往下经一个红砖砌成的广场走到行李车厢，找到了自己的行李，招呼搬运工道："我叫贝尔。你能不能帮我照看着点儿？我的行李要送到布朗宫殿酒店。"

见贝尔塞给他一枚金币，搬运工脸上堆满了笑，近乎虔诚地摩挲着金币："好的，先生，我亲自送去。"

"下一班火车上我还有个大木箱，你能不能也将它送到联合太平洋铁路公司的货仓？"

---

① 约为27.22摄氏度。

“没问题，这事您交给我。”搬运工咧嘴笑道，仍满足地摸着那枚金币。

“那太感谢了。”

“要我帮您拿这个吗？”搬运工朝贝尔手中的行李箱点点头说。

“这个我来就行，谢了。”

“我可以帮您叫出租车吗？”

“不用，我坐电车就可以了。”

贝尔漫步走过车站豪华的休息室，休息室悬着高高的天花板，上面吊着华丽的枝形吊灯。贝尔经过一排排高背橡木长凳，主入口处一边矗立着一根希腊风格的圆柱，他出去后穿过17号大道的维恩库普街，然后通过新建立的米斯巴拱门，这个像门一样的建筑物顶端插着两面向来往游客表示欢迎的美国国旗。贝尔知道，米斯巴在古希伯来语中有瞭望塔之意。

两个身着轻便夏装、戴着手套、头戴饰有华丽花饰帽子的女士乘坐电瓶车经过。贝尔对两位女士微笑着行了脱帽礼，此刻，她们也正驾车前往位于17号大道的州议会大厦，对这位魅力非凡的男子微微颔首。

那个年代，街上并没有多少汽车，最主要的交通工具仍是四轮马车。丹佛电车轨道公司的电车隆隆地驶过瓦兹街拐角处，即将到达街区尽头，然后车会在那里停顿，搭载乘客。街上马拉轨道车已经成为历史，取而代之的是电车，这种交通工具已经覆盖丹佛所有社区。

贝尔走上电车，给了司机10美分。铃铛一响，那辆红色的大电车沿17号大道往前驶去，发出叮叮当当的声音。电车途经的14个街区都是三四层高的建筑物。今天是工作日，人行道上挤满了人。男人们穿着黑色和灰色的西服，打着领带，女人穿着及踝长裙，在街上闲庭信步。大多数女人都戴着艳丽的帽子，打着遮阳伞。

他满怀兴致地看着一家出售凯迪拉克汽车的店铺。该汽车销售点将遮阳棚设在外面，遮住窗户，里面的电动车尽收眼底。他瞥了一眼路边的街灯，暗暗地记住了店铺的位置。贝尔很喜欢汽车，自己就有一辆洛克莫比尔公司生产的跑车。1905 年，乔伊 · 特雷西曾开着这辆车到纽约长岛参加范德比尔特杯公路车赛，并获得过第 3 名的好成绩。后来，贝尔对这辆车进行了改装，加了挡泥板和车头灯，以适合街道驾驶。

他还有一辆颜色鲜红的摩托车，是最新的跑车样式，3.5 匹马力的 V 型双引擎。上面还装有颇具创意的可转动把手，整辆车仅重 120 磅，最高时速接近 60 英里。

电车“吧嗒吧嗒”地往前行驶，在加州大道和 17 号大道的车站停靠后，贝尔下了车，悠闲地走到人行道上。他 3 年没来丹佛了。这座城市的各个角落几乎塞满了高楼大厦，而且现在还有很多建筑施工现场。他走过一个街区，朝科罗拉多大厦走去，这栋褐色的石砌建筑楼高 8 层，坐落于 16 号大道和加州大道上。

大厦的窗户很高，装有遮阳棚，跟褐色的墙外侧颇为搭配。顶楼的飞檐长约 10 英尺，将底下的人行道遮了个严实。赫奇科克 & 约翰公司和布拉曼服装两家公司位于楼下，楼上还有几家别的公司，其中就包括费尔曼金融保险公司和范 · 多恩侦探事务所。

贝尔拐进休息室，从一群刚从大厦出来吃午餐的上班族中间穿了过去。大厦的地板、墙面和天花板都装饰着漂亮的意大利翠绿色大理石。他走进一部奥蒂斯电梯，里面有两位年轻的女士，电梯操作员关上钢制的剪刀门，贝尔表现得依旧很绅士，向两位女士脱帽致敬后在她们后面站定。

电梯操作员旋转着安装在弯曲调整阀上的手柄，电梯慢慢悠悠地往顶楼而去。两位女士在5楼谈笑风生地出了电梯，羞怯地对着贝尔笑了笑，接着便消失在走廊尽头。

电梯操作员按停了电梯，打开门。“8楼到了，祝您下午愉快，先生。”他开心地说。

“你也是。”贝尔回答道。

他走进一个印有墨西哥红尾蜘蛛的门厅，墙面下端，门厅的上面为胡桃木护壁板。他往右转，来到一扇门前，玻璃上沿蚀刻着“范·多恩侦探事务所”几个大字。下面则是该侦探社的标语：我们从不放弃。从不。

接待室被漆成白色，里面有两把放有软垫的木椅和一张桌子，桌子后面的转椅上，一名年轻女子拘谨地坐在上面。范·多恩不是那种在装修上大肆铺张的人。秘书身后的墙上挂着一张老板的照片，也是这里唯一的装饰。

她抬头，甜甜地笑着，充满敬意地看着面前这位穿戴得体的男子。女子很漂亮，淡褐色的眼睛，宽宽的肩膀。“您有事吗？先生？”

“是的。我想见亚瑟·柯蒂斯和格林·欧文。”

“有预约吗？”

“你就说伊萨·贝尔找他们。”

她用力吸了一口气：“哦，原来是贝尔先生，失敬。柯蒂斯先生和欧文先生以为您明天才会到呢。”

“在密苏里州的独立城时我赶了趟早班车。”贝尔看了看她桌子上的铭牌，“你是艾格尼丝·墨菲小姐？”

她举起左手，给贝尔看了自己的结婚戒指：“夫家姓墨菲。”

贝尔的笑容令人陶醉：“介意我叫你艾格尼丝吗？我可能会在这

里工作一段时间。”

“当然可以。”

她从办公桌旁站了起来，贝尔发现她穿着一件蓝色的百褶棉布裙，配以宽松的白衬衫。她将头发盘在头顶，是当下时兴的吉布森少女发式。艾格尼丝经门走到里面的办公室，裙摆发出沙沙的声音。

出于好奇，贝尔绕着办公桌走了一圈，低头看着墨菲太太刚用雷明顿打字机打印的信。收信人是范·多恩，上面写着西部各州的负责人并不欢迎贝尔来接管他们尚未侦破的案件。贝尔以前从没见过丹佛分部的负责人尼古拉斯·亚历山大，不管此人会不会对自己心怀不满，贝尔决定以礼待人。

贝尔离开墨菲夫人的办公桌，站在那里，从窗户望过这座城市的屋顶，这时亚历山大走进接待室。他看上去更像殡仪馆的记账员，而不是破过数起疑案、将罪犯绳之以法的大探长。他个子不高，几乎比贝尔矮一个头。他身上穿的外套太大，裤子也很宽松。衬衣的高领也已经磨损，上面还有汗渍。除了太阳穴周围和脑后一些头发外，顶上也没几根头发了。他的眉毛跟头发一样，修剪得十分整齐。鼻梁上架着一副眼镜，一双灰绿色的眼睛给人一种几近忧愁的感觉。

亚历山大勉强挤出一丝毫无幽默感的笑，伸出手：“贝尔先生，能见到范·多恩手下最得力的侦探真是三生有幸。”

这种奉承显得毫无诚意，贝尔似乎并不买账。“见到你也很高兴。”贝尔假装热情道。很显然，在亚历山大看来，贝尔只不过是一个闯入他私人领地的不速之客。

“请跟我到后面来，我们先谈谈，然后我再带你去你的新办公室。”

亚历山大唐突地转过身去，迈着僵硬的步伐朝里面的办公室走去。墨菲夫人站在一旁，微笑着看两人走过。

亚历山大的办公室所在的角落是唯一可看到群山全景的地方，其他的办公室都太小，而且没有窗户。贝尔发现那些办公室甚至连门都没有，几乎藏不住任何秘密。亚历山大的办公室布置着母牛皮革的沙发和椅子。山杨木做的办公桌显然价格不菲，但上面几乎没什么文件。虽然亚历山大的西服并不合身，上面还有不少褶皱，但他对办公场所倒很讲究。

亚历山大随即坐在办公桌后的扶手转椅上，并示意贝尔坐在他对面一张没有软垫的木椅上。贝尔心想，这里唯一美中不足的地方是亚历山大办公室下面没有一个高出的平台，要不他就可以像奥林匹斯山上的小神一样，居高临下地观察员工和来客了。

“不了，谢谢。”贝尔轻轻地说，“坐了两天的火车了，我还是愿意坐软和一点的凳子。”说完，身材颀长的贝尔在其中一张沙发上坐了下来。

“请便。”亚历山大说，对贝尔的傲慢态度颇为不满。

“我 3 年前在这里办理过一起案件，你当时还没来这儿吧？”

“没有，我 6 个月后才到此地，当时我是从西雅图办公室升职过来的。”

“范 · 多恩先生说你挺厉害的。”贝尔撒谎道。其实范 · 多恩根本就没提过他。

亚历山大十指交叉，斜靠在空荡荡的办公桌上。“我相信他已经跟你简单介绍过凶手的情况和他的计划了。”

“他并没有当面向我讲明。”贝尔顿了顿，举起手提箱，“但他给了我几份报告，我在火车上看过了，现在，我应该知道那个浑蛋为什么要去抢劫、杀人，也知道为什么难以把他绳之以法了。他计划得非常周全，其犯罪手段看上去简直无懈可击。”

“所以他每次都能逃脱。”

“这些材料我已经看过了，我相信他将来肯定会栽在我们手里，不为别的，就是因为他计划得太周密了。”贝尔深思熟虑地说。

亚历山大怀疑地看着他，“什么，你何出此言？”

“他的计划太过完美，时间掐得太好。只要稍有不慎，他的末日也就到了。”

“希望我们能够通力合作。”亚历山大说，心里却打起了小算盘。

“没错。”贝尔说，“范·多恩先生说我可以将柯蒂斯和欧文招入队中，当然我必须先得到你的同意。”

“没问题。范·多恩先生的面子我还是要给的。对了，他们说几年前你们还一起合作过呢。”

“是的，这两位侦探做事真是一丝不苟。”贝尔说着站了起来，“我可以去我办公室看看吗？”

“当然可以。”

亚历山大也从办公桌后起身，往门厅走去。

贝尔发现所有的办公室不仅小而且十分简陋，里面没几件家具，墙上也没贴照片什么的。办公室里仅有一名侦探，而且这人贝尔也不认识，亚历山大也懒得介绍。

亚历山大刚要指一间小办公室，贝尔直截了当地问道：“你这儿还有会议室？”

亚历山大点点头：“是的，在办公室门廊的正对面。”他站在那儿，打开一扇门，让过一旁，贝尔随即走了进去。

会议室长约 30 英尺，宽 15 英尺。里面摆着一张长长的松木办公桌，漆成黑色，表面锃亮，正上方有两个巨大的环形吊灯。18 张皮质将军椅错落有致地围在桌旁。房间镶嵌的松木地板跟桌子颇为配套，地板上铺着深红色的地毯。一面墙上还有几扇高高的窗户，下午早些时候的阳光可射入房间的每个角落。

“不错。”贝尔真心称赞道，“这里还真不错。”

“是的。”亚历山大说，那双猎犬般的眼睛透着自豪之气。“通常情况下，我们跟市里的政治家和重要人物会面时才会使用这间会议室。这间会议室也让范·多恩侦探社有面子嘛。”

“这个房间不错，”贝尔淡淡地说，“我就在这里办公。”

亚历山大盯着贝尔，眼里突然闪出一道怒火，“这不可能，我不答应。”

“最近的电报局在哪儿？”

听罢此言，亚历山大似乎吓了一跳。“在往南两个街区的查姆帕和16号大道交叉处，问这个干吗？”

“我要发封电报给范·多恩先生，要求使用你的会议室做指挥中心。考虑到此案的重要性，我相信他会答应的。”

亚历山大知道这事由不得他做主。“我也希望你的工作能顺利进行下去，”他妥协道，“我会尽量配合你。”说完他转身离去，贝尔重新向位于角落的办公室走去。亚历山大很快在门口站定，“哦，对了，我在奥尔巴尼酒店给你订了一个房间”。

贝尔笑道：“不用了。我在布朗宫殿酒店订了总统套房。”

这下亚历山大糊涂了：“我真不敢相信范·多恩先生竟然还会同意你这笔开销。”

“不是他给钱，是我自己的钱。”

身为西部各州侦探事务所负责人的亚历山大并不知道贝尔身世显赫，现在他完全蒙了，他真的不明白，但也不想多问什么，他一脸恍惚地回到自己的办公室，关上门。在刚才跟贝尔的较量中，他完全败下阵来。

贝尔再次笑了，开始将手提箱里的文件在会议桌上摊开。接着，他走进接待室，往艾格尼丝·墨菲那边走去。“艾格尼丝，你能告诉我柯蒂斯和欧文什么时候回来吗？”

“我想他们应该明早才会回来。两人去博尔德市调查一起银行诈骗案了。”

“好吧。你能不能打电话让负责大厦维修的人上来？我的会议室需要改建。”

她疑惑地看着他：“你说会议室啊？亚历山大很少会让闲杂人员进去。里面接待的人非富即贵。”

“现在这里将用作我的办公室。”

艾格尼丝看着贝尔，心里不免多了一份敬意：“你是入住奥尔巴尼酒店吧？大多数来此公干的侦探都住在那里。”

“没有，我住布朗宫殿。”

“亚历山大先生同意额外支出这么一笔费用？”她谨慎地问道。

“他没发表任何意见。”

艾格尼丝·墨菲看他的眼神完全变了，像是看到了救世主。

伊萨·贝尔返回自己的办公室，重新将办公桌旁的椅子布置了一番，这样，会议室一头的工作空间更大了，几分钟后，大厦的管理者来了。

贝尔将自己希望改建的地方跟他说了。端墙要用一层柔软的材料，这样可以在上面钉上西部各州的地图，而且杀手抢劫过的小镇可在地图上标注出来。内墙上还要贴一层材料，这样，各种资料、照片和图表都能贴在上面了。贝尔给了大厦的管理员 20 美元的代金券，他爽快地答应明天中午一准完成施工。

贝尔整个下午都在制订追捕银行杀人犯的计划。

5 点整，亚历山大回家时从门外探进头来："你还习惯吗？"他冷冰冰地问道。

贝尔头也没抬："还行，有心。"过了一会儿，他看着亚历山大愤怒的眼睛说，"对了，我将会议室改造一番，希望你别介意。等案子一结，我保证让它恢复原样。"

"麻烦你小心点儿。"亚历山大没好气地摇摇头，随即离开了办公室。亚历山大和他相处得并不愉快，贝尔并不愿意看到这样的情况。他无意跟固执的亚历山大争吵，但要是他一点儿也不还击，亚历山大肯定会以为他是个"软柿子"。

5

这座酒店由亨利·C. 布朗建于 1892 年，在他发迹之前，酒店所在的地方是他用来放牧的，后来酒店得名为"布朗宫殿"，在位于有"草原上的女王城"之称的丹佛也算名至实归。该酒店以红色的花岗岩和砂岩建造，整个建筑物似船头形。那些靠金银矿发财的男人们会带上自己的妻子来此喝下午茶，他们的女儿会在豪华的舞厅里通宵达旦地跳舞。麦金莱和罗斯福总统都曾在此入住过，国外一些国王及皇室成员也都下榻过该酒店，当时的名流，特别是著名的舞台演员们也会入住这里。布朗宫殿也非常受当地人和游客的欢迎，因为这里本就坐落在丹佛的金融和文化中心。

贝尔步行至 17 号大道布朗宫殿酒店的入口处时天都快黑了。他在前台登记后环顾了一下金碧辉煌的酒店大堂，大堂位于酒店中庭，

1楼到9楼都有。里面的柱子和护墙板都是用火车从墨西哥运来的，上面还雕饰着金色玛瑙，天花板上悬有巨大的彩色玻璃，粉色的光倾泻而下。楼上超过700块铸铁镶板让阳台的栏杆增添了几分雅致，大堂也熠熠生辉。

酒店还有一般人不知道的秘密：街对面的纳瓦拉酒店和饭店的老板设计了一套地下铁轨系统，跟布朗宫殿相连，方便那些男人在楼上跟风尘女子偷欢，进出都不会被人瞧见。

贝尔拿到钥匙后进入电梯，将自己所订总统套房的楼层告知电梯操作员。他后面站着一名女子，女人在嵌有镜子的墙前站立，转身后面对电梯门。她穿着一件长长的蓝丝长袍，后面饰有一只巨大的蝴蝶结。一头火红色的头发细如蚕丝，往后面绾成一个发髻，发髻的下面有宛如波浪般的鬈发。此女头上还插着两根大羽毛。女子身上有一种迷人的气质，她身材高挑，性感撩人，从她细长脖子和脸上光洁如雪的皮肤判断，贝尔觉得该女子的年龄介乎25岁到27岁之间，也许还要年轻。她长着一双金黄色的眼睛。在贝尔看来，女子魅力十足，也许算不得美若天仙，但无论以何种标准判断，该女子绝对算是美女。而且他还发现她并没戴婚戒。

女人的穿戴好像是有意去参加酒店的舞会，贝尔推断。跟往常一样，这次他又猜对了。电梯在2楼停定，舞厅和舞池正在此楼。他让过一旁，将帽子托在手中，微微向女士鞠了一躬，目送她走上梯台。

女人竟出人意料地表现得很热情，朝他微笑着点点头，以柔和且沙哑的声音说："谢谢，贝尔先生。"

贝尔好一阵才缓过神来。女人认识他！这让他大为吃惊，而且他肯定自己以前从没见过她。贝尔抓住电梯操作员的手臂。"先别关门。"

此刻，女人已经汇入人群中，他们正从酒店豪华舞厅拱形门中进入。那些女人都穿着漂亮的长袍，各种颜色的都有：深红色、孔雀蓝、鲜绿色，颇为靓丽，她们的头发上饰有丝带、枝状花饰和羽毛。男士则穿着高档的晚装。门口上悬挂着的标语写着：圣约翰孤儿院捐赠舞会。

贝尔退后一步，朝电梯操作员点点头，“谢谢，请送我上去。”

打开总统套房的门后，贝尔发现里面一应俱全，书房、起居室、华丽的浴室，漂亮的四柱床，所有的家具都呈现维多利亚时代的优雅之气。他的行李箱已被女佣打开，衣服要么叠在梳妆台上，要么挂在衣柜中，这也是酒店为预订总统套房的客人提供的服务。现在，行李箱已不在房间，肯定是放在地下室的储藏间了。贝尔抓紧时间很快洗了个澡，刮了胡子。

他打开怀表看了看上面的时间。自他出电梯开始算起已经过了30分钟。接着，他打上那条黑色的领结，扣上衬衫纽扣和袖扣，又花去了15分钟，这样的工作通常要两个人完成。每当这个时候，他总是希望有个妻子帮忙。接下来，他穿上黑色的鞋袜。贝尔并没有系腰带，而是穿了件黑色的背心，背心上挂着一条金链，表链从左边口袋穿过扣眼，和放在右边口袋里的大金怀表相连。最后，他穿上一件单排纽扣、带绸缎翻领的黑夹克。

最后，他对着那面足有7英尺高的镜子看了看，不管晚上发生什么事，他都准备好了。

贝尔走进那个豪华的大舞厅，慈善舞会正如火如荼地进行着，他站在一株高大的盆栽棕榈树后，没人注意他。舞厅十分宽敞，很有气派。橡木地板铺就的舞池镶有漂亮的钻石旭日形花饰，天花板上装饰着颜色各异的壁画。他很快发现了那个神秘的女人，正背对他坐在6号桌旁，那里还坐着3对夫妻。就她一个人落单，没有舞伴。他悄悄走到负责晚间事务的酒店总监面前。

“对不起，”贝尔友善地笑道，“你能告诉我 6 号桌身穿蓝裙的女士叫什么吗？”

总监傲慢地看着贝尔。“对不起，先生，我们不能泄露客人的隐私。而且，我也不可能知道所有前来参加舞会客人的名字。”

贝尔给了他一张 10 美元的黄金券。“你记起来了吗？”

总监没有说话，拿起一本薄薄的皮封小册子，扫了一眼上面的名单。“6 号桌落单的女士是罗斯·曼特卡小姐，她是个有钱的女人，其家族在洛杉矶经营着一个大牧场。这是我所了解的全部情况。”

贝尔拍了拍他的肩膀：“感谢。”

总监咧嘴笑道：“祝你好运。”

管弦乐队正播放拉格泰姆音乐[①]和现代舞曲。舞池里成对的人儿正在一首《为何不到我家来》里翩翩起舞。

贝尔走到罗斯·曼特卡身后，在她耳旁悄悄说：“能赏光跟我跳一支舞吗，曼特卡小姐？”

她突然从桌旁转身，抬起头来，一双淡褐色的眼睛盯着贝尔那双迷人的蓝紫色眼睛。她的皮肤真是光滑，贝尔想，但曼特卡没料到贝尔突然一袭晚装出现在她面前，这让她非常诧异。她垂下眼睛，迅速定了定神，但她的脸颊很快泛起了红晕。

“对不起，贝尔先生，我真没料到你这么快。”

“快？”他问道，这问题真是奇怪，他寻思着。

她跟桌旁坐着的同伴礼貌地道了声别，站了起来。贝尔温柔地挽着她的胳膊，领她来到舞池中央。他一只手挽着她的纤纤细腰，另一

① 1890—1915 年间在美国流行的一种音乐。

只手握着她的手，随着音乐的节拍曼妙地跳起舞来。

“你跳得真好。”她称赞道，贝尔已领着她在舞池里转了一个圈。

“哦，只是这些年来，家母老逼着我去上舞蹈课，所以，也就能哄哄家乡初出茅庐的少女罢了。”

“对于一名侦探来说，你这身行头还真不赖。”

“在我的家乡，富裕的男士都穿这种礼服。”

“你说的是波士顿，对吗？”

在多年的侦探生涯中，贝尔这是头一次犯糊涂了，但他很快恢复过来，问道：“你是从洛杉矶来的？”

她还真不赖，贝尔暗自思忖，表现得非常镇定。

“你了解得可真多。”她说，也无法透过他的眼睛看穿他。

“跟小姐相比，在下自叹不如，你想知道什么？怎么这么了解我？不知能否告知一二？”

“我对你以前破过的几起谜案印象深刻。”她有意地从他那高大的肩膀上望过去，但她还是无奈地被这双不可思议的眼睛所吸引。这种电一般的感觉是她始料未及的。

她看过他的照片，但与他面对面时的感觉是截然不同的。他比她想象中的更富有魅力，而且他身上还透着一股睿智。尽管她想到了这一点，他有着敏锐的直觉，果然名不虚传。现在她感觉根本不是她在跟踪他，而是恰恰相反。

一曲终了，他们站在舞池里等管弦乐队演奏下一曲。贝尔往后退了退，从头到脚打量了她一番，从她穿的鞋子到她漂亮的发型，细细打量了一遍。“你真漂亮，可是我不明白你为何对在下感兴趣？”

“你是个很有魅力的男人。我想更好地了解你。”

“我们在电梯相见之前，你就已经知道我叫什么，来自哪里。我们的见面显然都在你的计划当中。”

她还没来得及回答，乐队开始演奏《老苹果树下的影子》，贝尔再次领着她在舞池中跳起了狐步舞。他抱紧身边的这个女人，用力抓着她的手。她的腰身本就很小，穿着紧身胸衣后显得更小了。她的头几乎顶到他的下巴，贝尔真想吻一吻她的唇，但想想还是算了，这么做时机和地点都不合适，而且现在他所想的也不浪漫。她在监视他，这点不难推断。但她的动机究竟何在？为什么一个自己完全不认识的陌生人会对他有兴趣？他想，唯一的可能就是她受雇于之前他绳之以法、被他击毙或被处以绞刑的犯人。可能是犯人的亲戚或朋友寻仇来了？但他实在想不起过去10年来，她这样一个风华正茂的女子怎么会跟那些他抓捕过的浑蛋扯上关系。

音乐声停了，她松开他的手，往后退去：“对不起，贝尔先生，我必须回到朋友身边了。”

“我们还能再见面吗？”他问道，笑容依然亲切。

她轻轻摇了摇头：“我想应该不会了。”

她虽然拒绝了，但贝尔全然没放在心上：“明天晚上赏脸吃个晚餐吧。”

“对不起，我很忙。”她回答道，声音透着些许傲慢，“就算你穿着今天这样昂贵的燕尾服，你明天也无法像今晚参加圣约翰孤儿院慈善捐赠会一样大摇大摆地参加在丹佛乡村俱乐部举行的西部银行家舞会。”说完她扬起下巴，卷起长裙，回到之前的桌旁。

坐定后，她偷偷回头瞥了一眼贝尔，但人群中已见不到他人了。这么一眨眼的工夫，他已消失得无影无踪。

6

第二天早上，贝尔是第一个到达办公室的，是用他那把能打开90%的锁的万能钥匙开的门。亚瑟·柯蒂斯和格林·欧文进入会议室时，他正在整理放在长条桌上有关银行劫匪的报告。贝尔起身对他们表示了欢迎，握着他们的手说："亚瑟，格林，很高兴再次见到你们。"

柯蒂斯身材不高，胖乎乎的，而且，那件罩在他大肚皮上的背心已经快扣不上了。他一头稀松的黄发，大喇叭耳，蓝眼睛，笑起来的时候露出两排迷宫一样的牙齿，整个房间的气氛霎时轻松多了。"上次见你时，我们还在一起追捕抢劫高登银行的'大脚'卡斯勒。"

欧文将帽子放在衣帽架上后，硕大的脑袋上褐色的头发显得十分凌乱。"我记得，"他说，"那家伙个子很高，瘦如麻秆，你直接把我们领到了他藏身的洞穴。"

"这个不难推断，"贝尔浅浅一笑，"我向两个小男孩打听过了，问他们如果要是躲避父母，是否有什么地方可以藏匿好几天。那个洞穴是他们那儿方圆20英里唯一的去处了，而且离小镇够近，所以卡斯勒可以偷偷储藏物资。"

柯蒂斯站在那张西部各州的大地图前，若有所思地观察着小旗子标注的案发地点。一共有16处之多。"你对这名'屠夫劫匪'有什么头绪吗？"

贝尔看着他，"'屠夫劫匪'？他们给这小子取了个这样的绰号？"

"是《比斯比号角报》的记者取的。其他报纸也争相模仿，后来就传开了。"

"这对我们的调查并无帮助，"贝尔说，"现在那些市民每天都念叨这个名字，如果我们范·多恩侦探社不将此人抓住，他们反而会怪我们办事不利。”

“这事已经不是新闻了。”柯蒂斯说，一边将《落基山新闻报》放在贝尔前面的桌子上。他随即低头看了看。

该报纸用很大篇幅报道了发生在里欧莱特的抢劫杀人案。专栏不惜用到一半的篇幅问这个问题：“为什么当局在此案中毫无进展，不能将‘屠夫劫匪’缉捕归案？”

“舆论开始施加压力了。”贝尔淡淡地说。

“压力在我们身上。”欧文补充道。

“我们手头上有什么线索？”贝尔问道，一边指着他面前桌子上堆着的两英尺高的银行劫匪档案，“我乘火车来西部时研究过这些报告，很显然，我们犯了个大错，我们仍把他当西部牛仔，而不是银行劫匪。”

“此人喜欢独来独往。”柯蒂斯说，“狡猾异常、心狠手辣。最让人头疼的是他从来不会留下任何蛛丝马迹。”

欧文同意地点点头，“看起来，这个魔鬼离开镇子后就回到地狱去了。”

“周围的乡村没有任何线索吗？”贝尔问道。

柯蒂斯摇摇头，“我们最出色的追踪者每次都会无功而返。”

“他会不会先猫在镇里，等到我们放松警惕后再出城？”

“没有这方面的证据，”柯蒂斯回答道，“得手后他再也没露过面。”

“就像幽灵。”欧文喃喃道，“我们要对付的人是幽灵。”

贝尔笑了，“不，他也是普通人，只是非常狡猾罢了。”他不说了，将会议桌上的档案散开，选了一个打开，这份报告记录的正是内华达州里欧莱特的抢劫案，“此人在抢劫银行时计划十分周密。我们相信在抢劫银行前，他肯定花了不少时间研究镇子里的状况和人们的一举一动。”

“劫匪不会投机取巧，也不会冒险行事。”柯蒂斯说。

“错，”贝尔纠正他说，“这人胆子大，十分精明。我们可以推测他在犯案时是化过装的，因为镇里人都没见过长相可疑的人。”

欧文在会议室里来回踱步，偶尔还会仔细查看钉在地图上的小旗子。“镇里的人回忆说他们见过一个酒鬼、一个穿着制服的士兵、一个有钱的商人和一个十分不起眼的搬运工。但没人能跟杀人凶犯联系上。”

柯蒂斯看着铺就地毯的地板耸耸肩道：“真是奇怪，为什么没一个目击者能给我们可靠的信息。”

“没什么奇怪的。”欧文说，“他把所有目击者都杀了。死人是不会说话的。”

贝尔似乎并没有听他们说话，像是陷入了沉思。接着，他的眼睛盯着地图，不紧不慢地说：“我在想，为什么他在抢劫银行时把所有人都杀掉，连妇孺都不放过。杀人对他来说有什么好处？难道他只是不想在抢劫时留下活口，真是这么简单吗？也许他化装在镇里探查情况时就已经被人认出来呢……除非……”他停顿了一下，“除非他就是心理学家定义的那类人，视杀人为儿戏。他们把这种人叫作‘反社会者’。他杀人时没有丝毫的同情心，冷酷无比，不懂得笑与爱为何物，他只有一副铁石心肠。对他来说，杀个小孩就跟杀一只鸽子一样，没有任何感觉。”

“很难相信有这么残酷无情的人。”欧文厌恶地咕哝道。

“过去许多抢劫犯和歹徒都是‘反社会者’。”贝尔说，“他们都是杀人不眨眼的主儿。比如得州著名的恶魔约翰·卫斯理·哈丁，就曾因为有人打鼾而要了人家的命。”

柯蒂斯目不转睛地盯着贝尔，“你真的认为此人将银行里所有的人杀掉仅是因为这样会带给他快感？”

“是的，”贝尔平静地说，“劫匪会在杀人中获得一种怪异的满足感。这是另外一个特别因素。而且在镇上的人包括警长反应之前，他就逃脱了。”

“这会留给我们什么线索？”欧文问道，“我们该从哪儿入手？”

贝尔看着他，“他还有个习惯，就是不拿金子，只拿现钞。格林，你负责去查那些被劫的银行，研究被窃钞票的编号，就从蒙大拿的博兹曼开始。”

“矿镇银行通常不会记录他们经手的钞票编号。”

“如果你够幸运，也许能找到一家银行，他们会将大银行运抵矿镇的工资款记录下来，如果找到编号，我们就能追查到钱的下落。劫匪要么必须把钱花掉，要么必须以存取钱的方式洗钱。倘若是这种情况，他肯定会露出马脚。”

“他可能通过国外的金融机构兑换钱币。”

“有这种可能，但他必须在海外花钱才行。对他来说，把钱带回美国那也太冒险了。我肯定他抢来的钱还在国内。”

接着，贝尔转头看着柯蒂斯：“亚瑟，你去查劫案发生那天所有离开驿站的公共马车和火车时刻表。如果当地警察追查不到此人，那他有可能搭乘火车或马车逃离了现场。你可以从加州的普莱瑟维尔开始。”

“包在我身上。”柯蒂斯信誓旦旦地说。

“你会留在这里做总指挥吗？”欧文问道。

贝尔摇摇头，咧嘴笑道，“不，我打算去现场勘查，就从里欧莱特开始，重新调查那几起劫案。不管这个凶手的手段有多高明，他的犯罪计划多周详，我不相信他一点蛛丝马迹也没留下，肯定有被忽略的证据。我会向矿镇里的人打听，不管多么不起眼，我都要打探清楚，看看是否漏掉一些没有向当地警局或执法部门报告的异常情况。”

“你把日程安排告诉我们，这样如果我们调查到什么情况可以马上电报联系你。”柯蒂斯说。

“我明天给你们，”贝尔回答道，“我还会去那些抢劫犯没动手，有大笔工资款的矿镇去。万一我能预先给他设个陷阱什么的，就能引诱他抢劫我们布控的银行。”说完他打开抽屉，拿出两个信封。“这些钱足够报销你们的差旅费了。”

柯蒂斯和欧文都面露惊讶，“迄今为止，我们出差坐的都是三等舱，用我们自己的钱，然后提交账单和收据。”柯蒂斯说，“亚历山大总是要我们睡糟糕的旅馆，吃廉价的伙食。”

“这个案子太重要，马虎不得。相信我，只要我提出要求，范·多恩先生不会吝啬钱的，但我们必须有所收获。所有人可能都觉得这个劫匪谁都奈何不得，不可能将他抓住，但他不可能做得滴水不漏。人无完人，他跟我们一样，并非什么三头六臂的人物。只要他留下任何纰漏，就会被我们抓住。两位，你们的任务就是找出他忽略的细节。”

“我们定当尽力。”欧文向他保证说。

柯蒂斯同意地点点头，“我这话也是代表咱哥儿俩说的，我们能跟你再次合作是莫大的荣幸。”

“我也是。”贝尔真诚地说。他觉得这两人聪明且富有经验，还熟知西部风土人情，能跟他们一起合作也很幸运。

贝尔离开会议室，落基山脉的太阳渐渐西沉。贝尔行事一向谨慎，将门关上、锁好。他正要经过外面办公室时，撞见了尼古拉斯·亚历山大，他看上去像是刚从一家价格不菲的裁缝铺出来。平素穿的那件皱巴巴的西服不见了，取而代之的是一件颇有档次的燕尾服。他想竭力打扮得体面一点。但一个人的气质可不是一两件衣服就可以培养出来的。

“衣服不错嘛，亚历山大先生。”贝尔很有风度地称赞道。

“是啊，今天晚上我要带贱内去参加丹佛乡村俱乐部举行的晚会。你也知道，我在丹佛有不少有声望的朋友。”

“这个我倒是听说过。”

“真可惜你去不了，因为今天的晚会只有会员才有资格。”

“在下清楚得很。”贝尔不无讽刺地说。

他们一走，贝尔就赶紧下楼，到电报局给范·多恩发了封电报。

我、柯蒂斯和欧文已将日程表拟定。但我们正被一个女人盯梢，我从没见过此女，在酒店时主动跟我搭讪，知我名字来历，似乎也知道我为何在丹佛出现。她叫罗斯·曼特卡，据说出生于洛杉矶富有牧场主家庭。请要求洛杉矶事务所调查此人，我们如有进展会及时告知。

贝尔

将电报发给上司后，贝尔经熙熙攘攘的人行道走到布朗宫殿酒店。他跟酒店大堂接待说了几句话，那人给了他一张丹佛地图，然后陪他走到大堂下面的储藏室和锅炉房。下面的酒店维修工问候了他。那人非常和善，穿着一身污浊的连身工作服，他领着贝尔来到一个拆掉的木箱前。天花板上挂着一盏明亮的灯泡，维修工指着木箱旁放着的一辆闪着红光的摩托车。

“您的车在这儿，贝尔先生。”他满意地说，“都准备好了，我亲自帮您擦亮的。”

“太感谢了，还未请教……”

“我叫邦贝格尔，约翰·邦贝格尔。”

“离开酒店时我不会亏待你的。”贝尔保证说。

“很乐意为您效劳。”

贝尔走到楼上的房间，发现挂在衣柜中的燕尾服白天已被酒店清洗过了。他简单洗了个澡，穿上衣服，从衣柜中拿出一件亚麻外套穿上，衣服下摆垂到擦得锃亮的皮鞋上。接着，他系上两条绑腿，这样，他那条晚礼服套装的长裤就不会被引擎溢出的油渍弄脏了。最后，他戴上一顶有护目镜的帽子。

贝尔从酒店后面的楼梯来到储藏室。那辆轮胎为白色、周身通红的摩托车就像一匹战马正等着主人带它上战场。他踢了踢后挡泥板上的架子，抓住车把，将这辆 120 磅重的摩托车推上斜坡，储藏室的这个斜坡通常是供马车出入的，比如，搬运洗涤的寝具或商铺运送食物给餐厅和客房服务部的厨房。

贝尔出了斜坡，来到百老汇大街，丹佛市那个有着金色圆顶的州议会大厦也在这条街上。他这辆车的车座设计在后轮的橡胶油箱上，贝尔翻身骑在坚硬、狭窄的车座上。因为此车本是辆赛车，车座跟把手平衡，他不得不保持水平的身体姿势才能驾驶这辆车。

他拉了拉罩在眼睛上的护目镜，然后拧开阀门，油箱里的燃料在重力作用下输送至化油器。接着，他将双脚放在自行车样式的踏板上，电流从 3 节干电池流至点火线圈，高压产生的火花点燃了汽缸的油，摩托车开始发动起来。走了不到 10 英尺，那个 V 型双引擎就发动了，排气管尖锐地咆哮着。

贝尔转动右手的转把式油门，还没旋转半圈，这辆靠单链驱动的赛车便往前疾驰而去，但没过多久，他就将车速降了下来，百老汇街的四轮马车和偶尔出现的时速仅有30英里的汽车让他没办法快起来。

因为这辆车本身为赛车，所以并没有车头灯，但现在天空挂着半轮明月，而且街上到处都是电灯，这使得他有惊无险地躲过了前方的一堆马粪。

骑行了大约2英里后，他在一个街灯下停了下来，打开地图看了看。方向没错，于是他继续往斯皮尔大道驶去，接着拐向西侧。又行驶了2英里后，丹佛乡村俱乐部映入眼帘。

这幢屋顶呈锥形的大厦四周都是大方形窗，里面灯火辉煌。主入口里停满了马车和汽车，司机们成群结队地站在那里，一边抽烟，一边交谈。两个打着白色领带、穿着燕尾服的男子正在入口处检查来宾的邀请函。

贝尔清楚地知道如果他骑着摩托车硬闯肯定会闯祸，可是，尽管他穿得十分讲究，没有邀请函，他也不大可能大摇大摆地进去。借着半轮残月的光亮，他转动把手，在夜色中驾车来到一个高尔夫球场，他格外小心，并没有驾车行驶在草坪上，驶出高尔夫球场的沙坑后，他兜了个大圈，来到第一洞开球处附近俱乐部主建筑后面的球童小屋。这间废弃的球童小屋里面一片漆黑。他关掉点火装置，将车滑行至小屋旁边的灌木中，升起摩托车的车架，脱掉那件亚麻外套，挂在车把上。接着，他脱下绑腿、帽子和护目镜，梳了梳那头金黄色的头发，贝尔走进光亮中，沿着球童小屋通往富丽堂皇的乡村俱乐部的主道悠闲地走过去。从窗户射出的电灯光将整片区域照得通亮，乡村俱乐部主街后面有条小路，旁边高高的路灯投下通透的亮光。几辆卡车停在俱乐部后门宽宽的楼梯上。这会儿，身穿蓝色制服的酒席承办者正从卡车上端出盘子、碟子和器皿，送至厨房。

贝尔从两个酒席承办者身旁穿过，走上楼梯，大摇大摆地走进厨房，那些端着一盘盘食物进出餐厅大门的侍应、厨师几乎都没注意他。因为他们私底下想，这个身穿燕尾服的高个子男人肯定是乡村俱乐部的高级经理，他进到这里肯定没有问题。贝尔不急不慢地推开厨房的转门，混入俱乐部那群显赫的会员中间，他从几张桌子中间走了过去，一边不忘寻找罗斯·曼特卡。

在桌旁搜寻了两分钟后，他很快将目光投向了舞池。

贝尔目瞪口呆地站在那里。

罗斯正和尼古拉斯·亚历山大一起跳舞。

他很快想到了这样的场景：如果他走上前去跟他们打招呼，不知道他们脸上会有什么表情。但他转念一想，与其去揶揄他们，不如谨慎点为好。这幕场景是他始料未及的。现在，他知道这个女人肯定有所图。但贝尔确定亚历山大并没有奉命去调查“屠夫劫匪”和他的探子。他只是个十足的傻子，被美人耍得团团转。幸亏他们并没有注意到他。

贝尔将一块餐巾放在手臂上，拿起一个咖啡壶，装作正在桌旁等人。如果罗斯或者亚历山大往这边看，他还可以用咖啡壶遮住自己的脸。很快，音乐停了，他看着两人走回桌旁。他们坐在了一起，不过，除了亚历山大和罗斯外，两人中间还坐着一个上了年纪的女人，那个女人有厚重的双下巴，贝尔推断她肯定是亚历山大的妻子。现在更加不难判断了，亚历山大和罗斯并非在舞池偶遇，坐在一起意味着他们的桌子是预订好的。两人本就认识。

贝尔仔细观察了一番罗斯。她今天穿着一件红色真丝裙，这跟她那团火一般的头发倒也相配。今晚，她在脑后绾了个黑色的发髻，鬈发垂在两侧及前面，胸前至紧身上衣两边的白色真丝流苏将胸部衬托得极为性感。她还真是个美人坯子。

她张开嘴，开心地笑着，淡褐色的眼睛扑闪着，透着欢愉之气。她的手搭在亚历山大的臂腕上，在贝尔看来，此女的确放荡不羁。她身上的这种热情也感染了桌旁的其他人。诚然，她是个魅力十足的女人，但她身上的这种气质吸引不了贝尔，无法点燃他心中的那团欲望之火。他理智地认为女子是他的敌人，而不是想虏其芳心的猎物。她漂亮的外表掩饰不了隐藏在内心的蛊惑和狡诈。

情况了解得差不多了，想到这儿，贝尔闪身躲在一名正往厨房走的侍应后面，一路跟着他，最后挨着他走进转门。

贝尔穿上他之前挂在摩托车上的衣服，觉得实在幸运，刚才看到的一幕他事先并没想到，但绝对算是意外收获。他骑着摩托车往布朗宫殿驶去，决定还是不将真实的情报告知亚历山大。他可能还得想办法引罗斯·曼特卡入瓮。

想到这儿，他心中不免窃喜。他已经有了这样的感觉，虽然对方像只狡猾的母狮，但他已然占据了先机。

7

第二天早上，贝尔回到办公室后不久，电报局的人送来了范·多恩的电报。

我在洛杉矶的事务所负责人报告说这里并无叫罗斯·曼特卡之人。洛杉矶市两百英里范围内更无经营牧场的曼氏家族。我觉得此女在对你使用美人计。她漂亮吗?

范·多恩

贝尔自顾自地笑了笑，随即将电报塞进口袋，走向亚历山大的办公室，敲响了门。

“请进。”亚历山大轻声说道，好像正在跟房间里的人说话。

贝尔几乎没听见他在说什么，但还是走了进去。

“我想你今天是来向我报告的吧。”这位丹佛分社的负责人开门见山地说。

贝尔点点头：“我想把我的行动计划表给你过目。”

“我听着呢。”亚历山大说，头也没抬，只管看着办公桌上的文件，也没叫贝尔落座。

“我叫柯蒂斯和欧文去现场调查了，向当地警署打探消息，看有没有目击者看到抢劫和杀人的经过。”贝尔撒谎道。

“当地警方都没挖出来的线索，他们两个又怎么能找得到呢？”

“我本人想搭乘下一班去洛杉矶的列车。”

亚历山大抬起头来，眼中掠过一丝怀疑的表情。“洛杉矶？你去那里干什么？”

“我不是去那里，”贝尔回答道，“我打算从拉斯韦加斯下车，然后转车去里欧莱特，打算亲自去找目击者谈谈，当然，如果有的话。”

“这计划不错，”亚历山大明显松了口气，“我还以为你是因为曼特卡小姐去洛杉矶呢。”

贝尔故作惊讶：“你认识她？”

“那天在乡村俱乐部的聚会和舞会上，她坐在我和我妻子旁边。我们以前也见过几面。她说你们两个在为孤儿筹款的舞会上见过面，她似乎对你的工作和背景挺感兴趣，尤其对银行劫杀案有兴趣。”

这点我绝不怀疑，贝尔心想。但他只是说：“我不知道有没有给她留个好印象。不过，她好像不怎么待见我。”

“我妻子还以为曼特卡小姐对你有意思呢。”

“怎么会。我只知道她是洛杉矶一个有钱人家的小姐。”

“没错。”亚历山大的回答暴露了他的无知，“她父亲在城郊拥有一个大牧场。”

贝尔十分清楚，亚历山大既没有调查罗斯，也没有怀疑她向他打听自己的情况，甚至也没有怀疑她对“屠夫劫匪”案感兴趣的原因。

“你大概什么时候回来？”亚历山大问道。

“我一调查完里欧莱特的情况就回来，5天差不多了。”

“柯蒂斯和欧文呢？”

“他们大概要10天到半个月。”

亚历山大重新看着堆在办公桌上的文件。“祝你好运。”他淡淡地说，算是送客了。

回到会议室后，贝尔坐在转椅上放松了一下，他将腿放在长长的桌子上，抿着墨菲夫人端来的咖啡。然后，他又躺在椅子上，盯着天花板，像是能看透楼上的东西。

他之前怀疑罗斯·曼特卡并非富家小姐，看来这点是对的。她不仅是个骗子，而且极可能跟“屠夫劫匪”有关，也许正是他派来打探范·多恩侦探事务所对此案调查情况的。贝尔从来不会低估他的敌人，此人并非普通劫匪。请这么一个漂亮的女人来刺探情报，此人肯定深思熟虑过。这个叫罗斯的女人，不管她是什么身份，此女都是个难缠的对手。她竟然能轻易获得丹佛侦探事务所负责人的信任，肯定早有预谋，她显然是个中高手。劫匪手中有这号人物打头阵，肯定能够获得可靠的情报，他的关系网可能已经渗透到政府内部和商界。

贝尔回到布朗宫殿后，来到前台询问罗斯·曼特卡的房间号。接待一脸公事公办的样子，说："对不起，先生，我们不能向您透露客人的房间号。"但接下来他又自作聪明地说："但我可以告诉您，曼特卡小姐今天下午已经退房了。"

"她有没有说去哪儿了？"

"没有，但她的行李已经送至联合车站，放在1点钟开往菲尼克斯和洛杉矶的列车上。"

这点贝尔并没料到。他责怪自己，竟然让她从自己的手掌中逃脱。

这个罗斯·曼特卡到底何许人也？我们的报告说她的老家并非洛杉矶，既然如此，她为何还要去那儿？

另一个想法开始困扰贝尔。他的对手下一步将有什么举动？这事想想都棘手。在之前的案子中，他总能做到胸有成竹。但这个案子不一样，真是太不一样了。

8

一个留着油光锃亮的黄棕色八字胡、打扮得非常显眼的金发男子走过火车停车场。他钻进一辆N型福特出租车的后座，将瓦萨其山脉下若隐若现的盐湖城的美景尽收眼底，显得很享受今天无云的晴朗天气。他着装整齐，一身行头颇为时髦，但看起来像久经沙场的生意人。此人戴着一顶真丝大礼帽，穿着一件黑色的三粒扣长礼服，配有马甲和高圆领，打着优雅的领结，手上戴着一副珍珠色的羔皮手套，脚上还套着一双颇为配套的鞋套[1]，护住足弓至脚踝部分。

他微微前倾，逐个窗户望去，双手抓住一根纯银做的手杖，手杖上面雕饰着鹰头，末端则是一个大鹰嘴。虽然这根手杖表面看上去十分普通，但它还是一根长筒枪，只要一按按钮，就能扣动扳机，射出44毫米口径的子弹，开枪的时候弹壳随即退出，而且，还能从鹰尾的小夹缝处装子弹。

出租车依次驶过摩门教会、神庙、神龛和大礼堂。这些建于1853年到1893年间，6英尺厚的花岗岩墙上面有6个尖塔，最高的尖塔上面则是天使莫罗尼的铜像。

离开圣殿广场后，出租车往下行至南街300号，停在皮尔内酒店前面的站前。这栋欧式建筑是在采矿业蓬勃发展前不久建立的，也是盐湖城最好的酒店。门童从出租车后面拿出行李，男子令司机在那儿等着。他快步穿过雕花玻璃双扇门，走进富丽堂皇的酒店大堂。

前台的接待员面带微笑，向来人点点头。接着，他瞥了一眼大堂里的大钟说："想必一定是伊利亚·拉斯金先生了。"

"没错。"那人回答道。

"两点一刻。您挺准时的，先生。"

"这是我坐的火车第一次准时。"

"您要登记吗？"

"我要赴个约。你能叫人帮我把行李送到我房间，把我的衣服挂在衣柜里吗？"

"好的，拉斯金先生，我会亲自处理的。"接待俯身靠在登记台上，对拉斯金两腿之间稳稳放着的一个大皮箱点点头，"你要我把这个箱

① 指19世纪晚期至20世纪早期的鞋罩。

子也拿到你房间里去吗？”

“不了，谢谢，这个我拿着就行。”

拉斯金转身，走到路边，将手杖拿在手中，另一只手拿着手提箱的提手，里面的东西似乎很沉，他右臂往下垂了不少。拉斯金费了好一番工夫才来到出租车门前，再次钻进后座。

前台接待在想，拉斯金干吗不将手提箱留在出租车内，为什么要不辞辛劳地拖着这么重的箱子进大堂，还要再拿到外面去？他推测里面一定有什么贵重的东西。但很快又有客人到前台了，他也没再去想这件事了。

8 分钟后，拉斯金下了出租车，给了车钱，进入盐湖城银行 & 信托大厦的休息室，向门边椅子上坐着的一名保安走去。

“我跟卡多萨先生有约。”

保安站了起来，指着前面一道磨砂玻璃门："卡多萨先生在里面。"

其实拉斯金完全不用问保安往哪儿走。他能轻易地看到银行经理的办公室。保安也没注意拉斯金已经仔细观察过他，观察过他的移动、年龄，甚至还知道他习惯将那把 1905 年新出的 45 毫米口径柯尔特勃朗宁自动手枪皮套挂在臀部位置。他早已察觉这个保安不是特别警惕。日复一日，每天看着客户进进出出，几乎从没出过什么事，他早已卸下防备，变得麻木。看来，他并没有发现拉斯金的大皮箱有什么异常。

该银行窗口柜台后面有两个出纳。除保安外，银行也就剩下卡多萨和他的秘书了。拉斯金仔细研究过金库那扇大钢门，大门跟休息室相连，其实是想给客户留个好印象，意思是说他们的钱存在这里大可放心。

他走近秘书："你好，我叫伊利亚·拉斯金。我两点半跟卡多萨先生有个约会。”

秘书是个年约50岁的女人，头发已经开始发白，她一声不吭地站了起来，走到那扇磨砂玻璃门格上方印有阿尔伯特·卡多萨经理字样的门前，她敲过门后走了进去：“一个自称伊利亚·拉斯金的先生想见您。”

卡多萨很快起身，急匆匆绕过办公桌，热情地握住拉斯金的手。“荣幸之至，先生。我一直等着您呢。老实说，我们也很难碰到纽约银行的代表会来敝行存这么一大笔钱。”

拉斯金将手提箱放到卡多萨的办公桌上，将搭扣的锁打开，打开箱盖。“钱就在这里面，一共50万美元的现金，我们到一定时间才会取出来。”卡多萨虔诚地看着叠放得整齐、面额为50美元的黄金券，好像有了这笔钱后，他马上就会发迹，成为大银行家。然后，他一脸惊讶地抬头问道：“我不是很明白。您为什么不让出纳开张支票，而是将50万美元的现金随身带着。”

“纽约哈德孙河银行的董事喜欢用现金交易。我们的来信中也提到，目前我们打算找几个有发展潜力的西部城镇开支行。等我们的银行开业时，有现金在手还是方便些。”

卡多萨一脸严肃地看着拉斯金：“我希望您的董事没打算在盐湖城开分行跟我们竞争。”

拉斯金咧嘴笑了笑，摇摇头：“菲尼克斯、亚利桑那、里诺和内华达州是哈德孙河银行西部开支行的首选之地。”

卡多萨表情放松下来：“菲尼克斯和里诺绝对不错的。”

“盐湖城发生过银行劫案吗？”拉斯金看着金库不经意地问道。

卡多萨笑道，“这座城市肯定不会，这里的居民也不会答应。盐湖城是全国犯罪率最小的城市之一。信奉摩门教的人虔诚、正直。相信我，拉斯金先生，没有哪个劫匪会冒险来这里抢劫。钱一旦存入我们的金库，您就放一万个心。”

“我看报纸说有个叫‘屠夫劫匪’的家伙在西部各州抢劫杀人，无恶不作。”

“别担心，他只会打那些小矿镇的主意，抢劫矿工工资款，绝不会傻到抢盐湖城这种大城市银行的钱。到时他没逃出城区就会被警方击毙。”

拉斯金朝柜台方向点点头：“你们的金库看起来真不赖。”

“这是密西西比西部最好的金库，是我们在费城特地打造的。”拉斯金自豪地说，“就是整个炮兵团也轰不开它。”

“我发现你们营业的时候金库门是打开的。”

“要的就是这效果。客户喜欢看到他们的存款是如何被我们严加保管的。我也说过，盐湖城没有哪间银行被抢劫过。”

“你们什么时候最闲？”

卡多萨一头雾水地看着他：“什么时候最闲？”

“意思是说什么时候来银行办理业务的客户最少？”

“大概一点半到两点之间吧。大多数客户吃完午饭都回办公室了。而且，因为我们3点就关门了，很多客人会赶在最后时间来交易。为何这么问？”

“我只是好奇，跟纽约的银行相比，情况也差不多嘛。”他拍了拍手提箱。“我的钱就留在这个箱子里，明天再来交易。”

“我们马上就要关门了，但我明天早上首先就会让我的业务主管为您点数。”

卡多萨拉开办公桌的抽屉，取出一个皮封账本，写下一个50万美元的存款单。然后交给拉斯金，拉斯金将单子塞进一个大钱包里，又将钱包放入大衣胸袋中。

“能请您帮个忙吗？”拉斯金问道。

“当然可以，尽管开口。”

“出纳数钱时我希望在场。”

“您真是考虑周到，不过我相信，你们的银行肯定已经数好了。”

“感谢您的信任，但为了安全起见我还是在场的好。”

卡多萨耸耸肩，“您说了算。”

“还有一个要求。”

“只管提。”

“我明天早上还有个业务要办，可能要到一点半才回。而且，因为你们那时候也是最不忙的时段，到时数钱也方便。”

卡多萨同意地点点头：“你说的没错。”他起身，伸出一只手，“那就明天下午，不见不散。”

拉斯金举起手杖，挥了挥，算是告别卡多萨，接着，他很快离开办公室。走过保安身边时，那人看都没看。他走上人行道，像挥舞指挥棒一样挥着那根手杖。

他自顾自地笑了笑：等我下次来银行的时候，可就不只是数钱那么简单了。

9

第二天下午，拉斯金朝银行走去，还得确保自己在街上走过时被经过的路人和逛商店的人发现，他偶尔还会跟那些做生意的搭讪。当然，他现在并没有将“手杖”当成防身武器，而只是拐杖。

下午一点半，他准时来到盐湖城银行 & 信托公司，走了进去，转动前门的钥匙，将它锁上，并没有理会保安。然后他将那张写有“打烊”的字条翻转过来贴在窗上，这样街上的人就能看到了，接着，他拉下百叶窗。保安依然昏昏沉沉地坐在那里，没有意识到银行即将发生劫案。阿尔伯特·卡多萨的秘书、两名出纳，以及一个正在银行柜台上存钱的女人都没有留意这名不速之客的异常举动。

过了一阵儿，保安终于警觉起来，意识到拉斯金的举止跟一般的客户并不一样，可能有问题。他随即站了起来，手下意识地去摸那把插有 45 毫米口径柯尔特的枪套，茫然问道：“你想干什么？”然后他睁大惊恐的眼睛，发现拉斯金正用一把 38 毫米口径的柯尔特手枪对着他。

“老实点儿，慢慢走到柜台后面去！”拉斯金命令道，随即用一条破烂的厚羊毛围巾包住手枪，围巾上甚至还有清晰的弹孔痕迹。他迅速走到柜台后面，银行窗口里的两名出纳这才警觉起来，想抓起脚边的猎枪。但他们根本没想到银行会被打劫，动作十分迟缓。

“拿枪？想都别想！”拉斯金厉声喝道，“躺在地板上，否则让你们脑袋开花！”他用手杖指着柜台边吓得面如死灰的女人。“绕过柜台，跟银行职员一起躺在地板上就饶你不死。”他冷冰冰地说。然后又用枪指着卡多萨的秘书。“你也是！躺在地板上！”

现在，所有人都面朝下地躺在锃亮的红木地板上。接着，他轻轻地敲了敲卡多萨的门。由于办公室里面无法听清外面的声音，银行经理并不知道自己的银行发生了致命的抢劫案。按照以往的习惯，他还以为秘书要进来，便等了等，但秘书并没有出现。发现自己无端被打扰后他不禁怒从心起，他离开办公桌，打开门。他足足花了 10 秒钟才明白怎么回事。银行经理愣愣地盯着拉斯金和他手中的枪。

“什么意思？”他问道。接着，他发现了地上躺着的人，一头雾水地望向拉斯金。“我不明白。到底发生什么事了？”

“盐湖城第一次发生劫案而已。”拉斯金不无讽刺地说。

卡多萨一动不动地站在那里，已经吓呆了：“你不是享有声誉的纽约银行的董事吗？为何还要干这种勾当？没有道理啊。你想干什么？”

“我想做什么用不着你管。”拉斯金回答道，声音依旧冷冰冰的，“我要你开一张面值 47.5 万美元的银行汇票。”

卡多萨盯着眼前的人，感觉这个人跟疯子无异。“汇票的抬头写谁？”

“伊利亚·拉斯金，还能是谁？”拉斯金回答道，“动作麻利点儿！”

即使现在，卡多萨还是没怎么弄明白，他打开抽屉，取出汇票本，匆匆按拉斯金说的数据写下汇票。写完后他隔着桌子递给了拉斯金，拉斯金迅速将汇票塞进胸袋中。

“现在，你跟其他人一样躺在地上。”

现在，卡多萨觉得自己掉进了一场醒不过来的梦魇之中，恍恍惚惚，他慢腾腾地挨着战战兢兢的秘书躺在地上。

“好了，在我没给出你们指示之前，你们谁都别动，动一下都不行。”

拉斯金没再说话了，从那扇重达 5 吨的大门走进金库，将钱塞进他之前看到的堆在门内架子上的皮质钱袋里。他足足塞满了两大袋，他没拿 10 美元面额以下的钞票，估计钱袋里面应该装了 23 万美元。他计划得非常完美。他从银行内部获悉盐湖城银行 & 信托公司从芝加哥大陆 & 商业国有银行收到过一大笔现金用作准备金。而他自己那个装有钱袋的手提箱则放在金库的另一个架子上。

他将钱袋放在一旁，像关碗柜的门一样轻松地关上金库的门。接着，他转动启动里面门闩的转轮，将定时器调至第二天9点。

接着，他像是在公园里散步一样，不慌不忙地走到柜台后面，残忍地朝躺在地板上的人的后脑勺连着开了几枪。枪声很小，而且他的动作极快，这些人甚至来不及反应，还没叫出声来就当场命丧黄泉。接着，他很快将银行的百叶窗拉上，这样，路过的行人看到金库已经关闭，还会误以为银行这时候已经打烊了。而且因为被柜台挡住，银行里的尸体并不容易被人发现。

拉斯金等了等，直到人行道上脚步声和车辆的声音渐渐小了才泰然自若地走出银行，他还顺便将门锁上，装作没事人一样从大厦走了出来，一边挥舞着手杖。4点，他返回皮尔内酒店，洗了个澡，来到下面的餐馆，点了一大盘配以时萝酱和鱼子酱的熏鲑鱼，还叫了一瓶1899年产的法国勃艮第荷西园葡萄酒，饱饱地吃了一顿。然后，他在酒店大堂看了一个小时的报纸才上床睡觉，而且睡得特别沉，像什么事也没发生过一样。

拉斯金第二天睡到日上三竿才起来，接着，乘出租车来到盐湖城银行 & 信托公司。发现前门挤满了人，一辆救护车正从银行开出。许多身穿制服的警察都在现场。他从人群中挤了过去，看见穿戴得像警探的人，便跟他打起了招呼。

"发生什么事了？"他礼貌地问道。

"这家银行被打劫了，死了5个人。"

"打劫？还有人被杀？太惨了。我昨天刚从我在纽约的银行往这里存了50万美元。"

警探吃惊地看着他，"你是说50万美元？现金吗？"

"是啊，我这里还有收条呢。"拉斯金将收条放在侦探面前，让他看清楚了，警探仔细看了看说："你是伊利亚·拉斯金？"

“没错，我就是拉斯金，是纽约哈德逊银行的代表。”

“50 万美元现金！”这名警探惊叹道，“难怪银行会被打劫。你最好跟我进来，拉斯金先生，见见银行的董事之一拉姆斯德尔先生。我是盐湖城警局的约翰·卡萨尔警监。”

尸体已经搬走了，但红木地板上还有大片已经干透了的血迹。卡萨尔警监领着一个身材肥硕的男人走了进去，那人的背心下挺着一个大肚子，手上的手表链十分粗大。男子坐在卡多萨的办公桌旁，仔细看着银行存款。秃顶下的褐眼显得很茫然。他抬起头，盯着拉斯金，显然对这位不速之客有点儿恼怒。

“这是伊利亚·拉斯金。”卡萨尔说，“他说昨天经卡多萨先生之手存了 50 万美元。”

“真是惨绝人寰，还得在这样的场景下跟您见面真不好意思。我叫伊斯拉·拉姆斯德尔，本银行的常务理事。”拉姆斯德尔说着站起来握了握拉斯金的手，“这事简直太惨了。”他喃喃道，“死了 5 个人，盐湖城历史上从来没发生过这么悲惨的事。”

“你知道卡多萨先生为我的银行存过这笔钱吗？”拉斯金开门见山地问道。

拉姆斯德尔点点头，“知道，他在电话里跟我说了，提到你曾来过，并将你们银行的现金放在我们金库里的事也跟我说了。”

“愿上帝让卡多萨先生的灵魂安息，既然他写了收条，我的董事肯定希望贵行能够赔偿我们的损失。”

“叫你的董事不要担心。”

“劫匪抢走了多少现金？”拉斯金问道。

“24.5 万。”

“再加上我的 50 万。”他说，装出一副愤怒的样子。

拉姆斯德尔用奇怪的表情看着他，“但令人费解的是，劫匪并没有拿走你的钱。”

拉斯金假装目瞪口呆地说：“你说什么？”

“那些钱放在一个褐色大皮箱里。”卡萨尔说，“是你的吗？”

“你是说那些黄金券？没错，是我纽约银行的。”

拉姆斯德尔和卡萨尔交换了一下奇怪的眼神。接着拉姆斯德尔说：“你和卡多萨先生放在金库的钱还在。”

“我不明白。”

“原封不动地在那儿放着。我亲自打开检查过。你的黄金券一分没少。”

拉斯金故作糊涂地说：“这没道理啊。为何你们的钱被拿走了，我的却没事？”

卡萨尔摸了摸自己的一只耳朵，“我想他当时急急忙忙的，没看到手提箱，没意识到里面装了那么多钱。”

“这还好点。”拉斯金说着取下那顶真丝大礼帽，假装揩了揩眉毛渗出的汗。“要是劫匪不会再回来了，我还是把钱留在你们的金库里，等我们在菲尼克斯和里诺开分行时再来拿。”

“那就太感谢了。特别是现在，我们银行已经没什么现金了。”

拉斯金看了看地板上摊开的血迹。“我就不打扰你调查案件了。”他对卡萨尔点点头，“我相信你肯定能将凶犯送上绞刑架。”

“我发誓我们一定会将他找出来。”卡萨尔自信满满地说，“盐湖城所有路口都戒严了，所有火车停车场都有警察把守。他插翅难逃。”

“祝你好运，”拉斯金说，“我会为你祈祷的，你们一定会抓住那个恶魔。”他转身对着拉姆斯德尔，“明天下午4点之前我都住在皮尔内酒店，如果你需要我帮忙的话尽管来找我。4点我会坐火车走，去监督我们在菲尼克斯新支行的筹备情况。”

“你真是大方，先生，”拉姆斯德尔说，“只要我们银行恢复运营，我会第一时间联系你。”

“不客气。”拉斯金转身要走，“祝你好运，警监。”拉斯金对卡萨尔说，一边往银行前入口处走。

卡萨尔看着窗外，目送拉斯金穿过街道，朝一辆出租车走去。“太奇怪了，”他慢慢地说，“如果我没弄错火车时刻表的话，下一班到菲尼克斯的火车要 3 天后了。”

拉姆斯德尔耸耸肩。“他可能自己都没搞清楚。”

“但我总觉得这人怪怪的。”

“哪里怪了？”

“他的钱没被劫匪拿走，他似乎并没感到特别高兴。他走进银行时就好像知道他的钱没事。”

“这也没什么吧？”拉姆斯德尔说，“不过他的 50 万美元没让劫匪瞧见他应该高兴才对。”

这名警探仍在沉思：“你怎么知道是 50 万美元？你数过吗？”

“卡多萨先生肯定数过。”

“你确定？”

拉姆斯德尔从办公室起身往金库走去，“现在就可以快速清点一下。”

他打开箱子，将箱子里第一层码好的钱放在附近的架子上。最上面一层大约有 2 万美元的黄金券。而下面竟是切割得十分整齐、包扎好的报纸。

“天哪！”拉姆斯德尔倒吸了一口凉气。然后，他好像突然醒悟过来似的，快步跑向经理办公室，打开放在桌子上的汇票本，但汇票底稿不见了，而且并无记录。他的脸都吓白了。“那个杀人犯肯定是强迫卡多萨写了一张50万美元的银行汇票。不管他存在哪家银行，都是经我们银行授权的，我们银行肯定得付这笔钱。根据联邦法律，我们必须承兑。如果不付钱，就会被美国财政部的人起诉，看来我们银行要倒闭了。”

“拉斯金不仅是诈骗犯，”卡萨尔斩钉截铁地说，“他还是抢劫你们银行、谋杀银行职员和客户的刽子手。”

“这事太不可思议了，”拉姆斯德尔难以置信地咕哝道。然后他又说：“你一定要阻止他，把他抓住，别让他从酒店跑了。”

“我会派警力去皮尔内酒店，”卡萨尔说，“但这家伙可不是傻子。他可能一走出大门就跑路了。”

“你可不能让这个双手沾满鲜血的刽子手跑了。”

“如果他就是恶贯满盈、狡猾非常的‘屠夫劫匪’，他肯定会神不知鬼不觉地消失。”

伊斯拉·拉姆斯德尔突然眼睛一亮。“他肯定要将汇票存进哪家银行。我电报全国各地银行经理，让他们留意此人，在他们承兑伊利亚·拉斯金50万美元的汇票前报警。他不可能拿到这笔钱逃之夭夭的。”

“我也不知道这个办法行不行得通。”约翰·卡萨尔喃喃自语道，“我真的不大确定。”

10

火车在里欧莱特车站慢慢悠悠地停车时贝尔还在想，现在根本连

“屠夫劫匪”的影子都没瞧见。但他突然收到范·多恩一封详尽的电报，说盐湖城发生了大劫杀案，消息已经传开。没人想到劫匪会打劫盐湖城这种大城市里的银行。在里欧莱特稍作停留后，他会立即赶往那里。

他带着自己出差时那个装有必需品的皮箱下了火车。沙漠的热浪像鼓风炉一样炙烤着他，但因为沙漠中缺少湿度，他的衬衫并没被汗水浸透。

在向站长问清方向后，他去了警长办公室和监狱。马文·休伊警长中等身材，一头花白的头发乱糟糟的。贝尔走进办公室时，他不再低头看一堆通缉犯的照片，而是用他那双黄褐色的眼睛盯范·多恩手下的这名警探。

“休伊警长，我是范·多恩侦探事务所的伊萨·贝尔。”

休伊并没从桌旁起身，也没有伸出手来，只是将一团和着烟汁的嚼烟吐到痰盂里。“原来是贝尔先生，我听说你坐的是10点的火车。对了，你喜欢我们这里温暖的天气吗？”

贝尔也没等休伊赐座，不客气地从他对面拉过一把椅子坐了下来，“我还是喜欢丹佛高海拔的凉爽天气。”

贝尔的不适应被警长看在眼里，他咧嘴微微笑道：“如果你在这里生活惯了，可能会喜欢这儿的。”

“我给你发过电报，将我要调查的情况跟你说了。”贝尔也没客套，“我希望能从你们这儿获得一些能够追查到‘屠夫劫匪’的情报。”

“希望你的运气比我好。在杀人事件发生后，我们只找到一辆遗弃的马车和拉车的把他送进镇里的几匹马。”

“这里有人近距离见过此人吗？”

休伊摇摇头：“根本没人注意他。3个人的口供都不相同。我只知道我的手下并没从马车、马或驶出镇子的汽车找到任何线索。”

“铁路方面呢？”

休伊摇摇头：“案发当日 8 个小时内都没有火车离开过本镇。我派人去了车站，他们在客车开动之前搜查了车厢，但根本没发现可疑人物。”

“货车呢？”

“我的副队长搜查了那天唯一离开本镇的货车。甭说他们，就连火车司机、锅炉工和司闸员都没看到有人藏匿在车厢里，车厢附近也没有可疑人物出现。”

“你对这个劫匪有什么看法？”贝尔问道，“你觉得他为什么能够神不知鬼不觉地从我们眼皮底下消失？”

休伊停顿了一下，又将一口嚼烟烟末吐进那个铜制的痰盂里。“我甘拜下风。这么说真的让我沮丧，但我不知道他是如何从我和我的人手底下跑掉的。坦白说，我被这事搅得寝食难安。在我当差的30年中，从来没放跑过任何一个犯人。”

“如果你知道你并不是唯一一个眼睁睁看着那个浑蛋在抢劫银行后逃脱的警长，你会好受点。”

“这也没什么可邀功的吧。”休伊喃喃道。

“如果你允许的话，我想跟 3 位目击者谈谈。”

“你只会浪费时间。”

“能将他们的名字告诉我吗？”贝尔坚持道，“我有任务在身。”

休伊耸了耸肩，将3个人的名字和住址写在一张通缉公告的背面，然后递给贝尔：“这3个人我都认识，都是老实人，尽管他们各执一词，但对他们所看到的情况都深信不疑。”

“谢谢，警长，我的工作是不放过任何一条线索，不管这些线索多不起眼。”

“如果还有什么需要尽管开口。”休伊热心地说。

“如果有需要的话，一定找你帮忙。”贝尔说。

第二天上午，贝尔大部分时间都在寻找并询问休伊警长名单上的3个人。要说根据目击者的描述得出结论，贝尔也算得上专家了，但这次他也毫无收获。三人中的两男一女给出的信息毫无关联性。休伊警长说得对。就算是贝尔也只得承认此事没有头绪，于是，他不得不返回酒店，准备按照原先的计划，第二天离开该镇去发生过类似悲剧的另一个小镇：蒙大拿的博兹曼。

他坐在酒店餐馆里，早早点了炖羊肉当晚餐，这时警长走了进来，坐在桌旁。

“吃点什么？”贝尔大方地问道。

“不了，谢谢。我突然想起了杰基·拉格尔斯，所以来找你。”

“这人是谁？”

“是个10岁的小男孩，他父亲是矿工，母亲靠给人家洗衣服维持生计。他说他在抢劫那天看到一个古怪的人，但他的描述前言不搭后语。这小子有点傻里傻气。我想他说自己见过劫匪的目的是在别的孩子面前吹牛吧。”

“我想去问问他。”

“上到3号大道，从那里去门罗街，然后右拐。他住在左手边的第二间房子里。那个房子摇摇欲坠，看上去随时都会塌了，镇里那片区域大多房子都是这种状况。”

“非常感谢。”

“不要抱太大希望，你可能问不出什么有用的信息。”

“我必须往好处想。”贝尔说，“正如我说的，不管线索多么小，我们每条都不会放过。范・多恩侦探事务所跟你一样，一心只想将凶犯绳之以法。”

“你可能得先去杂货店，买点儿橡皮软糖，”休伊警长说，“杰基爱吃甜食，好这一口。”

“谢谢你的提醒。”

贝尔找到拉格尔斯的家时发现跟休伊的描绘并无二致。那是一栋木房子，整个房子倾向一边。再倾斜两英寸，房子没准就得倒在街上，贝尔想。他正要往摇摇晃晃的楼梯上走，一个小男孩从前门冲了出来，往街上跑去。

“你是杰基・拉格尔斯？”在他冲出去之前贝尔一把抓住他的胳膊问道。

男孩似乎一点儿也不怕。“你又是谁？”他问道。

“我叫贝尔，为范・多恩侦探社做事的。听说你那天看见银行劫匪了，我想问问情况。”

“范・多恩侦探社。”杰基以敬畏的口吻说，“天哪，你们蛮出名的。范・多恩侦探社的侦探想找我了解情况？”

“没错，”贝尔说着使出了撒手锏，“想来点儿橡皮软糖吗？”他拿出刚从杂货店买的那包糖。

“太好了，谢谢你，先生。”杰基・拉格尔斯也不客气，一把抓住糖包，尝了一块绿色的软糖。他穿着一件棉布衬衫，裤子在小腿部分的裤管被剪掉了，脚上的皮鞋磨损得很厉害，贝尔猜想可能是他哥哥穿过的。他穿得很干净，恰好印证了他妈妈是洗衣工。小孩瘦如麻秆，脸庞透着一股男孩子气，上面满是雀斑，一头淡褐色的浓密鬈发显得十分凌乱。

“我听休伊警长说你见过银行劫匪。”

男孩边吃软糖，边回答道：“可不是。但问题是，没人相信我。”

“我相信。”贝尔向他保证说，“将你看到的情况跟我说说。”

杰基又要去拿另一块软糖，但贝尔制止了他。“等你告诉我之后，那些糖都是你的。”

男孩有些恼火，但还是耸耸肩。“那天我在街上跟一班朋友打棒球，那个老家伙……”

“有多老啊？”

杰基仔细看了看贝尔，“跟你差不多吧。”

贝尔从没想过30岁也算老家伙，但对于一个10岁的小孩来说，他肯定够老的了。“继续。”

“他的穿戴跟镇里的矿工没什么两样，但奇怪的是他戴着一顶像墨西哥人一样的大帽子。”

“是宽边帽吧？”

“是叫这名。”

“他肩头扛着一个很沉的袋子，里面像是装满了东西。”

“你还注意到什么？”

“他一只手上的小指不见了。”

贝尔心头为之一震。这是杀手留下的第一个线索。“你确定他没有小指？”

“百分百确定。”杰基回答道。

“哪只手？”贝尔问道，难掩兴奋之情。

“左手。”

“你确定是左手？”

杰基只是点点头，眼馋地看着糖包。“他看到我回头看他时，好像非常生气的样子。”

“接着呢？”

“那时候因为我得去接一个高飞球，所以走开了。等我转过身来，他就已经不见了。”

贝尔拍着杰基的头，手好像淹没在那头蓬乱的红褐色头发中。他笑了笑：“去吧，软糖都是你的了。不过呢，我要是你的话，肯定会慢点儿吃，这样就不会这么快吃完了。”

从里欧莱特酒店办完退房手续，贝尔赶往火车站，在搭乘火车之前，他付钱给电报员，让他发电报给范·多恩，告诉他“屠夫劫匪”没有左手小指的细节。他知道范·多恩会很快把消息发出去，那些侦探就会留意并向他报告有此缺陷的可疑人员。

不过他并没有急着返回丹佛，而是临时决定去比斯比。万一他运气不错，还能在那里找到有关劫匪的身份信息。沙漠的热浪让卧铺车厢里酷热难当，不过，他只是靠在座椅上，几乎没注意这闷热的天气。

第一个可靠的线索是一个骨瘦如柴的小男孩提供的，尽管案情并没有取得突破性的进展，但总算有了一个良好的开端，贝尔心想。他对自己的这一发现感到满意，并开始幻想如果与劫匪打上照面，就可以凭他缺失的手指认出他。

加速追捕

今天，贝尔的心情相当不错。尽管他并不知道欧文和柯蒂斯找到什么线索了，但他确定骑摩托车的人就是“屠夫劫匪”，之前他化装成了一个喝醉酒的老矿工。至于手指的缺陷和那缕红头发，那并不是什么实质的证据。杰克·卡森也可能没瞧见劫匪头发的颜色。真正让贝尔感兴趣的是那辆摩托车，倒不是因为劫匪有辆摩托车那么简单，而是因为这种现代化的交通工具很符合劫匪精明、谨慎的性格。

现在最关键的问题是，劫匪骑摩托车出城时为何没被人发现？

11

1906年3月4日 / 加利福尼亚州 旧金山市

那个化名叫拉斯金的男子站在装饰得颇为华丽的黄铜水槽前，对着一面椭圆形的镜子，用一把锋利的剃刀刮着胡须。刮完胡须后，他把脸洗得干干净净，再喷上了昂贵的法国古龙水。这时，他的那节火车车厢突然停了下来，他下意识地抓住水槽。

他走到一个锁好的窗户前，这扇窗户从外面看时就像车厢木墙的一部分，他小心地扒开一条缝，往外面瞅了瞅。一列拉着10节车厢的蒸汽调车机车跟火车脱了钩，其中就包括那节“奥布莱恩”家具车厢，机车穿过南太平洋铁路公司名为奥克兰码头的候车大楼。这幢建筑由一个巨大码头组成，用贮存在奥克兰西侧的旧金山湾里的桩基、砖石和岩石建成。渡船进入和停泊的滑道在主建筑的最西侧，也就是双子塔之间。而进出旧金山湾的大型运输船全由塔里的工人完成指挥和装卸工作。

因为奥克兰码头是州际铁路的终点站，每天24小时都有各色人进进出出，有从东部过来的人，还有前往对面大陆的人。既有列车，也有满载货物和商品的货车。该码头在1906年已是繁忙之地，因为港湾的双子城在当时就以业务繁忙著称。旧金山是繁荣的商业中心，但许多货物都是在对面的奥克兰生产的。

拉斯金检查了一下行程表，知道他的这节装扮得十分巧妙的车厢已登上南太平洋铁路公司专为货车和列车设计的渡船——“圣盖博号”。该船设计得颇为经典，艄艉同形，不论是船首还是船尾都有操舵室。船的侧面装有桨轮，由两个步进式蒸汽引擎驱动，两侧都有烟囱。装载火车的渡船主甲板上装有平行轨道，乘客则可以待在舱面室里。“圣盖博号”长 298 英尺，宽 78 英尺，可携带 500 名乘客和 20 节车厢。

“圣盖博号”的目的地是南太平洋铁路公司的终点站汤森德和第三大街，乘客会在那里上岸。然后，该船会继续前往汤森德和国王大道的 32 号码头，货车车厢里的货物会运至该市第三和第七大街的铁路站场。而这节印有“奥布莱恩”家具公司的车厢则会调至劫匪在工业区所拥有的一个货仓的旁轨上。

拉斯金在抢劫盐湖城银行之前曾多次搭乘“圣盖博号”过海湾，现在他归心似箭。就在这时，长长的汽笛声在码头周围回荡，渡船即将出发。高高的步进式蒸汽引擎转动 27 英尺长的桨轮，水波搅动，“圣盖博号”开始颠簸起来。很快，该船便行驶在光滑如镜的海湾上，朝旧金山驶去，不用 20 分钟便可到达目的地。

拉斯金很快穿上一件裁剪得颇为保守的商务西服，扣眼中插着一朵黄色的小玫瑰。他随意地戴着一顶常礼帽，然后将一双羊皮手套戴在手上，拿着手杖。

接着，他弯下腰，使劲抓着货车车厢地板上的活板门手柄，打开车门。他将一个沉重的大手提箱从开口处扔了下去，随即他自己也跳到轨道之间的甲板上，他很小心，生怕弄脏了衣服。然后，他小心翼翼地弓着背从车厢底下钻了过去，同时还要注意没有船员看到他，接着，便径直朝前走去。

拉斯金从舱面室乘客下车的梯子走了上去，行至半路时他撞见一个往下走的船员。那名船员停了下来，朝他点点头，脸上的表情很是严肃。

“先生，您知道乘客不允许上主甲板吗？”

“是的，我知道。”这名劫匪微笑着说，“我知道自己搞错了，你不是也看到了，我正要转身回舱面室呢。”

“抱歉，先生。”

“不要紧，你也是照章办事。”

劫匪继续沿梯子走进装饰颇为华丽的舱面室，坐渡轮过海湾的乘客大多喜欢待在里面。他走进餐厅，在立式吧台点了杯茶，然后走到露天的前甲板上，一边喝茶，一边欣赏海湾对面越发繁华的旧金山市。

这座濒海城市在那个年代就已经是座迷人、浪漫的国际化大都市了。从1900年开始，这座城市就开始初具规模，成为了美国西部的商业金融中心。其实，旧金山正是这些站在甲板上、手提着大提箱、穿戴讲究、高瞻远瞩的企业家们建立起来的。跟其他人一样，拉斯金也发现了这样的机会，并且迅速地抓住了它。

拉斯金不是那种拘泥于小节的人，他很快喝完了茶，但并没有将茶杯还给餐馆，而是将杯子从船上扔了下去。他懒洋洋地看着一大群鸥飞过渡船，3只褐色的鹈鹕紧贴海面觅食水中的小鱼。然后，他加入蜂拥的人群，经梯子走到主甲板上，乘客要在这里上岸了。南太平洋铁路公司这个码头的前门使用了西班牙建筑风格，装饰十分华丽。

他拖着大行李箱，悠闲地走到站里，从通往汤森大街的门里走了出去。几分钟后，他站在人行道上等待着。很快，见一辆白色的奔驰单座敞篷车行至大街，他微微一笑，这辆车在他面前的路边来了个急刹车。此车的引擎盖下是一个巨大的4缸发动机，60匹马力引擎，时速可达80英里。它由钢、铜、木材、真皮和橡胶巧妙组合而成，令人叹为观止。驾驶这样的车绝对刺激。

如果说这辆车已足够让人惊叹，那么驾驶室里坐着的那个女人更是让人不由得屏住呼吸。女子身材苗条，纤纤细腰。一个红色的大蝴蝶结跟她那火红色的头发颇为相称。她戴着一顶软帽，下巴下系着带子，以防帽子被风吹走，今天她穿着一件黄褐色亚麻裙，裙子不是很长，下摆至小腿中间部位，这样她走起路来也会十分利落。她一只手松开那个大方向盘，向拉斯金挥舞着。

“好啊，哥。你迟到一个半小时了。”

“你好，妹妹，”他站在那里，咧嘴笑道，“这怨不得我，我守不守时完全取决于火车司机。”

她侧过脸来，他顺势吻了她的面颊。女人闻着他身上的气味——他身上向来喷的是她送的古龙水。闻着那个香味，就像置身于傍晚下过毛毛细雨的后花园。要是他跟她没有血缘关系，说不定她真会爱上他。

“想必一路都很顺吧。”

“没错。”他说，一边将手提箱捆在踏脚板上，“现在我们一分钟也不能耽搁。”

他钻进车里，坐在褐色真皮乘客座上。“我必须赶在侦探阻止交易之前承兑我在盐湖城银行 & 信托公司获得的汇票。”

今天她穿着一双系带褐色皮鞋，只见她脚踩离合器，熟练地转着弯，那辆车就像一头正在追逐斑马的狮子一样在街上疾驰。“你花了两天时间才到这儿。你难道不觉得自己已经没时间了吗？他们可能已经联系警方，并雇用了私家侦探，督促全国所有银行严密防范这张价值不菲的失窃汇票。”

“他们这么做需要时间，两天时间肯定办不到。”他说。这时，她猛拐向左边往市场大道行驶，这种敞篷车并无门支撑，他只得一把抓住车座的侧边，而他的另一只手几乎没能抓住那顶差点飞到街上去的常礼帽。

她开车开得飞快，甚至有点儿莽撞。街上其他交通工具的行驶速度都不算快，因而她飞快的车速敏捷地在车辆之间兜来兜去的车技，引得行人纷纷侧目，惊讶地看着这辆疾驰而过的车。她风驰电掣地经过了一辆由几匹佩尔什马拉着的啤酒车，尽管那辆车几乎把整个街道都堵住了，但她还是有办法驾车从装得满满当当的啤酒桶和熙熙攘攘的人行道之间狭窄的通道敏捷地穿过去。他则勇敢地吹起了“第七骑兵团”行军歌，同时还不忘朝从成衣店出来的几位漂亮姑娘行脱帽礼。大市场行驶的有轨电车缓缓逼近时，她迎头而上，飞快地跟电车擦身而过，司机愤怒地挥着拳头，惊得好几匹马都扬起了后蹄。

再过了两个街区，她驱车从几栋砖石砌成的建筑物中间穿过，然后猛地一踩刹车，车突然停了下来，后轮拖着长长的刹车印。最后，此车停在市场和萨特大道东南拐角处的克伦威尔银行。“到了，哥。我相信你肯定会喜欢这种风驰电掣般的感觉。”

“你总有一天会要了自己的小命。”

“那也只能怪你。”她笑着说，“车是你给我的。”

“我会用那辆哈雷戴维森牌摩托车跟你换。”

“门儿都没有。”她开心地挥了挥手说，“早点儿回家，别太晚了。我们跟古鲁恩汉姆一家在巴巴里海岸有约，先是去访问贫民窟，然后再去看该死的讽刺舞蹈剧。”

“我都有点儿等不及了。”他不无讽刺地说。接着，他往下走到人行道上，然后转身解开手提箱。她知道箱子里面塞满了从盐湖城银行劫来的钱，她发现她哥哥还是有点儿紧张。

她脚踩油门，那辆以链传动的奔驰单座敞篷车飞快开过十字路口，呼啸着往街道那头驶去，排气管发出的分贝足以穿透街上的橱窗。

劫匪转身得意地看着那栋装饰得颇为华丽的克伦威尔银行大厦，爱奥尼亚式大柱上雕有凹槽，装以彩色大玻璃窗。一个穿灰色制服的人为他打开了其中一扇大玻璃门。那人个子很高，一头花白的头发，身上透着一股军人的气质，他曾在美军骑兵团服役过30年。

“早上好，克伦威尔先生。你度假归来真让人高兴。”

“回来真好，乔治。我出去的这段时间这边的天气怎样？”

“跟今天差不多，先生，阳光明媚，温度适中。”乔治低头看着那个大手提箱，“要我帮您提吗，先生？”

“不必了，谢谢，我自己能行，是时候锻炼锻炼身体了。”

一个铜制的标牌上列出该银行的资产为2200万美元。很快就是2300万了，克伦威尔想。城里只有那家有着50年历史的富国银行的资产、资金和流动资产多过他们家。乔治打开门，这个叫克伦威尔的劫匪大步走进镶嵌大理石地板的银行大厅，经过雕刻着漂亮纹饰的经理办公桌、出纳窗口和没有栅栏的柜台——这是一种对客户完全开放的设计风格。而这种将柜台区设计成开放式的大胆创新风格竟是由一个谁都不信任、专门打劫外地银行的人发明的，而他的金融帝国也是通过这个手段发迹的。

事实上，雅各布·克伦威尔已不再需要赃款来壮大自己的银行了。但他沉醉于这种挑战中，觉得自己已经战无不胜。他觉得那些警探根本就不是自己的对手，范·多恩侦探事务所的侦探更是不值一提，除非哪天他无疾而终，这事就算完了。他已经从他的线人那里打听到了，谁都不知道自己的真实身份。

克伦威尔进入电梯，来到3楼，走进休息室正上方画廊上那个贴有意大利瓷砖的主办公室。办公室装饰得非常华丽，里面铺着厚厚的淡褐色地毯，人走在上面，几乎听不见脚步声。办公室的墙上镶嵌柚木板，上面雕饰着19世纪西部风格的景致，支撑屋顶的柱子上雕刻着图腾。头顶巨大的天花板则绘有旧金山早期风格的壁画。

他聘请了3个秘书帮他打理生意，顺便处理他大部分的个人事务。3个女人都很漂亮，身材高挑，举止优雅，都是知识女性，均出身于本地上等人家。他给她们的薪水都比同行的高。而他对她们唯一的要求就是必须穿相同款式和颜色的衣服，这当然也是公司出钱购买的，而且她们每天都会穿不同颜色的服装。今天，她们全都穿着跟地板颜色相称的褐色裙子。

见老板回来，她们全都站起并围了过来，开心地跟他交谈着，欢迎他度假归来，他当初跟她们说他去俄勒冈钓鱼了。尽管需要非同一般的自制力，但克伦威尔硬是忍住没有和她们中任何一个女人有过暧昧的关系。他信奉“兔子不食窝边草”的原则。

一番刨根问底之后，3位女士重新回到办公桌旁，克伦威尔叫那个跟了他9年的高级秘书到他办公室去。

他坐在那张巨大的柚木办公桌前，将箱子放在桌下，笑着对这个叫玛丽安·摩根的秘书说：“你好吗，摩根小姐？最近结识新男朋友了吗？”

她脸唰地一下红了：“没有，克伦威尔先生。我每晚都待在家中看书。”

玛丽安大学毕业时21岁，刚进来时还是银行的出纳，后来升职为经理。眼看就要30岁了，但她还是独身一人，许多人都把她当成嫁不出去的老姑娘。但事实上，城里很多有身份的男人都想拜倒在她的石榴裙下。这个已到适婚年龄的女人魅力非凡，根本不乏追求者，但她仍然待字闺中。她对男人有着特殊的要求，直到现在，她心目中的白马王子还没出现。她将那头淡黄色的金发裹在头顶，这也是当时时兴的发型，玛丽安五官长得非常精致，这让她的天鹅般细长的脖颈更显迷人。她穿着紧身胸衣，那身材简直就像一个古典的沙漏。现在，她正用那双珊瑚绿色的眼睛看着办公桌对面的克伦威尔，一只纤纤细手握着笔记本上的一支笔。

“我想盐湖城银行代表随时都会来检查我们银行的交易记录。”

“他们会检查我们的账簿吗？”她似乎有点担心地说。

他摇摇头，“不是这么回事。我听其他的同行说盐湖城银行被人抢劫了，而抢劫来的赃款可能会在另外一家银行承兑。”

“你要我处理这事吗？”

“不用。他们来时你只管好好招待就行，等我准备好就会办妥此事。”

就算玛丽安对克伦威尔的要求有什么疑问，她也表现得很平静，“好的，尽管放心。在你见他们之前我会好好招待他们的。”

“那行，没事了，”克伦威尔说，“谢谢。”

玛丽安一离开他的办公室并关上门后，克伦威尔赶紧从胸袋中掏出盐湖城银行 & 信托基金公司的汇票。接着，他站了起来，走到那个存有该行总账和交易记录的大立式保险柜旁。他迅速而且熟练地修改了上面的账簿，外人一看，那张汇票已经全额承兑给了伊利亚·拉斯金。克伦威尔还做了假账，显示自家银行的流动资金也减少了。

篡改账簿后，克伦威尔并没有等太久，20 分钟后，盐湖城银行的代表果然如期而至。玛丽安先是稳住了他们，说克伦威尔先生很忙。后来，办公桌下的蜂鸣器突然响起，她立即领着代表来到克伦威尔的办公室。

克伦威尔正在讲电话，朝代表点头打了声招呼，示意他们就座。“好的，亚伯纳西先生，我会亲自注销你的账户，将资金转给路易斯安那州的巴吞鲁日银行。哪里话。很高兴为您服务。祝您旅途愉快，再见。”

克伦威尔放下另一头根本无人接听的电话，站了起来，走过办公桌，伸出手：“你好，我叫雅各布·克伦威尔，敝行的董事长。”

“这两位先生是从盐湖城来的，”玛丽安说，“他们希望我们不要承兑他们银行的汇票。”说完她一个转身，裙摆荡漾，脚踝上方一英寸的地方随即露了出来，她很快离开办公室，并将门关好。

“请问有什么可以为你们效劳的？”克伦威尔礼貌地问道。

其中一人是个瘦高个，另一人个子很矮，但身体壮实，全都大汗淋漓。高个子先开的口：“我叫威廉·比加洛，这是我的同事约瑟夫·法纳姆。我们想问问旧金山是否有哪家金融机构收到过一张面额为 47.5 万美元，付款方为盐湖城银行 & 信托公司的汇票。”

克伦威尔扬了扬眉毛，做出一副惊恐状：“难道有问题？”

“这张汇票是劫匪枪杀经理之前逼迫他写的，然后，劫匪将汇票连同金库里的钱都抢走了。我们正在努力追查汇票的去向。”

“哦，天哪！”克伦威尔失声叫道，举起双手，表现得十分悲痛。“这张汇票昨天下午就到我们这儿了。”

两位代表立即紧张起来，“汇票在你手中？”法纳姆急切地问道。

“是的，现在正在账簿房的保险柜里放着。”克伦威尔语调变得沉重起来。“不幸的是，我们已经承兑了。”

“你承兑了！”比加洛大惊失色地说。

克伦威尔耸耸肩，“是啊。”

“你写的是支票吧？”法纳姆说，希望还有时间阻止劫匪从别家银行兑换现金。

“不是，汇票持有人要的是现金，我们是遵照他的吩咐做的。”

比加洛和法纳姆惊恐地看着克伦威尔，“你随随便便就给一个拿着将近50万美元汇票的人承兑了？”比加洛眉头紧锁地问道。

“经理将汇票拿来让我批准时我亲自检查过，并无不妥。”

比加洛脸色很是难看。现在让他联系盐湖城银行董事，告诉他们47.5万美元就这样没了，肯定会背负巨大压力。

“汇票上写着谁的名字？”

“伊利亚·拉斯金先生。”克伦威尔回答道，“他拿出了一大堆文件，上面完全证明拉斯金先生是一家保险公司的创建人，而这家保险公司是要出款赔付镇里付之一炬的一栋大厦……”克伦威尔停顿了一下，“他好像说是华盛顿州的贝灵汉姆。”

“你能告诉我们拉斯金长什么样吗？”法纳姆说。

“穿戴极为得体，”克伦威尔说，“高个子，一头金发，金黄色的胡须很是浓密。我没注意他眼睛的颜色。但我似乎记得他拿着一根不同寻常的手杖，手杖的一头有个银色的鹰头。”

“此人正是拉斯金。”法纳姆喃喃道。

“他可真会赶时间，”比加洛对他的拍档说，“他肯定坐特快列车来的这里，只需一天多一点儿时间。”

法纳姆怀疑地盯着克伦威尔，“你不觉得将这么一笔巨款付给一个从州外来的陌生人不妥吗？”

“我当然想过，可我不是说了吗，我亲自检查了汇票，确定它并不是伪造的。我问他为什么不从西雅图银行承兑，但他说他的公司在旧金山有分支机构。我可以向你们保证，那张汇票并无问题。我没办法再去怀疑，所以就如数给他承兑了，尽管这笔钱几乎将我们金库的现金都抽空了。”

“我们所代表的银行可要遭罪了。”法纳姆说。

“我不担心，”克伦威尔意味深长地回答道，“克伦威尔银行所做的事都是合法的。我们都是按照银行业的规章制度办的事。至于盐湖城银行 & 信托公司不能承付款项，我并不担心。而且，他们的保险公司还支付了一笔被偷窃的款项，而且我还知道他们那家保险公司的资产赔付 50 万美元的保险款并无问题。”

法纳姆提醒比加洛不要将话题扯开了。“我们最好去最近的电报局，通知盐湖城银行 & 信托公司的董事，尽管他们会对这个消息感到沮丧。”

“没错，”比加洛用力点点头，“他们也许还有办法。”

“他们没别的办法，只有承兑汇票。可以毫不夸张地说，如果盐湖城银行董事提出抗议，银行委员会也会支持克伦威尔银行。”

两位代表站了起来。

“我们需要你出具一份声明，克伦威尔先生，”法纳姆说，“说明付款的情况。”

“我明天早上第一件事就是督促律师拟稿。”

“劳你费心了。”

“没事，”克伦威尔仍旧坐在那里说，“我这边会尽力配合你们的。”

两位代表一走，克伦威尔赶紧叫摩根小姐进来，“两个小时内别让人打扰我。”

“交给我好了。”她说，话语中透着干练之气。

一关上门，克伦威尔赶紧走过去将门锁好。接着，他将那个沉重的箱子从桌子底下拿到柚木办公桌面上，打开。里面有的钱显得比较凌乱，有的仍旧被纸条包扎着。

克伦威尔有条不紊地数着钱，再将钱码好，一边计数，一边将散落的钱重新扎好。很快，所有的钱都做好标记，点好数，整整齐齐地堆在桌面上。一共 24.1 万美元，接着，他又仔细将钱放回手提箱内，再将手提箱塞到桌子底下，打开几个账本，做好假账，这些都是他一早准备好的，这些年他劫来赃款也就是这样神不知鬼不觉地入了银行的账。他的银行资产也是拜这些不义之财所赐。做完账后，他十分满意，接着，便将摩根小姐叫进来，告诉她银行准备照常营业了。

平常银行的上班时间是从上午 10 点到下午 3 点。即将打烊时，克伦威尔等到员工都回家后，他将门锁得严严实实的。现在，偌大的银行就只剩下他一个人了，他将手提箱从电梯拿到一楼，放进金库中，他之前就吩咐过，员工下班后金库不必锁门。他一扎扎地将钱放进出纳用作客户交易的箱子里。明天早上他会将伪造的收据交给总会计师，这名会计师根本不知道这些钱的编号，只会如实记录经他做过手脚的存款。

雅各布·克伦威尔对自己的行为甚觉满意。诈骗盐湖城的银行太冒险，他可没打算再棋行险招。而且这次得手之后，追查他的人亦会摸不清方向，他们会觉得他越来越大胆了，可能会得出这样的结论：犯罪分子会再次抢劫这样的大银行。但他知道，他不可能一直都有这样的运气。这种抢劫非常复杂。下次再度犯案时，他还会选择小镇银行下手。

他关上金库的门，并将锁和定时器设置好，接着，又来到地下室，从一扇只有他知道的隐秘的门偷偷走到街上。他嘴里吹着《扬基歌》[1]，叫了一辆出租车，朝加州大道驶去，他在那里搭乘电缆车，驶过一

① 美国独立战争时流行的一首歌曲。

条 375 英尺高的 24% 坡度的斜坡，去到他在诺布山上的府邸。罗伯特·路易斯·斯蒂文森[①]曾说“诺布山上遍是宫殿”。

那里有条巷子叫库什曼街，风景如画，房舍林立，而克伦威尔的宅邸就坐落其间。其他的一些建筑和纪念碑由煤矿老板，还有南太平洋铁路公司[②]的四大巨头亨廷顿、斯坦福、霍普金斯和克罗克所建造。这些建筑都是财富的象征，但在艺术家或设计师眼中，它们更像是虚有其表的怪胎而已。

跟此地其他的木制建筑不同，克伦威尔和他妹妹玛格丽特的房子由采石场的毛石建造而成，外观给人一种稳重的感觉，有点儿类似图书馆的风格。有些人甚至认为这栋房子跟华盛顿的白宫有几分相似。

回来时他发现妹妹已经等得不耐烦了。在她的催促下，他很快换上行头，准备参加晚上在巴巴里海滩的聚会。他在换晚装的时候心里暗自思忖，没错，这周真是硕果丰富。这次成功让他的信心再次爆棚，现在，他觉得谁都奈何不了他了。

12

欧文没办法找到博兹曼银行失窃货币的编号。不仅是因为银行没有记录，而且，那家银行也因被劫而倒闭了，创始人将为数不多的资产，包括房子卖给了一位有钱的银矿商。

欧文只得前往名单中所列的第二家银行。他搭乘北太平洋铁路公

① 苏格兰小说家、诗人与旅游作家，也是英国文学新浪漫主义的代表之一。

② 原太平洋中央铁路局公司。

司的列车来到蒙大拿州一个叫艾克霍恩的矿镇，这里海拔达 6444 英尺，是一个繁华的小镇，有 2500 个居民，从 1872 年到 1906 年间，艾克霍恩镇一共生产了价值高达 1000 万美元的金银。“屠夫劫匪”3 年前抢劫了这里的银行，4 人殒命。

在火车离开博兹曼到驶进镇里的车站期间，欧文第 10 次研究了艾克霍恩的劫案报告。跟劫匪在其他地方使用的方法完全相同。他先是假装成矿工，运钞车刚进入银行，准备将 3000 名矿工的工资运抵银行时他很快走了进去。跟往常一样，所有劫案都没有真正意义上的目击者。而所有 4 个受害者：银行经理、出纳、一对正在取款的夫妇都是近距离被人击中脑袋而亡。而且，没人听见枪声，案发后劫匪就像人间蒸发了一样。

欧文先是入住了格兰德旅馆，接着，他沿街走到马文 · 施密特银行，马文 · 施密特也是该行的新买主，一名矿老板的名字。这幢建筑是采用多数矿镇流行的建筑风格。建筑材料取自本地的石材，以哥特风为主格调。他从一个正对老溪街和松子街交叉路口的拐角门里走了进去。银行经理坐在离那个巨大的钢制保险柜不远的矮隔板后，保险柜上印有一只立在突出岩石上的大麋鹿。

“你是西格勒先生吗？”欧文问道。

一个年轻人抬头看着面前打听的这人，他一头油黑发亮的头发，往后梳着，长着一双深绿色的眼睛，从他的五官来看，此人有印第安人的血统。他穿着一条舒服的纯棉裤，上身穿着软领衬衫，但并没有打领结。他从办公桌上拿起一副眼镜，架到鼻梁上。

“是我。有何贵干？”

“我是范 · 多恩侦探事务所的格林 · 欧文，来这儿调查几年前在此发生的银行劫案。”

西格勒眉头一皱，一副不耐烦的样子：“你不觉得你们范·多恩侦探社的人来得有点儿晚了吗？那个杀人劫匪在3年前就得手了。”

“当时我们并没有负责调查此事。”欧文不卑不亢地回答道。

“那你为何现在又来这里了？”

“如果那些钱登记过，我想调查赃款编号。”

“你是为谁做事的？”西格勒仍旧不依不饶。

西格勒的不信任、不理解，其实欧文也能理解。设身处地地想，他也会感觉不舒服。“是美国政府。他们想阻止劫匪再次犯案。”

“那个浑蛋还没被抓我倒挺觉得意外的。”西格勒冷冷地说。

“如果他还在人世，”欧文信心满满地说，“范·多恩侦探社一定会抓到他。”

“我只相信事实。”西格勒的态度依旧冷漠。

“我可以看看你们登记的编号吗？如果能查到赃款编号，我们会尽力追查钱的下落。”

“你怎么觉得那些钱登记过？”

欧文耸耸肩：“我也不知道，但问问总不会有坏处吧。”

西格勒在办公桌上找了找，拿到一串钥匙。“我们将银行以前的记录都藏在这幢建筑后面的储藏室里。”

他走进后门，朝夹在银行大厦中间的小石屋走去，示意欧文跟上。他打开那扇铰链久未上油的门，嘎吱声甚是吵耳。里面的架子上放着一排排账本和账簿。储藏室后面还放着一张小桌子和一把椅子。

“请坐，欧文先生，我看看还能找到什么。”

其实欧文并不乐观，想在这家银行里找到赃款编号无异于大海捞针。真的没什么机会，但只要有线索他就必须跟进。欧文看着西格勒翻看着几本精装的账本。最后，他打开一本，点了点头。

“在这儿。”西格勒高兴地说，“银行会计在劫案发生前两天将编号记了下来。当然，有的钱被客户取走了。但大多数都是被那个劫匪抢去了。”

欧文打开账本，一页页翻看着一排排整齐记录的编号，心中不免惊讶。账本上记载了好几种大面额纸钞，有黄金券、银元券、现钞，有的甚至连发行银行的名字都有记载。美国财政部的编号印在货币的垂直和水平方向。而本地银行发行的货币编号则加印在底部。大多数是芝加哥大陆 & 商业国家银行和旧金山克罗克第一国民银行发行的。他抬头看了一眼因有新收获而兴高采烈的西格勒。

“你知不知道这玩意儿有多重要？”欧文说，感激之情溢于言表，“现在，我们可以将这些编号告诉所有劫匪有可能存钱的银行。我们还可以将这些编号告诉西部所有的商人，督促他们留意这些赃款。”

“祝你好运。”西格勒悲观地说，“已经过去 3 年了，现在已经很难追踪了。现在每张钞票都可能换手无数次了。”

“你说的不是没有道理，但那个劫匪有可能仍在用这些钱。”

“还是没什么机会，”西格勒不苟言笑地说，“我敢用一个月的薪水跟你打赌，他肯定早就将这些钱花完了。”

西格勒也许说的没错，欧文想。但他没有泄气。贝尔不是说过，只要劫匪稍有疏忽，他就可能原形毕露。现在只管通知银行和商人，将这些编号告诉他们，也许就能顺藤摸瓜，查出那个神秘杀手的下落。

13

柯蒂斯坐在内布拉斯加州的联合太平洋铁路公司奥马哈办事处西

部档案分馆的桌旁，边上高高的架子上堆满了火车运行的账本和账簿报告。他出来调查 9 天了，查过 4 条不同的铁路，还查过富国银行的驿站马车，试图找出“屠夫劫匪”在抢劫杀人后到底是如何人间蒸发的。

但他的调查毫无进展，无论什么情况都说不通。他开始是从驿站马车查起的。到 1906 年时，这种交通方式差不多消失了。富国银行仍有驿站马车的经营权，马车的覆盖范围极广，可到达那些铁路没有覆盖的偏僻之所，但并无准确的时间表。

1906 年，美国有 1600 条分属不同公司的铁路，长达 22 万英里，其中 50 条最长的铁路每条超过 1000 英里。最后，柯蒂斯将铁路公司的范围缩小至 5 家，因为就这 5 家公司的火车时刻表与劫匪抢劫那些小镇的时间相吻合。

“来杯咖啡吗？”

听到这话，柯蒂斯不再看火车时刻表了，抬头看见一个身高不过 5 英尺 2 英寸的矮个子男人。此人名叫尼古拉斯·卡尔汉，灰白色的头发上有几缕褐发往前耷拉着，试图掩盖头发渐稀的脑袋。那双浅褐色的眼睛转得飞快，薄薄的胡子很明显精心修剪过，胡须尖刚好超过嘴角。他走路时背有点儿微驼，戴着一副有着厚厚镜片的眼镜。见小个子男人吧嗒吧嗒地走来帮忙，柯蒂斯顿觉欢喜。由他看管那些发霉的档案，一准错不了。

“不用了，谢谢。”柯蒂斯顿了顿，看了一眼怀表，“我下午从不喝咖啡。”

“有什么线索吗？”卡尔汉问道。

柯蒂斯疲惫地摇摇头：“没有一辆客车的时刻表跟劫匪抢劫银行的时间吻合。”

“真希望你们能抓到那个杀人不眨眼的魔头。”卡尔汉突然愤怒地说。

“听你的口气你好像对他恨之入骨。”

“我跟他有私仇。”

“私仇？”

卡尔汉点点头：“我表妹跟她的小儿子在新墨西哥麦克道尔银行的劫案中被那个浑蛋杀害了。”

“抱歉。”柯蒂斯面色凝重地说。

“你们一定要抓住他，把他送上绞刑架！”卡尔汉一拳狠狠砸在桌上，令那本敞开在那儿的火车时刻表纸页翻飞，“那人逍遥法外多时了。”

“我向你保证，范·多恩的侦探正在夜以继日地工作，目的就是要将他绳之以法。”

“你们找到什么线索了吗？”卡尔汉焦急地问道。

柯蒂斯无助地抬起手：“我们只知道此人的左手小指没了。其他毫无眉目。”

“你们有没有查过驿站马车？”

“我在富国银行的档案部查了一天。没有头绪。在劫案发生的4个小时内没有任何出行记录。劫匪在这段时间内早就逃去无踪了。”

“客车记录呢？”

“当地的警长和警察局长曾电报周边各镇，要他们截停所有火车，检查可疑乘客。他们甚至搜查了所有行李，希望能在里面找到装赃物的袋子，但是一无所获，即使有可能也认不出来。劫匪太狡猾了。他抢劫杀人时化了装，计划得天衣无缝，我们以前从没碰到过这样的对手。警方根本无从下手。”

“列车时刻表有没有查出什么？”

“只有两列火车吻合。”柯蒂斯疲惫不堪地回答道，“其他的出发时间跟案发时间并不一致。”

卡尔汉捋了捋稀松的头发，若有所思道：“现在你已经排除了驿站马车和客车，货车呢？”

“货车？”

“你有没有检查货车的发出时间？”

柯蒂斯点点头：“这事也做过，我检查过跟劫案发生时间相吻合的货车。”

“想必你已经有了答案。”卡尔汉说。

柯蒂斯没有立即回答。他今天累了，几近虚脱，而一切毫无进展又让他十分绝望。他在心底里诅咒那个“屠夫劫匪”。那人简直不是人，如同鬼魅，调查根本无法进行下去，这简直太不可思议了。他甚至想象着那人肯定在嘲笑他们的无能。

良久，他终于回答道：“你小瞧了警方。他们搜查过案发时间段所有货车车厢。”

“那些停在旁轨上等着货车拉走的车厢呢？他可能藏在某节火车车厢里躲避警方的追捕。”

柯蒂斯摇摇头：“警方查过所有空置车厢，同样没发现劫匪。”

“他们有没有查过已经装货的车厢？”卡尔汉仍然没放弃希望。

“他们怎么查？那些车厢已经锁得严严实实的了。劫匪不可能进去啊。”

卡尔汉狡黠地笑了笑：“我想没人跟你说过，司闸员身上都备有钥匙，能够打开装货车厢的门，以防发生火灾。”

“这个我还真没想过。”柯蒂斯说。

那副钢丝边眼镜从卡尔汉的鼻梁上滑落下来。“这事绝对得好好想想。”

“没错。”柯蒂斯也来了精神，脑袋转得飞快，“我们会进行排查的。”

“警方说当初没有找到疑犯出城的痕迹，也就是说那人并没有骑马。他不可能用驿站的马出城，他也不大可能购买火车票，大摇大摆地坐客车出城，而且现在也排除了藏在空货车车厢的可能。”

“这样看来，因为装有货物而逃过检查的货车车厢是他唯一可能利用的交通工具了。”卡尔汉还是坚持自己的观点。

“你也许猜得没错。”柯蒂斯若有所思地说。

突然出现了新情况，柯蒂斯脸上掠过一丝奇怪的表情。“这是个全新的线索。现在我得好好查查那些专运货车记录，看看那些车厢是谁的，检查他们的载货单和目的地。”

“这事可没那么容易。”卡尔汉说，“你得检查十几列火车的几百节车厢。”

“就像拼图游戏一样。我要调查所有劫案发生当日停靠在旁轨上的车厢。”

“我很乐意帮你查联合太平洋铁路公司的货车记录。”

“谢谢，卡尔汉先生。那两列有问题的货车已被他们公司拖走了。”

“你只需将货车所在的镇告诉我，我就能查出记录，上面有车厢编号、所有者的名字、哪个代理机构安排的、谁付的运费。”

“那你可真是帮上大忙了，非常感谢。”柯蒂斯发自内心地说。

“说谢谢的应该是我，柯蒂斯先生。我从来没想过自己也能帮忙去追查‘屠夫劫匪’，一定要把那个杀害我亲人的人绳之以法。”

4个小时后，在卡尔汉的帮助下，柯蒂斯终于不用像只无头苍蝇了。现在，他只需调查南太平洋铁路公司、艾奇逊托皮卡圣菲铁路公司和丹佛 & 里奥格兰德铁路公司，证实卡尔汉的推论便可。

夜幕降临时，他已登上开往洛杉矶的火车，前往艾奇逊托皮卡圣菲铁路公司的档案室。此刻，他非常激动，难以入眠。天黑了，已经无法看清轨道两旁的景致。他盯着车窗中自己的影像，心情很是乐观，柳暗花明又一村，抓到凶手似乎指日可待。

14

贝尔下火车的时候已是傍晚时分，天空下起了毛毛细雨，镇里脏兮兮的街道早被雨水打湿。在昏暗的灯光下，他来到亚利桑那州的比斯比，发现这是一个垂直的小镇，高耸的小山上房舍林立，只有通过陡峭阶梯才能上去。他顺着狭窄、弯曲的街道朝黄铜女王旅店走去，街道两旁新砌了许多砖房，仿如迷宫。

今天是周六，贝尔发现只有副警长在警长办公室，看管监狱的任务也落在了他肩上。副警长说警长正在休假，他家的房子被山洪冲坏了，警长正告假在家修葺房子，周四才会上班。贝尔向他打听警长家住哪里，但副警长不愿意说，还跟他说了一些如果不是紧急情况，就不希望有人打扰警长之类的话。

贝尔住进了黄铜女王旅店，在旅店的餐厅里随便对付了顿晚餐，然后走到镇里。他没有在旅店的酒吧里喝酒，而是去了声名狼藉的啤酒谷。那里有 50 家酒吧，堪称整个西部最疯狂、最淫乱的酒吧街，不过，那里的酒还真是不赖。

他查了 4 家酒吧，每次进去时都会观察里面的一举一动，然后才前往下一个。最后，他来到一家门厅设有木墙的酒吧，酒吧里面还有个舞台，一个小乐队在那儿演奏滑稽的调子，4个女郎在台上跳舞。贝尔从拥挤的人群中走到吧台，等了好久，一个忙得不可开交的酒保才过来招呼他："来点什么，朋友，威士忌还是啤酒？"

"你们这里最好的威士忌是什么？"

"田纳西产的杰克丹尼。"酒保毫不犹豫地说，"在圣路易斯博览会上获过金奖，那可是世界上最好的威士忌。"

贝尔笑了："我喝过一次，给我来杯大的。"

酒保倒酒时，贝尔手肘放在吧台上，转身看着酒客满棚的酒吧。跟西部大多数酒吧一样，里面有一大块专为赌博而留的地方。贝尔逐个桌子望去，看能不能找些玩扑克的牌友，还真让他找到了，一个桌子上坐着一群身着得体衣服的人，他们可不像其他桌子上坐着的矿工，看上去倒像生意人，要不就是矿老板。最重要的是，那里只坐了4个人，正好"四缺一"。

贝尔付了酒钱，走到那张桌子旁："我可以跟你们一起玩玩吗，几位？"他问道。

一个红脸大胖子点点头，指着一张空椅子，"欢迎之至，请坐。"他说。

桌对面坐定的一个人开始洗牌，贝尔刚一落座，那个人望过来，一边发牌一边说："我叫弗兰克·卡洛威。这位是帕特·奥利瑞，他叫克莱·克拉姆，这位是刘易斯·拉图尔。"

"我叫伊萨·贝尔。"

"以前没见过你，贝尔先生？"高大结实的爱尔兰人奥利瑞说。

"嗯，我坐六点半的火车从菲尼克斯来的。"

"出差还是旅行？"奥利瑞继续盘问道。

“出差，我是范·多恩侦探事务所的侦探。”

他们全都不再看牌了，而是好奇地看着贝尔。

“我来猜猜，”克拉姆将手放在他那圆滚滚的肚皮上，“你肯定是来这儿调查4个月前发生的银行劫杀案。”

贝尔点点头，将牌握成扇形，仔细看着手里的牌：“你猜得对，先生。”

拉图尔点了支雪茄，说话时带着浓重的法国口音：“你不觉得有点儿迟吗？你现在才来黄花菜都凉了。”

“不算迟，在我看来跟劫案刚发生5分钟差不多。”贝尔反驳道，“我还要两张牌。”

卡洛威按照玩家的要求给他们发了牌。“这可是个悬案，”他说，“劫匪没留下任何线索。”

“是够玄的。”奥利瑞一边说，一边看着手中的牌，脸上的表情说明他并没有叫到自己想要的牌。“我不跟了。”他扫了贝尔一眼，“那人好像凭空消失了。”

“警长也没找到任何线索，”克拉姆嘟囔道，“派出去的警察回来时，你是没见着他们的表情，好像他们的老婆跟一群走街串巷的推销员私奔了一般。”他顿了顿说，“我赌2美元。”

“我加你3美元。”卡洛威说。

拉图尔向发牌的卡洛威摊了摊手：“我不跟。”

“你呢，贝尔先生，”卡洛威说，“还跟吗？”

贝尔发现他们的赌注虽然不大，但也不算小了，觉得挺好玩的。“我跟。”

“两个Q。”克拉姆说。

“两个10。”卡洛威说，“你赢了。”然后转头问道，“贝尔先生，你手中什么牌？”

“两个 8。”贝尔说，面朝下将牌递给了卡洛威。其实贝尔并没有输，他手中有 3 个 J，但他觉得输掉牌局，他们就不会这么有戒心了，“劫匪到底是如何逃走的，有这方面的线索吗？”

“我是没听说过，”奥利瑞回答道，“上次我还跟警长聊过这事，他也是一头雾水。”

“你是说亨特警长吧？”贝尔问道，想到侦探社的报告中曾提到过此人。

“劫杀案发生的两个月后，乔·亨特死于心脏病。”拉图尔说，“新上任的警长叫斯坦·墨菲，以前是亨特手下的副官。不过，他跟其他人了解的情况差不多。”

“如果他喜欢你的话，倒是能套到不少话，”克拉姆说，“但要是惹毛了他，就得吃不了兜着走。”

“我想跟他谈谈，但不知道周末他会不会在办公室里。”贝尔说，不过他并没有提及那个副警长说警长不会见他的事，“我在哪儿能找到他呢？”

“两周前，我们这里发生了洪灾，”卡洛威说，“他家的房子损失严重。我想他这会儿应该正在没日没夜地修房子吧。”

“那他家住在哪儿呢？”

奥利瑞用手指了指北边：“往上走到霍兰德街尽头，再上台阶。他家的房子是绿色的，旁边有个小橘园。”

接着他们开始谈论起了政治，说什么泰迪·罗斯福 1908 年会不会第 3 次连任总统，如果他无意当选，会选择谁做接班人。贝尔连“输”了 3 把，其实每次都是他赢，那几个人见这个新来的不会出千，也没了戒心。他趁机又将话题转到银行劫杀案上了。

“真是奇怪，竟然没人看到劫匪离开银行，也没看见他出城。”贝尔一边玩牌，一边假装心不在焉地说。

“没有证人站出来。”奥利瑞说。

“没人见过劫匪进入或离开银行。”拉图尔补充道。

“听说有个喝醉酒的矿工在银行对面闲逛。”卡洛威说，“但案发后他就消失了。”

“亨特警长没将此人当成疑犯？”

拉图尔一直牌运不佳。自从贝尔上桌后，他5次都没下注了。“那个老矿工好像已经穷途末路了，看上去他对这个世界已经不再留恋了。镇里人认为他绝不可能是凶手。”

“我不止一次看到他躺在人行道上，醉得不省人事，”奥利瑞说，“要是他会抢劫银行，还杀死3个人，那我也能做州长了。我还是觉得这是银行内部的人干的，可能是我们都认识的人。”

“也可能是陌生人。”贝尔说。

卡洛威耸耸肩，反对道：“比斯比有2万人，如果是陌生人干的，谁又能认得出来？”

“那个骑摩托车的人呢？”克拉姆不经意地问道。

“镇子里有谁骑摩托车出现？”贝尔问道，再次燃起了希望。

“杰克·卡森说他见过一个穿戴得体的人骑过。”克拉姆凭借手中的“同花顺”赢了这一局。

拉图尔狠狠吸了口雪茄：“杰克说那个骑摩托车的穿着漂亮的行头，他看见那人经过巷子时。他很是纳闷，一个骑摩托车的人衣服怎会如此干净，一点尘土都没沾。”

“你那朋友看清骑车人的脸了吗？”

“杰克只是说那人胡子刮得干干净净的。”卡洛威说。

“头发什么颜色呢？”

“杰克说他戴了顶常礼帽。他没法确定，因为那人骑车经过时速度很快，他没看清楚，但他觉得那人的头发应该是红色的。至少，他觉得是这样的，因为他瞥见了那人的连鬓胡子。”

听罢此言，贝尔心跳加速，这是本周第二次遇到这样的情况了。上次他去到犹他州的鹰城，之前“屠夫劫匪”也抢劫过那个矿镇，杀了4个人，贝尔听一个当地人说案发当日他也见过一个骑摩托车的陌生人。

“我该去哪儿找杰克·卡森呢？”

“他不在比斯比了，”克拉姆说，“上次我听说他回肯塔基老家了。”

贝尔暗暗记在心里，到时候他会让范·多恩去查找卡森。

奥利瑞看了看手中的牌，再露愁容：“无论骑摩托车的是谁，劫案发生后，他肯定会在镇里逗留几日。”

“何出此言？”贝尔问道。

“因为警长和他的手下检查过摩托车留下的车轮印，想知道凶犯是否在抢劫后立即出城了。”

“你不觉得如果他躲在镇里，早晚会被人发现吗？”

“你也这么想吧，”卡洛威说，“但他始终没被人发现。”

“卡森这人靠谱吗？”贝尔将5美元放在桌子上，“我加注了。”

“杰克·卡森是比斯比的老镇长，曾做过律师，十分可靠。”拉图尔解释说，“如果他说看见有人骑在摩托车上，那绝对错不了。我不会怀疑他的话。”

“你明天会去见墨菲警长吗？”克拉姆问道，这次他终于赢了。

贝尔点点头：“明早第一件事就是去见他。不过，跟你们聊过后，我觉得他那边没什么猛料了。”

贝尔一边喝酒，一边玩牌，不知不觉两个小时过去了，贝尔差不多输光了。现在口袋里也就剩下4美元了，最后，他道了声晚安打算回酒店，没有一个人介意。

去警长家的那条路弯弯曲曲，而且不算短，午夜时分，比斯比还下了场暴风雨，地面变得十分泥泞。来到一条路的尽头，贝尔沿着陡峭的阶梯往上爬去，似乎总也到不了头。虽然贝尔身强力壮，但爬到顶端时竟也喘起气来。

今天贝尔的心情相当不错。尽管他并不知道欧文和柯蒂斯找到什么线索了，但他确定骑摩托车的人就是“屠夫劫匪”，之前他化装成了一个喝醉酒的老矿工。至于手指的缺陷和那缕红头发，那并不是什么实质的证据。杰克·卡森也可能没瞧见劫匪头发的颜色。真正让贝尔感兴趣的是那辆摩托车，倒不是因为劫匪有辆摩托车那么简单，而是因为这种现代化的交通工具很符合劫匪精明、谨慎的性格。

现在最关键的问题是，劫匪骑摩托车出城时为何没被人发现？

在阶梯顶端走几步就到了墨菲警长的房子。房子很小，看上去更像是个棚屋而不是房子。洪水把房子地基冲掉了，贝尔看见墨菲正忙着在新地方安设支柱，那地方离房子原来的位置大概10英尺远。奥利瑞说的没错，房子是绿色的，但洪水将旁边的橘园全毁了。

墨菲正用力挥舞着锤子，并没听见贝尔走近。他一头黑褐色的头发又浓又密，垂至脖子和肩膀处。西部的大多数警察都不胖，而是身材苗条。从墨菲的身板看，他更像个铁匠而不是警长。手臂上的肌肉就像树干，脖子粗如牛颈。

“墨菲警长！”锤子将钉子敲打得叮当作响，贝尔大声喊道。

墨菲将锤子悬在半空，转过身来。他盯着贝尔的眼神就像看一头郊狼。“对，我就是。不过你不是也瞧见了，我正忙着呢。”

“你忙你的，”贝尔说，“我是范·多恩侦探事务所的侦探，想就几个月前发生的银行劫案问你几个问题。”

范·多恩侦探事务所的名头在西部警界也不是吃素的，墨菲放下锤子，指了指棚屋里面：“请进，地方有点儿乱，但火炉上正煮着咖啡呢。”

“这山可真够高的，爬了这么久。一杯水就可以了。”

“对不起，我家那口井被洪水污染了，现在可喝不得，不过我从镇里的马槽里背回一加仑水。”

“那就咖啡吧。”贝尔不无担心地说。

墨菲将贝尔领进屋，让他坐在餐桌旁的椅子上。房子里并没有女人的东西，贝尔猜想墨菲还是个单身汉。警长从置于柴火的火炉上取下搪瓷壶，往锡杯里倒了两杯咖啡。“我也不知道如何帮你，贝尔先生。我已经把调查结果的影印件送到你们在芝加哥的分社了。”

“但你没提到杰克·卡森的发现。”

墨菲笑了：“你说那个骑摩托的？我不相信杰克的口供。他的描述跟镇子里我认识的人全不相符。”

“劫匪可能化了装。”贝尔说。

“他没时间改头换面，再去取摩托车，然后骑车消失得无影无踪。”

“后来再也没人见过那人和摩托车了？”

墨菲耸耸肩：“奇怪的是，除杰克外，再也没人见过他。镇子里就那么一辆摩托车，如果有人骑车走了，肯定会被人发现的。一个人骑着镇里唯一的一辆摩托车肯定会被大家注意到的。”

“我承认这事听起来有点牵强。”贝尔说，但他并没有放弃希望。

“杰克·卡森这人很靠谱，不酗酒，也不会讲大话。但我觉得他产生幻觉了。”

“你报告中还有其他没写进去的证据吗？”

“我将报告送去芝加哥后还发现了别的情况。”墨菲从餐桌旁站了起来，打开一个有活动盖板的办公桌抽屉。递给贝尔一个铜子弹壳，“这是两周后发现的，有人在银行存钱，他的小儿子在地板上玩的时候发现的。当时子弹壳在毛毯底下，肯定是劫匪没找到而留在那里的。”

贝尔仔细研究那枚弹壳。“38毫米口径手枪。如果是从枪中发射出来的，肯定是自动手枪，可能是柯尔特式自动手枪。”

“我也是这么想的。”

“可以给我吗？”贝尔问道。

“当然可以。不过我觉得这玩意儿也查不出什么，也只能知道是劫匪的枪中发射出来的。这个证据也没多少说服力。”

“如果不是劫匪的，那又是哪儿来的？”

墨菲无助地举起手：“我也猜不透。”

贝尔小心地将弹壳放在手掌上：“希望我们能查出劫匪的指纹。”

墨菲咧嘴笑了：“你还能在上面找到我的指纹，当然还有那个小孩和我两个副警长的。”

贝尔乐观地说：“我们的专家还是能够提取指纹的。那个小孩的指纹就不用比对了，他的还小。但我希望获得你和你两个手下的指纹。你可以将样本送至我们的芝加哥分社。”

“我从来没提取过指纹，”墨菲说，“根本不知道如何做的。”

“这门学科早在几个世纪前就存在了，但只是近年才被执法机关使用。皮肤上的纹路能在物体上留下印记，比如这枚弹壳。物体被触摸时，上面会留有汗迹、油脂，这样，就会留下指纹的痕迹。为了将指纹取出，我们会从铅笔上提取极细的石墨粉，将粉末放在物体表面。然后再用胶带印在上面，揭开胶带，就能提取指纹，然后再详加研究。”

墨菲抿了口咖啡：“我试试。”

贝尔对警长道了谢，走下阶梯。3 个小时后，他已经坐在回丹佛的火车上了。

15

克伦威尔的司机驾驶着一辆伦敦产的 1906 年版劳斯莱斯敞篷轿车，该车配以 6 缸、30 匹马力的发动机，从车库到宏伟的诺布山豪宅前面的这段路是克伦威尔亲自设计的，砌房子所用的大理石坯料是从科罗拉多一个采石场切割并用火车运到这儿来的。房子的前端是希腊式庙宇的设计风格，建有高耸的凹状柱子，房子的其他部分设计得较为简单，设有拱窗，墙上砌有檐口。

那个叫亚伯纳·威德的司机板着脸，克伦威尔之所以请这个爱尔兰人做司机倒不是因为他的车技有多好，而是因为他曾是一名经验丰富的摔跤手。这会儿，他正耐心地站在那辆劳斯莱斯前面，克伦威尔则舒服地躺在书房的皮沙发上一边等他的妹妹，一边用那个爱迪生发明的滚筒留声机听施特劳斯圆舞曲。他今天穿着一件黑色的羊毛西服。听完《春之声》后，他更换了滚筒，留声机开始播放《维也纳森林故事》。每首歌也就播放两分钟。

克伦威尔不再看留声机了，抬头望见他妹妹正好走进房间。今天她穿了一件驼丝锦裙，裙的下摆长至线条匀称的小腿。

“这么打扮是不是有伤风化？”他盯着她露出的肌肤说。

她转了一圈，裙摆摇曳，连大腿中断的肌肤都露了出来。“既然我们要去巴巴里海岸体验贫民生活，我想我还是穿得寒酸一点好。”

“不过出手的时候可不能寒酸。”

他从沙发上站了起来，关掉留声机，拿起她的外套，她顺势披上。尽管他踮着脚，也只不过跟他妹妹一般高。接着，他跟她穿过上面雕刻着精致图案的前大门，来到那辆停在车道上的劳斯莱斯旁。身穿制服、脚穿闪亮黑色靴子的亚伯纳站在一旁，把着后门。这辆豪华的劳斯莱斯里面还有个密封舱，但司机除了挡风玻璃外，再无其他东西遮拦。克伦威尔照顾妹妹坐定后，他告诉司机应该往哪儿开。亚伯纳换挡后，豪车无声地碾过街道上的花岗岩石板。

“我回家这么久了，总算可以和你聊聊了。”克伦威尔说，他知道车窗将前后两排座椅分开，司机就听不到他们的谈话了。

“我知道你这趟盐湖城之旅非常顺利。我们的银行又多了 70 万美元。”

“你还没跟我说过你如何在丹佛脱身的事呢。”

“你在范·多恩侦探社的间谍对他们调查评估的判断非常准。他们已命令丹佛办事处带头调查‘屠夫劫匪’。”

“我可不喜欢这名，倒希望我的名头好听些。”

“比如呢，跟我说说看。”她笑着问道。

“潇洒幽灵。”

她翻了翻白眼：“那些编辑肯定还是喜欢原来的。”

“你还发现了什么情况？”

“丹佛办事处的负责人尼古拉斯·亚历山大是个白痴。我略施美人计后，他就跟我说了他们的调查情况。不过这个案子并不归他负责，他挺生气的，所以他毫无保留地将他们如何抓捕劫匪的方法都说了。

范·多恩本人亲自任命他手下最厉害的侦探伊萨·贝尔接手此案。这可是个大帅哥，干劲十足，不好对付，而且据我推断，他应该非常有钱。”

“你见过他？”

“是的，不仅如此，我还跟他跳过舞呢。”她从钱包里拿出一张小照片，“一直想把这个给你。不是特别像他本人，我雇的摄像师不太擅长抓拍。”

克伦威尔打开座舱顶灯，仔细看了看照片。照片上的人个子很高，一头金黄色的头发，留着胡子。“我要小心此人吗？”

她眼神闪烁：“这个难说。我们那边密探的情报似乎不太准，此人要比他们说的更狡猾。我还查了他的底，似乎就没有他抓不到的人。他的履历让人钦佩。范·多恩也对他赞赏有加。”

“你不是说他很有钱吗，那他干吗屈才做个侦探？”

玛格丽特耸耸肩：“我也不知道，也许，他跟你一样，喜欢挑战？”她犹豫道，假装用手指绕着一缕卷曲的头发。

“他的钱从哪儿来的？”

“我没跟你说过吗？他来自波士顿的银行世家。”

克伦威尔一愣神：“我对贝尔家族还是了解的。波士顿美国银行是他们家开的，那可是美国最大的金融机构之一。”

“这人很奇怪。”她慢慢说，想起了她在布朗宫殿酒店跟他邂逅的几分钟，“但也可能很危险。他会像狐狸追兔子一样紧追我们不放。”

“一个深谙银行系统的侦探对我们来说可不是好事。”克伦威尔压低声音，冷冰冰地说，“我们必须格外小心。”

“没错。”

“你确定他对你的真实身份一无所知？”

“我的行踪也隐藏得很好，他和亚历山大都以为我叫罗斯·曼特卡，是洛杉矶人，我父亲拥有一个大牧场。”

“如果贝尔如你说的一样聪明，他肯定查得出来，根本就没罗斯这号人。”

“那又怎样？”她顽皮地说，“他绝不知道我叫玛格丽特·克伦威尔，还有个很有身份的银行家哥哥，家住旧金山诺布山的豪宅。”

“你还从那个叫亚历山大的家伙口中套出了什么线索？”

“他只是说贝尔的调查并不顺利。他们根本不知道任何有关你的线索。贝尔不怎么信任亚历山大，令他非常生气。贝尔手下还有两个侦探，一个叫柯蒂斯，一个叫欧文，他说贝尔对他自己的行动三缄其口，我只知道他们现在正四处查找线索。”

“这消息还不赖。”克伦威尔面带浅笑，“他们决计猜不到银行家是抢劫犯。”

她盯着他：“你应该收手了。我们也不需要钱了。不管你多么小心，不管你有多聪明。他们迟早都会抓到你，将你送上绞刑架。”

“你不想让我继续寻求这份刺激和无人敢为的挑战了？你希望我下半辈子平平淡淡地做个银行家？”

“那倒不是，”她眼里闪出一道邪恶的光，“我也喜欢这样的刺激。”她用冷漠的声音小声说，“我只是觉得我们不能永远这样。”

“该停手的时候我们会知道的。”他轻描淡写地说。

这两兄妹对所有被克伦威尔谋杀的男女老少都毫无悔意。他们也不关心被劫银行因为没办法筹钱赔付那些小商小贩、矿工、农民存在那里的血汗钱，只得关门了事的残酷事实。

“你今晚带谁去？”她问道，不想再谈论刚才的话题了。

“玛丽安·摩根。”

“那个故作正经的女人啊，”她轻蔑地说，“我就不明白了，你为什么一直请她为你做事。”

“她工作能力很强。”他反驳道，也无意跟妹妹争吵。

“那你为什么不跟她上床？”她轻轻笑道。

“你知道我从来不吃‘窝边草’的。这样也省去很多麻烦。我今天带她去参加聚会，仅是表彰她在工作方面的表现。别无他意。”见他妹妹的裙子挽至膝盖，他伸手碰了碰她的膝盖，说：“今晚哪个男人这么幸运啊？”

“尤金·巴特勒。”

“那个花花公子啊？”他嘲讽道，“他还是那样，什么本事也没有。”

“可他有钱……”

“有钱的是他父亲，”克伦威尔纠正道，“要不是山姆·巴特勒行狗屎运，被他搞了个大金矿，他早破产了。”

“到时老巴特勒死了，尤金比你还有钱。”

“他只不过是个败家子、酒鬼。他将来准会把他父亲的家产败个精光，你得冷静点儿。”

“我能搞定他。”玛格丽特说，“他现在发疯似的爱着我，对我言听计从。”

“我相信你能更好地驾驭他。”克伦威尔嘟囔道。接着，他拿起话筒，跟司机说，“亚伯纳，在下个街道左转，在巴特勒府邸停一下。”

亚伯纳举起一只手，示意他知道。他很快将那辆劳斯莱斯停在一栋维多利亚风格、非常气派的木房子前。接着，他下了车，按响了铁制前门上的门铃。一个女佣开了门，他随即将克伦威尔的名片交给了他。女佣接过名片，关上门。几分钟后，门又重新开了，一个长相英俊、脸上棱角分明的高个子男人走了出来，来到轿车面前。单凭他的长相，要是做演员的话，保管是偶像级的明星。跟克伦威尔一样，他今天也穿着一件羊绒西装，但颜色并非黑色而是深蓝色，高立着领口，领结上是白色菱形图案。他在门廊站定，闻了闻海湾飘来夹着薄雾的空气。

亚伯纳打开劳斯莱斯的后门，按下折叠式座椅，然后退后站在那儿。巴特勒钻进车里，坐了下来。他转头看着克伦威尔的妹妹："麦琪，你今天真是漂亮极了，那句话叫什么来着，对，秀色可餐。"但他看到克伦威尔充满敌意的可怕眼神时，便不再说了，不过他倒是问候了一声，但并没伸出手，"雅各布，见到你真高兴。"

"你气色不错嘛。"克伦威尔假装关切地问。

"我这身体还真不赖，每天走 5 英里呢。"

克伦威尔没有理他，而是拿起话筒，告诉亚伯纳去哪里接玛丽安·摩根。他转头看着他妹妹："你希望我们在巴巴里海岸的哪个酒吧跟那群臭烘烘的穷鬼见面？"

"我听说斯拜德·凯利的那家酒吧很小。"

"世界上最差劲的酒吧莫过于那间了吧。"克伦威尔认同地表示，"但那里有不错的乐队，舞池也很大。"

"你觉得那里安全吗？"玛格丽特问道。

克伦威尔笑了："里德·凯利请了一群身强力壮的保镖来保护我们这样的客人免受伤害或骚扰。"

"是斯拜德·凯利，"巴特勒说，"有天晚上我还带我爸妈去了。他们真的很喜欢各色乱七八糟的人光顾那里。那晚，我们还坐在破旧的包厢里看那些不入流的表演。"

最后，那辆劳斯莱斯停在位于海德街不远处的俄罗斯山上的一栋公寓前，这里属于条件尚好的伦巴德区。俄罗斯山上的会所里知识分子、艺术家、建筑师、作家、记者云集，他们喜欢高谈阔论，大多只是社交性质的聚会。

玛丽安并没有规规矩矩地站在那儿，而是在房子外面最高台阶上等。那辆劳斯莱斯缓缓停在路边，她走下台阶，站在车前，亚伯纳为她打开车门。她穿着一件蓝色的衬衣，上面套了一件短夹克，那条裙子也十分配套，简约但不失优雅。一头金色的头发垂至细长的脖颈后，绾成一根长长的辫子，上面扎了个蝴蝶结。

克伦威尔下车后，颇具风度地挽着她在车后坐定。司机再次放下折叠式座椅，随即克伦威尔也彬彬有礼地坐了下来。“玛丽安·摩根小姐，请允许我向你介绍尤金·巴特勒，我妹妹玛格丽特你已见过了。”这会儿他终于说出了妹妹的真名。

“克伦威尔小姐，很高兴再次见到你。”玛丽安亲切地问候道，但显得并不热情。“你也是，尤金。”玛丽安的语气显得一点儿也不见外。

“你们认识？”玛格丽特惊讶地说。

“尤金嘛……呃……巴特勒先生，很久以前请我吃过饭。”

“一晃两年过去了。”尤金倒也表现得很大方，“我没给她留下好印象。后来她再也不接受我的邀请了。”

“将来也不会。”玛丽安微笑着说。

“准备去巴巴里海岸疯狂地玩一晚吗？”克伦威尔问道。

“我从没去过，”玛丽安说，“以前从来不敢去那种地方。”

“记得那首老歌怎么唱的吗？”玛格丽特说。

“1849 年来了一群矿工，

1851 年来了一群妓女，

两班人勾搭在一起，

生下了土生子。”

玛丽安脸都红了，男人们全都大笑起来，她故作端庄地低头看着车上的地毯。

几分钟后，亚伯纳转弯拐入太平洋大街，开车往巴巴里海岸的中心地带驶去。该地是以摩洛哥和突尼斯巴巴里海盗的巢穴命名的，是赌棍、妓女、盗贼、老千、醉鬼、流浪汉、杀手和杀人犯聚集之地，到处灯红酒绿、乌烟瘴气。无论是穷人也好、富人也罢，都喜欢来此地消遣，而且悲剧常有发生，命案亦是家常便饭。

这个臭名远扬的海岸共 6 个街区，但竟然密密麻麻地汇集了 300 多家酒吧，单是太平洋大街就有 50 家之多。这些是非之地之所以存在，都是因为那些贪污的政客被酒吧、赌场和妓院老板贿赂的结果。一些正派人士对这个恶贯满盈之地没少公开抱怨，但最后也只得睁一只眼、闭一只眼，因为他们私底下也对旧金山这个大都市感到自豪，认为只有这样才可跟巴黎媲美，那可是令人眼红的地方，也是西方世界罪恶和腐败的滋生之地。

但巴巴里海岸也是霓虹闪烁、光彩照人。一番鼓吹之后，引得很多正派人士也会前来访问贫民窟。而那些干着肮脏勾当的人——通常是男人——也乐意看到这些诺布山的大人物或有钱人涌进他们的地盘，因为这些人对一掷千金毫不在意，对昂贵的入场券和酒水亦毫不吝啬。通常来说，一瓶 6 美元到 8 美元的香槟在那里要卖到 30 美元。大多数酒吧里的鸡尾酒都是 25 美分，啤酒则是 10 美分。

亚伯纳开着那辆劳斯莱斯绕过那些酒鬼，沿街道蜿蜒前行。最后，他把车停在一幢 3 层楼的前面。酒店的楼上其实是家妓院，当时被称作“奶牛场”，而俗称“畜栏”的房间里会有 50 个女人。主楼是赌博和饮酒的场所，地下室则是专供色情表演的场所，里面还有个木制大舞池。他们下了车，男人们领着两位女士往前走去，她们好奇地看着人行道旁穿着艳丽服装的妓女。

“我们直接去斯拜德·凯利的酒吧，那里有巴巴里海岸最好的酒、最漂亮的舞池，可谓来者不拒，所有人都能在那里享受夜生活。酒吧里有最狂野的表演，漂亮的女人随处可见。她们能将脚后跟踢到头上，疯狂地旋转，肯定会让你眼花缭乱。”

“我已经喜欢上这里了。”玛格丽特开心地说。

玛丽安看着周遭的一切，紧紧抓住克伦威尔的胳膊，抬头看见一个被大多数人忽略的标牌，上面写着：本酒吧禁止流氓行为。

他们从一个很大的“U”形门厅入口走了进去，那里装饰着有框玻璃，上面印有一群在罗马遗迹中跳舞的裸体女人。一名经理出来迎接了他们，他身上穿的燕尾服一点儿也不合身，领着众人往里面走去。“你们要下楼看表演吗？”他问道，“下一轮表演还有10分钟就开始了。”

“我们希望远离那些流氓地痞，给我们找张安全的桌子。”克伦威尔以命令的口吻说，“等我们品尝过了你们这里最好的香槟后，我们再去楼下跳舞，看表演。”

经理鞠了一躬：“好的，先生，马上去办。”

经理陪着克伦威尔等人穿过酒吧的人群，上到巴特勒说的那个包厢里，在桌旁坐定，在这里可以俯瞰酒吧的正厅。很快，一名身穿超薄低胸装、裙子高至大腿的女侍应出来了，丰盈的大腿上套着性感的吊带黑丝袜，她端着一大瓶1892年的凯歌香槟。接着，她将酒瓶放在一个盛满冰块、毫不起眼的桶中，在几位男士面前擦身而过，笑容十分放荡。玛格丽特也回之一笑，她要让女侍应清楚自己不仅知道她在酒吧端茶递水，而且还在楼上的妓院里兼职。女侍应见诺布山上流人家小姐也穿得如此露骨，干脆也放荡地看了一眼玛格丽特。

“小宝贝，知道吗？像你这样的红发女郎在这里可是抢手货，价钱任你出。”

玛丽安一惊。见巴特勒装出一副大义凛然的样子，克伦威尔愣是忍住没笑：“你怎能以这样的语气跟小姐说话，必须道歉！”他愤愤不平地说。

那名侍应没有理他：“如果她是犹太人，肯定是我们这里的头牌。”说完转过身躯，丰臀摇曳，走下楼梯。

“这跟犹太人有什么关系？”玛丽安天真地问道。

“传说红头发犹太女人是所有女人中最富激情的。”克伦威尔解释说。

玛格丽特看着酒吧的主厅，倒也开心。此刻，她正举止轻浮地看着一群水手和码头工人，一群原本老实却不知不觉中误入歧途的年轻打工女，以及在舞池漫无目的溜达的惯犯，那里还有几个喝得醉醺醺、甚至都站立不稳的军人。虽然玛格丽特有时也会到巴巴里海岸酒吧消遣，但她和她哥哥都不认识那些人。玛格丽特知道她哥哥雅各布通常光顾的都是那些高级妓院，那里妓女成群，要价定然不菲。

玛丽安既觉得恶心，又很有兴致。她曾听说巴巴里海岸是堕落之所，也是旧金山穷人望而兴叹的地方，但她不知道人到底能堕落成什么样子。她并不习惯喝酒，不一会儿，几杯香槟下肚她开始沉醉其中，在稍显诱惑的灯光下，她看到了各种堕落。玛丽安试图将自己想象为带男人到楼上“畜栏”去的放荡女子，50美分的价格就能将自己的肉体出卖了。想到这个，她吓了一大跳，赶紧放弃了这种荒唐的想法，这时，克伦威尔举起一个空瓶子，说他们该下楼了，她这才摇摇晃晃地站了起来。

经理来了，给他们在离舞台不远的地方找了一张本来有人的桌子。两对身穿油渍工作服的夫妇抗议不愿离开，但经理威胁他们说如若不走，就得挨揍。

“真幸运。”玛格丽特说，“表演刚刚开始。”

克伦威尔又点了一大瓶香槟，他们看着一个漂亮的女人走上小舞台，开始跳起七面纱舞。很快，她将面纱一块接一块都脱了，现在，那名女子几乎一丝不挂。她在舞台上旋转，身体放荡地扭动着，肚皮不停颤动。跳完后，观众席上的男人将许多硬币扔到台上。

“哇，这个还真撩人。”玛格丽特讽刺地说。

一个小乐队正在演奏，一对对跳舞的人纷纷走进舞池，跳起了轻快的摇摆舞。巴特勒和玛格丽特在舞池中疯狂旋转，两人好像合二为一了。玛丽安紧贴着老板时觉得有点儿尴尬。她为他工作好几个年头了，这是他第一次邀她出来。她的这位老板可是个“舞林高手”，克伦威尔优雅地领着她在舞池中翩翩起舞。

乐队几次改变曲调，人们也随着节奏跳起火鸡舞和邦尼－哈格舞[①]。因为地下室空间狭小，空气不流通，跳舞的人很快汗流浃背。因为喝了香槟的缘故，玛丽安的头开始发晕，问克伦威尔她是否可以坐一会儿。

“你介意一个人单独待会儿吗？”克伦威尔礼貌地问道，“我想上楼玩几手法罗牌，试试手气。”

玛丽安顿时觉得身心放松。她已经筋疲力尽，那双新鞋也不舒服。“没问题，您去吧，克伦威尔先生，我透口气就可以了。”

克伦威尔从木梯走上去，慢慢穿过忙乱的赌博室，来到一张只有发牌者的桌前。两个身体壮实的男子站在发牌者后面，让坐在赌博桌

① 1910—1930 年间流行于美国的交际舞。

上的客人感到不寒而栗。

那名发牌者看起来就像头公牛，头似石雕，脖子粗如树桩。中分的黑色头发染了色，润发油将头发涂得油光发亮。扁扁的鼻子估计没少挨人家的拳头。一双清澈的眼睛跟他的脸显得毫不协调，估计没少见到别人挨揍的情形。他那圆滚的身形如啤酒桶一般，但他身体壮实，并无多少赘肉。斯拜德·里德·凯利曾经是个拳击选手，曾两次打倒过重量级冠军詹姆斯·J. 科比特，不过也曾在第 21 回合时被对方 KO。发牌者看着克伦威尔往牌桌走来。

“晚上好，克伦威尔先生，恭候多时了。”

克伦威尔打开怀表盖，看了一眼上面的指针：“抱歉迟到 5 分钟了，凯利先生。实在身不由己啊。”

里德·凯利笑了，露出满口金牙：“要是我有这么个漂亮的女人作陪，也会舍不得走。”他朝牌桌点点头，“要试试手气吗？”

克伦威尔拿出钱包，数了 10 张 50 美元面额的国有银行券，而这些银行券正是经联邦政府授权，由他自己的银行发行的。凯利随意地将钱放在桌旁一个小袋子里，将一堆上面印有酒吧商标的铜制筹码推过桌旁。这是典型的法罗牌玩法，13 张牌放在牌桌的绿毡上。A 则在发牌者的左手边，那组牌从 A 到 K 全是黑桃。

克伦威尔将一张筹码放在 J 上，另一张放在黑桃 5 和黑桃 6 之间，这种下注法叫分张。凯利没要发牌者盒中的最上面一张牌，而是要了下面一张，这叫作弃牌。结果那张牌是 10。如果克伦威尔赌那张牌，他就输了，因为庄家会将牌桌上所有亮牌的筹码赢去。但凯利弃掉了那张牌，将下面那张牌拿了出来，结果是 5。克伦威尔不是赢一半，而是全赢。

“新手就是运气好。”克伦威尔在凯利将他赢得的筹码推过赌桌时说。

“你来此有何贵干，克伦威尔先生？”

“没什么，谢谢。”

“你不是说要见我吗？”凯利说，“你这么多年来一直帮我，大方贷款于我，让警察对我睁一只眼、闭一只眼，如果你要我帮忙，只管开口。”

“我想让一个人从这个世界上消失。”克伦威尔说这话的时候好像只是在叫啤酒喝。

“他是旧金山人吗？”重新发牌时凯利问道。

“不是，丹佛人。”

“希望我要干掉的人是个男的，”凯利不再抬头看牌盒了，“请下注。”

克伦威尔点点头，将一枚筹码放在Q和J之间。“他是范·多恩侦探事务所的侦探。”

凯利停顿了一下，接着从盒中抽出一张牌。“干掉范·多恩的侦探可不是闹着玩儿的。”

“如果办得利索就没事。”

“他叫什么名字？”

“伊萨·贝尔。”克伦威尔将那张他妹妹给他的照片递了过去，“这是他的照片。”

凯利匆匆扫了一眼，“你为什么想要他的命？”

“我自有理由。”

凯利将弃牌拿了出来，抽出的另一张牌是Q。克伦威尔又赢了。凯利看着桌对面的克伦威尔：“据我所知，如果有谁杀死范·多恩侦探事务所的侦探，绞刑架就是他的归宿。”

“那只怪那些人太蠢，被侦探抓到了。如果这事做得神不知鬼不觉，范·多恩决计猜不到谁杀了贝尔，为什么杀他。你得让他看起来像死于意外，不给范·多恩的其他侦探留下任何线索，让他们无处可查。”

凯利慢慢坐回椅子上：“我必须告诉你，克伦威尔，我可不喜欢摊上这种事。”这次，他不再称呼他为“克伦威尔先生”了。

克伦威尔冷酷地笑道：“如果我给你2万美元，你愿意干吗？”

凯利坐直了看着克伦威尔，好像不相信他刚才说的：“你说2万美元？”

“我要让职业杀手干这事，可不是从街上随便找个小混混。”

“你希望在哪里结果他的性命？”

凯利绝对愿意接手这桩生意。这个酒吧老板可谓恶贯满盈。他刚才只是在跟克伦威尔讨价还价而已。

“丹佛。贝尔现在在范·多恩侦探社的丹佛办事处公干。”

“离旧金山越远越好，”凯利轻轻地说，“成交，克伦威尔先生。”

这次，凯利又称呼他为“克伦威尔先生”了，交易谈成。克伦威尔从椅子上站了起来，朝牌桌上的筹码点点头，“给发牌者的小费。”他咧嘴笑道，“明天中午，我先预付1万美元。贝尔消失后我会付清余款。”

凯利没有起身：“明白。”

他往楼下走去，从那群已不再跳舞的人中间走了过去。他发现他们全都看着他妹妹在舞台上跳着耀眼的肚皮舞，围观者看得兴起。而她早就将束腰解了，将本来定好型的头发放了下来。屁股不停扭动，随着乐队的节奏性感地晃动着。坐在桌旁的巴特勒正醉眼蒙眬地趴在那里，玛丽安则惊讶地看着玛格丽特在那儿纵情舞动。

克伦威尔指了指其中一名兼做保镖的经理。

“先生，有什么事？”

“请将这位先生扶到我车上。”

那名保镖点点头，熟练地扶起烂醉如泥的巴特勒，将他扛过肩头。接着，那名保镖就像扛一袋燕麦一样，轻松扛着巴特勒噌噌上了楼。

克伦威尔俯身对玛丽安说：“你能走到车那儿去吗？”

她抬头看着他，假装生气地回答道：“我当然能走。”

“我们该走了。”克伦威尔挽着她的胳膊，将她从椅子上扶了起来。玛丽安独自摇摇晃晃走上楼梯。接着，克伦威尔又转头看着他妹妹。对于她的这种放荡行为他早就见怪不怪了。他走上前去，用力抓住她的手——他这一抓估计她的胳膊都该瘀青了——将她从舞台上拽了下来，带着她离开酒吧，来到路边等待的车旁。跟亚伯纳坐在前排的巴特勒已经醉得不省人事，玛丽安则目光呆滞地坐在后面。

克伦威尔用力将玛格丽特塞进后座，然后自己也跟着上了车，将她推到角落里。他则坐在两位女士中间，亚伯纳手握方向盘，发动了车，那辆劳斯莱斯在灯红酒绿的街道上往前驶去。

克伦威尔慢慢将手搭在玛丽安的肩膀上。她以一种蒙胧、迟钝的眼神望着他。香槟让她昏昏欲睡，但她并没有喝醉，头脑还清醒得很。克伦威尔轻轻捏了捏她的肩膀，她心头一颤。因为坐在狭窄的车座上，她能感觉他的身体贴得她紧紧的。

玛丽安以前也觉得老板挺有魅力，也喜欢过他。但为他工作几年后，发觉他并无追她的意思。没想到这次他突然又对她有了意思。说来也奇怪，她现在对他竟然没了感觉，好像还有点儿抵触，连她自己也不明白为什么。

见老板再无其他非分之想，玛丽安顿时安下心来。但他的一只胳膊仍然挽在她的腰间，另一只手轻轻地搭在她的肩膀上，直到亚伯纳将车在她公寓前停定。克伦威尔走到人行道上，扶着她下了车。

“晚安，玛丽安，”他挽着她的手说，“相信你今晚还是玩得很开心的。”

她好像看穿了这个人内心的想法，这是她以前从没注意过的。他的手搭在玛丽安身上让她感觉一阵厌恶。“我会一直记得今晚，”她坦白地说，“希望巴特勒先生和你妹妹尽早恢复过来。”

“他们肯定得一觉睡到明天了，”他僵硬地笑了笑，“周一早上见。我还有一堆信要写。周五出差时希望把办公室里的工作都安排妥当了。”

“你这么快又要出差了？”

“丹佛有个银行家会议。我必须参加。”

“那就周一早上见了。”他松开玛丽安的手时她长长地松了一口气。

玛丽安走上台阶，朝门口走去，但还是回头看着那辆劳斯莱斯驶上街道。她觉得大脑有些脱线。她和老板之间的关系再也回不到从前了。他给人一种冷冰冰的感觉，玛丽安以前并没留意到这点，这次，她一想起他的触摸就不寒而栗。突然，舞厅里那股挥之不去的烟味和衣服上的汗臭味让她感觉一阵恶心。

她匆匆上楼，走进自己的房间，打开浴缸水龙头，很快将衣服脱了，钻进满是肥皂泡的水中，希望将今晚荒诞不经的记忆全都洗去。

“你跟里德·凯利偷偷摸摸聊了什么？”送走玛丽安后玛格丽特问道。

“我想请他为我办点儿小事。”

匆匆而逝的街灯灯光照在克伦威尔的脸上，她盯着他。“什么事？”

“让他去搞定伊萨·贝尔。”他没必要骗她。

“你可不能跟范·多恩的人结下死仇！”玛格丽特倒吸了一口凉气，“全国的警察都会盯上你。”

克伦威尔笑了：“不要担心，我的好妹妹。我只是叫凯利让那小子在医院里躺几个月。给他点颜色瞧瞧。”

克伦威尔显然骗了她。将来贝尔遇害时他也可以故作惊讶，说那只是意外，是凯利下手过重了。即使将来妹妹生气也没什么，比起除掉他的死敌，这事根本不值一提，他已然拿定主意。

16

“再涂一层。”克伦威尔对两个正在粉刷车厢的人命令道。早年，货车车厢大多被刷成深褐色。但南太平洋铁路公司开始使用塔斯康红这种较新的颜料，意在让它们庞大的货车运输队标准化。克伦威尔希望在上面再涂一层颜料，是因为干了的第一层颜料并不能完全遮盖“丹佛奥布莱恩家具公司”这几个大字。

今天，玛格丽特穿着一条羊毛裙，上身穿着一件短夹克以抵御金门海峡吹来的凉爽海风。她打着一把遮阳伞，遮挡清晨透过薄雾的淡淡阳光。他们站在那里看着空仓库装卸码头的几位克伦威尔用假名雇来的油漆工。

“他们值得信任吗？”她问。

“你是说油漆工？”他看着4个正忙着粉刷车厢的工人说，“他们只是干活的，只会认为又有车厢需要刷漆了。只要价钱好，他们是不会多嘴的。”

“你该改名字了，”她说，“某个警长，或是范·多恩的侦探迟早会发现劫案发生时‘奥布莱恩’家具公司的车厢在5个小镇都出现过。”

“我也是这么想的。”他说。

“这次你打算给它取个什么名？”

“什么都不取，”克伦威尔回答道，“将它弄得跟南太平洋铁路公司的车厢一样。”

“你可以买节新车厢，将里面装饰一新，为什么还要留着这个老古董呢？”

“因为这节车厢看起来就像老古董，”他轻轻一笑说，“它建于1890年，而且这种型号的货车车厢现在仍在使用。我更喜欢它现在因服役多年而破破烂烂的样子。正是因为它普通的外表，才不会有人怀疑它的真实用途。就连你那个叫贝尔的天才也绝对猜不到其中的妙处。”

“千万不要低估贝尔。他很聪明，肯定能查到你作案时入住的酒店。”

他脸色阴沉地看了妹妹一眼：“那小子不可能这么聪明的。即使他查出端倪，也太迟了，已经没有名为‘奥布莱恩’家具公司的车厢了。”

克伦威尔对这节老掉牙的车厢颇为自豪。车厢长34英尺，载重量为4万磅。车厢净重1.2万磅。一旦第二层涂料干了，他们马上会在木制侧面印上相应的标牌，也就是在代表南太平洋SP这两个简称的字母下面印有一串编号。还会在一侧印上载重量和空车重量。SP这两个字母设计成日出图案：顶端成弧形设计，上面印有“南”字，同样成弧形的“太平洋”印在下端，“航线”则会对称印在中间。完工后，这节车厢就跟南太平洋铁路公司的其他车厢没什么区别了。

就连16173这个编号也没有问题。克伦威尔是从一个铁路站场一节报废的车厢盗用后放在这节改造的车厢上的。

克伦威尔的计划真是天衣无缝。每一步都非常周详，还经过无数次的演练。所有能想到的意外都考虑过，而且还有相关的应对措施。克伦威尔将所有的细节都考虑进去了。纵观美国历史上的劫匪，即使杰西·詹姆斯和布彻·卡西迪两人联手都不是他的对手，他们成功的犯案次数、所窃赃款数量或杀人数都不及克伦威尔。

听哥哥提到贝尔的名字，玛格丽特想起了他们在布朗宫殿酒店跳舞的情形。当初还是她主动投怀送抱，她不禁咒骂自己。仅是想到这件事就让她感觉后背一阵发麻。她认识的男人不计其数，但都比不上被贝尔揽在怀里时产生的异样感觉。她的渴望如在心海中碧波荡漾，那种感觉既让她难以捉摸又难以控制。她开始想自己还能不能跟他重逢，尽管她清楚地知道，如若再见肯定相当危险：他们如果再次相见，那他必定已经获悉她的真实身份，顺藤摸瓜找到她哥哥雅各布也就不难了。

“我们走吧。”她说，迁怒于自己为何会有那种荒唐的想法。

克伦威尔看着她恍惚的眼神，决定不去揣摩她的心思了：“行，我明天再回来检查完工的车厢。”

他们转身从货仓的门里走了进去。克伦威尔停了下来，锁好门，这样没人进得来了。两人的脚步声在空旷的货仓里回荡，仓库里唯一的家具是摆在一个角落里的两张桌子和一个看起来像银行出纳窗口的柜台。

“你不把这儿租出去派上好的用场还真有点儿可惜。”玛格丽特说，她有些烦躁地把因别针稍稍滑出而歪向一边的帽子戴正。

“我必须找个停靠车厢的地方，”克伦威尔说，“只要车厢停在码头隔壁的旁轨上，不引人注意，他们就查不到仓库的主人，那就稳妥了。”

她怀疑地看着哥哥说："你那种眼神又出来了。"

"什么眼神？"

"计划再干一票的眼神。"

"我还是骗不了自家妹子啊。"他咧嘴笑道。

"看来我想劝你金盆洗手也是浪费时间。"

他牵着她的手，轻轻地拍了拍："男人对胜利的追求是永无止境的。"

她无奈地叹了口气："行吧，这次的目标是哪里？"

"我还没决定。首先我要详细打听哪些银行存有工资款。然后我还必须选择有铁路和旁轨的小镇，我的货车车厢要停放在那儿。逃跑路线是行动中最重要的一环。接下来就是研究银行附近的街道。最后，我还得精心准备抢劫计划，比如选择合适的时机，如何化装。"

玛格丽特在桌子和柜台旁停了下来："你打算在这里演练？"

他点点头："我们的密探获得银行内部图之后，我就要安排相应的设备了。"

"你现在都学精了。"

"还没呢。"他颇为自得地说。

"你的行动计划也要变得越来越周详才行。"她提醒他说。克伦威尔在她的手臂上轻轻捏了捏："这个自然。"

17

贝尔一下火车就直接赶到办公室，发现欧文和柯蒂斯已在会议室等他了。发现两人没有面带愁容便知道他们肯定查到了好消息。欧文点了支雪茄，柯蒂斯从大衣口袋里拿出一个银色的烟盒，气氛更加活跃了。“你们两个心情不错嘛。”贝尔放下手提箱说。

“我们找到了一些线索，”柯蒂斯点燃一支雪茄说，“倒也不是特别重要，但至少解开了几个小谜团。”

“你呢，伊萨，你那边有什么收获？”欧文问道。

贝尔还没来得及回答，艾格尼丝·墨菲端着一个放有三个杯子和一个咖啡壶的盘子走进会议室，“各位，抱歉打扰了，”她甜甜地说，“我想你们可能想喝点咖啡了。”

贝尔从她手中接过盘子，放在那个长桌子上：“你可真好，艾格尼丝。”

她转身朝门口走去：“我马上回来。”不到一分钟，她又拿着一个糖罐和一个奶油罐进来了，“不是我忘记了，而是两只手拿不了这么多东西。”

“你真是救了亲命。”柯蒂斯大笑着说，一边轻轻地在她面颊上吻了一下。

贝尔和欧文交换了一下眼神，笑了。他们两个都知道柯蒂斯和艾格尼丝只是朋友关系，两人经常互开玩笑。艾格尼丝转身时收起裙摆，离开了会议室，把门关了。

“不只是咖啡啊，”贝尔说，“她还知道把门关上，真是心细。”

柯蒂斯朝天花板吐出烟圈：“她心里有数。其实艾格尼丝跟我们一样，也不怎么尊重亚历山大。”

“你不是有话要跟我们说……”欧文提醒贝尔。

“我发现那人除了没了一根手指头外，他的头发可能还是红色的，抢劫时不止一次骑过摩托车。”贝尔从口袋里掏出一个小真丝袋，打开，将弹壳放在桌上。“现在我们知道‘屠夫劫匪’用的是38毫米口径柯尔特式自动手枪了。这枚弹壳是在一块地毯下发现的。看来是凶手失误造成的，因为他在其他银行并没有留下任何弹壳。比斯比的墨菲警长很聪明，他让县里的法医将受害者身上的子弹取出，证实这些子弹全部来自柯尔特式手枪。”

“我们可以从所有出售 38 毫米口径柯尔特式自动手枪的经销商入手。”柯蒂斯说。

“那是，这种手枪绝对不会超过 1 万支。”欧文不无讽刺地说，“即使派出 10 个侦探，去查所有这种型号手枪的经销商、推销员和五金店主，恐怕也得好几年时间。”

“柯蒂斯说得对，”贝尔看着铜制的弹壳说，“这种事太费精力，希望渺茫。”

这时，柯林斯狡黠地笑了笑：“要是知道劫匪的老巢在哪儿就不会这么麻烦了。到时候我们去查那个地区的经销商就可以了。”

“好主意。”贝尔同意道，虽然不知道柯蒂斯的具体做法是什么，“我会将这枚弹壳寄到芝加哥，看看那里的专家能不能验出指纹。”他放松地倚在椅子上，用两腿推着椅子向后倾斜，然后用一只脚顶着桌子，“好了，你们有什么发现，说来听听。”

欧文打开一本装订好的账册，将它放在贝尔和柯蒂斯前面的桌子上：“我在内华达的克霍恩意外发现的。他们在抢劫前一天记下了金库里存放的 50 美元面额现钞的编号。”

“我知道原因，”比尔说，“50 元的纸币比其他币种造假的情况更多。会计将纸币的编号记下是因为他肯定逐张研究过，确保那些钱不是假币。”

欧文看着贝尔，手指在账簿的条目上敲了敲：“你可以要求芝加哥办事处将我们查到的情况告诉西部各银行，让它们留意那些赃款。

比起 5 元、10 元，或者 20 元的纸币，50 元的更好查找。”

“比 1 元的就更好找了。”柯蒂斯说。

“这事交给我好了。”贝尔对欧文说。

“我自己也调查过，实际上，我在旧金山的两家银行甚至还发现了 3 张纸币。”

“干得漂亮，”贝尔说。接着他又看着柯蒂斯说，“你呢，亚瑟？你那边有什么发现？”

“你有没有发现凶手逃跑时坐的客车？”欧文问道。

“没有。但我发现货车倒有问题。”

“警方难道没调查过吗？”

柯蒂斯摇摇头：“那些已经装货并上锁的车厢并没有查。”

“那你查到了什么？”贝尔问道。

柯蒂斯突然开心地大笑起来：“我花了不少时间查找铁路公司的旧记录，还别说，真让我找到了一些有意思的东西。我发现劫案发生时，有 3 节车厢停在镇里的旁轨上。弗吉尼亚城和比斯比劫案发生时的车厢编号为 15758。弗吉尼亚城发生劫案时，货物清单上写着 50 捆铁丝网运抵南加州的一个牧场，但停在旁轨上编号为 15758 的车厢是空的，正等着接入比斯比的另一辆火车。”

“空的。”欧文重复了一句，不安地在椅子上挪动着。

“没错，是空的。之前是从新墨西哥的拉斯克鲁塞斯开来的，装了陶器，要运往图森市，之后则会空车开回厄尔巴索。”

“那这节车厢也没什么可疑的了，”贝尔喃喃道，“其他的呢？”

柯蒂斯看了看笔记：“内华达州的克霍恩，科罗拉多的大章克申发生劫案时，编号为 18122 的车厢都出现过。大章克申劫案发生时，那节车厢停在旁轨上，准备接入一列开往洛杉矶的火车。那节车厢装了

60箱红酒。而克霍恩的那节车厢则装着加州萨克拉门托市某家工厂生产的床垫。”

“这就是编号为18122车厢的有关信息，”欧文说，“劫匪不大可能四处逃窜吧。”

柯蒂斯脸上放着光：“最好的消息咱还没说呢。”说着他起身走到黑板那儿，在上面写着“丹佛奥布莱恩家具公司”几个大字，然后面带喜色地转过身来，“这节车厢出现在5起劫案发生的城镇。”

贝尔和欧文突然从椅子上站了起来，柯蒂斯的话引起了他们极大的兴趣。这名侦探发现了一个一直被人忽视的重要线索。

贝尔也对柯蒂斯意外的收获感到吃惊，说：“这节车厢曾在5起劫案发生的城镇出现过？”

“我把几个镇的名字都记下来了，案发时间和火车目的地都没落下。”

欧文将咖啡杯放回盘子上时差点没将咖啡洒出来：“你是说不同的目的地？”

“不，就一个。”柯蒂斯微笑着说，“那辆装家具的车厢最后都是从丹佛去了旧金山。我并没有找到车厢到丹佛或别处的记录。那就只有一个解释了：劫匪是用它做掩饰，逃脱了警方的追捕。”

贝尔盯着黑板上的字：“我用一个月薪水打赌，丹佛根本没有什么‘奥布莱恩家具公司’。”

“这是自然。”欧文说。

贝尔转头看着柯蒂斯：“这节车厢最后一次在南太平洋铁路公司登记是什么时候的事了？”

“两周前那节车厢还停在旧金山铁路站场的旁轨上。我上次问时车厢还停在那里。”

“我们得去好好查查。”

“盯紧点。”欧文说。

“这事是得盯紧，”贝尔说，“但我们必须小心，以免打草惊蛇。”

柯蒂斯点了支烟：“我明天赶第一趟早班车去旧金山。”

“我和欧文跟你一起去。”贝尔又看着欧文说，“你说旧金山出现过3张有编号的纸币。”

欧文点点头：“没错。一张是旧金山克伦威尔国家银行的，另外两张都是克罗克国家银行的。”

贝尔听后第一次笑了：“看来，条条大路通‘金山’啊。”

“至少现在看上去是这样的。”柯蒂斯同意道，他的热情也被点燃了。

贝尔仔细在地图上研究着“屠夫劫匪”标有旗子的犯案之地，两位侦探满怀期待地看着他。他们现有的证据几乎可以说是微不足道的，甚至可能查不下去。但范·多恩的3位侦探对他们找到的线索还是挺满意的。尽管不起眼，但现在没别的办法。有了这些证据，贝尔肯定会有相应的对策。

“这就好比赛马时我们将赌注押在一匹犁马身上，但我觉得还是有机会将劫匪引入圈套。”

“你有计划了？”欧文问道。

“如果我们假装在旧金山的报纸上说某个小镇要用一辆专列运送100万美元的工资付给当地数千矿工。这笔工资款之所以数目巨大是因为老板决定对他们特别嘉奖，因为工人没有受工会唆使举行威胁老板不大幅度加薪就罢工的活动。”

听了贝尔的计划，柯蒂斯仔细想了想说：“劫匪很容易就能查出这个新闻是编造的。”

“我们派个人守着电报局就不会，如果有人来问，按照我们说的回答就是。”

“如果我们运气够好，甚至还能找到发电报的人。”欧文说。

贝尔点点头:“这倒是真的。”

欧文盯着咖啡杯，像能看穿未来一般:“机会渺茫，我们都清楚这点。”

“没错，”贝尔说，“但值得一试。而且，即使计划失败，我们还可能找到别的线索。”

“想到用哪个矿镇做诱饵了吗？”柯蒂斯问道。

“科罗拉多的泰来瑞德。”贝尔回答道，“因为那个小镇位于箱形峡谷中。而且在1901年到1903年间，泰来瑞德的矿工就曾罢过工，所以再罢一次工也合情合理。”

“要是那节印有“奥布莱恩家具公司”的车厢出现，”柯蒂斯说，“我们就会知道那小子上钩了。”

“只要有火车停在泰来瑞德的旁轨上，那就八九不离十了。”欧文长吁了一口气，心满意足地笑道，“劫匪就是插翅也难逃了。”

会议室中的3人满怀期待。尽管这样的计谋失败的可能性相当大。3双眼睛都盯着墙上的巨幅地图，从西部往太平洋望去，最后定焦在旧金山这座港口城市。

贝尔乘坐电梯来到街上，行至布朗宫殿酒店，感觉不错。不管这场赌博最后是输是赢还是打成平手，虽然局势尚未明了，但至少看到了曙光，而且自己手中的牌还算不错。这时，他又想起了罗斯，不知为何，他老是想起那个女人，她跟“屠夫劫匪”到底是何关系。

他到底是人还是畜生？竟然连妇孺都不放过。现在，他觉得那个女人可能跟那名恶贯满盈的劫匪是一路货色。

贝尔从布朗宫殿酒店的电梯出来后，径直走向那间总统套房。他从裤子口袋里拿出钥匙，插入门锁中，还没转动钥匙，门竟然“嘎吱”一声开了。门关着，但门闩没有完全插上。

贝尔顿了顿，心中不免紧张。他首先想到的可能是酒店侍应忘了锁门。这样的推断似乎也符合逻辑，但他本能地觉得这事并不简单。这种不好的预感曾不止一次救过他的命。

贝尔在范·多恩做侦探的几年中树敌颇多。有些被他抓捕的犯人被判入狱后曾发誓要报复他。有 3 个人这么试过，还有两人已经丧命。

如果有人在房间等着他，那人也不大可能用枪对付他，贝尔心想。如是这种情况，枪声会响彻整个酒店，十几个员工会奔走相告。如果这名罪犯想从 9 楼逃走，他要么得等电梯，要么就得跑下楼梯，逃走的机会不大。

贝尔觉得自己只是在杞人忧天，也许根本就没有危险，但如果没有一点防范心理，他也不可能活到今天。如果有人在他的套房里等，他们可能只会动刀，贝尔想。

他取下帽子，往地上扔去，帽子还没落地，贝尔已经将那把短口手枪握在手中，那是一把立式双管枪，41 毫米口径，近距离射击威力巨大。

贝尔将钥匙在门里转动着，装作正在开锁。他将门推开，犹豫了一阵儿，眼睛扫过房间的门厅和起居室那头，然后才走进去。贝尔闻到一阵烟味，这更加证实了他的判断。他自己甚至连雪茄都很少抽，顶多在美食一餐后来点儿白兰地。贝尔将枪握在手中，走进房间。死神，就像一个看客，在房间等待。

一名男子正坐在靠背长椅上看报纸。贝尔靠近他时，他将报纸放在一旁，一张丑陋无比的脸展现在贝尔面前。黑色的头发满是油腻，头发毫无生气地紧贴脑袋。那张脸像是被骡子踩过一样，他身形就跟一头州博览会上获奖的野猪一样。但那人的目光倒是显得十分柔和、友善，这种伪装出来的表情曾让许多受害者上当。贝尔可不是傻子，他知道那人力量十足，扑出来的时候会像只猛虎一样。

“你是怎么进来的？”贝尔没有多废话。

陌生人扬起一把钥匙：“万能钥匙。”他的声音就像碎石机，“我只要一出门身上就会备一把。”

“你叫什么名字？”

“你知不知道我的名字已经无关紧要。你又没机会跟人家说起了。不过，既然你问到了，我也不怕告诉你，本人叫里德·凯利。”

贝尔脑袋转得飞快，想起了他曾经看过的一份报告。“我知道，臭名昭著的里德·凯利嘛，以前是名拳击手，巴巴里海岸一间酒吧的主人，还是个杀人犯。你曾和世界冠军詹姆斯·J. 科比特大战 300 回合。我还读过一份报告，你在加州边境可以来去自如。但在这里就行不通了。那些作恶多端的政客可以保你不被引渡到别的州去受审，但这是科罗拉多，你的保护伞不在了。等着被捕吧。”

“谁要抓我？”凯利露出满口金牙说，“就你？”

贝尔轻松地站在那儿，等待着，等着凯利出手：“你又不是第一个了。”

“我对你知根知底，帅哥，”凯利轻蔑地说，“你的下场只有一个，正好跟以前死在我手里的人做个伴。”

“你到底杀了多少侦探和警察？”

凯利狞笑道，“我现在记得是 3 个。不过，将来可就不记得了。”

“你再无机会杀人了，凯利。”贝尔冷静地说。

“将来我会金盆洗手的，帅哥。如果你觉得你手中那把玩具枪就能唬住我，你就省省吧。”

“你觉得我没办法用它送你上西天？”贝尔说。

“你没机会。”凯利冷冷地反驳道。

贝尔没有猜错，他很快发现了玄机，眼睛一瞄，他瞬即跳到沙发上，迅速举枪瞄准先前藏在他身后窗帘里的人的脑门。砰的一声，枪声传出门外，在整个酒店的中庭回荡。

凯利不屑地看了一眼他手下的尸体，那神情就像一匹马踩死了只土拨鼠一般。然后他对贝尔笑了笑，“看来你的名头还真不是吹出来的。你肯定是脑后长了眼睛吧。”

“你为何要来杀我？”贝尔平静地问道。

“受人之托。”

“谁？”

“你没必要知道。”凯利将报纸放在一旁，慢慢站了起来。

“不用去掏你插在身后皮带上的枪了，”贝尔说，他的那把短筒枪正纹丝不动地对着凯利。

凯利再次露出那颗大金牙：“我不需要枪。”

他那双强有力的腿一蹬，从房间那头猛地扑了过来，就像射出的一发加农炮。

幸亏他刚才离贝尔有 8 英尺，要是再离得近一点儿，在这两秒钟的时间里，贝尔不可能反应过来，他会被快如雪崩的凯利压在身下。凯利像破城锤一样冲向贝尔，这闪电般的一击使得贝尔侧身飞过一张椅子，倒在草绿色的地毯上。在闪躲的同时，他已经扣响了扳机，子弹击中了凯利的肩膀。

这一枪令这名凶神恶煞的歹徒停止了进攻，但他并没倒下。这人太强壮了，一身腱子肉，子弹竟然无法穿透他的心脏或脑袋。他毫不在意地瞥了一眼染红的衬衣，那神情就像外科医生。接着他又狞笑道："帅哥，你的玩具枪里只有两粒子弹，现在你没子弹了。"

"我真希望你不要再叫我帅哥了。"贝尔说着跳了起来。

现在轮到凯利去拿别在腰后的柯尔特式左轮手枪了。他正要扣动扳机，贝尔像棒球投手突然收到接球手的信号，将那把短口手枪用力掷向凯利。他们之间仅有 4 英尺的距离，他一击便中。那把手枪坚如石英石，不偏不倚打在凯利的眉心之间。

裂开的眉骨顿时血流如注，凯利下半边脸全是血。但这一击就跟刚才肩膀上的那一枪一样，没对他造成什么伤害。他既没痛苦呻吟，也没大声叫痛，只不过长吁了口气。他手里仍然握着那把枪，但并没有对准贝尔，要说刚才那一击的效果就在于此。贝尔低下头，加速几步，像海豚冲向大白鲨一样，撞向这个强壮的敌人，他使尽全身力气用头撞在凯利的肚子上。以前做过拳击手的凯利只是呻吟了一声，顺势将贝尔推开，此人天生神力，竟将贝尔扔过半间屋子。

贝尔重重地撞到墙上，大口喘着气。要是再重一点儿，他估计得拉两个月的牵引才能恢复。但凯利那足以震裂骨头的一击可不是吃素的。刚才，185 磅重的贝尔跟 250 磅的凯利狠狠地撞在了一起时，他趁机夺下了杀手手中的左轮手枪。

贝尔并没有命令他别再轻举妄动了，也没有说"住手，否则我开枪了"。贝尔显然不是第一天出来混了，他知道在这种穷凶极恶的杀手面前多费口舌也是徒劳，这小子一心只想送他上路。他也没想着赤手空拳能打败凯利这号人物。这名杀手比他强壮，比他冷血。贝尔仅仅开了两枪，凯利已经扑了过来，像只发怒的猩猩一样死死掐住贝尔的脖子，那双像钳子一般的大手勒得贝尔透不过气来。他用力一推，将贝尔压在地毯上，重重地压在贝尔的身上，死死拽着他的胳膊，贝尔根本无法开枪。凯利冷静地紧压着，像预谋良久了似的，好像他中的那几枪根本无关痛痒。

贝尔动弹不得，也没办法直起身子对准对手的脖子扣动扳机。凯利的力量远在贝尔之上，贝尔毫不怀疑之前凯利没少用这种方法勒死过人。如果不赶紧想办法，将来还会死更多的人。他的视觉逐渐变得模糊，眼前越来越黑。

但令贝尔真正吃惊的并非他现在距死亡仅一步之遥，而是他知道那两颗子弹打中了凯利，此人竟然没事。他确信子弹已经进入这位彪形大汉的体内。贝尔抬头看着两只漆黑如恶魔般的眼睛，凯利完全被血遮住的下半部分脸上就像戴了个殷红色的恐怖面具。他为什么还活着，为什么还这么有劲？他难道不是人吗？

接着，贝尔明显地感觉他身上的压力轻了，但他并没有试图掰开掐住他脖子的手，而是直了直身子，两根大拇指插入凯利无神的眼中，他知道，在自己完全晕过去之前，这是最后一招了。接着，贝尔用力一扭，终于从凯利的身体下钻了出来。

那个身材高大的拳手呻吟着，双手捂住眼睛。他现在已经看不见了，但还是爬向贝尔，贝尔逮住机会，对着凯利的肚子就是一脚。直到这时他才看清凯利胸腔下方衬衣上两个弹洞正汩汩流血。他为什么还能动？贝尔思忖着。他早就应该见阎王了。可凯利还是冲了过来，抓住贝尔的一条腿。

贝尔感觉自己正被对方拉过沾满鲜血的地毯。他另外一条腿用力踹向凯利，但这一脚犹如隔靴搔痒，丝毫没能给他造成伤害。凯利紧紧抓住贝尔的小腿，指甲竟然穿透裤子嵌入肉里。现在，他离凯利越来越近，已能看清那张极度痛苦的脸，他眼里闪着怒火。

该结束这场惨烈的战斗了。贝尔右手仍然握着那把左轮手枪，他现在出奇的冷静，举起枪管，枪口离凯利的脸仅有几英尺远，他小心地扣动扳机，将一枚44毫米口径的子弹打进凯利的右眼中。

凯利没有发出恐怖的尖叫声，也没有发出可怕的汩汩声，仅是喉咙处发出喘气声，之后，他像一只巨大的野兽，滚过毯子，痛苦地挣扎了几下，呜呼哀哉了。

贝尔在地板上坐了起来，摸了摸喉咙，用力吸了几口气。他转过头来盯着门口，许多人冲进房间时，被眼前的一幕惊呆了，地上全是血，蜷缩着的那人因其脸上的血已经全部凝结，早已辨认不出。凯利咧开嘴，金牙露了出来，嘴唇像是慢慢涂了一层红色，令他的脸看起来特别怪异。

凯利竟然如此拼命，为什么，钱吗？还人家的情还是跟自己有深仇大恨？此人不可能跟他有仇。贝尔从来没调查过这个巴巴里海岸的黑帮老大。一定有人买凶杀人，而且出手阔绰。

贝尔在想，不知道他将来能否将这个答案揭晓。

第二天早上，贝尔从那个大陶瓷浴缸走出来，用毛巾擦干身上的水，看着镜子。他的喉咙已经肿了，上面的瘀伤非常明显，甚至能看到里德·凯利嵌入肉中的指印。他穿上一件干净的白衬衣，这是一件浆过的高领衫，尽管跟脖颈上柔软的皮肤摩擦时有点痛，但贝尔仍觉满意，至少别人看不到瘀痕了。

他现在全身酸痛，也不止脖子上的这些瘀痕。他被一身蛮力的凯利几次摔过椅子，扔过房间，撞到墙上，现在真可谓是体无完肤。轻轻摸一摸都痛，而且还没这么快复原。

穿上那件名牌亚麻西服后，贝尔离开酒店，中途去了西部联合电报公司给范·多恩发了封电报，将自己差点儿遇害的事给他说了。等他慢慢走进办公室门口时，艾格尼丝·墨菲呆呆地望着他，眼神满是关怀。“噢，贝尔先生，我听说你昨天险遭不幸。希望你吉人自有天相。”

“艾格尼丝，只是一点瘀伤而已，不碍事。”

柯蒂斯和欧文听到他的声音后也很快从会议室出来了，接着亚历山大也从办公室出来了。两位侦探用力跟他握着手，还真有点太用力了，贝尔心想，不舒服的感觉穿透他疼痛的身体，他还真有点儿害怕。亚历山大只是站在那里，就像个局外人。

“看到你还活蹦乱跳地站在这里我真高兴，”柯蒂斯说，“我们听说昨天可是一场血战。”

“我差点去见阎王了。”贝尔说。

“在跟你通完电话后，”柯蒂斯说，“我把你对里德·凯利所了解的情况发给我们在旧金山的办事处了。他们会去查凯利和他的幕后主使。”

“太可怕了，”亚历山大冷冰冰地说，“简直难以想象，竟然有人敢向范·多恩侦探社的人下手。”

贝尔意味深长地看着亚历山大：“我只是好奇，凯利是怎么知道我的住处的。”

“此人是旧金山巴巴里海岸臭名昭著的犯罪分子，犯了不少事。”欧文说，“有没有可能是你之前在旧金山抓的犯人出狱后收买了凯利，要么就是那些被处以极刑的人的亲戚朋友买凶杀人？”

“应该不是，”贝尔说，“如果一定要我猜的话，我想那个“屠夫劫匪”才是幕后主使。”

“如果他知道你在调查此案，”欧文说，“那此人肯定有动机。”

亚历山大说：“我们必须将此事查个水落石出。”贝尔觉得此人说话的腔调一点儿也不诚恳。“你大难不死我真是太高兴了。”他说完转身朝自己的办公室走去。

等他走远了，贝尔说："两位，我们的判断得到了证实。'屠夫劫匪'的藏身地点必是旧金山。"

18

贝尔、欧文和柯蒂斯从奥克兰的渡口走出来，进入那栋雄伟的码头大楼，这一栋3层楼的大厅里，里面有不少拱门，头顶悬挂着天窗。接着，他们进入市场大街下的内河码头。欧文和柯蒂斯去叫出租车了，贝尔转身抬头看到一栋240英尺高的钟楼，这是模仿12世纪西班牙塞维利亚吉拉尔达塔建造的。钟楼巨大的指针显示现在是11点4分。

贝尔对了对手表上的时间，发现码头大楼的钟快了1分钟。

因为一下来了4艘渡轮，车站内挤满了人。出租车都满了，3位侦探并没能叫到车。贝尔截住一辆四轮马车，跟赶车的还了价，要马车带他们去蒙哥马利大街的宫殿酒店。3人在马车上坐定后，柯蒂斯对贝尔说：

"你打算如何跟范·多恩在旧金山的办事处打交道？"

"我们先跟旧金山的地区主任霍拉斯·布朗森吃晚饭。在新奥尔良时我曾跟他合作过。他人很好，而且很能干。我给他发了封电报，他在回我的电报中说会尽力配合我。而且他还答应我将派侦探去查出售38毫米口径柯尔特式自动手枪经销商的名字。"

欧文手指转着一根未点燃的香烟："我先去克伦威尔银行和克罗克银行看看他们能否帮忙查找带有编号的赃款。"

贝尔对欧文说："你也去其他几家大银行查查，比如富国银行和意大利银行，也许他们那里也有赃款。如果劫匪是旧金山人，他将钱在镇里的各家银行流通也不出奇。”

“我们的任务都很重，”柯蒂斯说，“我去看看能不能查到那节印有‘奥布莱恩家具公司’的车厢。”

贝尔在马车里伸了伸脚，说：“我们跟布朗森见过后，我会杜撰一个新闻稿，说会有一笔钱送至泰来瑞德的圣米格尔山谷银行，然后说服该城几大报纸的编辑将新闻发出去。”

马车到达豪华的宫殿酒店后往名为景苑的马车入口驶去，该入口设置得非常雅致，闪亮的白色大理石露台上可以俯瞰此地，由100多根装饰得非常漂亮的柱子支撑，楼高7层。上面的灯光从一个巨大彩色玻璃圆顶天窗射了进来。

贝尔付了车钱，搬运工随即将行李搬了进去。3位侦探走进宽敞、豪华的酒店大堂。登记后，他们经一个镶有红木的液压升降机上到达房间。贝尔让3个房间连在了一起，这样就像订了间大套房。

“对了，”贝尔对欧文和柯蒂斯说，“现在差不多5点了，今天看来也办不成什么事了。我们洗漱一番就出门，好好吃顿饭，睡个觉，明天一大清早就去寻找线索。”

“我觉得这主意不错。”欧文说，他的肚子已经咕咕叫了，因为他们过去8个小时什么都没吃。

“你打算介绍我们去哪个餐厅吃饭？”柯蒂斯问道。

“布朗森是波西米亚俱乐部的会员。他安排我们在那里的餐厅吃饭。”

“那敢情好。”

贝尔笑了：“他在这里有的是面子。”

8点，3人在泰勒大街波西米亚俱乐部宏伟、典雅的入口下了出租车。该俱乐部建于 1872 年，本是报社记者、艺术家、文学家聚集的场所，会员不乏知名人士，如马克·吐温、布莱特·哈特、安布罗斯·比尔斯和杰克·伦敦等人。随着时间的推移，有势力和影响力的商界精英也加入进来，并很快成为俱乐部的主导力量。单身女士是不允许进来的，而会员的妻子和未婚的会员则必须从后门进入。

不过今天晚上女士能够进入餐厅，因为恩里克·卡鲁索可不是小人物，他坚持要让妻子出席。俱乐部董事也就做了个顺水人情，特事特办了，但平时很少有这种先例。

欧文和柯蒂斯跟着贝尔进入主会客室，站在那儿，一个年轻俊美、肌肉发达、身材伟岸的男人热情地跟贝尔握着手。“伊萨，见到你真高兴。”

“我也是。”贝尔回答道，见到老朋友，贝尔自是高兴，他知道这位老伙计握手时非常用力，也早做好了准备，“你看上去苗条了不少。”

“我还在减肥呢。”他朝欧文和柯蒂斯点点头，笑道，“两位好，我叫霍拉斯·布朗森。”

此人声音沙哑，两个宽大的肩膀看上去要将那件灰色燕尾服的线缝撑破，一头乌黑发亮的头发，五官长得倒像个学生。

贝尔介绍了他们，布朗森用力地跟他们握手时，贝尔发现两位侦探脸绷得紧紧的，还不停地眨眼睛，不免乐了。尽管布朗森在丹佛这座大城市手底下有 10 个侦探，他的职位也比贝尔高，但每次他都会听命于贝尔。贝尔丰富的经验和在抓捕犯罪分子上值得艳羡的好名声让布朗森十分钦佩。他还感谢这位大侦探当初向范·多恩推荐让他管理旧金山办事处。

“餐厅在这边，请跟我来，”他热情地说，“这家俱乐部美酒美菜是出了名的。”

布朗森带头走进装饰得颇为华丽的大堂，来到一间漂亮的大餐厅里，餐厅地板上、墙上和天花板上都装饰着华丽的红木板。接着，他又跟饭店老板聊了几句。

布朗森将手搭在贝尔的肩膀上："我要他安排一张我平时预订用来办公的桌子，在餐厅的角落里，别人听不到我们的谈话。"

饭店老板带他们来到一张独立摆放的桌子旁边，大堂中的其他食客看不到这儿。一名侍应站在桌旁，将餐巾纸放在他们的膝盖上后便再次候在一旁，布朗森仔细看了看酒水单，点了红酒。侍应走远后，布朗森放松下来，随即看着贝尔。

"我查过几家公开在市面出售38毫米口径柯尔特式自动手枪的经销商。一共67支。我派了4个侦探前去调查，两三天内便有结果，如果他们运气好的话，会更早。"

"谢谢，霍拉斯，"贝尔说，"这样我们就有大把时间追查其他线索了。"

"不足挂齿。"布朗森豪爽地笑道，"再说了，范·多恩先生命令我全面配合你。"

"我们对一切帮助来者不拒。"

"还有关于'屠夫劫匪'的线索吗？"

"我得跟你讲个秘密。我发现那个劫匪在我们的侦探社有奸细。"

"跟我说绝对没事，"布朗森不无担心地说，"咱们侦探社竟被人安插了眼线，难以置信。范·多恩知道吗？"

贝尔点点头："他知道。"

贝尔将手头掌握的证据大致跟布朗森说了，尽管证据不是很充分，但目标直指旧金山。他向布朗森解释了欧文调查到的赃款编号，柯蒂斯发现的罪犯用来逃跑的货车车厢，以及自己发现的劫匪的头发颜色和少了一个手指的外貌特征。他说得很谨慎，将细节都跟布朗森说了，而且并没有添油加醋。欧文和柯蒂斯还补充说明了他们在调查时找到的一些证据。贝尔讲完时，布朗森沉默了好一阵儿。

最后他说："看来你的调查取得了不小的进步，伊萨。几个星期前几乎什么线索都没有，现在至少有了点儿证据，但不幸的是，这些证据仍然难以证明劫匪的身份。"

"没错。"贝尔同意道，"但至少我们可以顺藤摸瓜。"

布朗森点的酒是加州产的夏敦埃酒，该酒储藏在纳帕谷最古老的查尔斯·克拉格酿酒厂，参加过正规的品酒会。酒很快给几位侦探斟上了。他们一边品尝美酒，一边看着菜谱点菜，暂时没谈劫匪的事。

"喜欢吃什么？"布朗森问贝尔。

"厨房里有贝夏梅尔调味酱做的牛杂碎。我帮他们品尝过，因为我本人最好这一口了。"

"那是不是还有牛睾丸？"柯蒂斯问道。

"你想着落基山的牡蛎就对了。"布朗森笑着说。

"世界各地的美食家都对这里的菜赞赏有加。"贝尔解释说，"所谓杂碎只是小牛的胸腺，牛有两个腺体，一个在喉部，另一个在靠近心脏处。在大厨眼里，胸腺是世上最美味的东西……"

贝尔话到半途突然不说了，全神贯注地盯着餐厅。那双蓝紫色的眼睛眯了起来，好像正盯着远处某个地方；也不像先前那般放松了，僵硬地坐在那里，好像失魂落魄了一般。

"怎么啦，伊萨？"欧文问道，"你这样子像是看到耶稣复活了。"

"还真是见鬼了，"贝尔喃喃道，他正盯着刚进门的一男一女，此刻他们正跟老板说着话。这两人非常显眼，引得餐厅所有食客都侧目相看。两人都是一头红发，女人跟那男人身高相仿，男子不是很胖。

那名女子穿一件皇室风格的黄色两件套，长长的多褶裙的开口呈喇叭状，一条短尾拖在地板上。上衣刺有蕾丝边，里面穿一件超低胸短夹克，令那条奢华的钻石项链十分显眼，她戴着一顶十分流行的“风流寡妇”宽檐帽，帽檐镶有漂亮的羽饰，跟那身漂亮的衣服极为搭配，肩膀上则搭着一条狐皮围巾。

男人穿一件价格不菲的黑色西服，内配马甲。一根粗实的金链子挂在口袋中，那头连着金表的表链穿过扣眼，置于另一个口袋中，上面还挂着一条镶满钻石的表袋。那人眼神中透露着自信，似乎什么也逃不过他的眼睛。扫过餐厅时，那感觉就像这里就是他家开的。见到几个熟人后，他浅浅地笑着，时而又优雅地微微颔首。那对男女被领到餐厅中央的一个桌子旁，从那里可以轻而易举地看到其他食客。那个用于彩排的入口透着精致、优雅之气。

“大厅入口处的那一男一女是谁？”贝尔向布朗森打听道。

“男的叫雅各布·克伦威尔，是克伦威尔国家银行的老板，也是波西米亚俱乐部的会员。而站在他旁边的那位漂亮女士是他妹妹。”

“他妹妹？”

“是的。她叫玛格丽特，也算是社会精英了，忙于慈善事业。她和她哥哥非常有钱，是有头有脸的人物。家住诺布山。”

“那么她叫玛格丽特·克伦威尔咯，”贝尔平静地说，“我只知道她在丹佛叫罗斯·曼特卡。”

欧文看着贝尔：“她不是你跟我们哥儿俩说的那个为‘屠夫劫匪’刺探情报的线人吧？”

“除非她还有个孪生姐妹。”贝尔回答道，“是此人无疑。”

“不可能。”布朗森的口气中明显带有嘲笑的意味，“这种推测简直荒诞至极。她和她哥哥为旧金山做的慈善事业比其他富豪加起来都要多。他们资助孤儿院，为走失和流浪动物建立保护动物协会，还资助城市美化工程，大量捐赠各种有意义的事业。他们在这里备受尊敬。”

“他说得很有道理，”柯蒂斯说，“如果克伦威尔拥有这么大一家旧金山银行，他根本不缺钱，为何还要抢劫银行、杀人呢？”

“克伦威尔小姐结婚了吗？”贝尔向布朗森打听道。

“没有，她仍然待字闺中，不过听说她这方面绯闻不少。”

“你说她是劫匪的线人，不会搞错吧？”欧文问道。

贝尔紧盯玛格丽特·克伦威尔，看着她脸上的每个细节。她此刻似乎正专注跟她哥哥聊天，并没有往贝尔这边看。“也许我弄错了。”他喃喃道，这会儿也没了信心，“但该女子跟我在丹佛见过的那个实在太像，真是诡异。”

“我认识克伦威尔，”布朗森说，“他曾跟范·多恩合作，查出一个银行诈骗团伙，那些人用赖账的手段诈骗本地银行。我介绍你跟他认识。”

贝尔摇摇头，站了起来：“不用麻烦了。我自己去就行。”

他起身，绕过食客坐定的椅子，走到克伦威尔的桌旁。他故意从后面走了过去，侧身挨过玛格丽特，她没能注意贝尔正往这边走来。贝尔没有理会克伦威尔，只是故作屈尊地笑着，低头看着玛格丽特，意在试试她的反应。“对不起，克伦威尔小姐，我相信我们在丹佛见过面。我叫伊萨·贝尔。”

她僵硬地坐在那儿，没有转身，也没有抬头看他，只是望过桌子看着她哥哥的眼睛，表情捉摸不定：或惊讶，或惶恐，抑或是别的什么——类似于震惊或痛苦的表情。那一瞬间她好像不知如何反应，但她很快就缓过神来。

"对不起，我不认识什么伊萨·贝尔先生。"她平静地说，没有颤抖。她说话时并没有看他。她知道如果她看了，那种感觉无异于有人在她肚子上狠狠打来一拳。她很庆幸自己并没有站起来，倘若站在那儿，双腿会变得软弱无力，肯定会瘫在地毯上。

"对不起，"贝尔说，从她刚才的反应他已经清楚地知道这个女人就是她认识的罗斯·曼特卡，"那肯定是我弄错了。"

克伦威尔礼貌地站了起来，手持餐巾纸，就像职业拳击手在第一回合响铃之前那样打量着贝尔。他没有露出一丝惊讶或不解的表情，只是伸出手来："我叫雅各布·克伦威尔，贝尔先生，您是俱乐部的会员吗？"

"不是，我是范·多恩侦探社驻旧金山办事处负责人霍拉斯·布朗森的客人。"

贝尔握着克伦威尔的手，见这位银行家在就餐时竟然戴着手套，不免好生奇怪。出于多年办案的经验，他瞥了一眼对方左手戴有手套的小指。指尖塞着硬硬的东西，倒不是说以此就能证明克伦威尔就是劫匪。这个想法简直太大胆了。

克伦威尔点点头："我认识霍拉斯。人不错，贵社有这种人实属幸运。"

贝尔近距离观察着克伦威尔修剪得整齐的红色头发，他脑后的头发已经开始变得稀松。这位银行家个子不高，身体削瘦，少了几分阳刚之气。贝尔发现他的眼神跟当初在科罗拉多狩猎时见过的美洲狮的眼神极为相似。冷漠，一种发自内心，宛如死寂一般的冷漠。

"他是不错。"

"贝尔？我之前应该没听说过。"克伦威尔说这话的时候像是在努力回忆。但他很快就不去想了，装作这是根本无关紧要一般，"你也是旧金山人吗？”

“不是，我是芝加哥人。”

玛格丽特仍然坐在那里，不敢看贝尔。她感觉自己内心深处有一团无法控制的火焰。她表现得有点不安，脸如樱桃般红润。接着她生气起来，倒不是因为贝尔，而是气自己刚才没能控制住情绪。“我和我哥想单独享用晚餐，贝尔先生，可以吗？”

他发现她长长的脖颈变得通红，心中窃喜。“对不起，打扰你们了。”他朝克伦威尔点点头，“克伦威尔先生，请便。”贝尔转身朝自己的桌旁走去。

克伦威尔见贝尔走远，轻蔑地说道：“这小子到旧金山来干什么？我以为凯利已经解决他了。”

“凯利显然失手了。”玛格丽特说这话的时候心中竟然有那么一点儿安慰感。

“他怎么知道你在这儿？”

“看我干吗？”玛格丽特生气地说，“我以罗斯·曼特卡的名义从丹佛坐火车到洛杉矶，然后再用另一个化名买了一匹马。接着，我骑马到圣巴巴拉市，再在那里乘火车到旧金山，用的又是假名。他不可能追查到我的。”

“那就是巧合了？”

她看上去就像一头丧家之犬。“我不知道，真的不知道。”

“不管他是什么原因来到旧金山，他的出现肯定会给我们带来麻烦。”克伦威尔说，一边强装欢颜地看着4个侦探落座的桌子。“我不知道他到这儿是不是找到什么证据了，但在见了你之后，他可能怀疑你跟劫匪有关，现在既然知道你是我妹妹了，他肯定会四处打探消息。”

“要不我去度假避避风头。”

“好主意。”

“你明天早上马上帮我订阿拉斯加州朱诺的车票。”

“为什么选择朱诺啊？”克伦威尔问道，“那儿现在太冷了。”

“因为他最不可能找到那里去。”她顿了顿，露出精明的眼神，“而且，尤金的父亲，山姆·巴特勒要去朱诺城郊监督采矿作业。”玛格丽特笑道，终于放松了下来，“还可以让我有机会看看我未来的产业。”

“我的好妹妹，”克伦威尔和蔼地说，“你可是经常给我带来惊喜啊。”接着，他再次毫无顾忌地望过餐厅，看着贝尔，“我现在在想，里德·凯利到底出什么事了。”他喃喃道。

“或许贝尔杀了他。”

“也许吧，”克伦威尔说，“如果真是这样，贝尔可远比我想象的危险。看来下次我得亲自出马了。”

贝尔回到桌旁，他的那盘牛胸腺肉已经上桌。他拿起叉子，想尝尝这道名菜，但大家的一通问题又让他不得不停下来。

“她是你在丹佛见过的女人吗？”布朗森问道。

贝尔没有回答问题，他现在并不想回答，因为这个问题对布朗森来说有点儿敏感。“也许我弄错了。我承认，但两人确实非常相像。”

“你真有审美眼光。”布朗森浅浅笑道。

“你怎么找到克伦威尔的？”欧文问道，“你觉得要是我跟他约个时间，讨论一下他家银行经手过赃款的事，他会配合吗？”

“这事你得问霍拉斯。我没提到我们的调查工作。他人看上去不错，只是有点傲慢。”“他就是这样的人，”布朗森说，“但如果你当面登门，他这人还是很热情的，我确定他一定会配合你们的调查。”

“到时候就知道了。”贝尔说，终于尝了一口牛胸腺肉。吞落下肚后，他朝欧文点点头，“我还是陪你去克伦威尔银行走一趟。”

“你还想见他？”布朗森问道。

贝尔摇摇头：“这事也不是那么急，我主要想去查查他家的银行。”

“你觉得能找到什么线索呢？”柯蒂斯问道。

贝尔耸耸肩，但眼中闪出一丝亮光：“我暂时也没什么眉目。”

19

两名男子进入办公室时，玛丽安正在办公桌前打字。她不再看那台安德伍德5型号打字机了，而是抬头看着两人，其中一名男子长着一头浓密的褐发，也没怎么梳理，正冲她友善地微笑着，此人身材偏瘦，要不是他那张晒得黝黑的脸，他的身材近乎有些病态。另外一人身材高大，一头金黄色的头发。她并没有看到他的脸，因为他已经转过身去，似乎正在仔细观察那间装饰得富丽堂皇的办公室。“你是摩根小姐吗？”

“是的，请问有什么可以效劳的？”

“我叫欧文。”他将侦探社的名片递给她，“这是我同事伊萨·贝尔，我们都是范·多恩侦探事务所的。跟克伦威尔先生约好的。”

她站了起来，脸上没有笑容。“知道。你们约的是九点半，还有5分钟。”

欧文摊开双手：“老话不是说……”

“早起的鸟儿有虫吃？”她戏谑地说。

这时，那位金发高个子男人已转过身来。“早起的鸟儿有虫吃不假，第二只老鼠吃到奶酪也真。”

“你真会说话，贝尔先生……”玛丽安说，音调也降了不少。

两眼相对时，玛丽安突然感觉她看着的那双紫蓝色的眼睛如此与众不同。她觉得此人身高远不止6英尺，身材颀长且结实，一身白色的亚麻西服十分得体。那缕浓浓的胡须跟那修剪得整齐的淡黄色头发颇为相称。他不是那种小白脸式的英俊，五官轮廓分明，男子气十足。此人的长相有点粗犷，在西部的荒野和舒适的大城市看到这号人都不会觉得出奇。她大胆地盯着他，以往的那种矜持似乎瞬间崩塌。没有哪个男人可以撩动她的心扉，初次见面就更不可能了。

贝尔也被玛丽安的美貌和优雅的气质打动。他盯着她看时，脚下的地板微微颤动。她秀色可餐，却如杨柳般挺拔，身上透露的那份平静的自信似乎让人觉得没有任何复杂的问题可以难倒她。她举止大方，尽显优雅之气，纤纤细腰，尽管张开着的裙子下摆很长，但她那双漂亮的长腿逃不过他的眼睛。她将一头富有光泽的浓密头发盘于头顶，一条细长的发带几乎悬至腰间。他猜想此女子年龄跟自己相仿，也就一岁上下的差距。

“克伦威尔先生在忙吗？”他问，这样的言归正传让他颇为不甘。

“是的……”她有点结巴地说，“不过，他应该知道你们就要来了。”

她敲了敲克伦威尔的门，走了进去，告诉他贝尔和欧文来了。接着，她站在一旁，示意他们进去，克伦威尔从办公桌后起身，走出来对他们表示欢迎。两人走进办公室，贝尔故意用手擦过玛丽安的手。她感觉周身像是一股电流穿过，接着她走了出去，关上了身后的门。

“请坐，两位，”克伦威尔说，“霍拉斯·布朗森跟我说你们要来这里调查我行经手过的赃款一事。”

欧文似乎并没注意，但贝尔再次看到克伦威尔依旧戴着手套，不免来了兴趣。

“没错。”欧文说，贝尔也没插话，“一张钞票而已，编号为214799，我们查到这些钞票在贵行存过。”

“这完全有可能，”克伦威尔说，一边把玩着一支没点燃的雪茄，“我想可能是50美元或100美元面额的纸币吧，因为我们从来不登记面额比这小的钱。”

欧文看了看笔记本上的记录。“没错，上面显示是格瑞街一位开花店的老板的。花店经理叫瑞恩斯勒，他联系了范·多恩侦探社，因为他觉得那钱可能是假的，但结果是真的。他说是从克伦威尔国家银行取的，当时他是从贵行将钱转移到自己的私人保险箱里。”

“瑞恩斯勒的理由似乎不那么靠谱，”贝尔说，“但是如果他犯了法，那就得交给当地警局办理了。”

“我行每年经手的钱有好几百万，”克伦威尔说，“我不明白为什么这一张如此重要。”

“因为这张有编号的钞票恰好是蒙大拿州克霍恩银行劫案丢失的，劫匪杀了4名银行职员和客户。”贝尔解释说。

克伦威尔等着他们继续说下去，但贝尔和欧文都不出声了。欧文在仔细检查记录，贝尔仔细观察着克伦威尔，这位银行家冷峻地看着贝尔的眼睛，并没转移视线。这样的情形刺激了他的自负意识，他明白他正在跟范·多恩侦探社最出色的侦探斗智。

“对不起，两位，”克伦威尔说，他不再看着对手，而是看着那根没点燃的雪茄，“我恐怕帮不了你们。如果其他赃款最后流经克伦威尔银行，那些钱肯定流通不少时间了，根本不可能追查到，也不能知道是谁存的。”

“这个没错，”贝尔说，“但不管多渺茫，我们都不能放过任何一条线索。”

“这些钱都是新的，编号也是连续的，”欧文解释说，“在被人取出之前你有没有可能记录？”

“很有可能，因为我也说过，我们银行会记录面额为 50 美元和 100 美元的钞票。”

“你能让会计检查下记录吗？”贝尔问道。

“愿意帮忙。”克伦威尔按了一下桌子底下的蜂鸣器。很快，玛丽安就站到了门口。“摩根小姐，你能叫霍普金斯先生到我办公室来吗？”

她点点头：“当然可以。”

贝尔猜想霍普金斯不过是个毫无生气，戴着眼镜的矮个子，耳后夹着一支笔，这种人肯定一辈子都在跟账簿打交道。但当他来到办公室时，贝尔发现此人就像一个体育明星，高大、强健，动作敏捷。克伦威尔介绍他时，霍普金斯朝贝尔和欧文点了点头。

“贝尔先生和欧文先生是范·多恩侦探社的。他们来这里查找蒙大拿州克霍恩银行劫案失窃的带有编号的钞票。我们银行曾被客户取走过一张 50 美元面额的。两位先生认为那些赃款可能在这里流通过。他们希望你检查下我们记录的编号。”

霍普金斯笑容可掬地说：“你们告诉我编号就是。”

“检查跟 214799 连号的钞票。”克伦威尔说，他刚才就记住了这个编号。

“马上去办，先生。”霍普金斯确认之后说。他朝贝尔和欧文轻轻颔首，“如果有，几个小时内便可查到这些钱。”

“感谢。”贝尔说。

“还有别的事吗，两位？”克伦威尔说着要下逐客令了。

“没了，非常感谢您的帮忙，谢谢。”

贝尔让欧文先进了电梯，他则留在后头。贝尔在玛丽安的接待桌前停了下来，看着她：“摩根小姐？”

她不再打字了，将椅子转到贝尔的方向，因为羞怯，她仍不敢直视他的眼睛。

“我知道这话有点冒昧，但我觉得你不是那种忸忸怩怩的女士，今晚能否赏光跟在下吃顿便饭呢？”

她的第一反应当然是拒绝，但她心中那扇禁忌之门已然打开，那份矜持早已抵挡不了内心的渴望：“公司规定我不能跟客户约会的。还有，我怎能相信一个素未谋面的人呢？”

贝尔微笑着俯身向前：“第一，我不是贵行的客户。第二，如果你连一位值得信任的侦探都不能相信，还能相信谁呢？”他伸手牵着她的手。一丝恐惧的焦虑感掠过了玛丽安的心头，但她无法推却这位男士的邀请。她心里的最后一道防线崩塌，那颗芳心早被对方所虏获。所有的矜持早已灰飞烟灭。

“好吧。”她听见自己如此说道，好像听到的是一个完全陌生的声音，“我 5 点下班。”

“好极了。”贝尔说，不过他觉得自己稍微热情过头了，“我在前门入口接你。”

她看着他走向电梯。“天哪，”她喃喃自语道，“我竟然同意跟一个完全不认识的人吃饭，肯定是哪根筋搭错了。”

尽管她也在自责，但眼里却闪过一道亮光。

欧文在电梯里等着贝尔：“你干什么去了？”

“约了克伦威尔的私人秘书吃晚饭。”

“你的效率挺高的嘛。”欧文羡慕地说。

贝尔咧嘴笑道："只不过是工作需要。"

"我还不了解你小子吗，你肯定'心怀不轨'。"

"你还不如说我'公私不分'。"

"你也许是在玩火，"欧文认真地说，"如果被她发现你想利用她调查克伦威尔的事就糟了。"

"到时候再担心此事不迟。"贝尔毫不在意地说。

回酒店的车上，贝尔心中所想并非今晚要去处理的正事，而是跟美女的约会。

20

玛丽安自己也没办法解释。她第一次这样心动，是当年在学校的时候一个她十分仰慕的小男生对他笑了。但自那以后，她再也没经历过这种感觉。她完全不明白怎么回事。他并没有想接触她，也没跟她说话。现在，她坐在一张二人桌旁，感觉就像学生时代的小姑娘一样慌乱。

在这之前，贝尔非常准时地在5点整叫了一辆出租车在克伦威尔银行外面接她。司机直接载着他们开到这栋7层大厦，该市最著名的法国餐馆德梦尼可牛排馆就位于这儿。他们搭乘电梯来到顶楼，餐厅老板领着他们进入一个包间，里面的大落地窗可俯瞰旧金山市和海湾。

能在这里消费的客人即使点上10道菜也是轻松平常的事，而且每道菜都配有不同的酒。贝尔先是点了洛克菲勒焗牡蛎，配以香气扑鼻的咖喱汁，这道菜后面紧跟着一道鲜美的肉汤、清蒸大湖区鲟鱼、香煎蛙腿鸡肉、带骨猪排、基辅鸡肉卷，还有各种煨烤山珍，再配以蒸土豆和奶油豌豆。

玛丽安从没吃过如此奢侈的菜。真的，她没少跟城里一些有名望的公子哥喝过酒、吃过饭，但谁也没有这么大方地请她吃过这么多菜。幸好菜的分量不是很足，但她还是后悔之前没将束腹系松点儿。

贝尔点了美味的橙香火焰可丽饼作为甜品。站在一旁的侍应熟练地将火焰一般的调味品浇到可丽饼上时，玛丽安终于下定决心直视贝尔的眼睛。

“我可以问你个问题吗，贝尔先生？”

他面带迷人的微笑：“我相信我们彼此已经很熟了，你可以叫我伊萨。”

“如果你不介意的话，我还是叫你贝尔先生吧。”她觉得这样称呼才显得礼貌。

贝尔仍旧面带微笑：“你拿主意。”

“你既是侦探，如何能付得起这么昂贵的一餐？”

他笑道：“如果我说我攒了一个月的薪水就是为取悦你，你信吗？”

“不可能只为了这一刻。”她傲慢地说。

“克伦威尔银行是旧金山最大的银行吗？”

贝尔并没有追问下去，而是问了另外一个问题，这让她吃了一惊。“不是。还有两间更大的，其中就包括富国银行。为什么要问这个？”

“我的家族拥有新英格兰最大的银行。”

她一时半会儿没明白这句话：“如果我说我不相信你说的话，会让你尴尬吗？”

“你可以问你老板。他会为我证实。”

她皱了皱眉头，真有点糊涂了："你既然可以做银行的董事长，干吗还当侦探呀？"

"主要是我更喜欢犯罪调查，不喜欢在银行做事。我感觉坐在办公桌前像坐牢一样，而且跟犯罪分子斗智斗勇也是挑战。"

"你赢了吗？"她戏谑道。

"赢的次数多。"他诚实地答道。

"为什么请我吃饭？"她问道，"为什么请一个秘书喝酒、吃饭，而不是请一个跟你一样的社会名流呢？"

贝尔并没有拐弯抹角："因为你很有魅力，而且聪明，我被你迷住了。"

"可是你都不认识我。"

"我希望认识你。"他说，再次用迷人的眼睛盯着她，"好了，谈得差不多了，我们吃甜品。"

吃完美味的甜品，贝尔叫侍应上了两杯 50 年陈酿的波特酒。

接着，他往后靠去，一副酒足饭饱的样子："跟我说说雅各布·克伦威尔这个人。"

这会儿，美酒佳肴发挥了威力。玛丽安完全沉浸其中，不知道自己一只脚已经踏入陷阱中："你想知道什么？"

"他是哪里人，他家的银行是如何发迹的，是否已婚。我见过他后，觉得此人非常有意思。我还听说他和他妹妹是丹佛最负盛名的大慈善家。"

"我为克伦威尔先生工作 9 年了，说他非常聪明绝不为过，也是个'钻石王老五'来的。这家银行是他在 1892 年创建的，当时资产很小，1900 年时还受过大萧条的打击。但通过注资渡过难关。经济危机时期，本市大多银行几乎都要倒闭了。但克伦威尔国家银行没有。他通过正确的管理和严谨的银行准则创建了自己的商业帝国，现在这家银行的流动资产高达数百万美元。”

“这人真有本事，”贝尔羡慕地说，“他显然是靠自己的本事成功的。”

她点点头：“克伦威尔国家银行简直就是金融界的奇迹。”

“他开银行的钱是从哪儿来的？”

“这个有点儿神秘。之前他在市场大街开了家小银行，但他对他的生意守口如瓶。据说他开银行的时候手头上不过区区 5 万美元，我到他那儿上班时，资产已过百万。”

“他的钱都投到哪里去了？”

她无助地摊开手：“这个我真不知道。他从没在我面前提过投资的事，也没见过文件或信函。可能把赚来的钱都投到自家银行了吧。”

“他的家庭情况怎样，他和他妹妹是哪里人？”

玛丽安对此仍显得困惑：“他也从没说过他的过去。有一次，他说他和玛格丽特的父亲在北达科他州有家农场，是在一个叫布法罗的小镇上。除此之外，他与家庭之间就再无联系了。”

“相信他这么做是有原因的。”贝尔说。他不想逼得太紧，于是就改变话题，谈起了自己的童年，说他在波士顿富人区长大的。然后考上了耶鲁大学，他去范·多恩侦探社工作而不是自家银行工作时父亲气坏了。他说着说着又绕回到克伦威尔的话题上。“我觉得克伦威尔是个很有教养的人，不知道他在哪儿上的学。”

“玛格丽特曾经说他们在明尼苏达上的大学。”玛丽安说，吃完甜品后她用纸巾揩了揩嘴。

“玛格丽特很漂亮。”他说，一边观察玛丽安的反应。

玛丽安并没有掩饰他对玛格丽特的厌恶：“我知道她做过许多善

事，但我不喜欢跟她这种人交朋友。”

“她不值得信任吗？”贝尔问道。

“她有时不会讲真话。而且绯闻不断，克伦威尔先生总会帮她摆平。奇怪的是，她经常做些出格的事，克伦威尔先生似乎并不介意，好像还挺喜欢的。”

“他经常外出旅行吗？”

“哦，是的。他常去俄勒冈钓鱼，他喜欢去波西米亚俱乐部的红木林中消遣，或者去阿拉斯加狩猎。他一年至少三次去不同的地方开银行业会议。他每年都会跟玛格丽特去欧洲一趟。”

“看来他不喜欢银行的日常工作。”

她摇摇头：“不是，克伦威尔先生外出时每周都会跟银行联系。他的董事会成员也对这个情况非常了解。”

侍应用一个银盘子端来了两杯波特酒。他们啜饮着酒，沉默了一阵儿，最后玛丽安忍不住问道：

“你为什么老向我打听克伦威尔先生的事？”

“我是侦探，纯粹好奇而已。”

她撩开额头上的一缕鬈发，拍了拍头发：“我有种被冒犯的感觉。”

他仔细看着她说：“被冒犯的感觉？”

“是的，你问的问题全跟我老板有关，从来没问过我。大多数我认识的男人会在第一次约会时打听我的过去。”

“我可以打听吗？”他戏谑道。

“又不是什么伤风败俗的事。”她笑道，“其实我的生活很无趣。我原籍是加州的，在索萨里托海湾对面出生的。我很小的时候母亲就去世了，我父亲是西太平洋铁路公司的火车司机，他为我请了家庭教师，长大后我去城里第一家文秘学校念书了。毕业后，克伦威尔聘用了我，后来我一直都在他家银行工作，先是在办公室做打字员，后来做了他的私人秘书。”

“结过婚吗？”

她羞怯地笑了：“倒有一两个人向我求过婚，但最终也没走进结婚礼堂。”

他伸出手，从桌子上伸向对面，牵住她的手：“希望哪天你的白马王子会出现，捕获你的芳心。”

她将手抽了回去，倒不是因为反感他，而是想表现得不那么被动：“我可不相信什么白马王子。旧金山就没这号人。”

贝尔决定岔开话题。他打算再次约她，想看看他们两个会不会擦出火花：“我今晚挺开心的。我很少有你这么漂亮的女人作陪，还能这么聊得来。”

“你很会恭维人。”

他垂下眼睛，不再看她。贝尔知道他已经获得玛丽安的信任，所以不愿再冒险，但他还必须解开一个疑团：“我觉得克伦威尔还有件事让我挺感兴趣的。”

他看得出玛丽安挺失望的，她本以为他会说将来再约的话题，贝尔也感觉她开始怀疑她对自己的感觉了。

“什么事？”她的语气突然变得冷冰冰的。

“我第一次在波西米亚俱乐部见到他，还有今天在他办公室见他时，发现他老戴着手套。他用餐或工作时经常戴手套吗？”

她将餐巾纸折好放在桌上，意思是今晚的约会到此为止了：“他小时候被火烧过，两只手都烧得很厉害，所以他经常戴手套掩盖伤疤。”

利用玛丽安让贝尔觉得挺内疚的。她是一个漂亮、聪明的女人，而且很有活力。他站了起来，绕过餐桌，将她从椅子上拉起："真对不起，因为职业习惯，我竟然向你打听了这么多问题，实在无礼。希望你别介意，你愿意让我找个机会弥补今晚的冒失吗？"

她知道他说这番话并非客套，心中不免激动，她再次燃起了希望，知道他真的对自己有好感。她面前的男人简直太有魅力了。"好吧，伊萨，我答应你。但不能再问问题了。"

"不问。"听到她第一次称呼他的名字他亦感到一丝开心，"我向你保证。"

21

两天后，4名侦探坐在位于市场大街科尔大厦第15层的范·多恩侦探办公室里。他们围着半圈坐在办公桌旁，互相交换意见。4个人都穿着长袖衬衣，外套则挂在椅背上。他们大多都在衬衣的硬领下打着笔直、保守的领带。只有一个人打着蝴蝶结。三人用印有范·多恩侦探社商标的瓷杯喝着咖啡，另外一人则喝着茶。桌面上松松散散地堆着文件和装订好的报告。"我刚才杜撰了一个新闻，宣称旧金山铸币厂一艘安保严密的大货船会将一笔刚印刷好的钞票运至科罗拉多州的泰来瑞德矿业小镇，用作1万名矿工的工资和奖金。"贝尔跟他们说，"我并没有提及准确的金额，只是暗示大约有50万美元。"

"我让我的线人跟报社编辑商量过发表的事，"布朗森说，"明天就会见报。"

欧文慢慢围着茶托转着杯子："如果劫匪在旧金山，他肯定会上当。"

“如果他在旧金山，”柯蒂斯重复道，“我们有可能太冒险了，案子也可能陷入死胡同。”

“我们知道车厢和部分赃款最后都在此地出现，”贝尔说，“我想他很有可能住在旧金山湾区。”

“如果能确定就好了，”布朗森疲倦地说。接着他看着欧文，“你不是说查找赃款下落的事毫无进展？”

“确实断了。”欧文承认道，“线索太少，赃款重新流通前没办法追查下去。”

“银行也没有存款人的记录吗？”布朗森问。

欧文摇摇头：“出纳说没办法知道，因为他们并没有登记编号。编号是后来由会计登记的。等我们找上门时已经太迟。不管谁是存款人，他们都不可能记得了。”

布朗森转头看着柯蒂斯：“你调查车厢有答案吗？”

柯蒂斯看上去好像刚刚丢了自家的狗：“那节车厢失踪了，”他无助地回答道，“我调查了铁路站场，结果没有任何消息。”

“也许那节车厢挂在货车上离开了旧金山。”贝尔说。

“南太平洋铁路公司的货车时刻表上显示上周并没有所谓‘奥布莱恩家具公司’的货车车厢离城。”

“你说那节车厢并没离开铁路站场？”

“没错。”

“那为何找不到呢？”布朗森不解地问道，“不可能凭空消失啊。”

柯蒂斯举起双手：“我怎么知道？我和你手下的两位侦探都将那个铁路站场翻了个底儿朝天，但就是没瞧见。”

“南太平洋铁路公司的调度员知道车厢到达后切到哪条轨道上了吗？”贝尔问道。

“一间废弃仓库装卸码头隔壁的旁轨上。我们检查过，车厢并没在那儿。”

欧文点了支烟，吐出一团烟雾：“有没有可能调度员并不知道，那节车厢就连到货车上了？”

“不可能。”柯蒂斯回应道，“如果车厢连到货车上他们肯定会知道。司闸员会以顺序编号安排车厢。车厢达到公司指定的目的地后，就会调到货车末尾的车厢上再发出去。”“也许劫匪觉得那节车厢使用的年头太久，已经报废，他便将车厢销毁了。”布朗森说。

“我觉得不大可能。”贝尔深思熟虑地说，“我猜想他只是重新在上面印了编号，改了个名字，用了另一家公司作幌子。”

“那有什么区别。”柯蒂斯说，“他反正用不了了。”

“你什么意思？”贝尔问道。

“只有格兰德河南方铁路公司的火车能够前往泰来瑞德。”

“那他为何不能再在上面印上新的标牌，将南太平洋公司的覆盖。”

“不可能。这么做太费时间，而且，格兰德河南方铁路公司都是窄轨。南太平洋公司的火车才是标准铁轨，将近宽 1 英尺。铁轨不可能去配合劫匪的车厢吧。”

“我够蠢的。”贝尔喃喃道，“我忘了穿越落基山脉的都是窄轨。”

“别自责了，”布朗森说，“我也没想到。”

欧文沮丧地用拳头砸向桌子：“劫匪知道他没法用那辆私家车厢逃跑，所以他肯定不会上钩。”

贝尔浅浅一笑：“他是厉害，但也并非无懈可击。我发现此人非常贪婪，而且很自负，觉得自己不可战胜。我确定他会上当，去抢劫泰来瑞德的银行。这对他是个挑战，他不会视而不见。”

“我祝你好运，”布朗森说，“如果真有人能抓住‘屠夫劫匪’，此人非你莫属。”

“你呢，霍拉斯？追查劫匪的手枪有线索吗？”

“没什么线索，”布朗森冷静地说，“现在购买枪械都不用登记了。只要有钱就能买到枪。我们在经销商那里一无所获。即使他们记得谁买了 38 毫米口径的柯尔特式自动手枪，他们也不会将名字告诉你的。”

欧文心不在焉地盯着墙壁：“各位，看来我们辛辛苦苦找到的线索都断了。”

“没错，是够烦人的，”贝尔喃喃道，“但游戏并没有结束。我们还有机会。”

22

克伦威尔坐在桌旁一边吃早餐，一边看晨报。他将报纸头版上的一篇文章折了起来，也没做声，递给了桌对面的玛格丽特。她看了看，眯缝着眼睛看着新闻的要紧处，然后疑惑地抬起头：“你打算去干这一票？”

“我觉得非常有吸引力。”他回答道，“有种非去不可的感觉。”

“你对泰来瑞德了解吗？”

“只是听说过。那个小镇位于箱形峡谷中，红灯区非常多，布彻·卡西迪于 1889 年抢劫了圣米格尔山谷银行。”

“他成功了吗？”

克伦威尔点点头：“他和他的党羽抢走了 2 万多美元。”

“你是在想既然他能做到，你也能行。”

“卡西迪的抢劫手法太业余，得手后骑马走的。”克伦威尔傲慢地说，“我的方法更科学。”

“如果泰来瑞德是个箱形峡谷，那就只有一个进口一个出口。警方有时间截停火车搜查车厢。”

“我现在不能用那节车厢了。我得留下。”

“我不明白。”

“通往泰来瑞德小镇的铁路是格兰德河南方铁路公司铁轨，都是窄轨，对于南太平洋铁路公司的火车来说太窄了。我必须想别的方法安全离开。”

玛格丽特又仔细看了看新闻：“我总感觉有点儿不大对劲。”

“我才懒得去考虑什么感觉。我做事会将所有的意外都考虑进去，不管事情多不起眼，所以肯定会万无一失。”

克伦威尔倒了杯咖啡，玛格丽特看着餐桌对面的哥哥：“你干这票得找个帮手。”

他仔细看了看杯子，“你有什么想法？”

“我跟你一起去。”

“你不去朱诺旅行了？”

“我晚点去不就行了。”

克伦威尔考虑了一阵儿，“我不能让你冒险。”

“你还没失败过，”玛格丽特告诫他说，“这次你也许需要我。”

他又沉默了一阵，面带微笑道：“我相信即使我不让你去你也会跟着来。”

她笑了，“我就没违逆过你的命令？”

“即使有也是小时候的事了，”他说，想起了他们的孩提时代，“你虽然只比我小两岁，但我总也占不到便宜。”

她用一块餐巾纸轻轻拍了拍红唇："那就说定了，这次我们两兄妹一起出马。"

他叹了口气："你说了算，成了吧。不过我没能让你坐船去阿拉斯加你可别怪我。"

"你要我怎么做？"

他盯着桌子，将叉子在桌布上转着圈，仿佛凝视一张抽象画："你明天坐火车去科罗拉多，我们到泰来瑞德再联系。"

她盯着他："你要我先走一步？"

他点点头："这次我不会按照平常的方式行事了。而是会花时间跟当地人混一起，研究银行的运营方式，这事你就能办。你是个女人，去那边仔细观察不会引人怀疑。"

"派个女人去泰来瑞德？"她想了想说，"那我得化装成一个妓女。"

"你最好说被丈夫抛弃了，就说你丈夫想去矿里发大财，后来失踪了。这样就不会被人怀疑，问长问短了。"

"但是为了生存，我得在妓院找个工作。"

"你自己想办法吧。"他说，懒得去理会他妹妹的古怪想法了。

"你呢？"

"我几天后到，等我核实船上的东西没有问题，制订详细的抢劫和逃跑计划后就去。"他顿了顿，慈爱地看着妹妹，"让你冒这么大的险我可真够疯的。"

"我也是。"她欢快地笑起来，"刺激才疯狂呢，我就喜欢冒险的这股疯劲儿。"她露出女人特有的贪婪表情，"当然，我觉得扮成妓女这事就特好玩儿。"

"用不着跟我细说了。"

接着，她突然变得严肃起来：“伊萨·贝尔怎么办？”

他耸耸肩：“你什么意思？”

“他似乎无处不在，甚至也会去泰来瑞德。”

“我也想过，不过，一旦等我核实装载的货物真是钱，那就必须先干掉他。让他在旧金山到处追捕小鬼，这样他就不会出现在泰来瑞德了。”

“我觉得绝不可小觑此人。”

克伦威尔笑了：“别这么紧张，亲爱的妹妹。这事跟以前没什么区别，我保证手到擒来，不信咱走着瞧。”

23

贝尔是在一个凉爽且生机勃勃的春日离开小镇火车站的，走到阿斯彭街科罗拉多大道的拐角处，他发现一栋3层楼的木房，上面写着麦米·塔布斯寄宿公寓。他拿着一个破旧的行李箱，穿着一件破烂的羊毛衫，里面的背心和法兰绒衬衫同样破旧不堪。下身穿一条几乎跟帆布裤的质地一样的棉裤。脚上的靴子像是跟着他行走了5000英里，头戴一顶破旧的斯泰森毡帽。此外，他嘴上还叼着一个都柏林风格的弯头烟斗。贝尔走路时一瘸一拐，好像他的那条左腿已经僵硬得用不上力了。

他走进寄宿公寓的会客室，出来迎接的正是麦米·塔布斯本人，这个女人生性乐观，身材丰满，就像一个巨大的梨。灰白色的头发扎成两根辫子垂至脑后，那张脸就像嵌着一个鼻子的大浅盘。

“你好，陌生人。”她用深沉如男人一般的声音问候道，“想找个落脚的地儿是吧？”

“是的，夫人，”贝尔礼貌地说，“我初来乍到。”

“7 美元一周，包括伙食，我做好后还可以帮你端上桌。”

他掏了掏口袋，拿出几张叠好的纸币，数出 7 美元：“这是预付给你的钱。我钱不多，但足以让我度过这一阵子。”

刚才贝尔走进会客室时，她发现他还是个瘸子：“你看上去像矿工。”

贝尔用手敲了敲腿：“我这辈子跟矿工无缘了，上次一根炸药没放好，我受了严重的伤。”

她怀疑地看着他，想着将来他是否还能付得起租金。

“你想到哪儿找工作？”

“有个朋友替我在新谢立丹酒店找了份清洁工的工作。”

她听后笑了：“他们不能在那里的地下室给你找个地方住吗？”

“地下室所有的床都被矿工占了，”贝尔撒谎道。他根本不知道是否有矿工住在地下室。

他故意化装成一个跛脚矿工，这样麦米·塔布斯就不会在镇里跟人家说他这位新住客的长短了。她随即带贝尔去到他的房间，他打开行李箱，将包有 1905 年柯尔特式勃朗宁 45 毫米口径手枪的毛巾拿开，这种手枪可以上 20 发子弹，枪托跟扳机后的小槽十分配套。他将枪塞进床底下，然后将那把跟了自己很久的雷明顿短口手枪塞进帽中。他重新绑好膝盖上缠的绷带，这样走起路来才会让人觉得他是个跛子。

在塔布斯夫人的餐厅吃了炖牛肉后，他碰见一些住在公寓里的其他租客。这些人大多都是矿工，但也有一些商店的职员，还有一对在镇里开餐馆的夫妇。吃完饭后，贝尔走到太平洋大道，仔细研究着这座小镇的布局。

泰来瑞德，该镇的名字怕是来自“地狱旅程”之意，此镇是圣米格尔河里发现金矿后才发迹的。在圣胡安山脉发现金银矿的消息不胫而走后，接下来的50年里，引来了大批勘探者和矿工。到1906年，泰来瑞德镇的人均百万富翁比纽约还多。

这里的山有的高出海平面1.2万英尺，矿工在周围的山脉里挖出350英里长的隧道，里面如同蜂窝一般。后来泰来瑞德的人口猛增至5000人，这座喧闹的小镇住着三教九流各色人群。矿工在银贝尔、斯玛格联盟和独立钟三大矿产公司连着干12个小时能挣3美元，下班后，镇上的30多家酒吧，180名妓女也让这些辛勤的矿工有了消遣的好去处。

太阳下山，夜幕降临时，整条街灯火阑珊。1892年，矿工老板L.L奴恩请了电学奇才尼古拉·特萨拉修建了世界上第一座交流发电厂，这样，矿山的电缆能拉下更多的矿石，同时也能拉更多的矿工上山了。后来，将发电厂的电线引到镇里来后，泰来瑞德成为历史上第一个使用电路灯的小镇。

贝尔经过几家声名狼藉，但生意红火的妓院。那些上层社会的房子称作“参议院”和“银铃”。走在街上时，一位钢琴演奏者弹奏的《莳萝泡菜曲》和其他的拉格泰姆乐一起从窗户传到街边，因整个晚上关合门声不绝于耳，这条街也叫作“爆米花巷”。

他走到科罗拉多大道小镇的主街，透过窗户看了看泰来瑞德第一国有银行。明天，他就会跟镇里的警长和银行经理见面，共同商议如何擒住“屠夫劫匪”的事。不知他会不会上钩，来抢劫这家银行。接着，贝尔经过17年前布彻·卡西迪抢劫过的老圣米格尔银行。

太阳下山后，晚风突然变得阴冷，让人不禁打冷战。贝尔感觉

9000 英尺高的海拔让他呼吸有点儿困难。他并没有兴致光顾街边的酒吧，就直接朝新谢尔丹酒店走去。

贝尔走进大堂，跟前台说他要见经理。不一会儿，一个五短身材、面色红润的秃头男子快步从办公室里走了出来，活像一只从墙洞里钻出来的老鼠。打量贝尔寒酸的外表后，他尽管面带微笑，但显得十分刻板、冷淡。

“对不起，房间已满。谢尔丹酒店没住的地儿了。”

“我不需要房间，”贝尔说，“你是马绍尔·巴克曼先生吗？”

经理突然不再笑了，眼睛眯成一条缝。“正是。”

“我是范·多恩侦探事务所的伊萨·贝尔。”

巴克曼再次睁大眼睛，鞠躬道：“贝尔先生，我收到您的电报了。谢尔丹酒店将全力配合您的工作。”

“最重要的是，”贝尔解释说，“无论谁问起，就说我是这里的看门人。”

“好的，没问题。”巴克曼屈尊俯就地说，“只管包在我身上。”

“谢谢，巴克曼先生。如果你不介意，我想尝尝你们酒吧里最好的威士忌。”

“我们这里有上好的威士忌，都是最好的酒厂出品的。谢尔丹酒店根本不出售本地的劣质酒。”

贝尔点点头，然后背过身去，朝酒吧走去。他顿了顿，看着一块牌匾上为住客定的规矩：

“别射杀钢琴师，他已尽力。

第一层以上不能骑马。

一张床最多睡 5 个人。

葬礼由店家出钱。

租床50美分，加床单75美分。”

这时，一个脸被宽边帽遮住的金发美女经过，站在门口的贝尔赶紧让到一旁，结果他只注意到女子姣好的身材。

同样，那名女子也没在意身边这位跛脚男人，只是“噌噌”走上铺着地毯的楼梯，朝自己的房间走去。

很久以后，贝尔才意识到刚才那位金发美女是玛格丽特，他非常懊恼；而玛格丽特也责怪自己没能认出那名跛脚男子，但等那时一切都太迟了。当然，这是后话。

24

贝尔向亨利·帕蒂警长和银行经理莫雷·奥克斯纳德解释了一番。3个人坐在餐桌旁吃着警长夫人呈上来的早餐。帕蒂的家就在警署办公室和监狱的后面。他走到门边，确保门是锁着的，接着又拉上窗帘，防止外人看见。

贝尔对这名警长留下了深刻的印象。会客室的一面墙上，书架从地板到天花板与墙壁齐高，上面放满了莎士比亚、柏拉图、伏尔泰、培根、爱默生的书，还有几本拉丁文集。贝尔从没见过哪座小镇的治安官这么饱读诗书。

帕蒂摸了摸那头浓密的白发，捋了捋蓬松的胡须：“你说什么，贝尔先生，你认为‘屠夫劫匪’要来打劫这里的银行？”

“这个无法确定，”贝尔回答道，“但如果不出所料，这么一大笔从丹佛第一国家银行船运至此的工资款定会令他动心。”

“我怎么不知道有这么一笔钱？”莫雷·奥克斯纳德说。此人个子很高，不爱说话，宽阔的肩膀，狭窄的臀部，一副不苟言笑的样子。

“的确没有，”贝尔解释说，“这是用来引劫匪上钩的计策。”

帕蒂伸出一只手，手指在餐桌上敲了敲，“如果他真如我所听闻的那样聪明，他只要稍做调查就知道这只是个陷阱。”

贝尔摇摇头，“不会的，警长，丹佛银行的董事都愿意跟我一起编这个故事。”

“恕我冒昧，”帕蒂说，“你为何选择泰来瑞德？”

“因为此镇位于箱形峡谷内，只有西边一个出入口。如果我们在他抢劫银行时没能抓住他，还可以封死他的逃跑路线。”

“这是什么馊主意，”奥克斯纳德说，“那个劫匪可是个杀人不眨眼的恶魔。我不能让我的员工冒险，要是他们有个什么三长两短我可担不起这个责任。”

“劫案发生时，我不会让你和你的员工待在银行里。我和其他范·多恩的侦探会帮你掌管银行。另一名侦探则会监督进出的火车，因为劫匪每次作案后都是利用货车车厢逃跑。”

“我的客户呢？”奥克斯纳德继续施压道，“谁来帮他们办理业务？”

“我和其他侦探对银行业务非常熟悉，如果劫匪敢到出纳的柜前，我们早在那儿等着了。”

“你知道他长什么样吗？”帕蒂问道。

“我只知道此人的左手没了小指，头发为红色，其他的就不知道了。”

“这是因为所有见过他的人都被他杀了。留给我们的线索并不多。”

“我还是不能答应，”奥克斯纳德说，“也许我的一名客户会在错误的地方错误的时机出现，最后被他枪杀。”

“我们的预防措施会做到位，”贝尔慎重地说，“也许是有点儿冒险，但我们一定要能阻止劫匪。他已经杀了 30 个人了。如果我们不能抓住这名杀人魔头，还不知道会有多少人枉死在他手里。”

“我能为你们提供什么帮助？”帕蒂说，冷冷地盯了一眼奥克斯纳德。

“千万不要让你的手下在银行巡逻，吓跑了劫匪，”贝尔回答道，“如果可以的话，远远地监督，只要他一出现，你们必须做好行动准备。此人出现时我们会发出信号。”

尽管奥克斯纳德对这个计划忧心忡忡，但帕蒂已经想过了，如果劫匪在他的管辖内被抓，他肯定就会出名的。至于他所担心的，刚才已经讨论过了。不过他还有最后一个问题。

“那笔所谓的工资款何时到？”

“明天。”贝尔告诉他。

奥克斯纳德好奇地问道：“已经运到我们银行，在保险箱里存放的真工资款该怎么办？”

“留在保险箱里就行了，我保证，劫匪绝不会得逞的。”

帕蒂用手绕着胡须尖：“即使碰上镇里发工资的日子也没问题吗，贝尔先生？”

“我并没经历过这事，但我听说那天非常疯狂。”

“没错，”奥克斯纳德微微一笑，“每次碰上发薪日，整个小镇就像炸开锅一样。”

帕蒂同样咧嘴笑道，“没错，妓院的生意相当红火，矿工会将他们辛苦赚来的钱用来花天酒地，不花完他们是不会罢休的。”他顿了顿，看着贝尔，“你住在哪儿？万一我有要事必须联系你呢。”

“我现在住在麦米·塔布斯寄宿公寓里。”

“那地方用来隐藏身份挺好的，”奥克斯纳德说，“麦米人不错，还烧得一手好菜。”

“至少她做的炖肉不错。”贝尔幽默地说。

吃过早餐，三人的会面也就结束了。贝尔和奥克斯纳德对帕蒂太太做的美味早餐表示了感谢。接着，三人出门，朝镇里走去。到警署时，帕蒂跟他们分了手。贝尔则跟着奥克斯纳德去了银行，仔细研究里面的布局。

这个银行的建筑平面图跟大部分银行没什么两样。银行经理的办公室在出纳的柜台后，除了存放现金的抽屉前面的区域外，柜台都是用玻璃隔开的。而这部分柜台上面设有狭窄的栅栏，是对外开放的。金库更像是一个大保险箱，位于银行大厅侧面的壁龛里。贝尔获悉金库在营业期间是关闭的，只是在取现金，或者在打烊之后所有现金和硬币要重新放回时，金库才会打开。

“你们这儿连金库都没有？”贝尔对奥克斯纳德说。

“我们不需要。工资款运来后的第二天，通常都会安排许多保安护送至矿上。”

“为何第二天才去？”

“我们需要时间清点，核实从丹佛银行送来的钱的数额。”

“那留给劫匪的机会不多。”

奥克斯纳德点点头：“如果他想打主意的话，那肯定就只是明天了。”

“你见过或者接触过新来的储户没，或者见过仅在银行兜一圈就走的人没有？”

“‘独立钟’矿业公司新来了位监工，在银行开了个户头。”他顿了顿，抬头看着天花板，若有所思地说，“后来还有一个非常漂亮的女人来这里开了个户头，钱存得很少，那个女人看上去十分伤心。”

“伤心？”

“她丈夫把她留在了爱荷华州，独自出了远门，想看看有没有可能在科罗拉多州找到丰富的矿床。但是从那以后她就再也没听说过他的消息，后来，她从她的一个朋友那儿，一名铁路售票员口中得知她丈夫给他捎来了话，说他要来泰来瑞德的矿里做事。她来这儿就是想找到他。可怜的女人。她丈夫八成跟许多矿工一样，死在矿里了。

“我想知道那名监工的名字，”贝尔说，“这样我就能把他查出来了。”

“我马上给你。”奥克斯纳德走进办公室，不到一分钟就回来了。“他叫奥斯卡·雷诺兹。”

“多谢。”

奥克斯纳德看着贝尔：“你不想查查那名女子吗？”

“劫匪从来不跟女人合作，事实上，他从不跟人合作。总是独来独往。”

“幸好，”奥克斯纳德叹气道，“可怜的女人。她的账户里仅存了2美元。为了谋生，她可能得去卖身了，因为泰来瑞德并没多少适合女人的工作。倒是有些工作，不过都被矿工的妻子包了。”

“以防万一，你把她的名字也告诉我吧。”

“瑞切尔·乔丹。”

贝尔轻轻一笑：“你倒记得她的名字。”

奥克斯纳德笑了：“漂亮女人的名字还是容易记住些。”

“她有没有说她住在哪儿？”

“没有，不过我想她应该住在窑子里，”他诡秘地看了一眼贝尔，

“你不是想去盯着她吧？”

“不会，”贝尔若有所思地说，“我觉得‘屠夫劫匪’不大可能是女的。”

25

玛格丽特无法忍受在太平洋大道做妓女的生活，最后还是到新谢尔丹酒店过起了上流社会的生活。她在当地银行开了一个小账户，其实是想查看该银行的平面图，再看看有几名员工、他们所在的位置以及保险箱的类型。她还去了几个矿产公司打听自己失踪已久的“丈夫”。这一打听倒也让大家都相信了。就这样，她很快就成了小镇人们茶余饭后的谈资。

她甚至还给帕蒂警长打了电话，把这个编造的故事讲给警长听，目的是想当面摸清这位警长到底什么来头。玛格丽特来到办公室向警长打听她丈夫时，爱丽丝·帕蒂也来了。她很快开始同情起这个女人来。这个女人穿着一件已经褪色的廉价棉衣，一把鼻涕一把泪地讲着自己悲惨的故事：一个被遗弃的妻子是如何拼命寻找丈夫的。爱丽丝感觉瑞切尔·乔丹肯定饿坏了，便邀请她到他们家吃晚饭。玛格丽特接受了邀请，去到他们家时还是那身朴素的打扮，这身衣裳是她在旧金山专为穷人开的二手成衣店买的。

那天晚上，玛格丽特还在爱丽丝·帕蒂的厨房里热心地帮忙，但警长的妻子一眼就看出她在家就不怎么做饭。爱丽丝做了家常羊排、蒸土豆和水煮蔬菜，甜点是苹果派。晚餐后，她还端来了茶，几个人坐在会客室里品着茶，爱丽丝还在一架老竖式钢琴上弹奏了几曲。

“乔丹夫人，跟我说说看，”爱丽丝在换曲子的间隙问道，“你住在哪儿？”

“好心的太太，比利·马奎尔小姐请我在女子寄宿公寓做女侍应。”

帕蒂和他的妻子听后心一沉，彼此交换了一下眼神。爱丽丝倒吸了一口凉气。“大比利可是银铃妓院的鸨母，”她说，“你不知道吗？”

玛格丽特面带羞怯地说：“不知道。”

爱丽丝倒也相信玛格丽特的谎言，不过帕蒂可不买账。他知道没有哪个女人分辨不出寄宿公寓和妓院的区别。他顿时心生疑窦，但他的妻子十分同情她的悲惨遭遇，早已辨不清是非。

“可怜的女人，”她抱着玛格丽特说，“你可不能往火坑里跳。你先待在我家，有我和亨利照顾呢，等找到你丈夫再说！”

“但他可能不在泰来瑞德，”玛格丽特说这话的时候像是要哭了，“那我就得继续去找他了，我可不想麻烦你们。”

“可别这么想，”爱丽丝说，“你赶紧去大比利那儿把你的行李拿回来，我给你准备一张床。”

要说玛格丽特的表演还真不赖，甚至掉了几滴眼泪：“要我怎么谢你们呢？我怎能报答这样的恩情呢？”

“可别这么想。能够帮到困苦中的可怜人，我和亨利高兴还来不及呢。这也是基督徒应该做的事。”

她一边啜着咖啡，一边将话题扯到了帕蒂警长的工作上。“您的工作一定很刺激，”她说，“整个泰来瑞德看上去百无禁忌，您一定忙坏了。”

“矿工有时的确很粗暴，”帕蒂同意她的看法，“但像凶杀案也不会经常发生，一年顶多一两次。自从两年前的矿工工会罢工后，这里安宁了许多，州长还派来了部队镇压暴乱。”

帕蒂问及玛格丽特有关她失踪丈夫的事时，她回答得很慢也很谨慎。而且她还反过来向帕蒂打听小镇和矿山的事。“肯定有很多钱经银行送至矿业公司吧。”她随口说道。

帕蒂点点头。“工资款加起来就是笔不小的数目了。”

“你们就不怕抢劫犯和小偷什么的？”她天真地问道。

“矿工们都很老实，也很少犯罪。酒吧有时倒会发生打斗事件，冲突太厉害的话也可能会死人，不过小镇还算比较稳定。”

“我在银行时就发现那个保险箱看上去非常坚固，也很安全。”

“的确很坚固。”帕蒂点燃烟斗说，“5 捆炸药都甭想炸开它。”

“银行经理是唯一知道密码的人吗？”

这个女人问出这样的问题，帕蒂觉得好生奇怪，但他还是毫不犹豫地回答道：“实际上，每天上午 10 点，锁紧螺丝会自动弹开。下午 3 点，银行经理会锁好保险箱的门，并重新设置时间。”

“银铃矿业公司有个人跟我说布彻 · 卡西迪曾抢劫过该镇的银行。”

帕蒂笑了：“那都是多少年前的事了，自那以后我们这里再也没发生过银行劫案。”

玛格丽特感觉自己问得太多了，但为了哥哥能成功得手她必须了解这些情况：“矿工的工资一到镇里就会直接送到矿业公司吗？”

帕蒂摇摇头，顺着贝尔编的故事往下讲道：“钱今天就到了，直接存进了银行。明天就会点数，后天就送到矿上去。”

“银行会增派保安保护那些钱吗？”

“没有必要，”帕蒂说，“所有想抢劫银行的人都没好下场。铁轨旁边就有电报线，如果劫匪试图逃跑，我们全县的治安官马上都会得到通知，布下天罗地网等着劫匪。”

“那看来犯罪分子不可能得逞咯。”

“可以这么说，”帕蒂自信满满地回答道，“绝无可能。”

玛格丽特离开帕蒂家，朝银铃矿业公司走去。一离开他们的视线，她很快走下一条巷子，朝新谢尔丹酒店走去，先要将那些寒酸的衣服处理好。她对自己的表现十分满意，简直不敢相信能有这么好的运气，跟警长和警长夫人待在一起可以让她了解这个小镇的大部分情况。等她哥哥一到，她可以将这些情报全部告诉他，到时保管马到成功。

唯一的问题是她还不知道哥哥现在在哪儿。据她所知，他应该还没到这里，但也只有明天一天可以打那些工资款的主意了，后天，钱就会分发给矿工。想到这儿，她感觉如坐针毡一般。

26

第二天早上，一个黑发女郎驾驶一辆轻便马车驶入泰来瑞德，马车由一匹灰色的马拉着，看上去十分轻巧。此路是从蒙特罗斯牧场社区延伸至此的，那里也是大格兰德河南方铁路公司的终点站。赶马车的女人是从丹佛来的，马和马车是在当地马厩租的。她穿着一件长及尖头皮靴的鹿皮裙。上身穿一件织工非常不错的绿色毛衣，套一件狼皮外套，头上方方正正地戴一顶女式平顶牛仔帽。在西部，她的这身打扮非常时髦而且又不招摇。

她来到科罗拉多大道，经过圣米格尔法院大楼，在镇里的马厩前拉住了马。接着，她爬下马车，将马系在拴马柱上。马厩老板出来后对她行了脱帽礼。

“下午好，夫人，有什么可为你效劳的？”

“嗯，你能不能给我的马喂点草料和水。我下午就得返回蒙特罗斯。”

“好的，夫人。”马厩老板礼貌地说，听到女人稍显沙哑的声音他多少有点吃惊。“交给我好了，帮你喂马的同时我还会帮你固定好前轮，我看你这轮子好像有点儿松了。”

“你真好，谢谢。哦，对了，我妹妹会来拿这辆马车，钱也是她给。”

“好的，夫人。”

女人离开马厩，经过一个街区朝新谢尔丹酒店走去。她走到前台向接待打听道：“瑞切尔·乔丹小姐是在这里登记的吗？”

接待摇摇头，看着眼前这个颇有几分姿色的女人，说：“没有，夫人，她昨晚就办了退房手续。”他顿了顿，转身从邮箱钥匙槽中拿出一个信封，“不过她说，要是有人来找她，要我把这个转交给来人。”

女人向接待道了谢，走到人行道上，打开信封，看了里面的留言。接着，她把纸条塞进手提包，往镇子走去。没走多远，她来到圣米格尔河北山的孤树公墓。她经大门走过一个个墓碑，发现大多数人都是死于矿难、雪崩和肺痨。

一个漂亮的金发女人坐在一个坟墓旁边的长凳上，斜靠在那儿晒着太阳。余光瞥见另一个女人靠近时，她很快坐直盯着这位不速之客。但等那人靠近低头看着她时，玛格丽特“扑哧”笑了。

“天哪，雅各布，”她终于吁了一口气，“你这个装化得真是绝了。”

克伦威尔面带微笑：“我早知道你会满意。”

“主要是因为你个子不高，人又瘦，身体还算结实。”

“我不知道以前为什么没想到。”他笨手笨脚地将那条鹿皮裙拢了上去，坐在玛格丽特身旁。“亲爱的妹妹，你到这儿后打听到了什么消息？”

玛格丽特说她跟警长和警长夫人成了朋友。并将她画的泰来瑞德第一国家银行的内部平面图和银行职员的画像给了他。接着，她还将丹佛银行工资款抵达的具体情况跟他说了，还说今天点数后明天就要送到矿上去。

克伦威尔看了看自己的表：“离银行关门还有1个小时。这是抢钱后离开镇子最好的时机。”

“我发现有个男的在铁路站场逗留，不太确定此人是谁，但我觉得他有可能是范·多恩侦探社派来监视你的。”

克伦威尔仔细想了想：“即使范·多恩派侦探在工资款运送期间监视火车到达、离开的情况，他们也决计追查不到我。他们不可能知道我接下来要打劫哪里。”

“如果他们知道你有间车厢，你将它重新粉刷了一遍这事看来做对了。”她疑惑地看着克伦威尔，“你抢劫完银行后如何确保我们能安全逃脱？”

克伦威尔狡黠地笑道：“谁会怀疑两个穿戴齐整、富有魅力的女人慢悠悠地驾着轻便马车出城？”

她将手搭在克伦威尔的肩膀上：“计划越简单越好。你真厉害，哥哥，你从未令我失望过。”

“过奖了，”他说着站起来，“我们不能再浪费时间了，工资款正等着我们呢。”

“你要我怎么做？”

“去马厩拿我的马和马车。我跟那里的老板说了，我妹妹会过去拿车。然后在银行后门等我。”

欧文负责监督火车停车场和铁路站场，贝尔和柯蒂斯则接管了泰来瑞德的银行。贝尔坐在莫雷·奥克斯纳德的办公室里，总觉得自己这步棋走错了。离银行关门仅有10分钟了，也没发现劫匪的影踪。而假装出纳的欧文也准备关上钱箱，等待最后一名客户。

贝尔低头看了一眼那把藏在办公桌抽屉里的柯尔特式45毫米口径手枪，抽屉是打开的，想到自己没机会用它对付“屠夫劫匪”不免有点儿懊恼。要是一枪打爆那个浑蛋的头就好了，贝尔想。在他杀害这么多无辜的人之前一枪把他打死也不用审判了，也不用浪费纳税人的钱了。现在，贝尔只得承认计划失败，必须再次从他和同事收集到的有限线索中重新来过。

欧文走到办公室门口，肩膀斜靠在门框上。“我觉得这办法其实还不错。”他说，声音稍显紧张。

“看来‘屠夫劫匪’并没有上钩。”贝尔慢吞吞地说。

“也许他没看到报纸上的新闻，因为他根本不是旧金山人。”

“看来只有想别的办法了。”

正在这时，门开了，一个身穿鹿皮裙的女人走进银行，帽檐压得很低，连眼睛也遮住了。贝尔望过欧文，发现原来是位身着考究的女人后顿时放松下来。他朝欧文点点头，欧文走回出纳柜台说：“夫人，请问有什么可以为您效劳的？”

克伦威尔微微抬起头，看到了欧文的脸。他大吃一惊，身体变得僵直，很快记得此人正是不久前跟贝尔和布朗森坐在波西米亚俱乐部餐厅的范·多恩的侦探。他没有回答欧文，害怕泄露了自己的身份。克伦威尔意识到这是个陷阱时很快紧张起来。他没有作声，只是低下头，很快想着对策。幸亏自己化装成了女人，这名侦探并不认得他，欧文的确并没想到柜台对面，离他不到4英尺远的人就是劫匪。

他可以射杀这名侦探，卷走保险箱里的钱，也可以转身离开银行。他思量再三后选择了后一种方案，决定就此作罢，这时，贝尔从办公室里走了出来。克伦威尔很快认出了他。这是他整个犯罪生涯中第一次感到心惊肉跳。

“夫人，请问有什么可以为您效劳的？”欧文重复道，自己也糊涂了，为何这名女子之前不回答他的话。

贝尔疑惑地看着他，觉得这名女顾客好生面熟。他是辨人高手，对人的相貌有过目不忘的本领。但是这次他也没能想起来在哪儿见过这名女子。接着，他突然低头看到了克伦威尔戴有皮手套的手。刹那间，他感觉自己像是见到幽灵一般，很快意识到这就是劫匪。这时，他感觉他的头像是被锤子狠狠敲了一下。贝尔怒目圆睁，大喝一声：“是你！”

克伦威尔没有浪费时间，伸手从那个大钱包里掏出那把 38 毫米口径的柯尔特式手枪，枪管前面包着厚厚的布。他没有丝毫犹豫，拿枪对着欧文的胸膛扣动了扳机。沉闷的枪声在银行大厅里回荡。接着，他掉转枪口，对着贝尔又是一枪，接着，欧文像破布娃娃一般倒在地上。

要不是贝尔一个转身，跃过办公桌，重重地摔在办公桌后面的地板上，子弹肯定会打中他的肚子，虽然摔得不轻，他总算捡回一条命，但子弹还是擦过他的大腿。贝尔感觉一阵灼烧般的痛。他很快从办公桌抽屉里拿起那把 45 毫米口径的柯尔特式手枪，抬手就是一枪，子弹从克伦威尔脖子不到半英寸的地方飞过。

接下来，两人互朝对方射击，子弹快如闪电，枪声非常密集，甚至根本分不清是从哪支枪发出的。

克伦威尔的第二颗子弹在贝尔的头侧凿开一条浅沟，压过头盖骨，差点儿刺穿皮肤，贝尔眼睛一片模糊，眼前一黑，失去了知觉。伤口的鲜血汩汩而出，一边脑袋上全是血。虽然这一枪并不致命，但站在一边的克伦威尔误以为打掉了贝尔的半边脑袋。

劫匪也并非毫发无损。贝尔的子弹打中了他的腰部，但穿身而过的子弹并没有伤及他的内脏。他摇摇晃晃，伸手抓住出纳柜台的边缘才不至于摔倒在地上，他在那里站了一会儿，实在疼痛难忍。接着，他转身打开后门，玛格丽特冲了进来，他闪到一旁。

“我在外面听见枪声了，”她大惊失色道，“出什么事了？”

“这是圈套，”他喃喃道，此刻，愤怒已经取代了之前的恐惧。他一只手捂着伤口，用枪管指了指办公室的门，“我干掉伊萨·贝尔了。”

玛格丽特走进办公室，低头看着那个满身是血的侦探。尽管贝尔满脸是血，但她还是很快认出他，眼里掠过一丝惊恐之色。“哦，天哪！”她感觉自己要吐了，但当她转过身时看到他哥哥身上也流着血，恶心感也随之消失了，“你受伤了！”她气喘吁吁地说。

“我其实伤得并不重。”他咬紧牙关说。

“我们得离开这儿。警长听到枪声会马上赶来，大半个镇子的人都听到了。”

玛格丽特用力拉拽着受伤的克伦威尔，将他从银行后门拖了出来。那辆备有马的轻便马车已在外面等候。她用尽全身力气将他拉到马车座位上，随即解开拴在篱柱上的绳子，爬了上去。

她扬鞭催马，想要疾驰而去，但他一把抓住她的腰：“不，慢点走，我们得装成两个驾乘马车在镇里闲逛的女人。如果冲出城去只会引人怀疑。”

“警长是个聪明人。我认识他。他不会这么容易上当的。”

“即使聪明人也不会怀疑是个女人抢劫银行并杀了两个人。”克伦威尔喃喃道。

玛格丽特在巷子尽头掉过头来，朝一条小街驶去，接着，她掉头往西，朝镇子边缘行驶。克伦威尔脱掉了身上的狼皮外套，将它放在膝盖上，盖住被血浸透的毛衣。他将手枪放进牛仔靴中，然后再次坐下，虽然腰侧疼痛难忍，但他已经顾不上了，只想厘清混乱的思绪。

贝尔之前曾告诉警长，如果劫匪出现，他会开枪发出信号。帕蒂却听见了5声枪响，有几声像是遥远的矿山附近传出的炸药爆炸，他知道出事了。帕蒂很快从隐藏的五金店冲进街道，还曾一度担心之前走进银行的女人可能被劫匪枪杀了。

见他冲向银行，他的4个手下也从隐蔽处出来，跟着他冲了过去，而另外一名警察则跑向铁路站场去通知柯蒂斯。帕蒂拿出那把单动式史密斯＆威森手枪，压下撞针，从银行门里冲了进去。起初，他既没有看到倒在柜台后面的欧文，也没看到躺在一侧办公桌下面的贝尔。接着，他绕过柜台，发现了躺在血泊中的欧文。他先是检查了欧文，发现他已经死了，然后才进入办公室，并在那里找到了贝尔。

“他死了吗？”一名警探问道，此人个子很大，挺着个大肚子，裤子上的吊带似乎都绷不住了，他一副如临大敌的样子，早已将手中那把散弹枪准备好了。

“子弹只是擦过他的头骨，”帕蒂回答道，“他还活着。”

“那个女人呢？”

帕蒂一时半会儿没反应过来。接着他突然想起来了。“枪响之前进去的那个女人？”

“是的。”

“她一定被绑匪劫持了。”

“但她进去前后并无其他人啊。”

帕蒂迷惑地站了起来，感觉有点儿难以置信。要让他相信女人是“屠夫劫匪”还真不是那么容易。

“劫匪一定是从后门进来的。”

“我不知道，警长，”那名警员摸了摸下巴说，“后门一定跟以前一样是从里面上锁的。”

帕蒂走到后面，发现门被打开了。他猛地拉开门，往巷子两头看了看，但空无一人。“真是见鬼了，”他喃喃道，“那女的不见了。”

“她肯定没走多远。”警员说。

“召集所有人马！”帕蒂厉声命令道。他指着另一个站在银行门口的警员。“快找马蒂森医生来，告诉他一名范·多恩的侦探头部受伤了，叫他赶紧到银行来。”帕蒂跪下来，再次检查了贝尔的伤势。“还告诉他，侦探的腿里似乎也有一颗子弹。”

警员前脚刚走，帕蒂马上跟了出去，跑向他在办公室前拴马柱上系着的马。他简直不敢相信刚才的一幕，简直太糟糕了。直到这时，他才想起那名劫匪应该是男扮女装，而那个在他和他妻子面前扮可怜的寡妇则是那人的同伙。

兄妹两个已经离开泰来瑞德镇区，很快朝南边的奥菲尔矿区驶去，玛格丽特快马加鞭，一路穿过峡谷，往下朝蒙特罗斯行驶。在他们离开银行的10分钟时间里，克伦威尔有时间思考。他指着林中的一条岔道，这原本是铁路公司方便维护人员修复铁轨的通道，上面蔓草丛生，与圣米格尔桥相连。

“别在路上走，”雅各布对玛格丽特说，“上桥，沿轨道路基往下走。”

她转身看着他：“你不是说他们不会怀疑两个坐在马车上的女人吗？”

“我之前是这么想的，但我突然想到警长等人肯定会监视银行。”

“这是自然，可跟我们的逃跑有什么关系呢？”

“你不明白吗，亲爱的妹妹？我是最后一个从银行进去的人，再也没出来过。如果真如你说的那样，帕蒂不是傻子。他现在一定想明白了，很可能正在找我们两个。但他绝不会想到我们会驾车沿轨道路基走。他只会想到我们还在这条道上行驶。”

“如果他找不到我们，他到时会怎样？”

“他会原路返回，认为我们藏在他和警员刚才路过的树林里。到时，我们已经坐火车离开蒙特罗斯了，你化装成男的，我卸掉妆。”

跟之前一样，克伦威尔总会想到追捕者的前面。虽然贝尔精心布置的局让他颜面无存，但他转念一想，范·多恩侦探社的名探已成为他的枪下鬼，心里顿时好过了些。

一如往常，警长等人沿林中小路追击，直至不见了铁轨，但并没找到他们的行踪，最后，他们只得悻悻返回泰来瑞德。虽然行驶在崎岖不平的枕木上让他很不舒服，但知道上当的帕蒂注定空手而归，克伦威尔总算有了些安慰。

27

贝尔被送往泰来瑞德医院，镇里的医生为他做了治疗。克伦威尔第一颗子弹打进了他的大腿，又穿了出来，没什么大碍，只是伤了一点皮下组织。医生说一个月就会好。接着那名医生又帮他缝好了头骨上的伤口。医生的技术不错，就像把撕坏的西服口袋缝好的裁缝一样，将伤口缝得非常整齐。

医生建议贝尔应该在医院多住几天，但贝尔并没有理会，而是一瘸一拐地赶往停车场搭乘下班到丹佛的火车。他戴着帽子，以掩盖缠有绷带的伤口。欧文的尸体已经入殓，帕蒂警长的几名手下将他抬进行李车中时，贝尔和柯蒂斯既愤怒又伤心。接着，贝尔转身朝帕蒂伸出手，“警长，多谢你的合作，非常感谢。”

帕蒂握着贝尔的手，“节哀顺变，”他真诚地说，“你朋友有家人吗？”

“幸运的是，他只是个光棍，但他身边还有个年迈的母亲。”

“可怜的人。看来他母亲只能住救济院了。”

“她会住进上好的私人疗养院里。”

“这可不便宜，欧文有那么多钱吗？”

“他没有，”贝尔回答道，“可我有。”

帕蒂也没再多问。“要是当初如我们预料的那样该多好啊。”

“我们精心设计的计划彻底失败了。”贝尔说，一边看着装有棺材的行李车车门关上，“劫匪把我当成了傻瓜。”

“不是你的错，”帕蒂说，“他把我们都当成了傻瓜，最蠢的是我。现在我确定那个在我和我妻子面前扮可怜的寡妇是他的同伙。当初她向我打听银行的情况时就应该有所警觉。”

“但你并没有告诉她我们在那儿设了套。如果克伦威尔怀疑是陷阱，他绝不会进去。”

帕蒂摇摇头，“他们相信了你在报纸上登的假消息，而且上钩了。要是我们早知道他男扮女装，我们可能会毫不犹豫地像屠狗一样将他打死。”

“但在其他劫案中，他从没化装成女人。”

“即使让他从银行逃走，我和我的手下本来也应该抓住他们。可我太蠢了，竟然以为他会沿那条小路一直走。没想到他会沿铁轨走，等我们想到时已经太迟，等我知道上当时，他们已经逃之夭夭。”

“你们检查过蒙特罗斯的旅客名单吗？”

“我给站长打了电话，那时候他们已经上了前往大章克辛的火车。”柯蒂斯说，“他不记得上车的是两个女人，倒注意过两个男的，而且其中一个好像还受伤了。”

“银行后面有血，”帕蒂浅笑道，“你也一定打中他了。”

“他伤得不重，所以才能轻易逃走。”贝尔喃喃道。

“我给地区的警察局局长发了电报。他和手下搜遍了大章克辛东西两线行驶的列车，但并没有发现两个女的。”

贝尔靠在帕蒂给他的拐杖上。“我知道劫匪的诡计了。他逃走时，重新换成了男装，将他妹妹也女扮男装了。而局长找的是两个女人，肯定不会怀疑他们。”

“克伦威尔真狡猾。”

“是的，”贝尔承认道，“他的确很聪明。”

“你现在打算去哪儿？”帕蒂说。

“回丹佛，重新来过。”

“但你现在已经知道劫匪的名字和他的习惯了。”

“是的，但还不能立案。我们一点儿证据都没有，联邦检控官不会起诉他的。”

“你一定会盯死他。”帕蒂自信地说。

“我们会比以前更努力，现在，我要亲手给他套上绞索，为兄弟报仇。”贝尔说。

贝尔和柯蒂斯晚上到达丹佛时灵车已经在那儿准备好了，欧文的棺材被运至当地的太平间。

“他是我最好的朋友，”柯蒂斯说，“我会去慰问他妈妈，安排葬礼。”

“谢谢，”贝尔说，“费用都算我的。”

贝尔乘坐出租车来到布朗宫殿酒店。走进套房后，他脱掉外套，洗了个热水澡，好好放松了一下，不过必须将那条伤腿架在浴缸的边缘，以免将绷带弄湿了。他闭着眼睛，回顾着这几天发生的事。贝尔现在终于想起那天在新谢尔丹酒店撞见的人正是玛格丽特·克伦威尔。她哥哥从银行的前门进来时，她则在后门将马车备好在那儿等。想起克伦威尔扮成女人，让他感觉一阵恶心，但他竟然也佩服起这个“屠夫劫匪”缜密的思维。沿着铁轨走，成功避开帕蒂警长等人的追捕实在高明。

起先，贝尔认为克伦威尔不会再舍命去抢劫。这种可能性似乎非常小。但贝尔将自己抓捕过的所有罪犯比较了一番，现在他开始揣测克伦威尔的思维。他先是将自己想象成劫匪。贝尔越想越觉得克伦威尔肯定认为自己根本就是天下无敌，完全没将执法者尤其是范·多恩的侦探放在眼里。

接下来，他必须谨慎行事。他正在想该如何收集证据去抓捕克伦威尔时，突然听见有人敲门。贝尔用那条好腿支撑着站了起来，头上的伤让他感到一阵眩晕，他笨手笨脚地走出浴缸，披上浴袍，一瘸一拐地走到门口。拉开门后，吃惊地发现站在门口的竟是约瑟夫·范·多恩。

范·多恩抬头看了看贝尔缠着纱布的头，发现上面还渗着血，他勉强挤出一丝笑来，“你的样子可真有点儿难看。”

“请进，先生，别客气。”

范·多恩仔细检查了一下贝尔的伤口。他很担心，却故意装出漠不关心的样子。漫不经心地问道：“很痛吗？”

“痛在心里。”

范·多恩走进房间，环顾了一下四周，“我倒喜欢手下的侦探不用公费出行。”

“要不要我叫客房服务，送点儿吃的喝的上来？”

范·多恩摆摆手，“不了，谢谢。我刚刚在从芝加哥到丹佛的火车上吃过了。来杯波特酒就行了。”

贝尔按范·多恩的要求打电话叫了客房服务，挂断电话后他说：“真没想到大老板能不远千里来这里看我。”

“我们两个见面不仅有必要，而且对案件的调查也至关重要。”范·多恩一屁股坐到一张又软又厚的椅子上，“我可不想你在电报里寥寥几句就把案子交代了，而是想看看详细的报告。好了，跟我说说泰来瑞德的事，一个字也不许漏。”

“我只能告诉你这步棋我基本上走错了。”贝尔不无伤感地说。

“别自责了，”范·多恩安慰他说，“我也希望所有计划都天衣无缝。”

侍应送来了一杯波特酒，贝尔花了 40 分钟跟范·多恩讲了抓捕“屠夫劫匪”的计划，告诉他克伦威尔是如何识破他和帕蒂警长精心设的局然后逃之夭夭的。接着，他又告诉范·多恩欧文是怎么死的，然后说他自己也受伤了，醒来时就发现自己躺在泰来瑞德医院的病床上。

贝尔说完后，范·多恩问道：“你确定雅各布·克伦威尔就是‘屠夫劫匪’？”

“他的化装技术非常高明，我和欧文没有防备。但我后来认出克伦威尔是女扮男装进入银行的。我和帕蒂后来也证实了之前待在泰来瑞德，帮他收集情报的是他妹妹玛格丽特。”

范·多恩从背心口袋里拿出一个雪茄盒，拿出一根细长的花冠烟，将一根火柴在大拇指甲上划了一下，点燃雪茄。“可这没道理啊。如你说，既然克伦威尔这么有钱，拥有一家资产过百万的银行，住在旧金山的诺布山，为何还要冒险去抢劫杀人呢？”

“我根据所掌握的情报好好分析了一番，他抢劫来的钱应该都用在扩大银行资产上了。”

“那他现在为何还不罢手，既然现在有钱了，银行也壮大了？他为何还要继续犯罪？”

贝尔透过窗户看着城市上空蔚蓝的天：“答案很简单，此人是个疯子。我细想了一遍，确定他抢劫、杀人的目的只是因为乐在其中。钱已不是他的目的，现在已经变得不那么重要了。就像那些对威士忌或者鸦片上瘾的人一样，他抢劫杀人已经上瘾了，并且认为自己不可能被执法者抓获。在他看来，他已经无敌于天下，现在，他将每次犯罪都当成是对法律的挑战。”

“你还别不承认，”范·多恩吐出一个蓝色的大烟圈说，“到目前为止，他的犯罪实施得很完美，将我们和密西西比西岸所有的治安官都耍得团团转，简直就当我们是一群草包。”

“克伦威尔也并非无懈可击。他是人，是人就会犯错。只要他犯错，我就能抓住他。”

“你现在打算去哪儿？”

贝尔苦笑道：“我真希望你们别问我这个问题了。”

“到底有何打算？”

贝尔看着范·多恩，眼神坚毅且冷静：“回旧金山整理起诉克伦威尔的材料。”

“根据你现在跟我说的情况，这事并不容易。你的证据太少，无法立案。你站在证人席上只会成全对方的辩护律师。你如果说他是男扮女装，只会被律师笑话，他会说你根本看不出来。而且没有目击者，没有任何指纹，这种官司没法打。”

贝尔冷冰冰地看着范·多恩：“你是要我放弃调查？”

范·多恩皱了皱眉头：“我没有做任何建议，我只是指出事实。你也十分清楚，这也是我们侦探社最重视的案件。一日不将克伦威尔关进大牢，我们绝不罢手。”

贝尔轻轻摸了摸自己的头，好像是想弄清楚伤口是否还在：“只要我在丹佛的调查有了眉目，我马上返回旧金山。”

“我可以安排一队侦探帮你，有什么需要尽管开口。”

贝尔摇摇头：“不，有柯蒂斯就行了，他是我的好帮手，只要有布朗森和他手下的支持就够了。我们还是暗中行事的好，再来一队侦探怕会打草惊蛇。”

“丹泽雷上校和他在华盛顿的犯罪调查局怎么样？政府能帮忙吗？”

“这个行，但要等待合适的时机。克伦威尔的水很深，跟旧金山的政客和富豪都有来往。他还是城里的大慈善家。如果我们收集到足够的证据起诉他，他的那帮朋友可能会插一杠子。到那时，联邦政府就必须倾力帮助我们了。”

“你有何妙计？”

“我还没想好。克伦威尔现在正得意忘形呢，不知道我们的网正收得越来越紧。”

“可现在跟三周前比，我们的证据并没什么区别，并不能动他。”

“我知道，但现在我有我的优势。”

范·多恩好奇地扬了扬眉毛，不解地问："什么优势？"

"克伦威尔不知道我还活着。"

"到时他发现你死而复生，他的自尊心将遭受重创。"

贝尔轻轻一笑，"我就指望出现这种情况。"

28

克伦威尔被贝尔打的一枪并不严重。他跟玛格丽特返回旧金山后才让一名医生处理了一下腰部打穿的伤口，医生帮他用抗菌剂清洗后缝好针，缠上纱布就好了。那名医生是他的老朋友，也没问问题，但克伦威尔撒谎说是自己在清理枪支的时候走火弄伤的。因为医生妻子的芭蕾舞队从克伦威尔那儿收到一大笔捐款，医生并没有向警方报告，还发誓说绝不会提及这次意外。

克伦威尔返回银行办公室，很快像从前一样投入管理金融帝国的日常工作中。他首先写了一份发言稿，他要在自己筹建的老人院开幕式上发言。不过，他行事向来高调，直接以自己的名字给老人院命了名。然后他将玛丽安·摩根叫来帮他誊写演讲稿。

她坐在办公桌旁的椅子上盯着他，"你不介意我问问吧，克伦威尔先生，你好像不大舒服？脸色有点儿苍白。"

他本能地摸了摸腰部，勉强挤出一丝笑，"我晚上钓鱼时感冒了，不过现在差不多好了。"

克伦威尔将稿子交给她，然后转动皮椅，凝视窗外的旧金山市："你帮我编辑一下演讲稿，如果有必要，只管提出建议。"

"好的，先生。"

玛丽安起身离开克伦威尔的办公室，但在门口犹豫了一阵："对不起，我想打听一下，你有没有再听过范·多恩侦探社那名侦探的消息？"

克伦威尔将椅子转了过来，不再看着窗外，而是好奇地盯着玛丽安，"你是说伊萨·贝尔？"

"是的。"

他说这话时忍不住微微一笑："他死了，听说是在科罗拉多的银行劫案中被人杀死的。"

玛丽安心一沉，像是掉进了冰窟窿中。她不敢相信克伦威尔的话，双唇颤抖着。她那张漂亮的脸上满是惊恐，但她很快别过头去，以免让克伦威尔看到。她几乎无法抑制自己的情绪，但她什么也没说，只是走出办公室，顺手带上门。

玛丽安怅然若失地坐到自己的办公桌旁。她不明白自己为何会为一个她几乎不认识的男人伤感，她只是跟那个男人外出吃了一顿饭。但他的音容笑貌总会出现在她的脑海里，好像他就站在自己眼前一般。他们才认识多久啊，可惜造化弄人。她无法解释心中的伤感之情，也没试图去解释，只是感觉像是失去了一位挚友。

她颤抖着将一张纸放进打字机里，开始帮克伦威尔打起了演讲稿。

下午5点，克伦威尔站在盖瑞 & 菲尔莫尔街一幢新砌的3层楼红砖房的阶梯上，听市长尤金·舒米兹冗长、华丽的介绍词。此人是克伦威尔的挚友，曾在克伦威尔银行将一大笔见不得光的资金转账。参加开幕典礼的人差不多有500个，还有旧金山消防局、警察厅的代表和政客，50多个病怏怏的老人有气无力地坐在轮椅上。

克伦威尔的致辞简洁到位。他先是说自己只是"上帝谦卑的信使”，想帮助那些无法帮助自己的人。说完后，人群给他的掌声尽管声音不大，但有礼貌，跟这种正式的场合颇为吻合。在前门剪彩后，克伦威尔再次受到热烈欢迎。他跟涌过来的人一一握手，故作热情地跟所有等待入住的病人拥抱了一番。舒米兹市长为他的善行发了一个铜制的匾牌，并宣布此后 4 月 12 日就叫作“雅各布·克伦威尔日”。

克伦威尔从一群祝福者和仰慕者中间穿了过去，来到那辆奔驰轻便车停放的地方。玛格丽特已经坐在司机位上，她今天穿一件带披肩的绿羊毛裙，显得楚楚动人。

“干得不错，哥。克伦威尔家族又做了件好事。”

“无论是跟高层交朋友，还是被那些贱民喜欢，都没坏处。”

“我们不就是慈善家吗？”她不无讽刺地说。

“你的宠物计划怎么样了，报纸的社交新闻版不也帮你宣传了一番？”他反驳道。

“非常顺利。”

克伦威尔钻进汽车前座，用手摇动引擎。玛格丽特延迟点火，按下油门。不一会儿，引擎发动起来了，发出沙哑的轰鸣声。这辆奔驰很快从一辆电缆车和运啤酒的车中间穿了过去，驶入街道。

克伦威尔轻松地坐在车里，他对妹妹的飙车已经习以为常了，要是发生车祸，他也随时准备跳车。“往太平洋高地开，在拉法叶特公园停车。”

“有什么具体的理由吗？”

“我们边走边谈。”

她没再询问。那辆奔驰轻松地往山坡上，往太平洋高地开去。她在菲尔莫尔街转了个弯，沿萨克拉门托街一路行驶到公园，接着，她将车停在一条通往树林的小路脚下。5 分钟后，他们便爬上了公园的山顶，漂亮的旧金山全貌尽收眼底。

“什么事？”玛格丽特问。

“我打算再干一票。”

她一怔，不解地看着他，“你一定是在开玩笑吧。”

“我非常认真。”

“为什么呀？”她问道，“你这样做有什么好处？上次在泰来瑞德你就差点儿栽了。为何要拿自己的生命开玩笑？”

“因为我喜欢挑战，还有，我喜欢创造属于自己的传奇。”

她扭过头去，“这太愚蠢了。”

“你不明白。”他说着将手挽在她的腰上。

“我只知道这事太疯狂了，总有一天，你的运气会耗光，他们会将你送上绞刑架。”

“至少暂时不会，”他说，“现在范·多恩手下的王牌已经没了。”

玛格丽特突然记起了那双漂亮的蓝紫色眼睛，想起了他们在布朗宫殿酒店跳舞时贝尔挽着她的情形。她似乎是在很远的地方听到自己的声音：“贝尔死了，真的很难相信。”

他好奇地看着她，“听你这口气好像对那小子有意思。”

她耸耸肩，试图装作毫不在意的样子：“哦，他的确蛮帅的，跟普通人不一样。我觉得别的女人可能会喜欢他。”

“无所谓，伊萨·贝尔已经死了。”克伦威尔停了下来，接着，他领着玛格丽特往车旁走去，“我这次要好好玩玩范·多恩和那些想将我送上绞刑架的治安官。他们绝对猜不到我会这么快下手，而且他们也绝不会猜到我会去抢哪家银行，他们这次一定会再次狼狈不堪。”

一滴眼泪流了出来，玛格丽特用手绢将它拭去，这滴泪不知是为贝尔的死还是她哥哥的疯狂而流，她不知道：“这次又是哪里？”

“这次我不打算抢矿工的工资款了，”他咧嘴笑道，“我这次就是要让他们猜不到，他们肯定不知道我会去打哪个镇子的主意，我要让他们再次空手而归。”

“哪个？”

“就是咱们加州的圣地亚哥。”

“这简直就像在我们家后院。”

“岂不更好，”克伦威尔说，“我到时跑路也变得容易多了。”

“为何选择圣地亚哥？”

“因为该城的富国银行真是富得流油，商贩和商船会将大批大批的货物运到港口。而且，我就是喜欢挑战最高难度。”

“你疯了。”

“别老说什么疯呀疯的！”他粗暴地吼道。

“不是疯是什么？如果你被抓，我们就一无所有了。”

“不可能，你也不瞧瞧他们要对付的人是谁，我是天才。”克伦威尔傲慢地说。

“你到底什么时候才肯罢手？”玛格丽特央求道。

“等到克伦威尔银行跟富国银行规模一样大，我到时要在旧金山加冕称王。”他说这话时眼神中流露出一丝邪气。

她知道跟她哥哥吵也无济于事。而且，这几年来，她自己瞒着克伦威尔偷偷将钱一点点地转移到了富国银行，而且他绝对查不到。她购买的昂贵首饰也藏在保险箱里。如果真有那么一天，她哥哥被抓，被绞死，她就离开旧金山，到欧洲去，也可以过上流社会的生活，然后再找个有钱有势的人嫁了。

他们来到车旁，雅各布扶着玛格丽特进了驾驶室。他摇动引擎，自信心也开始膨胀起来。现在，他就像一艘涨满帆驶入波涛汹涌大海中的船，危险已让他成瘾。想到每次都能将西部的执法者玩弄于股掌之间，他脸都放光了，就像一个刚刚目睹奇迹发生的狂热宗教分子。

两兄妹都没有留意到车旁长凳上坐着一个一副工人打扮的男子，那人将工具箱放在膝盖上，悠然地抽着烟斗。

29

早上8点，贝尔乘坐火车到达旧金山。9点，他跟柯蒂斯、布朗森以及他手下的5位侦探见了面。大家坐在一张比丹佛的会议桌大两倍的桌旁。贝尔已经筋疲力尽，而且他身上的伤口也是大问题，但跟以前受伤时一样，他没有理会伤痛，只管继续工作。“各位，”他说，“我们现在已经将雅各布·克伦威尔锁定为‘屠夫劫匪’的头号疑犯，要对他和他妹妹玛格丽特24小时监控。”

“意味着只要他们离开诺布山的豪宅，我们就得监视他们的一举一动。”布朗森说。

有名侦探举手道：“先生，我们需要照片进行辨认，因为我们大多数人都不知道他们长什么样。”

布朗森从办公桌上拿起一叠厚厚的材料，“他们在城里转悠时我们已经将他们拍下来了。”

“谁拍的？”贝尔问道。

布朗森微笑着，朝桌对面的一名侦探点点头，“迪克·克劳福德是一流的摄影师。”

“有摄像师跟着他到处拍照难道不会引起克伦威尔的怀疑吗？”柯蒂斯不解地问。

布朗森朝克劳福德点点头，“迪克，跟他们说说你是如何神不知鬼不觉完成任务的。”

克劳福德面庞较窄，一脸忧郁，小小的下巴，眉毛倒是浓密，秃着头。此人不苟言笑，毫无幽默感。“我穿着一件衣裤相连的工作服，带着工具箱跟着他们，我那工具箱一头有个小洞，那里装着照相机的镜头。我只要将手伸进工具盒中调整焦距就可以拍照了。他们根本不知道，甚至都没往我这边瞧。”接着，他将一个小照相机放在桌上，解释了它的功能。“这是柯达快速调焦箱式照相机，拍出的相片跟明信片一般大。”

克劳福德说话时，布朗森将雅各布和玛格丽特的照片发了下去。

“照片拍得非常清晰，”克劳福德继续说，“这也是这种照相机的最大特点，跟那种固定聚焦的相机不同，我可以用侧边的小轮子调整远焦。最后，只要一按按钮，前面的镜头就会弹出来，焦距也随之调好了。”

大家仔细研究着这些照片，上面显示克伦威尔兄妹或单独出行，或一起出行，走在街上，从商店、饭馆出来。有几张是雅各布进出他们家银行的照片。还有两张是他在老人院致开幕词时的照片。克劳福德甚至还跟踪他们去了拉法叶特公园，拍下了他们沿小路一起走时的照片。贝尔对那张玛格丽特驾驶一辆颇具异国风情小车的照片特别感兴趣。

“奔驰轻便车，”他不无羡慕地说，“克伦威尔对汽车的品味还真不赖。”

布朗森仔细看着照片上的汽车。“看起来很贵，速度怎么样？”

“时速至少70英里，或能达到80英里。”贝尔说。

“我怀疑旧金山还有没有一辆车可以追得上他这辆车。”一名坐在办公桌那头，头发浓密的侦探说。

“有。”贝尔微笑着说，“今天早上从一节货车车厢卸下来一辆车就行。”他看着柯蒂斯。“对吗，亚瑟？”

柯蒂斯点点头，“你的车现在放在南太平洋铁路公司的仓库里。我还在铁路站场请了个小孩帮你把车擦干净了。”

“这车你是从……”

“芝加哥运来的。”贝尔替他说完了。

“我就是好奇，”布朗森说，“这是什么车，还得从芝加哥运到这儿来？”

“一辆迟早能派上用场的快车。还有，如果将来要追克伦威尔那辆车，我的车根本不在话下。”

“什么高级车啊？”克劳福德问道。

“一辆自动机车。”贝尔说，“1905年，乔伊·特雷西曾驾驶它在长岛范德比尔特杯公路赛中获得第3名。”

“速度到底有多快？”布朗森打听道。

“直线距离时速可达105英里。”

大家都不出声了，只是惊愕地坐在桌旁，一副难以置信的样子。

他们从来没见过也没听说过有什么车能开这么快。当时，美国西岸还没有赛车。

“难以置信，”布朗森讶异地说，“竟然还有时速达100英里的车，真没想到。”

“能在街上开吗？”柯蒂斯问道。

贝尔点点头，“我安装了挡泥板和前灯，传动装置也换了，可以在街上开的。”

“你得带上我。”布朗森说。

贝尔笑了，“这事容易。”

接着，布朗森又饶有兴致地看着克伦威尔兄妹的照片。“你们觉得劫匪下一步有什么计划？”

“经历泰来瑞德的事之后，”柯蒂斯说，“我肯定他不会再抢劫、杀人了。”

“如果他知道我们正在查他，这么想也有道理。”布兰森说。

“他也许觉得，在泰来瑞德劫案中，我们大败而归，所有的目击者都死了，包括我。”贝尔说，“那人就是个疯子，对抢劫、杀人有种天生的冲动。我不想相信他会就此收手。克伦威尔认为谁都追查不到他的罪行。他的犯罪模式与布莱克·巴特、詹姆斯·冈、道尔顿兄弟，以及布彻·卡西迪都不同。与克伦威尔相比，这些人只是匹夫之勇，手法太业余。”

其中一名侦探对贝尔的敬仰又增加了几分，“你觉得他会再次下手。”

“是的。”

“你用泰来瑞德做幌子，已经骗过他一回了，”布朗森说，“如果他如你说的那般聪明，我想他绝不会再犯同样的错误。”

贝尔摇摇头，“不是没有希望。现在，我们得尽量想在他前头，如果做不到这一点，那就只有多收集点证据，直到可以起诉他。”

“至少我们知道他并非不可战胜。”

布朗森嘟囔道：“他差不多就有这种本事。”

贝尔拿起放在会议桌上的咖啡壶，倒了一杯咖啡。“我们现在的优势是他不知道自己的一举一动都在我们的掌控中。你们千万得小心，别让他或者他妹妹看出来。如果我们能一直盯着他，下次他再去抢劫，我们就有机会将他一举擒获。”

布朗森看了看围着会议桌而坐的侦探："各位，看来我们有的忙了。你们要轮流监督他们，至于顺序，还是由你们商量着办。我之前收到范·多恩先生的电报。他要我们全力以赴，不惜任何代价抓住'屠夫劫匪'。"

贝尔对布朗森说："不知道你能不能帮我个忙。"

"尽管开口。"

"打电话到克伦威尔办公室找玛丽安·摩根，但一定要对她说这是绝密，不要跟任何人包括她老板说。要她午休时间在蒙哥马利和苏特街的东北角跟你见面，那里离克伦威尔银行就一个街区。"

"要是她问我为何要找她呢？"

贝尔狡黠地笑道："别跟她讲明了，就说是十万火急的事。"

布朗森笑了，"我尽量说得正式点儿。"

开完会后，贝尔和柯蒂斯坐出租车来到南太平洋铁路公司的货仓。跟负责人核对了一下，看了看车是否碰坏了，见车完好无损，他随即签了必要的运输文件。

"这车真漂亮，"柯蒂斯羡慕地看着那辆鲜红色的车说，铜制的散热器微微发光，顶部雕刻着一只定制的铜鹰，那只鹰张开翅膀，胸部位置放着一支温度计。散热器后面为谷仓顶式车盖。后面的座椅上方装有一个很大的圆柱形油箱。木制的大辐轮上套有狭窄的轮胎，这就是当年参加范德比尔特杯公路赛的那辆赛车，此车曾在长岛蜿蜒的公路上风驰电掣。

贝尔钻进大方向盘后的司机位上，装上长柄，打开木制仪表盘上的点火装置，调整方向盘上的操纵杆，然后调整点火杆，以延迟点火。接下来，他拿出一个手泵，增压油箱，使油进入化油器里。做完这些后，他走到汽车前面，右手抓住大曲柄，用力摇动。发动机先是突突地响了两下，接着便发动起来了，排气管发出轰隆的声响。

接着，贝尔和柯蒂斯一起坐在司机位的红色真皮椅上，将操纵杆移至空转位置，推动点火杆。贝尔放开铜制手刹后脚踩离合器，将变速杆拉到一挡。接着，他再次调整操纵杆，松开离合器，这辆漂亮的跑车往前开动时，引得仓库里的一群工人啧啧称赞。

跑车加速沿轨道旁的一条公路疾驰而去，柯蒂斯大声问道："我们回办公室吗？"

贝尔摇摇头："告诉我那节印有'奥布莱恩家具公司'的车厢停在哪儿？"

"过轨道后在下一个十字路口左转。"柯蒂斯指挥道。

几分钟后，贝尔将那辆跑车停在空荡荡的货仓后面，熄掉大引擎。柯蒂斯领着他朝通往装货码头的斜坡上走去。那节车厢就停在旁轨上。

"这就是你们找到的克伦威尔那辆伪装的家具车厢？"贝尔问道。

"根据南太平洋公司的货车时刻表，"柯蒂斯说，"我查过该公司的货车调度。南太平洋铁路公司已无编号为16173的车厢记录。没人知道什么原因。好像那个编号一夜之间凭空消失了。"

贝尔仔细看着装货码头旁停着的车厢侧边："这车可能重新喷过漆，编号也换成新的了。"

"完全有可能。"柯蒂斯看着编号，点点头说，"编号为16455。我会查出来的。"

"这辆车的漆是新上的，"贝尔慢慢说，"上面连一条刮痕都没有。"

"你说得对，"柯蒂斯若有所思地喃喃道，"像是刚出厂。"

贝尔往上走到车厢的装货门，摸着那把锁着的铜锁："为什么旁轨上会停着一节上锁的空车厢？"

“也许里面装了货物，等着连接到火车上。”

“真想知道里面是什么东西。”贝尔沉思道。

“我们能打开吗？”柯蒂斯满怀期待地问道。

贝尔轻轻地摇了摇头：“我们现在最好别动它。等我们查出编号再说，要不我们连这节车厢的来路都不知道。假如这车的确是克伦威尔的，如果我们强行开锁他肯定会知道的。”

“如果我们能够证明这节车厢确系他作案后的逃跑工具，那我们就可以抓他了。”

“没这么简单。可能这就是个空车厢，临时停在旁轨上。克伦威尔可不是傻子。他不会留证据给我们的。里面应该没什么可以治他罪的东西，即便有证据，也不够送他上绞刑架。”

柯蒂斯耸耸肩，表示理解：“那我们盯着这节车厢，不过我认为，他即使再用这节车厢，也不会这么快。你也不想想，前段时间他在泰来瑞德差点儿就被抓了。”

“他迟早会用的，他会知道我仍然活着，而且他知道我已经认出了他。”贝尔灿烂地笑道，“他就等着瞧好戏吧。”

玛丽安放下电话，看着通往克伦威尔办公室的门。跟平常一样，那扇门是关闭的。他几乎每次都是一个人通过电话或者遍布银行的扬声器处理日常工作。

她看了一眼墙上的塞斯·托马斯挂钟，里面的钟摆前后摆动。指针所指的阿拉伯数字显示现在是 11 点 57 分。听到布朗森的吩咐后，她挂掉电话，纠结该不该对克伦威尔忠诚，要不要将电话的事告诉他，但是一想到这种隐秘的行为，让她感到莫名的兴奋。因为这几年来她跟克伦威尔的关系似乎出现了裂缝，特别是巴巴里海滩酒吧的那晚，他和玛格丽特的行为非常古怪，她感觉自己对老板既不够忠诚也缺少尊重。他已经不再是那个她信任多年的老板了。大多数时候，他跟她的关系逐渐疏远，慢慢变得冷淡，有时他甚至还会很粗鲁地对待她。

分针跟时针齐齐指向了12点，她拿起钱包，戴上帽子，走出办公室时紧盯着克伦威尔办公室关闭的门。她绕过电梯，经楼梯走到下面的大厅。经过入口处的几扇大门后，她转身匆匆经苏特尔街来到蒙哥马利街。午餐时间，街上和人行道上熙熙攘攘，足足花了10分钟才从人群中挤了过去。她来到指定的拐角处，站在那儿，环顾四周，但发现并没有人往她这个方向看，也没人朝她走来。她以前从来没见过布朗森，也不知道此人长什么样。

一分钟后，她和街上许多行人一样，注意力都被一辆鲜红色的大跑车吸引了，那车娴熟地在拥堵的人群中穿梭。它的外观让人感觉车有一股冲力，仿佛要跃过人行道似的，尽管那车的时速不过20英里。亮红色的漆擦拭得闪闪发亮。整台车霸气中透着一股优雅。

此刻，她的注意力全在车上，没有注意到驾驶室里坐着的男人，车径直开到她面前时男子说:“请进，玛丽安。”

她面色变得苍白，一只手上扬，摸了摸喉咙。那一刻让她无比诧异，伊萨·贝尔那双蓝紫色的眼睛像是将她的魂魄都摄了去。“伊萨”她惊魂未定地喃喃道，“雅各布说你死了。”

他伸出一只手抓住她的双手，将她拉到皮制乘客座上，那双手如此温柔，但又感觉如此有力，竟让她不知所措。“这不恰好应验了那句老话，眼见为实。”

贝尔毫不在意聚集在车旁的人群，一只手挽着玛丽安的纤纤细腰。抱住她，吻着她。

“伊萨！”他松开她时她气喘吁吁地嗔怪道。她的抗议更多的是喜悦而非尴尬，“人家正看着咱们呢。”

现在，之前全神贯注盯着跑车的人群又被前座这对男女吸引住了。他们一边鼓掌，一边喝彩。

贝尔抽身回去，顽皮地笑了笑：“你这么漂亮，叫我如何自制。”

这一刻，玛丽安几乎完全被征服了，但几乎而已，她还不至于失去理智。“我们可以走了吗？”她坚持道。

贝尔笑了，向周围喝彩的人群行了个脱帽礼，将跑车换至一挡，轻踩油门，穿过熙熙攘攘的人群，往街道那头开去。贝尔开着车沿蒙哥马利街往北开去，然后转左驶入唐人街。车拐进一条巷子，然后在一栋满清风格的大餐馆前停了车，该建筑物以红色和金黄色为主色调，上方为宝塔顶。一名在那儿等待的侍应朝他们鞠了一躬。

“我会帮您看好车的，先生。”

贝尔给了他小费，侍应眼睛都放光了。“车就交给你了。”接着，他扶着玛丽安下了车。

“上海帝国饭店。”她看着富丽堂皇的入口说，“我老早就想来这儿吃饭了。”

“这家饭店算得上是久负盛名了。”

“这就奇了，你怎么知道后面有个停车场。”

他们从长长的走廊进去后，一个长着一头漂亮黑发的女人热情地接待了他们，她穿着一件侧边高开口子的中式绸缎礼服。女子领着他们上了楼，安排他们在一间小包厢落座。他们看菜单时，侍应端来了茶并帮他们斟上。

“你的腿瘸了。”她说。

“在科罗拉多的泰来瑞德留的纪念。”

贝尔脱下帽子时她这才发现他头上缠着绷带。她皱了皱眉毛：“这也是在那儿留下的纪念？”

他点点头，若无其事地笑了笑。

玛丽安看着贝尔的眼睛，她自己的眼睛已变得模糊："知道你没死，人家不知道多开心呢。"

"你老板倒想我死。"

"克伦威尔先生！"她大叫起来，之前的那份同情烟消云散，一丝恐慌的感觉掠过心头，"我不明白。"

"他就是开枪打伤我，杀死我朋友的人。"

"你可不能开玩笑。"

"不管你喜不喜欢，雅各布·克伦威尔就是过去12年里抢劫20多家银行、杀死将近40位无辜者的'屠夫劫匪'。"

"这太疯狂了！"玛丽安紧咬嘴唇，突然迷失了，不知何处是归路。

"不可能是他干的。"

"我没骗你，"贝尔突然小声说，"我们有证据，不过还不能治他的罪，但他折腾不了多久了。"

"可他帮助了那么多穷人。"她仍然不信。

"那只是表面现象，"贝尔冷冰冰地说，"他用这种伎俩来保护他的金融帝国，让那些不明真相的人以为他和玛格丽特有副菩萨心肠，愿意帮助那些穷人。但这只是幌子。克伦威尔才不管那些人呢，他只是利用他们达到目的。在旧金山那些虚伪的政客眼里，只要他暗地里贿赂他们，他就算犯错了也会没事。"

玛丽安抿了一口茶，完全糊涂了，她的手明显在发抖。"我还是不相信。"她喃喃道。

贝尔从桌子这边探身过去，握着她的双手："相信我，玛丽安，我说的都是真的。在泰来瑞德银行他举枪打我的那一瞬间，我从此人的眼神里认出了他。”

她将手抽了回来，紧紧地握在一起：“哦，伊萨，这简直太疯狂了。雅各布的银行在旧金山已坐稳第二把交椅，为何还去打劫别家银行？这让人无法相信。”

“我也不知道答案，玛丽安。起初，他的钱都用来投资银行了。等他变得有钱后，他对抢劫和杀人已经上瘾了。我经手过许多跟克伦威尔一样的案子。现在，抢劫杀人让他欲罢不能。他就是控制不了自己，如果我不阻止他，他一定还会继续杀人的。”

她看着桌对面的这个男人，看着他那双多愁善感的蓝紫色眼睛。此刻，那双眼睛已变得黝黑、冰冷。“伊萨？为什么一定得是你去阻止他？”

“我不能再让他滥杀无辜了。”贝尔冷冷地说，冷静的声音就像是在法庭里读一份控诉书，“我绝不会容许他藐视法律，继续逍遥法外，躺在钱堆里过舒心日子。”接着他又说，“还有他妹妹玛格丽特。她也做尽了坏事。”

玛丽安十分困惑地将头埋了下去，帽子遮住了她的眼睛，“我认识雅各布和玛格丽特多年了，但还是不了解他们。”

“这太难了，”贝尔轻轻地说，“但你必须接受事实。”

她将头歪向后面，前沿装饰着许多花饰的帽子往上翘起，贝尔直视着她那双珊瑚绿色的眼睛。“我能为你做点什么？”她轻轻地问道。

“首先，你必须装作什么都不知道，继续做他的贴身秘书。我们的侦探已经对他们两兄妹实施监控了。如果雅各布有什么异常举动，你向我们报告就是。”

“你是说向你报告。”

他点点头，“是的。”

她突然觉得自己有种被利用的感觉，贝尔对她有兴趣仅是将她当成线人。她转过身去，贝尔没能发现她眼里正噙着泪水。

但贝尔很快察觉她心中所想。他将椅子搬了过来，挨着玛丽安坐下，将手搭在她的肩膀上，“我知道你在想什么，玛丽安，你别这么想。我知道我要你做的事必须在私下里进行，而且有极大的风险。但我不是在利用你，我在求你。”他顿了顿，鼓起勇气道，“我爱你，玛丽安。这一切发生得太突然了，我自己也无法解释，但我真的爱上你了，你得相信我。”

玛丽安看着他那张写满爱慕的脸。泪水瞬间消失，她俯身向前，双唇紧紧地贴在贝尔的嘴唇上。她抽身而出时，顽皮地笑道：“你肯定觉得我太放荡了。”

他看着面颊绯红的玛丽安，笑了，“绝对没有。我喜欢你这样。”

接着，她的眼里充满了柔情：“上次我抬头在银行办公室见到你时就对你有好感了。”

这次，贝尔吻了她。

良久，他终于松开她，咧嘴笑道：“也许我们应该先点菜了，否则餐厅的人会以我们行为不检为由请我们离开。”

30

玛丽安跟贝尔吃完午饭，回到办公室，正专心打字时，克伦威尔把她叫到办公室。他说话时玛丽安由于紧张甚至都没敢看他的脸。“玛丽安，我要去参加社区银行全国会议。今年的会议于3月28日到30日在洛杉矶举行。你能帮我安排一下出行事宜并在洛杉矶市中心的弗里蒙特酒店帮我订间房吗？”

“如果是 28 日在洛杉矶开会，那你明天就得动身了，”玛丽安说，“你通知得真是有点儿晚。”

“我知道，”克伦威尔无所谓地耸耸肩，“我本来没打算出席，后来临时改变主意了。”

“你要租一辆私人轿车吗？”

“不必了。我把那些轿车留给克罗克和富国银行的董事了。出公差时，我通常就把自己当成一个普通乘客，这样我的储户也会知道我的心思全在他们身上，也知道我不会浪费他们的钱。”

玛丽安从座位上起身，裙袂摩擦发出沙沙的声音：“我会帮你安排的。”

她一返回办公桌，马上拿起电话，以极小的声音接通了范·多恩侦探社接线员的电话。玛丽安一报自己的名字，电话马上直接转给了贝尔。

“伊萨吗？”

“玛丽安？我正要给你打电话请你出来吃饭、看歌剧。”

他听到她的声音似乎很高兴，玛丽安亦感到十分开心。“我有情况跟你说。”她认真地说，“雅各布要出城了。”

“知道是哪儿吗？”

“洛杉矶，”她回答道，“他打算去参加社区银行的全国会议。届时很多银行家都会参加这次讨论会，交换银行业务的最新动态。”

“什么时候开会？”

“本月 28 日到 30 日。”

贝尔想了想，“如果 28 日要赶到洛杉矶，那他明天就得坐火车动身了。”

“没错。”玛丽安说，“我跟你说完电话后就得去帮他预订酒店。他会跟普通乘客一样坐列车出行。”

“你老板这么做可不是为了省钱。”

“他说出差时不浪费银行的资产会令克伦威尔银行储户感动。”

“你怎么看，玛丽安？这次出行没什么猫腻吧？”

她毫不迟疑地回答道：“据我所知，月底洛杉矶的确有这么个会。”

“我会安排一名侦探全程跟踪他。”

“背叛他让我感觉很贱。”她后悔地说。

“不要这样，宝贝，”贝尔轻声安慰道，“雅各布·克伦威尔是坏人。”

“我们几点见面？”玛丽安回答道，不用再谈及克伦威尔的话题让她很高兴。

“我 6 点来接你，这样我们可以早点吃晚饭，到时候还能看歌剧。”

“你会开那辆红色的跑车来吗？”

“你介意吗？”

“不介意呀，你那车的速度真带劲儿。”

他笑了：“我一早就感觉你身上有吸引我的东西。”

玛丽安挂断电话，竟然发现自己的心跳明显加快了。

克伦威尔敏锐的直觉告诉他，在他杀死贝尔和欧文前他们一直都在监视他，这次他在制订计划时更加谨慎了。他知道范·多恩手下死了两名侦探，他一定会加大力度调查，不会放过每条线索。他知道会有更多的侦探来此打探他通过本市的商人和银行洗赃款的事。

为了安全起见，克伦威尔给南太平洋铁路公司的主调度员打了电话，说他正在发送书面申请，要将自己那辆位于废弃仓库，编号为 16455 的车厢停放到新的场所，也就是海湾对面的奥克兰。调车长几分钟后就收到了报告，他安排了一辆调车机车，将那节车厢送至装运货车车厢的渡轮上。

克伦威尔还订了一班特殊的列车，这辆私人卧铺车只有火车头和煤水车，除此之外再无别的车厢。车的目的地为圣地亚哥，是以“丹佛奥布莱恩家具公司”的名义订的，该公司跟南太平洋公司建立了长期关系，是铁路公司眼中值得重视的客户。

安排妥当后，他坐在椅子上，点燃了一支昂贵的雪茄，自信满满地想，这次他又在范·多恩侦探社或其他执法部门起疑前做了精心布置。

克伦威尔的那节车厢送到渡口，转移到南太平洋铁路公司在奥克兰站场的旁轨之后，布朗森才派侦探去监视靠近那节车厢的可疑人士，要是他早知道这个情况一定会更加喜不自胜。

31

第二天清晨，克伦威尔跟玛格丽特道了别后坐进那辆豪华的劳斯莱斯中，亚伯纳熟练地开着车穿过熙熙攘攘的街道，往南太平洋公司客运站驶去，南来北往的火车不用过海湾，可以在这里直接中转。汽车在火车站入口停定后亚伯纳打开车门，给了克伦威尔一个手提箱。

劳斯莱斯从路旁开走了，克伦威尔漫不经心地走进车站，给验票人员看了车票，然后跟其他乘客一起沿月台走去。他从梯子上爬进第三号车厢，上了火车。

范·多恩手下的一名侦探看着他登上火车，然后在月台上溜达等火车起动，他确定克伦威尔没再回到月台，以防他只是用上车做幌子。确定无误后，那名侦探爬上最后一节车厢，往前走到克伦威尔那节车厢。令他吃惊的是，克伦威尔根本没在那儿。惊慌失措的侦探匆匆往余下的车厢搜索，一直走到锁门的行李车厢也没发现克伦威尔。接着，他又急匆匆地回头往车厢后面走去，以免自己刚才没看仔细，但仍然没有发现克伦威尔。

克伦威尔神不知鬼不觉地从客车贯通式的门下了车，越过铁轨，来到另一个站台，他包租的专车正在那儿等着。他爬上自己的私人车厢后顿时放松下来，车厢里装饰得极为奢华，活像一艘装有轮子的豪华游轮。克伦威尔脱掉外套，一屁股坐在一张柔软的天鹅绒衬垫椅上，然后打开早报。一名服务生很快给他端来了列车上私人厨师为他特别准备的早餐。他悠闲地看着《旧金山纪事报》，火车从车站起动，上了主干线，往洛杉矶开去，这辆车比玛丽安为他预订的普通列车晚了15分钟。

“我派去的侦探还没有消息，那就可以证实克伦威尔往纽约去了。”布朗森说。

贝尔抬起头。不再看地图上的旧金山及它旁边南部的大城市。“他的火车应该今晚四点半到洛杉矶。听说他住在弗里蒙特酒店。”

“我真幸运，早就给范·多恩侦探社南加州分部负责人鲍勃·哈灵顿发了电报，那时候南边某处山洪还没有切断铁路线。他会安排一个人化装成出租车司机去接克伦威尔，并安排他下榻酒店。我在火车上的侦探会告诉他谁是克伦威尔，哈灵顿的侦探会盯紧他的。”

“他这次出行好像挺正常的，”贝尔慢慢说，“但我不相信，他肯定有事，我有预感。”“即使他要花招也折腾不了多久，”布朗森自信地说，“如果他动一动，我们十几名侦探肯定能够制伏他。”

贝尔走到一间没人的办公室，拨通了正在银行上班的玛丽安的电话。“昨晚没事吧？”他亲切地问道。

“我昨晚很开心，谢谢。晚餐非常美味，歌剧也好看。”

“现在猫走了，老鼠可以出来玩玩吗，一起吃顿午饭如何？”

“没问题。”

“那我去银行门口接你。”

“还是老地方见吧，”她不假思索地说，“我不想公开我们的关系。如果有银行职员看见我进入你那辆鲜红色的跑车，肯定会议论纷纷，到时候雅各布也就知道了。”

“那就老时间、老地方见咯。”他说完挂了电话。

上午，西部联合电报公司的信使急匆匆地跑到办公室：“是给霍拉斯·布朗森先生的加急电报。”他气喘吁吁地对接待说，他可是一路从电报公司的办公室跑过来的。

布朗森从洗手间来到下面的大厅，说：“我就是布朗森。给我吧。”他给了信使一枚硬币，然后撕开信封。看电报时，他双唇紧抿，皱着眉头。然后赶紧跑过办公室，终于让他找到了贝尔。

“出事了。”他大声说。

贝尔疑惑地看着他：“出事了？”

“我的人跟丢了克伦威尔。”

贝尔一个趔趄，差点儿跌倒：“在火车上怎会跟丢呢？”

“克伦威尔肯定上了火车，然后从另一侧的门跳了下去，没被人发现。”

“你的侦探应该早点通知我们。”贝尔生气道，脸涨得通红。

“火车离开车站后，他没法下车，好不容易等到火车在圣何塞站停车后才下来。”电报也是从那儿发来的。

“他可以打电话，这样也可以提前30分钟通知我们。”

布朗森无助地耸耸肩："电话线坏了，一直处于维修状态。"

贝尔一屁股坐在椅子上，嫌疑犯在眼皮底下不见了，他又气又急。"他又去抢劫杀人了。"他说，脸因为失望而涨得通红，"这个畜生是在故意让我们难堪。"

"要是我们知道他去哪儿就好了。"布朗森说，显然不想就此认输。

贝尔走到窗边，从旧金山市建筑物的屋顶望过去。他眼神恍惚，陷入了沉思中。最后，他转过身来，"克伦威尔是在玩我们，"贝尔慢慢地说，"他希望我们像无头苍蝇一样，让我们搞不清方向。"

"他肯定是往洛杉矶相反的方向去了。"布朗森目不转睛地盯着贝尔，"除非他的秘书没讲真话。"

贝尔没有看他的眼睛。这种可能性不是没有。不过，他只是摇摇头："不会的，我确定玛丽安不会撒谎。"

布朗森走到挂有美国地图的那面墙上。看了看，迷惑不解道："我怀疑他可能往北去了，要么是俄勒冈州，要么去了华盛顿州。可能原路返回了渡轮大厦，穿过海湾，乘火车往东边去了。"

这时，贝尔的脸上掠过一丝微笑，接着他大笑起来："我敢用我那辆跑车打赌，克伦威尔还是往南边去了。"

布朗森看着他："如果他想故意甩掉我们的人，为何还要继续往南？"

"我能揣摩他的心思，"贝尔自信地说，"虽然他不知道自己的每一步行动都被人监视了，但他绝不会冒险，在他看来，小心驶得万年船。"

布朗森看了一眼怀表："下班火车中午才有。"

"太迟了，"贝尔反对道，"他已经领先太多。"

"但是既然他跳下了火车，我们又如何知道他的下一步行动？"

“他当初骗玛丽安说他坐火车只是想让储户认为他是个脚踏实地的人。我打赌他肯定租了私人列车。”

布朗森似乎没那么担心了：“如果他到洛杉矶，哈灵顿还能安排侦探跟踪他。”

贝尔摇摇头：“他手下的侦探根本不认识他。你的侦探在圣何塞下车之后通知你说克伦威尔没在火车上。他可能正在等下一班回旧金山的火车。”

“没错，这就是问题所在，”布朗森同意道，“如果他入住弗里蒙特酒店的话，那他们还能盯住他。”

“如果克伦威尔还入住弗里蒙特酒店的话，”贝尔精明地说，“既然他都从列车上跳下来了，那他跟摩根小姐所讲的事儿八成也是假的了。”

“如果他不去洛杉矶，那他会去哪儿呢？”

“克伦威尔会在中途任何地方下车，但我觉得他会经过洛杉矶。”

“经过？”布兰森说，“经洛杉矶去哪儿？”

“越是我们想不到的地方，他越是有可能去那儿抢劫。”

“那是哪个地方？”

“圣地亚哥。”

布朗森安静地想了好一会儿。最后终于说道：“这事不大可能。”

“也许吧，但我们目前也就知道这些了，”贝尔说，“他以前也不是只抢劫矿镇的银行。既然圣地亚哥位于商贾和大牧场主云集的南加州附近，那里银行必有利可图，他岂有不动心之理。”

“虽然这事不大可能，但并非完全不靠谱，我们不能忽视这条线索。要是我们可以通知哈灵顿，让他派侦探去圣地亚哥铁路终点站，等着那辆私人列车该多好啊，可是，圣何塞到洛杉矶的电报线因山洪暴发仍处于瘫痪状态。”

贝尔摇摇头，“克伦威尔太狡猾了，他不会等到火车驶进城里，而是会让它停在偏远地区的旁轨上，然后再用别的交通工具进城，可能用他在其他劫案中使用过的摩托车。”

“要是能将此人的长相告诉哈灵顿就好了。”布朗森说。

“他们也没法认出他，因为他可能化装了。”

布朗森突然变得不再乐观了：“那我们该怎么办？”

贝尔笑道：“我亲自去圣地亚哥对付此人。”

“不可能。”布朗森说，“等我们租下特快专列，从旧金山出发时，他可能已经抢劫成功，在回旧金山的途中了。”

“没错，”贝尔承认道，“但是，如果运气好的话，我能等到他的火车到达洛杉矶前赶到那儿，提前在那儿等他。”

“你如何能赶在他之前去洛杉矶，还能坐大鸟飞到那里不成？”布朗森不无讽刺地说。

“我不用大鸟。”贝尔精明地看了一眼布朗森。“我有跟大鸟一样快的东西。”然后他又苦笑道：“但恐怕我得失约了。”

32

那辆红色的大跑车行驶在旧金山的大街上，就像圣费尔明节西班牙潘普洛纳市大街上奔驰的公牛。贝尔坐在红色的皮革座椅上，双手紧紧抓住那个大幅式方向盘的底端，手掌向上，用他强健的臂力转动僵硬的机械装置，在弯弯曲曲的街道上和拐角处不停转弯。

现在离 10 点还差 15 分钟。

他旁边副驾驶位上坐着的正是布朗森，他的任务是不停将油压上去。每隔几分钟，他都会将安装在倾斜车底板上方一点的木制仪表板上的油泵手柄拉起，并往前推，将汽油送入化油器中。除了不停往引擎加油外，领航员的工作也得他干了，因为贝尔对加州乡村的道路实在不熟。贝尔开车，布朗森用脚抵着车底板，后背紧靠皮椅，以防止自己被甩到人行道上，那感觉就像自己是一发正从加农炮里发射的炮弹。

贝尔不想将自己紧握方向盘的手腾出来，这样一来，按喇叭的工作也交给布朗森了。他似乎很享受这样的工作，对着街上的人，特别是十字路口的车辆猛按喇叭。但没过多久，他的手就生痛了。

布朗森穿着一件皮大衣，靴子长至小腿。头戴一顶皮制头盔，硕大的护目镜让他看起来就像一只正在觅食老鼠的猫头鹰。因为那辆跑车并无挡风玻璃，戴护目镜绝对有必要。

还没跑 100 码，布朗森就开始担心起来，他觉得自己陪贝尔去圣地亚哥的举动实在要人命，这车无遮无拦，而且他们走的路跟乡间小道没什么区别。

“这玩意儿的刹车没问题吧？”布朗森不无担心地问道。

“一般吧，”贝尔回答道，“唯一的刹车装置在后轮的轴传动装置上。”

“过这小镇你用得着开这么快吗？”布朗森抗议道。

“克伦威尔的专车比我们早发动一个多小时，”贝尔在排气管的突突声中喊道，“我们必须争分夺秒才行。”

行人听到街那头传来噪杂的排气管声，跟着又听见奇怪的大喇叭声，看到那辆红色的跑车飞驰而来时全都吓到了。他们难以置信地盯着跑车，见车冲了过来，他们赶紧让到一边。发动机罩左边微微露出的双排气管震颤着，活像加农炮。

两个抬着一扇大窗户玻璃在街边行走的工人看到跑车轰隆开过时，竟然吓呆了，跑车排气管发出的巨大轰鸣声将他们手上的玻璃都震碎了。贝尔和布朗森头也没回，他们的注意力全在前面或密或疏的人群上，贝尔不得不来回用力打方向盘，好像正在跑障碍赛一样。在他的努力下，车顺从地往目的地驶去，他对自己的行为相当满意。

贝尔的脚不停在油门和刹车之间来回移动，他开车驶过街道，在十字路口时猛地转弯，拐向离城的主街，他现在真希望自己是个巫师，能奇迹般地令街上的车辆全都消失。其间，他差点儿撞上一辆运送衣物的卡车，方向盘一阵猛打，跑车整个飞了起来才避开那辆车。接着，他用力转动方向盘上厚厚的木制边缘，让跑车从毫无章法行驶的车辆中穿了过去。其他司机都胆怯地看着那辆跑车以风驰电掣般的速度将他们的车甩在身后，很快消失在前头。驾驶马车的人还以为从他们身边轰隆驶过的跑车是幽灵，那些马也因为受惊吓后腿高高直立。

快驶出旧金山南郊时，街上的车辆逐渐稀少起来。贝尔在一个急弯处放缓车速，往南驶向与铁轨平行的主干道。看到汽车和马车渐少后他长长地吁了一口气。现在也不怕有车辆挡道了，他有足够的空间转弯。

那辆红色的大跑车反应十分灵敏。贝尔将油门往下踩了一英寸，车便像火箭一样笔直地往前驶去。轴轮上的传动链发出呼呼的声音，速度越快，越能感觉车的稳定性。

他们很快到了笔直的乡村小道。如画的乡村美景从地平线上映入眼帘，跑车飞驰而过，扬起一缕缕烟尘，圣卡洛斯、门洛帕克还有圣何塞，这三座小镇都和皇家大道连在一起，18 世纪末方济会修道士曾在这条路上创建了 21 个教堂，步行的话，每个小镇要走一天。

在笔直、开阔且没什么车辆的公路上开车的感觉真好，贝尔猛踩油门，车以最快的速度往前行驶。现在，这辆跑车才算发挥了特长，就像当年参加范德比尔特杯公路赛一样，这也是美国第一辆参加国际车速大赛的汽车，铆足了劲儿在路上疾驰。跑车像重新回到跑道的赛马，又像一头被激怒的大象，在公路上咆哮着，马力十足的引擎轻松地转动着机轴，汽缸发出嗡嗡的声音。

贝尔喜欢这个大家伙。对它的脾性和特质有种别样的好感。此车动力十足，又十分简约，贝尔非常满意，巨大的引擎咆哮着，车的速度让他陶醉，他开着车，完全沉浸其中，跑车在宽阔的公路上奔驰，身后扬起团团尘土。

布朗森今天穿了一件皮质的短夹克，穿着骑马裤，脚蹬靴子，他看着贝尔。贝尔也戴着护目镜，但并没戴头盔，他喜欢听发动机的轰鸣声。这会儿，他一副全神贯注的样子，给人一种深不可测的感觉。想在这场游戏中把克伦威尔无情地击倒。布朗森从来没见过谁的表情如此坚毅过。他转过头去，仔细看着地图，然后敲了敲贝尔的肩膀。

“前面有个三岔路口，左转。从这条路走的话不用再沿海岸线行驶了，我们可沿着内陆走，照这个速度，一个小时内就能到达萨利纳斯山，之后便是索莱达。”

“几点了？”贝尔问道，双手没离方向盘，接着他从口袋掏出怀表。

“10点11分。”布朗森在发动机的轰鸣声中回答道，“也不知道我们的速度到底有多快，即使知道，我也没法知道我们需要用多少时间赶上克伦威尔的火车。”

贝尔点点头表示明白。“这车既没有速度计也没有转速计，但我觉得现在的时速应该超过90英里了。”

布朗森慢慢习惯了大风拂面、电报柱飞快闪过身旁的感觉。但公路突然变得崎岖不平，布朗森感觉自己仿佛置身于响尾蛇导弹的发射管里。他一只手紧紧拽住座椅扶手；另一只手还不忘压油泵。

他们快速拐入一条狭窄的乡间小道，穿过蒙特利县，来到萨利纳斯的农业区。道路两旁的农田景色格外迷人，在春日阳光的映照下，农田变成了绿色。幸运的是，穿镇而过的主干道很安静，上面也就有一两辆汽车和几辆停靠在人行道旁的马车。跑车离开市区范围时，排气管的轰鸣声引得行人纷纷驻足。红色的跑车穿过商业区的时候行人全都转过身来，目瞪口呆地看着。他们也没时间满足他们的好奇感了，而是加速往南边空旷的野外驶去。

“接下来到哪儿了？”贝尔问道。

布朗森看了看地图：“索莱达。”

“离这儿多远？”

“大约 25 英里吧。我们最好去那里加油，因为下一个大镇离那儿有 200 英里。”他转头，看了看座位后面圆柱形黄铜大油箱，“里面能装多少油？”

“45 加仑。”

“索莱达应该有维修汽车和农用机械的修理厂。”

布朗森话音未落，汽车后轮“咔嚓”压过路上的一块尖石，爆胎了！跑车扭来扭去地滑行了 100 码，贝尔才踩住刹车将车停了。

“只是时间问题，”贝尔说，他似乎早有预感，“这也是公路赛经常碰到的倒霉事。”

他下了车，3 分钟不到就将千斤顶放在后轴下将车撑起，布朗森从汽车后面的两个备用胎中拿出一个。贝尔将车轮卸下，不到 10 分钟就将轮胎换好了。自从购得这辆跑车后，他不止一次地飙过车，车胎也爆过多次，他对换轮胎这种事已经驾轻就熟。接着，他将爆胎扔给布朗森："你座位下有个修车工具箱。我们开车的时候把胎补好。等到了萨利纳斯我再将轮胎装上。"

他们刚开车驶上一条还算平整的公路就遇到了一辆马车，好几匹马拉着一车干草往前行驶。而那个赶车的农夫肯定认为现在路上就他这辆车，因而马车整个行驶在路中央，泥土路边也就留了几英尺宽的距离，上面长有野草和灌木，旁边长满洋蓟、辣椒、蘑菇和莴苣的田地由栅栏相围。

贝尔放慢了速度，但他没有选择，只得紧挨着马车开过去，车身的另一半已经驶离路面，但空间还是不够。跑车从足足 30 英尺长的木栅栏上碾了过去，幸运的是，车还算无恙。只是右前方的挡泥板撞弯，轮胎跟路边的一个小土块相撞后剐伤了点儿。那些马全都立起了后腿，马车也差点儿翻车，农夫挥舞着拳头，大声咒骂，贝尔也懒得回头，跑车的驱动轮掀起一团尘土，他也湮没在灰尘中，好不气恼。

"那个农夫简直疯了。"布朗森转头看着后面说。

"我们碾碎的栅栏可能就是他修建的。"贝尔淘气地笑道。

不到 10 英里，他们便看到了索莱达镇。100 多年前索莱达圣母山布道院在此修建小镇因而得名，该镇的峡谷中修建了一个大车站，方便将这里的农产品第一时间运到市场。贝尔进入小镇后，很快将车速放缓，接着，他找到了可以加油的汽车维修站。布朗森和修理厂的老板往大油箱里加油时，贝尔将右前方的挡泥板掰了过来，以免压到轮胎。接着，他将布朗森补好的轮胎重新安装在后轮上，再拧紧螺丝。

"你们是这次赛车最先经过本镇的车吧？"身穿满是油渍连体工作服的修理厂老板问道。

贝尔笑了："不是，就我们这台车而已。"

修理厂老板看着满是灰尘、伤痕累累的跑车摇摇头："想必你们很赶时间吧。"

"没错，"贝尔说，将油钱连同小费塞到老板手里。

修理厂老板挠了挠头，愣愣地站在那儿，跑车在主干线上扬长而去，很快变成了一个红点，车很快又驶入乡村。"这两个小子肯定疯了，"他喃喃道，"真希望他们知道索尔文溪流上的桥断了。"

15分钟后，索莱达镇被他们甩下了20英里的距离，这时左边急弯处赫然出现一个陡坡。路旁竖立的一块牌子一闪而过。

"上面写了什么？"贝尔问道。

"好像是说什么桥吧，我就看到这些。"布朗森回答道。

路中央垒着一堆枕木，贝尔看到了桥的上部分，看上去好像从中间拦腰断了。一群工人正在维修；另一群工人则在安装柱子，更换被山洪冲断的电报和电话线。

贝尔赶紧松开油门，猛打方向盘。一只脚踩住刹车，压住后轮，车一个摆尾，横过马路，四个轮子滑行了一段距离。贝尔眼疾手快，将方向盘打直了，两人随即驾车越过斜坡边缘，重重落在本是干河床的大峡谷陡峭的边缘。车落地时扬起一片尘土，离那条正对大海，2英尺深的宽阔溪流不到20英尺的距离。

因为惯性的缘故，跑车沉重的钢底盘和巨大的引擎一头栽进了满是污泥的水里，淤泥四溅，跑车亦不能幸免。巨大的撞击令贝尔和布朗森身上的每处关节都嘎吱作响。水很快涌进了散热器中和发动机罩上，接着，水涌到两人身上，弄得他们全身是泥。一个大浪打来，他们感觉正驾驶车在海啸中穿行。

贝尔驾驶大跑车驶离小溪到对岸的空旷地方，车子震动着，甩掉一串水，贝尔立即踩下油门，祈祷跑车强劲的引擎没有熄火。火花塞、磁发电机和化油器都没有坏，四汽缸燃烧室一下点上了火，简直就是奇迹。此时，这辆跑车就像一匹忠诚的骏马，冲向对岸的斜坡，再次回到平坦的地面上，贝尔终于将车驶回路面。

真是九死一生，贝尔和布朗森长长地吁了一口气，两人取下护目镜，擦掉溅在镜片上的淤泥。

“要是那个修车的提醒我们一下就好了。”浑身湿透的布朗森说。

“也许这个地方的人口风紧。”贝尔开玩笑道。

“看来电话和电报线就是在这个地方被山洪冲断的。”

“下次我们加油时就联系洛杉矶的哈灵顿。”

接下来的90英里，公路逐渐变得平坦，也维护得很不错。贝尔一边留意强劲的发动机汽缸有何异常，一边驾车在碎石路上疾驰，幸亏一路没有急弯，更让人高兴的是，幸亏没爆胎。

可惜，他的好运没能维持太久，他们驱车来到一条满是岩石的路上，尽管路上的石头被雨水磨得十分光滑，贝尔还是放慢车速，以免轮胎被扎破，但事与愿违，一条轮胎还是被锋利的石头刺破了，不到100码，车胎就没气了。他们马上换上另一个备用轮胎，布朗森补胎，贝尔继续朝洛杉矶方向一路狂奔。

他们依次经过圣路易斯奥比斯波和圣玛利亚。接着，两人沿太平洋海岸一路往下行驶。在天空的映照下，湛蓝的海水波光鳞鳞，白沙滩上点缀着黑色的石子，碎浪冲上沙滩，泛起白沫。

他们在圣玛利亚的郊外加了油，在散热器中加了水，安上了备用轮胎。而且他们还在铁路站场稍事停留，布朗森给洛杉矶的同事鲍勃·哈灵顿发了一封电报，叫他到洛杉矶的终点站接他们。

布朗森没有叫贝尔从德洪溢上面蜿蜒的格拉佩维尔路进洛杉矶，而是沿铁轨一路前行，这条路平缓得多。之前在海拔4183英尺高的山峰下那条狭窄的小道上行驶时，跑车的底盘遭了不少罪。但幸亏往圣费尔南多谷去的那条长长的坡道还算平稳，底盘不至于坏掉。

但最坏的路段在后面，现在到了冲刺阶段，他们拼命往前赶，随时可能赶上克伦威尔的专列。布朗森已经估算过了，他们现在仅落后 15 分钟，如果运气好，他们到达洛杉矶的铁路终点站时就能赶超“屠夫劫匪”的火车。

看到远处的高楼大厦让他们最为高兴。两人靠近城郊时，路上的车逐渐多了起来。布朗森对贝尔的体力实在佩服。他那双坚毅的蓝眼睛一直紧盯路面，似乎永远不知疲倦。这家伙生来就是飙车高手，布朗森想。他看了看表，指针显示 4 点 12 分。在长达 400 英里的旅程中，车的平均时速超过 60 英里。

临近城中时，车越来越多，现在，虽然公路上马车、汽车数不胜数，但贝尔已经习惯在这些车之间迂回穿梭。不久，泥路终于变成了铺就砖块的马路，贝尔长吁了一口气。他驾车跟上一辆红色的有轨电车，而这条轨道线正是通往街道的中心地带。路上的车可不少，贝尔不免感叹，他此刻并不知道这座城市有 12 万辆车，在路上行驶的就有 2000 辆之多。

贝尔发现“天使之城”的公路远比旧金山的宽，在宽宽的大道上，贝尔能够游刃有余地加快速度。见这辆红色跑车以风驰电掣般的速度驶过市中心时，行人纷纷侧目。一名警察吹响了哨子，贝尔没有理会，加速往前开去，那名警察气坏了，跳上摩托车，往前追赶，但很快就被跑车甩在身后，那辆跑车很快消失得无影无踪。

贝尔的车头刚绕过一个拐角处，洛杉矶市的大型火车站映入眼帘。一个身穿棕色制服、头戴宽边帽的男子站在入口处的路边，使劲儿挥舞着胳膊。贝尔脚踩刹车，跑车在范·多恩侦探社南加州事务处的负责人鲍勃·哈灵顿面前停定。哈灵顿一时半会儿并没有认出布朗森。这个皮衣上全是泥巴，戴着头盔的男人简直就像幽灵，直到他将护目镜取下来，哈灵顿才认出布朗森。

“天哪，霍拉斯，我差点儿没认出你来。”哈灵顿朝两人走过来热情地说，此人脸晒得黝黑，五官分明。大约6英尺5英寸高。

布朗森僵硬地走到人行道上，舒展了一下全身酸痛的肌肉。“我怀疑连我家老太太都认不出我了。”他转身指着仍然筋疲力尽坐在方向盘后面的贝尔，“鲍勃，这位是伊萨·贝尔。伊萨，这是鲍勃·哈灵顿。”

贝尔脱掉驾驶手套，握着哈灵顿的手，“见到你真高兴，鲍勃。”

“伊萨，久仰大名。很荣幸见到你。”

贝尔也没寒暄，直接问道：“克伦威尔专列的情况如何？我们来得及阻止那列火车吗？”

哈灵顿慢慢摇了摇头，“真遗憾，我不得不告诉你，那列正常行驶的班车停在凡吐拉市的旁轨上，让专列开过去了。火车到洛杉矶后，绕过车站，经快列专线往南驶往圣地亚哥了。这么做差不多需要半个小时。”

“多久以前的事儿了？”贝尔沮丧地问道。

“大约20分钟前吧。“

“我们10分钟就得赶到那儿。”布朗森愁眉苦脸地说。

贝尔看着那辆“伤痕累累”的跑车，不知道它还有没有可能做最后一搏。他不用看镜子都知道，自己肯定比车更狼狈。

哈灵顿看着面前两个筋疲力尽的男人，“我可以安排我在圣地亚哥的侦探，只要克伦威尔的专列一进站就抓捕他。”

“此人非常狡猾，肯定不会在车站下车，”贝尔说，“他会在镇外截住火车，然后化装进入镇里。”

“你觉得他会往哪儿去？”

“当地的某家银行。”

“哪家？”哈灵顿问道，“那里至少有10家银行。”

“拥有最多资产的那家。”

“你真的相信劫匪一个人单枪匹马就敢打劫圣地亚哥的富国银行？”哈灵顿怀疑地问道，“那可是南加州保安措施最严厉的银行。”

“克伦威尔喜欢挑战，这就是他要抢劫富国银行的理由。”贝尔回答道。

“我先打个电话，安排我手下的侦探站在入口处。”

贝尔怀疑地摇摇头：“他会看出来的，然后就会取消行动。除非我们当场擒获他，要不然还是没有足够的证据起诉他。而且你手下的人并不知道他长什么样，而且，就算他们知道，他化装之后也不认识了，那小子绝对是假面高手。”

“那我们也不能傻乎乎地看着他大摇大摆地进入银行吧。”布朗森抗议道，“他会把里面的人都杀光。”

贝尔转头看着哈灵顿。“让你的手下通知银行关门，等我和霍拉斯到那儿再说。”

“你们不是还要去圣地亚哥吧？”哈灵顿难以置信地问道。

“是的。”贝尔回答得很简单，一边疲倦地钻进跑车驾驶室。“往南走的话，哪条路最快？”

“继续沿着铁轨往前开。这是通往圣地亚哥的直路。”

“路况怎么样？”

“道路维护得不错。”哈灵顿说。他怀疑地看着那辆破烂不堪的跑车。“如果车况不错的话你们会开得很快。”

“它会坚持将我们送到目的地的。”贝尔强颜欢笑道。

“告诉你的手下我们上路了。”布朗森有气无力地说。现在，他就像一个即将走上绞刑架的人。

哈灵顿站在那儿，看着那辆跑车发出轰隆的声音往前驶去。接着，他慢慢摇摇头，朝最近的电话亭走去。

10 分钟后，贝尔驾车离开了镇区，看着铜散热器上的鹰饰，沿着开阔的路面朝圣地亚哥驶去。从旧金山一路跋山涉水开到这里，现在还得继续赶往圣地亚哥，布朗森不得不佩服贝尔高超的驾车技术，他调整发动机转速的时机把握得恰到好处，知道什么时候该踩离合器，什么时候该紧握嵌在异步齿轮上的铜制变速杆。

贝尔一边开车，一边想着雅各布·克伦威尔进入银行杀人的场景，一时无法集中精神。离目的地越近，他也越发感到紧张。跑车引擎发出有节奏的声音，车况还算良好，他现在血脉贲张，肾上腺素激增。

33

1 小时 51 分钟后，跑车已经跑了 120 英里了。自从离开索莱达山后，西边海洋上空的最后一缕光亮消失了，两人驱车往市中心疾驰，太阳西沉，晚霞映照，前面的建筑物笼罩在一片金色的阳光中。虽然跑车上装有硕大的乙炔前照灯[①]，但贝尔并不希望停车，将前照灯点燃。“汽油还剩多少？”贝尔焦急地问道，现在，他的嘴唇上全是灰尘。

① 在 1925 年以前使用的汽车前照灯几乎全是乙炔的。

布朗森转过头，拧开大油箱盖，将一根棍子伸到油箱底后拿了出来，看着棍尖上一点点油。

“即使车冒烟了，我们也得坚持跑完。”

贝尔没有回答，只是点点头。

这会儿他已经累得不行了。他一直不停地扭动方向盘，转动前轮僵硬的连接杆，几个小时下来，他的手臂已经麻木，好像根本不听使唤似的。他的脚踝和膝盖也因为不停地踩离合器、油门和刹车变得疼痛难忍，戴着皮驾驶手套的双手已经起疱了。但眼看离目的地只有几英里了，贝尔以最快的速度驱车前行，就像一头大熊正全速扑向一头麋鹿。

现在，那辆车的状况也非常糟糕。米其林轮胎胎面已经惨不忍睹，车轮不停颠簸，原本状态一直不错的引擎开始发出奇怪的声音，散热器盖上蒸汽滚滚。但这辆强劲的跑车还能继续前行。

“不知道现在克伦威尔心里在想什么。”贝尔说，“今天天色已晚，他没办法实施抢劫了。银行已经关门，要到明天早上才会开门营业。”

“今天是周五，”布朗森回答道，“圣地亚哥的银行要到晚上 9 点才关门。”

他们沿跟铁轨平行的印第安大街一路狂奔，现在离车站不到 1 英里的距离了，贝尔一眼瞥过去，看见一辆只挂着一节车厢的火车慢慢停了下来。

挂着私人卧铺车厢的火车头停在离印第安大街还有四条铁轨的旁轨上。火车司机将蒸汽从排气管中排出，炉身慢吞吞地冒着烟。锅炉工爬上煤水车顶，准备从一个大木箱里装水。夜色渐浓，卧铺车的灯光不停闪烁，现在这节车厢距市中心的火车站还有 1 英里的距离。

贝尔立即意识到克伦威尔一定在这列车中。

他没有犹豫，飞快将方向盘打到左边，跑车疯也似的蹦跳着跨过铁轨。越过三根轨道后，四个本已磨损得非常严重的轮胎全爆了，但他还是紧握方向盘的边缘，将车开到火车前面，车轮轧过钢轨时，火星四溅，宛如流星。

布朗森一言不发。他一时半会儿没明白过来，像是吓傻了，良久他才看到那辆火车，知道贝尔这是要拼命了。等他明白过来后，先前的兴奋不再，取而代之的是狂喜，经过500英里的疯狂追捕后，他们现在离目标近在咫尺。

贝尔啪的一声将跑车横在火车头前面的铁轨上。惯性消失后，这辆破旧不堪的跑车有气无力地停在铁轨中间，过热的引擎发出噼里啪啦的声音，散热器“嘶嘶”地冒着蒸汽，甚至还能闻到破碎的轮胎发出难闻的气味。他们一路跋山涉水，疯狂追逐，他们终于截获了“猎物”。

“我们这样做有点草率，”布朗森说，“他还没抢劫银行呢。既然他没犯罪我们就不能抓他。”

“也许吧。但我们从旧金山一路到这儿，我想了很多，还是觉得现在抓捕克伦威尔比较好，要不他还得去抢劫。如果他再次识破我们设的局，那我们也会再次功亏一篑。先抓了他，将来再找证据。还有，他现在又不在旧金山，没法花钱请大律师帮他。”

贝尔知道火车还没停下来，没人能在几分钟内下车。他下了车，摇摇晃晃地走到卧铺车厢前，身上的疼痛和疲倦逐渐消失了。他突然停了下来，从卧铺车厢和煤水车中间钻了过去，这时两名乘务员正试图将一辆摩托车从车厢里移到下面的铁轨上。

他耐心地等了几分钟，一名穿制服的男子从卧铺车中下来，单腿跨上那辆哈雷·戴威森牌摩托车。那人背对着他，贝尔不声不响地沿卧铺车往前走去，最后，他在离那人不到5英尺的地方站定，摩托车上的男子正俯身想打开化油器上的燃料阀，随时准备发动引擎。

“哈雷车的确不赖，”贝尔冷静地说，“但我更喜欢印第安牌的摩托车。”①

这声音好生耳熟，骑在摩托车上的人怔在那儿。他慢慢转过头，像是见鬼了一般。旁轨边上的那排电灯光从上面倾泻下来，显得光怪陆离。他看到的那个幽灵穿着短皮衣、骑马裤，脚蹬皮靴，就像从沼泽里爬出来似的。那副护目镜罩在额头上，一缕缕满是干泥的金黄色头发在脑袋上耷拉着。但那张脸、那双犀利的眼睛以及上嘴唇上那缕浓密的胡须绝对错不了。

“是你！”

“如假包换，”贝尔不无讽刺地说，“上次我在泰来瑞德银行也是这种表情，所以我就不说你了。”

两人沉默了一阵儿，时间仿佛永远停滞了，克伦威尔好不容易才定过神来，发现面前的幽灵确系伊萨·贝尔无疑。克伦威尔呆呆地站在那儿，越发觉得难以置信，他的脸突然变得煞白。

“你不是死了吗？！”他气喘吁吁地说，“我开枪打死你了！”

“应该是身中两枪，”贝尔冷冰冰地说。右手稳稳握着那把1905年45毫米口径的柯尔特式手枪，枪口对着克伦威尔的眉心。

这是雅各布·克伦威尔第一次如此猝不及防。此人向来自视甚高，从来没想过自己会被抓，所以一时半会儿根本不知如何应对，他根本没法相信眼前的事实。克伦威尔一直都觉得天皇老子也奈何不了

① 成立于1901年的美国印第安公司，曾经是世界上最大最强的摩托车厂家。

他。现在，他竟然跟自己的夙敌面对面站在那儿，而此人本来早该死了。他感觉自己就像一名船长，他那艘永不沉没的船触礁了。

克伦威尔的 38 毫米柯尔特式手枪藏在外衣口袋里，但他知道还没等他掏枪，贝尔早就一枪爆了他的头。想到这儿，他只得无奈地慢慢举起双手。

“你想干什么？”他问。

“我要借你的专列一用，我们一起回旧金山。到时我会把你交给当地警察，到时你就等着受审，上绞刑架吧。”

“你都计划好了。”

“迟早会有这么一天的，克伦威尔。你应该见好就收。”

“你有什么资格抓我。我又没犯罪。”

“那你为何化装成火车检票员？”

“你为何不开枪打死我，这样不就一了百了了？”克伦威尔问道，与生俱来的那股傲慢又回来了。

“我只是想让你明白，你必须为自己犯的罪付出代价，”贝尔挖苦道，“到时候绞刑官将绳子套在你脖子上时，你这个双手沾满鲜血的刽子手有的是时间思考这个问题。”

布朗森也从卧铺车后面绕了过来，将那把史密斯 & 威森 44 毫米口径全自动左轮手枪对准克伦威尔的胸部。“干得不错，伊萨。你在这里把他抓了，他就没机会再去犯罪了。”

贝尔将那副塔尔牌镀镍双上锁手铐交给布朗森。布朗森很快将手铐铐在克伦威尔的手腕上。接着，他搜遍劫匪全身，找到了那把 38 毫米柯尔特式自动手枪。

“这把枪沾了三十几个人的鲜血。”布朗森冷冷地说。

“你们到底从哪儿冒出来的？”克伦威尔问道，他看着布朗森，清楚地知道哪怕自己有一丝想跑的念头，他都会毫不犹豫地开枪。

“伊萨开着他那辆汽车一路从旧金山赶来的。”他轻描淡写地回答道。

“不可能！”克伦威尔轻蔑地说。

“我当初也是这么想的。”布朗森说，一边将克伦威尔拉上卧铺车，上车后，他掏出自己的手铐，锁住克伦威尔的脚踝，用力将他推倒在一张沙发上。

贝尔沿轨道往回走了一段距离，伤心地看着那辆遍体鳞伤的跑车。这时，一名身穿连体衣裤，上身穿斜纹粗棉布的司机从火车头上走了下来，此人胸肌发达，正提着一个油罐，火车司机走到他后面，一言不发地盯着那辆汽车。

“你们搞什么鬼，竟然将这么个玩意儿停在我的车头前？”

“说来话长。”贝尔有气无力地说。

“这玩意儿还能用吗？”

贝尔近乎虔诚地说：“我会将它运回康涅狄格州布里奇波特的工厂，重新组装，到时候又会焕然一新。”

“这垃圾还能修？”火车司机不解地摇摇头，“何苦呢？”

贝尔怜爱地看着那辆跑车，说：“因为它值得我为它这么做。”

34

“你们这是绑架，如果你觉得你们能脱得了干系那就大错特错了。”克伦威尔轻蔑地说，“你们没有逮捕令根本没权抓我。只要回到旧金山，我的律师就会要求释放我。到时范·多恩侦探社只会颜面无光，你们只能眼睁睁地看着我扬长而去。然后我会告死你们，你们的侦探社到时会引起公愤。”

手镣脚铐的克伦威尔坐在那节私人车厢中间的大沙发上。他的手腕、双腿，甚至脖子都被钢圈套住，紧紧地系在车厢前面的行李房地板的环扣上，现在就是插翅也难逃了。4名荷枪实弹来自范·多恩侦探社洛杉矶分社的侦探坐在离劫匪不到10英尺的地方，他们的短火枪都上了膛，扣上了扳机，放在膝盖上。

“伙计，你或许有机会在市政厅的那班朋友面前炫耀一番你的自大。”贝尔说，“你说你能出去，我相信，到时候会像屠宰场的死猪一样拖出去。”

“我是无辜的，”克伦威尔耍起了无赖，“你说我抢劫银行，我能证明当时我根本就不在现场。你有什么证据？目击者呢？”

“我就是目击者，”贝尔回答道，“在泰来瑞德银行，你开枪打我之前我已经识破你男扮女装的身份。”

“就你，贝尔先生？你觉得旧金山的陪审员会相信你的证词吗？这样就审判我岂不是闹剧？你连诉状都呈交不上，还想证明我有罪，痴人说梦吧。”

贝尔狡黠地笑了笑，“我不是唯一的证人。镇里还有人看到你杀人了，他们能指认你。”

“是吗？”克伦威尔斜靠在沙发上好像什么都不在乎似的，“据我所知，‘屠夫劫匪’犯罪时都是化了装的，怎会有人认出他？”

“那你等着瞧吧。”

“我在旧金山可是有头有脸的人。”克伦威尔说，“那些当官的，包括联邦法官之所以有今天，我功不可没。他们可欠了我不少人情。旧金山的良好市民同样如此。尽管你有权带我去受审，但那些陪审员都是我的人，他们绝不会判我有罪的，当初他们可没少拿我的好处。”

“你先别高兴得太早了。”贝尔说，“我们会从华盛顿请来联邦法官审理你的案子，审判地点也会移到别处，到时候旧金山的人保不了你。”

“我有钱请全国最好的律师，”克伦威尔仍旧傲慢地说，“不管在哪里审判，没有哪个陪审员会以这点证据判我有罪，而且，旧金山的穷人和无家可归者都将我奉为神明，判我有罪他们都不会答应。”

布朗森听后只觉得恶心。他真想一拳砸向克伦威尔的脸，但他还是忍住了。“去跟那些你残忍杀害的受害者家属说吧，让他们知道你如何用这笔钱在诺布山的豪宅里过着奢侈无度的银行家的生活。”克伦威尔只是厚颜无耻地笑了笑，什么也没说。

火车慢了下来。布朗森靠近一扇车窗，往外望去。“我们要到圣巴巴拉市了。司机可能要在这里停车加水。”

“我也要下车，”贝尔说，“我要在这里办点儿小事。”

火车一停，贝尔从梯子上跳到月台，很快消失在车站里。10分钟后，火车司机鸣响了发车的汽笛，贝尔快步跑来，爬上卧铺车厢。

“你去干什么了？”布朗森问道。

克伦威尔立即怀疑这事肯定是针对他的。他挪了挪椅子，俯身向前听着。

“山涧被山洪冲断的电话线修好了。”贝尔对布朗森说。然后他低头看了看克伦威尔，冷笑道：“我给范·多恩打了电话，叫我们的侦探将你妹妹当成共犯抓起来了。”

“你疯了。”克伦威尔大声叫道。

“我能够证明她跟‘屠夫劫匪’的杀人案有关。”

克伦威尔气急败坏地从想沙发上站起来，但是，因被铰链绑着，他并不能过多动弹。“你这畜生！”他嘶声叫道，“玛格丽特跟这事没一点儿关系，她根本不知道我……”他犹豫着，差点儿就认罪了。接着，他慢慢坐回沙发上，原来的冷静和傲慢又重新回来了。“你让一个无辜的女人卷入荒唐的控诉中，你一定会为此付出代价。玛格丽特什么都不知道，即使你们起诉她，一小时之后她就会被无罪释放，回到自己家中。”

贝尔自信地看着克伦威尔的眼睛，就像一只美洲豹正要张口咬下一只羚羊。“玛格丽特会交代的，”贝尔斩钉截铁地说，“为了救哥哥，她会将自己知道的事和盘托出。当然，她会撒谎，因为她许多细节都不知道，但我们会引诱她说出来的。到时我们的证人就是玛格丽特，她根本不知道那样做会将你领到绞刑架上。”

“就算我有罪，玛格丽特什么也不会说。”克伦威尔信心满满地说。

“如果她知道下半辈子都会在监狱里度过，她肯定会说的。这意味着她再也没法过现在这种奢侈的生活了。如果她觉得付出极高的代价，要她做污点证人一点儿也不难。”

“你太低估玛格丽特了。”

“我可不这么认为。”贝尔轻轻地说。

克伦威尔强颜欢笑道：“你根本没法证明玛格丽特犯了罪，跟你没法说服陪审员我犯了罪是一个道理。”

贝尔看着眼前这个衣冠楚楚的银行家说：“你有罪吗？”

克伦威尔笑了笑，环顾了一下车厢，“你让我在证人面前承认我是‘屠夫劫匪’？得了吧，贝尔。”这次，他连“先生”的称呼也省了，“你根本就是在冒险，你清楚得很。”

接着，贝尔将克伦威尔左手的手套脱了下来，露出了小指上的金属管。

“那我们走着瞧，”贝尔自顾自地大声说道，“走着瞧。”

贝尔不想冒险，火车一到达旧金山，他便命令司机绕过车站，朝铁路站场的旁轨上开去。布朗森安排了一小队侦探，他们将雅各布·克伦威尔押上一辆救护车，然后将他绑在担架上，沿旧金山的街道往前开去。

“我们不能将克伦威尔关在县立监狱，这事太冒险，”贝尔说，“他说的对，他的朋友不到一小时就能将他放出来。我们得穿过海湾，将他带到圣昆丁州立监狱去，就将他关在那儿，等有证据就正式起诉他。”

“旧金山所有报纸，所有记者很快都会报道此事。”布朗森说。

“他们还会将报道通过电报发到缅因州的班戈，然后发到全国各地。”贝尔咧嘴笑道，“到时候我们只要防止他越狱便可。克伦威尔一定会贿赂他身边的狱警。”

“我认识圣昆丁监狱的典狱长，”布朗森说，“那人向来大公无私。克伦威尔如果想打他的主意，肯定是浪费时间。”

“不要以为他不会这么做，”贝尔看着众人重手重脚地将克伦威尔抬进救护车，“给他加个头套，这样就没人认得出他了。然后叫典狱长保守秘密，给克伦威尔一个单间，不要跟别的犯人关在一起。早上我们再将相关文件送交典狱长。”

“玛格丽特怎么办？我怀疑，既然法官拿了克伦威尔好处，他可能不会签发逮捕她的文件。”

“我们也就装装样子，”贝尔说，“给她点儿压力。她一旦知道她哥被抓，可能会害怕被他拖累。我肯定玛格丽特会把所有能够卷走的钱都带走，拿着它跑路，到时正中我们下怀。”

去布朗森的办公室前，贝尔在电报局下了车，给范·多恩发了一封很长的电报，说恶贯满盈的“屠夫劫匪”已经被抓。他还希望让丹泽雷上校尽量提供来自联邦政府的帮助。

克伦威尔有件事判断得没错。玛格丽特被两名范·多恩的侦探带走后，不到30分钟便离开了警局。她一到那儿，克伦威尔的律师便打通了关系。甚至还安排她的司机随时准备送她回家，司机将那辆劳斯莱斯停在其他车辆根本不允许停车的警局门口。接着，一名地方法官神奇地出现了，签署了释放文件。一名碰巧在场报道盗窃案的记者甚至觉得玛格丽特的被捕和释放几乎是同时进行的，完全是走形式。

同时，布朗森等人开着载有克伦威尔的救护车来到渡口，过海湾来到马林县。离开码头后，他们开车来到圣昆丁的州立监狱。布朗森说得没错，典狱长非常合作，见臭名昭著的“屠夫劫匪”要关押在他的监狱里他甚至还很自豪，只管等贝尔和布朗森准备妥当，前来传讯疑犯。

贝尔离开电报亭，走到克伦威尔的银行。他搭电梯来到主办公室，走到玛丽安的办公桌前。“拿上你的帽子，”他非常认真地说，“你今天可以收工了。”

三天了，贝尔的突然出现让她深感意外，她仍在那里犹犹豫豫。现在她已经无可救药地被贝尔迷住了，甚至都无意反驳他，但她还是说道：“我可不能想走就走，这样连工作都会没了。”

“你的工作已经没了。你老板现在被关起来了。”他绕过办公桌，将她的椅子拉了出来，让她可以站起来。

她慢慢起身，一脸茫然地盯着他：“你说什么？”

“他的表演结束了。我将克伦威尔羁押，只等逮捕令下来就可以正式拘捕他，然后准备文件起诉他。”

她感觉自己仍然像在迷雾中行走一般，从办公桌后面的橱柜中拿起帽子和钱包，然后愣愣地站在那儿，不知道该如何做。她撇过头，犹豫地看着地板，仍然难以置信。不管雅各布·克伦威尔有没有犯罪，她从来没想过他这么容易被捕。

贝尔之前见过玛丽安面颊绯红的样子，他总会被她娴静的反应吸引。贝尔从她手里接过帽子，稍稍歪戴在她头顶，这样显得活泼多了。“我喜欢这样。”他笑着说。

“我可不喜欢，”她故作愠怒道，一边将帽子方方正正地戴在那头秀发上，“你想带我去哪儿？”

“到海滩上去，我们可以在沙滩上散步，我跟你好好讲讲这几天发生的事。”

“会坐那辆漂亮的跑车去吗？”

贝尔的脸庞掠过一丝伤感，玛丽安甚觉奇怪。

“恐怕在一段时间内都没机会开那辆车了。”

35

圣昆丁监狱始建于1852年7月14日，跟巴士底日是同一天，为何后来以一个在押的杀人犯米格尔·昆丁命名监狱众说纷纭。“San”则是西班牙语“圣人”的阳性名词。当然昆丁可不是什么圣人，但他的名字实在扎耳，遂监狱才在前面加了个“圣”字，唤作“圣昆丁”监狱，这名字也开始变得众所周知。

这个监狱也是加州最古老的州立监狱，1893年，第一次在这里施行了极刑，绞死了胡塞·加布里埃尔，他因杀死自己的老板——一对年迈的夫妇而被处以绞刑。这里还有关押女囚的独立牢房。到

1906年，共有100多人死在狱中，死者包括死囚、自杀致死者或因自然原因而死的犯人。这些人都被葬于监狱外面的墓地里。典狱长理查·韦伯身材高大，但身手跟体操运动员一样了得，且精力充沛，此人是个工作狂，一心扑在工作上。韦伯体格健壮，而且办事稳重，嘴角永远挂着浅浅的笑。但他做事严谨，对监狱大刀阔斧地改革，比如让犯人做些手工活、做点园艺工作，并让他们参加一些学习班。他还会给犯人发点小钱，以减刑的方式奖励他们，在大家看来，这名典狱长虽然强硬，但也公平。

布朗森说的基本上没错，想买通韦伯并不容易。腐败之事他从来不沾，也绝不会渎职。此人是一名虔诚的天主教徒，韦伯和他的妻子育有8个孩子。作为加州最大监狱的典狱长，他的薪水自是不错，但要过奢侈的生活也是不易。他的理想是希望有一天退休之后，能在圣华金谷拥有一个牧场，但这个愿望似乎遥不可及。

但是老话说得好，人各有其价，在大伙眼中，典狱长韦伯铁面无私。但是，任何正直的人都有弱点，谁叫他是凡夫俗子呢。

克伦威尔被单独拘禁后不久，韦伯在主监狱大楼下面两层的小牢房中拜访了这位劫匪兼银行家。他叫狱警将钢门打开后进入牢房，坐在一把他带来的小折叠椅上。

"克伦威尔先生，"他礼貌地说，"欢迎到圣昆丁监狱。"

克伦威尔从铺位上起身，点点头："也许我应该感谢你的热情款待，但我才不会说这么言不由衷的话呢。"

"据我所知，你在我这儿也待不了多久。"

"我被联邦法庭提审时就会被带走，"克伦威尔说，"范·多恩侦探社的布朗森是这么跟你说的吧？"

韦伯点点头，"他说他正在等华盛顿刑事调查局的指令。"

“你知道我为何被捕吗？”

“他们说你是臭名昭著的‘屠夫劫匪’。”

“你听说过我在旧金山的名头吗？”克伦威尔说。

“这是自然，”韦伯回答道，“你拥有克伦威尔银行，还是个受人尊敬的慈善家。”

“你觉得像我这样有头有脸的人会抢劫银行，杀死几十个人吗？”

韦伯挪了挪椅子：“我必须承认，这事的确不可思议。”

克伦威尔继续设套：“如果我向你保证，我根本就没犯罪，那只是美国政府设的套，他们想霸占我的银行，你会放了我吗？”

韦伯想了想，摇摇头：“对不起，克伦威尔先生，我没权释放你。”

“即使正式指控还没申请也不行吗？”

“我相信现在正在申请。”

“如果我向你保证我绝不会逃跑，而是直接去律师那儿，从地方法官那儿获得必要的释放文件，你会让我走吗？”

“如果行得通，没问题，”韦伯说，“但是，作为典狱长，只有等到释放文件到我手中时，我才能放了你。而且，监狱外面就有范·多恩的侦探守着，就是防止你出逃。”

克伦威尔看了看四面无窗、带有钢门的混凝土牢房：“以前可曾有犯人从单独羁押的牢房逃走过？”

“圣昆丁监狱历史上还从没出现过。”

克伦威尔顿了顿，继续下套：“假设，我是说假设，典狱长，由你亲自押送我去旧金山如何？”

韦伯饶有兴趣地看着他：“你在打什么主意？”

“你将我送到县检察官霍瓦什的办公室，我一个小时后派亲信送5万现金到你的家，绝不食言。”

典狱长仔细考虑着克伦威尔开的价。他知道这不是笔小钱。这位银行家有几百万美元的身家，而且他会拿现金给自己，到时警方也不可能追查到这笔钱的来源。5 万美元绝对是一笔不小的数目。他可以将这笔钱一直藏起来，等到退休时再拿出来。韦伯已经算过了，这笔钱足可以让他买下加州最好的牧场了。有钱能使鬼推磨，即使这么一个正直的人也经不起这样的诱惑。

最后，韦伯从椅子上站了起来，走到钢门边，拍了三下。很快，门开了，一名穿制服的狱警走了进来。“用头套套住犯人的头，带到我家后面的办公室里。我在那儿等着。”说完，他转身走出牢房。

10 分钟后，狱警将克伦威尔带到韦伯的办公室。“把他的头套和铐子去掉。”韦伯命令道。狱警依令将克伦威尔的手铐和脚铐都去掉后，韦伯马上叫他走了。

“我相信你会言出必行，只要我安全将你送到市政厅的台阶上，你就会在一个小时内给我钱。”

克伦威尔认真地点点头：“你大可放心，下午你就能拿到这笔钱。”

“最好不过。”韦伯起身，往衣柜走去。他很快拿来一条裙子、一顶帽子、一个钱包和一条围巾。

“打扮一下，你身材矮小，跟我妻子的体型差不多。你就化装成她，到时我们开车从里面的门和大门出去。你把头低着点儿，那些狱警不会注意的。我跟我妻子经常开车去乡下兜风，或者去城里。”

“监狱外那些巡逻的范·多恩的侦探怎么办？”

韦伯轻轻一笑：“他们绝不会怀疑我会徇私的。”

克伦威尔看着那些衣服兀自笑了。

“什么这么好笑？”韦伯问道。

“没什么，”克伦威尔说，“让我想起以前的事了。”

克伦威尔穿上典狱长妻子的衣服，韦伯将围巾系在他脖子上，将帽檐拉低，盖住下巴上的胡楂。

“我准备好了。”他说。

韦伯领着他出了办公室，走过院子来到车库，韦伯那辆福特牌T型车正停在那儿。克伦威尔轻松地转动曲柄，发动引擎，钻进驾驶室中。车沿着碎石路往内门驶去，典狱长一挥手，车便畅通无阻地过去了。但要想经过大门并不容易，两名狱警走近典狱长，因为只有经过典狱长的允许，这扇大门才可打开。“我和莎莉要去城里给她妹妹买生日礼物。”他沉着地说。

左边的那名狱警啪的一声向典狱长行了个礼，招手让他过去，右边那名狱警看着正假装在钱包里找东西的克伦威尔。狱警低下头想好好看看戴着帽子的“典狱长夫人”，但这一幕被韦伯看在眼里，他呵斥道：“别在这里傻看了，快开门。”

那名狱警赶紧跑了过去，朝塔楼控制大钢门的机械师挥了挥手，大门开到足够福特车穿过去时，韦伯一拉操纵杆，松开脚，挂上高速挡，汽车嗖的一声冲了出去，引擎轰鸣，车很快朝旧金山的码头开去。

36

“他怎么啦？”贝尔在电话那头咆哮道。

“什么事？”贝尔刚挂掉电话，布朗森走进办公室问道。

贝尔抬起头，他的脸甚至因愤怒而扭曲了。“你的朋友，圣昆丁监狱那个‘大公无私’的典狱长把克伦威尔放了。”

“我不信。”布朗森难以置信地说。

“不由得你不信，知道吗！”贝尔生气地说，“是克伦威尔的私人秘书玛丽安·摩根说的。她说克伦威尔 5 分钟前刚回到他自己的办公室。”

“她肯定搞错了。”

“错不了。”门口站着的柯蒂斯说。他看了一眼布朗森，“你手下一名跟踪他妹妹玛格丽特的侦探看见他从市政厅下来，上了她的汽车。”

“典狱长韦伯竟然受贿，”布朗森喃喃道，“我真没想到。”

“克伦威尔可能给了他一笔不少的钱。”贝尔说。

“我的侦探说韦伯跟他妻子一起开车到城里购物了。”

“这不是克伦威尔第一次化装成女人了，”贝尔生气道，“他们离开圣昆丁监狱，克伦威尔就会把那身女装脱掉，然后再搭船过海湾。”

“现在我们该怎么办？”柯蒂斯问道。

“我之前给美国刑事调查局的丹泽雷上校打了电话。他正在安排联邦法官发出克伦威尔的逮捕令，谁都不会违拗市立或者州立司法系统的命令。只要逮捕令一到我们手上，克伦威尔就完蛋了。”

“他们坐火车来的话至少要 4 天，”布朗森说，“要是他外逃呢？我们没有合法手段阻止他。”

“我们在圣地亚哥也没用什么合法手段，”贝尔反驳道，“我们可以再把他抓了，将他关在一个十分隐秘的地方，只等逮捕令下来。”

布朗森怀疑地看了看：“还没等我们向克伦威尔下手，他的那些朋友，比如市长啦、警察局局长啦、县检察长会带着一大群警察保护他，将他保护得严严实实的。我手下也就 7 个侦探，跟他们没得比，没办法抓人。”

“克伦威尔有这么大的面子啊？”柯蒂斯问道。

“纽约的政治组织坦慕尼协会[①]够腐败了，可跟旧金山这么一比，那里简直就像清水衙门一般。”布朗森说，“看来克伦威尔不只是养肥了那些政府官员。”

贝尔冷酷地笑了笑：“我们手中也有王牌，”他平静地说，“如果我有要求，丹泽雷上校会召集驻扎在要塞的陆军团前来助阵。”

“那可得快点，”布朗森说，“如果克伦威尔将他银行的钱全卷走了，再租一辆火车，他就能从墨西哥边境逃走，到时候我们可就鞭长莫及了。”

“他说得对，”柯蒂斯说，“照现在的情形来看，我们还真是一点儿办法都没有。我们都不能动他。等丹泽雷联系要塞司令官，派出部队，进驻旧金山时，肯定赶不及了。克伦威尔到时候施展手段，早出城了。”

贝尔斜靠在椅子上，盯着天花板，“这个没必要。”他不紧不慢地说。

“你到底又有什么鬼点子？”柯蒂斯问道。

“要是美国总统禁止南太平洋公司的总裁租车给克伦威尔呢？”

布朗森看着他：“有可能吗？”

贝尔点点头：“丹泽雷上校在华盛顿有很大的影响力。范·多恩跟我说过，他跟罗斯福总统走得很近。他们曾在圣胡安山并肩战斗过。我觉得他能说服总统下这么道命令。”

“要是克伦威尔租船呢？”布朗森问道。

“那么美国的军舰肯定会奉命在海上截击那艘船，拿下克伦威尔，

① 坦慕尼协会，本是慈善机构，后成为纽约的政治组织，19世纪曾卷入过操控选举丑闻，备受争议，最后因腐败而垮台。

带回旧金山。到那时，我们手上就有逮捕令了，抓他受审便是。”

“看来你将所有情况都考虑到了。”布朗森钦佩地说。

“克伦威尔是只老狐狸，”贝尔说，“如果有办法逃脱我们布下的天罗地网，他肯定会想到的。”他顿了顿，抬头看着墙上的钟，“现在是4点35分。我6点钟约了人吃晚饭。”

“玛丽安·摩根吗？”柯蒂斯狡黠地笑道，“我看不只是她帮你盯着克伦威尔的原因吧，你们两个肯定有事。”

贝尔点点头：“她很漂亮。”说着他站了起来，披上外套，“她现在正在她家准备晚餐呢。”

布朗森对柯蒂斯眨了眨眼，“看来某人今晚走桃花运了。”

“我最近没什么时间概念了。”贝尔说，“今天是几号？”

“星期二，4月17日。”柯蒂斯回答道。然后他又幽默地说：“1906年哦。”

“我还不知道哪一年嘛。”贝尔说着出了门，“明天早上见。”

令人唏嘘的是，他们三人有一个人竟然再也没看到明天。

玛格丽特将那辆奔驰停在大厦前门用以保护车辆的门道里，然后两人往院子那头走去。她在市政厅前面接到克伦威尔，送他到了银行，克伦威尔进入办公室后，锁上门，足足在里面待了两个小时。他出来后，两人一路无言，开车来到诺布山。他们的司机从马车车库出来，将车开了进去。两人一进入门厅，玛格丽特取下帽子，扔了出去，帽子盘旋着飞过地板。她怒气冲冲地看着哥哥。

“现在你满意了吧，我们就要变成穷光蛋了。”

克伦威尔像个老头一样走进起居室，有气无力地坐在椅子上。“是我的错，我低估贝尔了。”他说，“我还没到圣地亚哥就被人抓了。”

玛格丽特整个心情都变了，感觉脚下的地板都在微微倾斜：“伊萨还活着？你看见他了吗？”他盯着她：“你似乎对他很有兴趣嘛。”他干巴巴地嘲弄道，“我们的对手没死你似乎很高兴？”

“你不是说在泰来瑞德杀死他了吗？”

克伦威尔恨恨地说：“我以为我杀死他了，但他竟然没死。这是20年来我犯的唯一一次错误。”

“那肯定是他将你从圣地亚哥带回关进圣昆丁监狱的咯。”

克伦威尔点点头：“他没这个权力。他这种行为完全是藐视法律。现在，贝尔正在大肆渲染我是‘屠夫劫匪’，要将我送上绞刑架。”

“要逃出旧金山也不是件容易的事。你的一举一动都被范·多恩的侦探密切监督。”

“我才不会在晚上的时候像贼一样偷偷逃走呢。现在该那些拿我们好处的人报恩了，有了他们的帮助，我们肯定不会落入范·多恩的侦探手里，到时我们肯定做好跑路的准备了，好日子等着我们呢。”

玛格丽特坚毅地看着他，她坚信这样做有用：“我们会请纽约最好的律师。他们没办法起诉你的。到时贝尔和范·多恩侦探社一定会成为全国人们的笑柄。”

“我一点儿也不怀疑官司会赢，”他轻轻地说，表情严肃地看着妹妹，“但我们在旧金山打下的江山也就没了。那些储户因害怕流言蜚语肯定会跑去别家银行，我们将遭遇巨大的金融灾难。克伦威尔国家银行肯定会关门。”他为了这话的效果顿了顿，“除非……”

“除非什么？”她看着哥哥冷酷的眼神问道。

“我们能够偷偷地将银行的资产转到外国银行，到时我们可以换个名字，重新开创我们的金融帝国。”

玛格丽特大大松了一口气，她开始还以为自己将失去这一切，她的生活质量也许不会一落千丈。“你打算将资金转移到哪里去？墨西哥，还是巴西？”

克伦威尔狡黠地笑了笑：“亲爱的妹妹，要是贝尔先生也像你这么想的就好了。”

他颇为自得，相信明天上午只消短短 3 个小时，银行的现金都能装船。他回到银行时，资产证明文件已经通过电报发到国外。现在他和玛格丽特只消收拾好几样东西，把房子锁好，让房地产经纪人将其出售就行，到时候一旦离开美国的疆土，谁都没办法阻止他们。

贝尔坐在那儿，玛丽安正在厨房忙碌，他若有所思地盯着她家公寓壁炉里正在燃烧的一团小火。他之前买了一瓶加州贝林格 1900 年的卡贝内红葡萄酒，玛丽安进入餐厅时他半杯酒已下肚。他抬头看了看，有股想走过去吻她红唇的强烈冲动。

她今天美极了，穿一件时尚的沙漏线式细腰装，曲线玲珑有致，乳房丰满诱人。她穿着一件粉红色绸缎紧身衣，波浪形饰带高至下巴，将她漂亮的脖颈衬托得更加修长。她的长裙也是粉红色的，宛如一株倒着盛开的百合花。即使她的身体被围裙遮了个大半，但丝毫不能掩饰她的优雅气质。

桌上烛光摇曳，她那头淡黄色的头发闪着光泽，头发往后绾成发髻，垂至娇嫩的耳朵后面，宛如丝锭。贝尔终于克制住了想吻她的冲动，只是如痴如醉地望着她。

“没什么好菜。”她说，一边走过来坐在椅子的扶手上，“希望你喜欢炖肉。”

“我还真就喜欢炖肉。”他说，一下没控制住自己，将她抱到自己的膝盖上，给了她一个炙热的长吻。她先是紧张，然后开始颤抖，那双深绿色的眼睛睁得大大的，扑闪着。两人分开后，玛丽安也不再镇定了，眼神迷离，脸上春情萌动。她的呼吸变得急促起来，显然很享受刚才这深情的一吻，她从未在别的男人身上体验过这种肉欲的快感。思忖片刻后，她从贝尔的膝盖上滑了下来，将垂至太阳穴的一缕头发挽至脑后。

“打住，你不是想吃烤糊的炖肉吧？”

“那我的肚子还要饿多久呢？”

她笑了，“10 分钟吧。等土豆煮软就可以了。”

他看着她返回厨房，步履如小羚羊般欢快。

她在桌上摆碗时，贝尔又倒满了酒，两人随即坐在桌旁，默默地吃了一阵儿。然后贝尔开口道：“这一桌子菜可真是太好吃了。谁要娶了你那可是烧了高香。”

这种溢美之词宛如一丝和风掠过她的颈背，令她双峰充血，乳头也瞬时变得坚硬。她在内心深处渴望贝尔能一直对她保持这份热情，但她又害怕他的感情可能会冷却，他将消失在夜幕前的黄昏里，再也不回来。

贝尔察觉到了玛丽安的困惑，他也害怕两人一下走到那一步，顺势改变了话题：“克伦威尔今天在银行待了多久？”

她一下子就生气了。迁怒于自己顺势回答了他的问题，而不是冷静地表达对他的感情。“大多数时候他都在办公室里，遮遮掩掩的。期间三次到楼下的金库。”

“你知道他心里打的什么算盘吗？”

她摇摇头：“似乎挺神秘的。”她抬起头，微微一笑，“但趁他去金库时，我偷偷溜进办公室，看到了他办公桌上的文件。”

她理了理思绪，贝尔满怀期待地等着，但她迟迟没有说话，像是在报复他之前冷落她的行为，“他在那儿不停地填写银行汇票，转账单。”

“正常。我们料想他和玛格丽特会逃到国外去，把银行资金也转移了。克伦威尔不可能还留在这里，等着跟我们在联邦法庭一较高下。”

“看来是这样。”玛丽安轻轻地说，但在心里想的却是希望他们能多点时间谈情说爱。

“你能告诉我他要将资金转移到哪里去吗？”

她摇摇头，“他只填了数目，并没有填汇兑行。”

“你觉得他在金库做什么？”

“我想他应该是将银行的现金打包，然后经水路将钱送至别的银行。”

“你真是个聪明的女人。”他笑着说，“要你是雅各布和玛格丽特的话，你会去哪儿？”

“他们觉得欧洲也不安全。”玛丽安毫不犹豫地说，“欧洲大陆的银行跟美国政府联系甚密，会冻结他们的非法资金。但他们还有许多国家可以藏钱，然后重建他们的商业帝国。”

“墨西哥可能吗？”贝尔问道，玛丽安的直觉让他很是佩服。

她摇摇头：“玛格丽特绝不会去墨西哥生活。那里太原始，不符合她的口味。阿根廷的布宜诺斯艾利斯有可能，那里也是座大都市，但他们两人都不会西班牙语。”

“新加坡、中国的香港和上海呢？”贝尔问道，“他们对这些城市感兴趣吗？”

“澳大利亚或新西兰倒有可能，”她想了想说，“但跟了雅各布这么多年，我觉得此人的思维方式跟大多数人不一样。”

“我跟这个人打了几次交道，非常同意你的看法。”贝尔说。

玛丽安没有说话，递给他一些炖肉、土豆和蔬菜：“你能不能别老绷着神经，好好品尝品尝人家做的菜。”她笑着说。

“对不起，”他老老实实地说，“跟我一起吃饭，你一定都觉得很闷吧。”

“希望你喜欢用柠檬蛋白派做甜点。”

他笑了：“我喜欢柠檬蛋白派。”

“那最好。我可是做了不少。”

他们吃完了主菜，伊萨起身帮忙清理桌子。她则将他推回椅子上。

“你要干什么？”她问。

他就像一个被母亲吓着了的小男生一样：“我想帮你忙啊。”

“坐下，把酒喝完了，”玛丽安爽快地说，“在我家的客人是不用干活的，男人尤其如此。”

他俏皮地看着她，“如果我不是客人呢？”

她别过身去，害怕自己的内心世界显露出来。“那你去帮我修水管、门铰链，还有木板，帮我将坏了的桌腿修好。”

“没问题啊。”他满口答应，“我还真擅长干这些。”

她难以置信地看着他：“银行家的孩子还会干这些手工活啊？”

他假装一副受伤的样子，“我也不常在我父亲的银行做事。我 14 岁就离开了家，跟巴纳姆贝利马戏团一起混了。帮他们搭卸帐篷，喂大象，在马戏团的火车上修修补补。”他顿了顿，脸上掠过一丝伤感的神色，“可惜 8 个月后就被我老爸找到，把我拽回家，又将我送回学校了。”

“你是大学生？”

“哈佛大学毕业[①]的，还是大学优等生荣誉学会的学员，主修经

① 第 20 章提到他是在耶鲁大学毕业的。

济。”

“还挺聪明的。”她不失时机地称赞道。

“你呢？”他问道，“你在哪儿上的学？”

“我是斯坦福大学第一批毕业的。学的是法律，但我后来发现律师事务所不会请女人做律师，我这才去银行上班。”

“现在轮到你让我惊讶了，”贝尔老实说，“看来我遇到对手了。”

突然，玛丽安不出声了，脸上露出奇怪的表情。贝尔以为出事了。赶紧跑到她身边，抱着她。

“你病了吗？”

她用那双珊瑚绿的眼睛看着他，此刻，她似乎陷入了沉思中，眼睛也因此变得深邃。接着，她突然倒吸了一口凉气。

“蒙特利尔！”

他俯身向前：“你说什么？”

“蒙特利尔……雅各布和玛格丽特要穿过加拿大边境到蒙特利尔去，他可以在那里开银行。”

“你怎么知道？”贝尔问道，他被玛丽安奇怪的举止给搞糊涂了。

“我刚才突然记得我看到在他电话旁边的笔记本上潦草地写有蒙特利尔市。”她解释说，“当时我不觉得这事紧要，也没在意。现在全想起来了。如果克伦威尔去加拿大，当局肯定想不到。他们可以很轻易地换个身份，买通那里的人成为合法公民，然后东山再起。”

贝尔脸上的疑虑慢慢消失了。“有道理，”他不紧不慢地说，“我们最不可能想到的地方就是加拿大了。这些年，那些重刑犯全都经南方的边境逃往墨西哥，然后再以此为跳板，往更南边走。”

接着，他慢慢不再想克伦威尔，也不再说话了，只是温柔地将她抱在怀里，“我知道我之前为什么会爱上你了，”他用低沉而沙哑的声音说，“因为你比我聪明。”

她双手缠住他的脖子，身体颤抖着，“哦，天哪，伊萨。我也爱你。”

他扶着她，往卧室走去，一边温柔地吻着她的唇。她轻轻地挣脱，抬头看着他，眼睛顽皮地扑闪着，“柠檬蛋白派怎么办？”

他低头看着她那娇美的容颜，笑道：“我们当早餐吃不就得了。”

可是贝尔做梦也没想到，几小时后，他的柠檬蛋白派竟然成了苦涩的记忆。

37

虽然众说不一，但1906年的旧金山堪称西部的标志。有作家说这座城市有巴比伦的豪放、巴黎的浪漫、中国香港的奇异，甚至有人说它是天堂的入口。

旧金山虽然充满活力，富有激情，但这也是个鱼龙混杂、煤灰满天、污秽肮脏、喧哗不堪、堕落粗鄙的城市，不如17世纪时的伦敦那般富有魅力。这里的有钱人富可敌国，穷人衣不蔽体。蒸汽船、火车头、铸造厂、住房的烟囱和街道上随处可见的炉子释放的煤尘早被满地的马粪味遮盖了。工厂也没有污水净化设备，黑漆漆的天空散发着阵阵恶臭。

大多数房子都是木头建造的。电报山漂亮的房舍、诺布山的豪宅、郊外破烂的棚屋莫不如是，旧金山的消防队队长说此地简直就是一堆点火就着的易燃物。

这番戏谑之言竟会在两分钟之内变为现实。

4月18日早上5点12分，太阳刚刚点亮东边的天空。煤气街灯已经熄灭，缆车从车库开出，“咔嗒咔嗒”地在满是山坡的城里时上时下。早起的工人开始往公司走去，而加夜班的工人正匆匆赶回家中。面包师傅已经在烤箱前准备就绪。上早班的警察仍在街边巡逻，希望今天依然能够平安无事，一丝微风从西边吹过，这天，难得没有雾气弥漫。

但5点12分本该属于旧金山及其周边小镇的那份宁静被一声轰鸣打破，声音似有不祥之兆，像是从金门海峡几英里深的深渊中喷薄而出。

旧金山市即将大祸临头。

城市周围的乡村不停摇晃，接着整个旧金山湾区都感觉到了地震的前兆。25秒后，大地震引发的冲击波格外恐惧，宛如桌上成堆的书被一只巨手扫过，巨大冲击波在整座城市翻滚而过。

圣安德烈亚斯断层的岩石互相碰撞了数百万年，北美洲板块下面的陆地和太平洋板块下面的海域释放了相互遏制的力量，最后分离开来，两大板块一个向南，一个向北反向移动。

地震引发的冲击力以7000英里每小时的速度席卷这座无助的城市。巨大的灾难过后，无数生灵必将涂炭。

冲击波速度惊人，破坏力极强。地震波不停往前，高楼大厦像飓风来袭时的杨柳一样摇摇晃晃，贯穿东西的人行道宛如波浪一样上升、下降，最后凹陷下去。树木、砂浆、红砖根本没法抵挡这样的冲击。一栋接一栋的建筑物开始崩塌，墙体跌落，像雪崩一样滚落街上，尘土飞扬，瓦砾四溅。大街上的橱窗“噼里啪啦”爆裂后在人行道上碎了一地。

市中心5~10层的高楼在巨大的冲击波面前摇摇欲坠，声音如同密集的加农炮发射一般。街上的裂缝张开、合上，有的灌满了地下水，有的已经裂成了地缝。电车铁轨和缆车像意大利面条一样扭曲着。最猛烈的冲击波持续了一分多钟才逐渐消退，尽管接下来几天时间里余震不断。

一片混乱后天终于亮了。偌大的城市里那些高层建筑，包括许多商店、写字楼、银行、剧院、酒店、餐厅、酒吧、妓院、民房和公寓，全是破碎的石头、断裂的木柴和扭曲的钢铁，连绵 100 英里。虽然这些建筑物看起来非常坚固，其实不然，许多建筑物在地震发生后不到 30 秒钟就都倒塌了。

芝加哥西部最宏伟的建筑市政厅也成了一片废墟，破碎的铸铁柱散落街上。司法大楼也只剩下了一堆变形的钢架。科学院凭空消失了，就像压根儿没存在过似的。邮电大楼倒还屹立在那儿，但也受损严重。美琪剧院自此再没有举办过演出。只有坚固的富国银行大厦外面看上去一点事儿也没有，但里面也损失严重。

成千上万的烟囱是最先倒下的。这些结构当初谁都不会考虑防震的需要。建于屋顶上的烟囱既不能弯曲，也没办法摇晃，而且连一点儿支撑也没有，震颤几下，便在屋顶上支离破碎，从上面跌落到街上或屋内。后来，据估计 100 多人就是被掉落的烟囱砸死在自家床上。

那些两三层楼的木制结构有的东倒西歪，有的地基扭曲严重，奇形怪状地歪斜着。可令人奇怪的是，那些建筑物竟然并没倒塌，有的地基竟然平移了 20 英尺远，许多木建筑物甚至越过人行道，横在马路中间。虽然外墙没受损伤，但里面的情况仍然惨不忍睹，地板塌陷，横梁破裂，家具被压碎了，房子里的人也被压倒，埋于地下室。那些贫民窟的廉价房都倒塌了，房子横梁和壁板全都碎了。

在地震中幸免于难的人全都不知所措，吓得说不出话来。城市上空的尘埃纷纷撒落，受伤的人哭喊着，被跌落的建筑物压在下面的人低沉地哀号着。即使主震过后，在余震的作用下，地面仍然不停颤抖，时有红砖墙倒塌到大街上，不停震颤，隆隆声十分怪异。

纵观世界历史，很少有哪座城市像旧金山一样遭遇过如此毁灭性的打击。但这仅仅是开场，更严重的灾难还在后面。

地震扫过卧室，冲击波将伊萨和玛丽安睡的床抛了起来。他们周围的公寓房发出隆隆的声音，不停摇晃。声音震耳欲聋：盘子什么的散落一地，书架坍塌后书散得到处都是，墙上的画也被撕扯下来，因为这栋公寓的整个前墙跟余下的建筑脱离了，最后连同碎石一起像瀑布般地掉到下面街上，屋子里的那把竖式钢琴像一块大卵石一样从倾斜的地板滚落山坡，跌落到街上。

贝尔紧紧抓住玛丽安的胳膊，使尽浑身解数将她从不断跌落的灰泥中拉到门口，他们在那儿站立了 30 秒，这时，动静更大了。他们脚下的地板像波涛汹涌的海面一样不停颠簸。两人就快到门口的临时避难之所，屋顶一根巨大的烟囱啪的一声，从两栋公寓之间掉了下来，在离他们不到 10 英尺远的地方砸得粉碎。

贝尔很快意识到这种疯狂的局面是地震造成的。他小时候跟父母在中国旅游时，也曾遇到过跟旧金山这次破坏力差不多的地震。他低头看了看玛丽安苍白的脸，眼神因惊吓而迷茫无主的玛丽安也抬头看着他。他故作镇静地笑了笑，试图安慰一下身边的女人。冲击波将客厅的地板撕成了两半，客厅上端的横梁倒塌后掉入下面的公寓里。如果房子里面的人之前没逃出则必死无疑。

过了将近一分钟，他们才拼命抓住门框站了起来，整个世界已经变成了噩梦般的地狱，谁都无法预测接下来还有什么灾难等着他们。

接下来，震动越来越小，公寓已成废墟，房间里一片静谧，让人不寒而栗。天花板上的灰泥不断撒落，他们的鼻孔里全是灰，连呼吸都困难了。只有贝尔还能意识到他们仍然紧抓门框站立在那儿，玛丽安穿着一件薄如细纱的睡衣，贝尔现在也只穿着一件衬衫式长睡衣。他看着她本来闪着光亮的长发因为沾满细细的灰泥粉尘而变得花白，空气中仍然弥漫着宛如薄雾一般的灰尘。

贝尔望向卧室。现在，那里面就像扔在地上的废纸篓一样，一片狼藉。他一只手紧紧搂着玛丽安的腰，拉着她往壁橱走去，他们的衣服还挂在衣架上，不过也布满了尘埃。

"快点去穿衣服。"他斩钉截铁地说，"这栋房子并不牢靠，随时可能倒塌。"

"发生什么事了？"她一头雾水地问道，"是爆炸吗？"

"不是，应该发生地震了。"

她看着一片狼藉的客厅以及街对面已成废墟的房舍。"天哪！"她倒吸了一口凉气，"墙都没了。"接着，她发现自己的那架钢琴也没了，"哦不！我祖母的钢琴去哪儿了？"

"我想应该都掉到下面的街上去了，"贝尔同情地说，"别说话了，快点穿上衣服。我们得离开这儿。"

她跑向壁橱，现在终于镇定下来了，贝尔觉得这个女人真的十分坚强。他穿上昨天晚上的那件西服，玛丽安穿了一件棉质上衣，外加一件粗布料子做成的羊毛夹克和一条可以抵御凉爽海风的裙子。她不仅漂亮，而且心思十分缜密，贝尔心想。

"我的珠宝、家人的照片和那些贵重物品怎么办？"她问道，"我要不要带在身上呢？"

"要是这栋房子还在，我们晚些时候再回来。"

他们不到两分钟就穿好了衣服，贝尔领着玛丽安从之前被烟囱砸出的一个大窟窿绕了过去，经过横七竖八的家具，来到公寓门前。玛丽安感觉像是到了另一个世界，之前的那堵墙不见了，她凝视户外，看到邻居们开始漫无目的地涌向街道。

门卡得很紧。地震将房子移动了一段距离，门框将门卡得死死的。贝尔知道他不能用肩膀撞门，这么做就太蠢了。他一条腿站定；另一条腿用力踢门。但门竟然一点弹性都没有。他环顾了一下四周，用力将那个很重的沙发搬了过来，像破城锤一样用力撞门，玛丽安也被他的力量惊呆了。在第三次撞击时，门撞成了碎片，咔嚓一声开了。

幸亏蜿蜒往下的楼梯没有坍塌。贝尔和玛丽安经过大门后发现公寓前墙倒塌的地方有堆像山一样高的碎石，连街道都给堵住了。该建筑物的前面看起来像是被一把巨大的劈刀砍成了两半。

玛丽安站在那儿，看着碎石堆上她妈妈[①]送给她的早已破碎的钢琴，她眼里满是泪水。贝尔看见两名男子正赶着两匹马拉着的马车在一堆废墟中往街道那头驶去。他将玛丽安留在那儿，自己走过去跟两人攀谈起来，好像在谈什么交易，不一会儿，两人点点头，贝尔走了回来。

“怎么啦？”玛丽安问道。

“我给他们500美元，让他们把你妈妈那架钢琴带到克伦威尔在铁路站场的货仓。等地震过后，我看能不能修好。”

“谢谢你，伊萨。”玛丽安踮着脚尖在贝尔的面颊上吻了一下，这个男人竟然如此体贴，在这么大的灾难面前还能做到心细如发，让她大感意外。

虽然街上全是人，但现在声音突然变小了，人们不再呻吟、哭泣，

---

① 前面是说祖母，也许是祖母留给她妈妈的，但英文没交代清楚。

也不再歇斯底里地大叫。大家都小声说着话，庆幸自己还活着，但也不知道下一步该怎么办，不知道去哪儿，也不知道地震还会不会再次发生。许多人现在仍然穿着睡衣。妈妈们将小孩或嗷嗷待哺的婴儿揽在怀里，男人们彼此交谈着，探讨着他们的家破坏得严不严重。

这座被地震毁坏的城市不再像先前那般躁动了。大家都在想最糟糕的情况已经过去。但真正的悲剧还没开始。

贝尔和玛丽安走到海德和伦巴第街的十字路口，看到俄罗斯山下的电车铁轨像一条银色的小溪一样蜿蜒穿过街道。废墟上方尘云漫天，海面吹过阵阵微风，尘雾往东飘去，逐渐驱散。从西边渡轮大厦延伸至海面的码头到菲尔莫尔街，从北边遥远的海湾到南端，这座曾经宏伟的大都市几成废墟。

许多酒店和公寓都倒塌了，地震发生时，成百上千的人都在睡梦中被死神夺去了生命。碎石堆下，喊声、哭声此起彼伏，受伤严重的被抬到山上。

数以百计的电线柱也都倒了，断裂的高压线发出噼里啪啦的声音，就像沙漠里的响尾蛇一样前后摆动，裸露的一头溅着火星。同时，城里的天然气管许多都裂开了，蹿出致命的火苗。生产车间地下室油箱中漏出的煤油和汽油，跟吐着火星的电线交织后，噗的一声，橘黄色的火焰腾空而起。被地震摧毁的房屋里，倒塌的烟囱点燃了家具和木架。

很快，在风的作用下，大大小小的火汇成了冲天大火。不到几分钟，火灾让整个旧金山笼罩在一片烟雾中，整整延续了三日，夺去好几百人的性命。许多受伤的和未能及时获得救援的受困者被大火活生生地烧死了，尸体被炙热的高温烤成了灰烬，根本无法辨认。

“现在还远不是最糟糕的情况。”贝尔慢吞吞地说。他转头看着玛丽安。“你去金门公园，那里应该安全。我等会儿去找你。”

“你去哪儿？”她小声说，想到他将撇下自己让她不寒而栗。

“我去范·多恩侦探社。”旧金山现在需要那些能腾出手来的侦探控制混乱的局面。

“我为什么不能去那儿，还离我家近点儿。”

他又看了一眼不停往上蹿的火苗：“只需短短几个小时，大火就会烧到俄罗斯山了。你不能留在这儿。现在你能步行去金门公园吗？”

“没问题。”她勇敢地点点头说。接着，她踮起脚，双手抱着他的脖子。“我爱你，伊萨·贝尔。我真的好爱你。”

他轻轻搂着她的纤纤细腰，吻了她：“我也爱你，玛丽安·摩根。”他犹豫了一阵才轻轻将她推开，“好了，乖，去吧。”

“我在池塘那头的桥上等你。”

他不舍地抓着她的手，过了好一阵才转身朝街道中心熙熙攘攘的人群走去，现在余震不断，只有站在街道中心才能躲开那些有可能倒塌的建筑物。

贝尔从一条长长的阶梯上往俄罗斯山爬去。有好几处地方都裂开了，但他还是往下走到了联合大街。接着，他抄近路来到斯托克顿大街，最后来到市场大街。所到之处，一片残垣断壁，眼前的惨景让他无法想象。

街上没有行驶的电车了，所有汽车经销商展示厅里摆放的新型汽车甚至马车都被征用，当成救护车运送伤者到广场临时搭建的医院了。死难者的遗体——那些还留有全尸的遗体——都被送到临时用作停尸房的货仓了。

倒霉的不只是在人行道上行走的人，还有拉着重重货物的马，好多都被倒塌的墙压在了下面，上面堆满了红砖。贝尔发现一名赶马车的和他的马被一根倒下来的电线压成了肉饼，那辆拉牛奶的马车也被压扁了。

来到市场大街后，贝尔低头从赫斯特观察家报大楼的正门走了进去。他想看看里面是否有落脚的地方，却发现了一群从码头围栏逃出来的牛。受了惊吓的牛猛地冲向街道后竟突然消失了——一条因强震造成的大裂缝将它们全吞噬了！

贝尔简直不敢相信，城市高楼林立的大道在一夜之间竟然变得面目全非。没了川流不息的车辆，没了欢声笑语，没了开开心心在市商业中心工作或购物的人。现在，大马路已经完全看不出原来的样子。高楼成了废墟，面板上雕刻着漂亮的飞檐和装饰物的大柱子早已扭曲得变了形状，乱七八糟地横在人行道和大街上。大型办公室和橱窗也都碎了一地。广告标志牌变成了残骸碎片，上面的内容早已辨不清。

贝尔继续在残垣断壁中走去，发现南边的街区已成火海。他知道大酒店、政府大楼、大写字楼、大型百货商场以及剧院很快会被大火吞噬。只有寥寥几个消防员在那儿忙碌着，而地下水管道几乎都被地震给摧毁了。城里许多的消防龙头和水龙头根本流不出水，最后直接干涸了。面对熊熊燃烧的大火，有心无力的消防队员开始拼命维修水管。

运送伤员的汽车飞快地在一堆堆砖石中穿梭而过，贝尔不停闪躲，这时，科尔大厦终于映入眼帘。乍一看，这栋20层高的摩天大楼似乎根本没受什么损失，等他走近时才发现大楼一侧的地基往街边的人行道挪动了2英尺。他发现里面的电梯也都失灵了，因为大厦里面已经扭曲得不成样子了。他没有在此停留，很快朝5楼范·多恩侦探社走去，满地都是天花板上掉落的灰泥，他小心翼翼地走了过去，灰泥中留下的脚印表明之前已经有人上去了。

办公室里，之前摆放端正的家具横七竖八地躺在那儿。

贝尔走进办公室，看到了包括布朗森在内的几位侦探，布朗森一见贝尔，冲了过来，使劲握着他的手："见到你还活着真是太好了。我还以为你被瓦砾埋了呢。"

贝尔勉强挤出一丝笑："玛丽安的公寓连前墙都塌了，房子里面全震坏了。"他顿了顿，环顾了一下四周，并没看到柯蒂斯，他立即问道，"没亚瑟的消息吗？"

众人的表情已经告诉他了："亚瑟失踪了，可能是他从宫殿酒店回办公室的途中被倒塌的房子压住了。"

布朗森严肃地说："从目前的报道来看，我的两个侦探要么受伤了，要么死了，但具体情况还不得而知。只能说现在在这儿的人暂时躲过了浩劫。"

贝尔感觉胸口更紧了。他以前不是没亲历过死亡，但失去挚友的滋味痛彻心扉。"柯蒂斯死了。"贝尔喃喃道，"他是个好人，是我的好朋友，也是我合作过的最出色的侦探之一。"

"我也失去了好几位出色的侦探。"布朗森慢慢地说，"但现在我们必须尽量抚平伤痛。"

贝尔看着他："你有什么打算？"

"我跟警察局的局长见过面，告诉他说范·多恩侦探社会向他们提供帮助。尽管我们过去存在分歧，但他非常高兴我们能帮忙。我们会尽量帮他们控制抢劫事件的发生，抓捕那些从死者身上以及从他们已经被毁的家中偷盗的抢劫者，将他们送至市监狱。真是老天保佑，那栋建筑物就像要塞一样，并没坍塌。"

"我好希望加入你们，霍拉斯，不过我还有别的工作。"

"我明白。"布朗森轻轻地说，"你要对付雅各布·克伦威尔。"

贝尔点点头："他正好可以利用地震和骚乱逃走。我一定要阻止他。"

布朗森伸出手说："祝你好运，伊萨。"他一只手指了指房子，"这里也不安全。即使不自行倒塌，这房子也会被烧毁。我们必须拿上档案，赶紧走人。"

"我到时去哪里找你？"

"我们在海关建立了指挥中心，只有那里受损程度最轻。部队刚到那儿维持秩序，帮助灭火，他们还将指挥部建在那里了。"

"我们两个得有人向范·多恩先生报告这里发生的事。"

布朗森摇摇头，"不可能。所有的电报线都断了。"

贝尔握着布朗森的手，"也祝你好运，霍拉斯。只要我获悉克伦威尔的下落马上跟你联系。"

布朗森面带微笑："如果你住在芝加哥，肯定不会碰上这事。"

贝尔也笑了笑："你难道忘了1871年芝加哥的大火？至少这里还是自然灾难。芝加哥的大火可是因一头奶牛踢翻一个灯笼引起的。"

两人道完别后，贝尔沿着那条弯弯曲曲的梯子重新回到市场大街。他很快穿过砖石堆，朝一群正在那里围观大火的人走去，此时，大火已经在唐人街蔓延开来，正肆无忌惮地朝旧金山的主商业区窜。

贝尔来到宫殿酒店，那里比科尔大厦的情况好很多。看到外面的入口处正站着一人，贝尔很快认出了他：恩里克·卡鲁索，昨晚在大剧院的演出中，此人在《卡门》中饰演唐·何塞一角，侍应正帮他拉着箱子朝人行道上走，他则正在那儿等着。卡鲁索穿着一件厚重的毛皮大衣，下面还穿着睡衣，嘴里叼着雪茄。贝尔经过时，听见他扯着嗓子在那儿喊："住在这里真是倒八辈子霉了，我再也不会回来了！"

电梯因为没电都停止运行了，但楼梯上面的瓦砾也清理得差不多了。走进房间后，贝尔并没有急着打包衣服。他觉得还是轻装上阵好，最后只是将几样私人物品塞进一个小提箱中。之前并没想到在旧金山会有生命危险，他将那把45毫米口径的柯尔特式手枪和短口手枪都留在房间了。现在，他将那把柯尔特式手枪放在小提箱中，那把短口手枪重新塞回帽中的小袋中。

贝尔沿鲍威尔大街往克伦威尔在诺布山的豪宅走去，看到几个男人正疯也似的将一根巨大横梁从一堆碎石中抬开，那里之前还是个旅馆，现在已经面目全非。其中一人指着他，大声喊道："赶紧过来帮把手！"

那几个人正拼命救一个压在废墟中的女人，周围一片狼藉，火势猛烈。那个女人穿着睡衣，留着一头褐色长发。

贝尔抓着她的手，轻轻地安慰道："勇敢点儿。你不会有事的。"

"我丈夫和我女儿呢，他们没事吧？"

贝尔抬头看了看，救援者面色肃穆，其中一人摇摇头。

"你马上就能见到他们了。"他说，感觉炙热的火焰正朝他逼近。

贝尔过去帮忙了，但几乎不大可能将压在女人腿上的一根横梁抬开。他们尝试了多次也没办法。那个横梁怕有好几吨重，6个大男人也抬不动。女人表现得非常勇敢，一声不吭地看着周围的人努力救她，最后大火开始烧到她的睡衣了。

"求求你们了！"她说，"别让我被大火烧死！"

其中一名男子是消防员，他问女人叫什么名字，然后将名字写在一张之前放在口袋里的小纸条上。其他人终于忍受不了大火和高温，只得撤退，看到女人即将被大火吞噬，他们全都十分恐惧。

她的睡衣点着了，人开始惊恐地大叫。贝尔没有犹豫，拿出自己的短口手枪，对着她的眉心开了一枪。接着，他头也没回，跟那名消防员朝街道那头走去。

“没办法，”消防员将手放在贝尔的肩膀上说，“被火烧死会死得更痛苦，你让她解脱了。”

“我也不忍心，”贝尔眼中噙着泪花说，“这份痛苦的回忆我将终生难忘。”

38

克伦威尔在床上醒来时，发现房间正中央挂着的枝形吊灯像疯狂摇摆的悬垂，水晶垂饰不停发出叮叮当当的声音。家具好像被魔鬼施了妖法一样，在房间里起舞。一张画有猎狐的大油画从墙上掉了下来，啪的一声掉到磨光的柚木地板上。墙上的砖石互相碰撞，以致整栋房子都发出嘎吱嘎吱的声音。

玛格丽特踉踉跄跄走进他的房间，地震还在继续，她想拼命站直了。此刻她身上只穿着一件睡衣，由于摇晃得厉害，她根本没机会穿上长袍。玛格丽特面无血色，那双金黄色的眼睛因恐惧而睁得大大的，双唇不停颤抖。

“发生什么事了？”她气喘吁吁地说。

克伦威尔伸手将她拉了过来：“地震，亲爱的妹妹。没什么好怕的。会过去的，最坏的情况已经过去了。”

说这话的时候他语气平静，但她能看到他眼神中透着一丝紧张。“我们会被倒下的房子压倒吗？”她害怕地问道。

“我们这样的房子不会，”他无比坚定地说，“它就像直布罗陀海峡上的岩石一样坚固。”

话音刚落，巨大的烟囱倒塌，狠狠地砸了下来。幸运的是，那几个砌在墙外的烟囱刚才只是往外倒塌，并没有砸穿屋顶。受损的部分大多在房子周围的外墙，墙体破裂，倒塌下来，发出隆隆的声音。最后，震动逐渐减弱。

强震已经过去，房子仍然屹立不倒，主体结构仍然完好无损，除了倒塌的外墙和三个烟囱外，房子并无大恙。因为内墙用石头覆盖，上面装饰着画，贴了墙纸，天花板也是红木做的，里面并没有灰泥跌落。

“哦，天哪！”玛格丽特喃喃道，“我们现在该怎么办？”

“你照看一下房子，把佣人叫到一起看是否有人受伤。然后叫他们清理房子。你得装作现在的当务之急就是清理房子。但别忘了将贵重的东西、衣物打包，千万要把那些我们出国用得着的东西带上。”

“你忘了范·多恩的侦探正盯着我们呢。”她说，迅速地看了她哥哥一眼。

“这次地震根本不是什么坏事。现在整座城市都乱糟糟的。贝尔和范·多恩的那些侦探有更棘手的手要做，他们哪还能顾得上我们。”

“那你呢？”玛格丽特问道，一边用睡衣紧紧裹住身体。

“我去银行把金库的钱都带上。昨天我已经把大部分现金都装在箱子里了。等我打好包，我和亚伯纳会用车将箱子送到货仓，然后将它们放在我的轨道车上，接着我们便去加拿大。”

“你说得太轻巧。”她不无讽刺地说。

“越简单越好。”他从床上爬了下来，朝洗手间走去，“明天这个时候，我们在旧金山的日子就算到头了，不消几个月，我们就会在蒙特利尔重新打造金融帝国。”

“你算了我们有多少资产吗？”

“我已经将 1500 万电汇到加拿大的 4 个银行，而且是 4 个不同的省。”他说，“我们身上还有 400 万现金。”

听罢此言，她开心地笑了，对地震的恐惧突然消失了。“这比我们 12 年前来旧金山时的资产多。”

“多得多，”克伦威尔欣慰地说，“准确地说，恰好多 1900 万。”

20 分钟后，贝尔来到库什曼街的豪宅时，克伦威尔已经不在了。旧金山市的大部分房子已经面目全非，当他看到克伦威尔的房子几乎没什么损失时不免感到意外。他从一堆原本矗立着一堵把英尺高的墙的砖块中爬了过去，沿车道往上走到前门。

他拉开门把，退后等了等。过了好一会儿，门嘎吱一声开了，管家探头看着贝尔。“你想干什么？”她问，刚才的地震让她惊魂未定，也顾不得起码的礼貌了。

“我是范·多恩侦探社的侦探，来找克伦威尔先生。”

“克伦威尔先生不在家。可怕的地震刚停下他就出去了。”

这时，他看见一个人影在玻璃门上挂着的窗帘后面晃动。“你知道他是不是去银行了？”

玛格丽特走到门槛上，管家往后退去。她盯着站在台阶上的男人，他身上的西服全是煤灰、污垢。脸上也沾满了乌黑的灰尘，见惯了太多惨剧的眼睛发着无神的光，她差点儿没能认出他。

“伊萨，是你吗？”

“我现在还真是有点儿狼狈，不过还真是我。”他取下帽子，“见到你真高兴，玛格丽特，你在地震中活了下来真让我高兴。”

她那双深色的眼睛睁得大大的，眼神中透着温柔，像是以前从没见过他一样。接着，她往门后一退：“请进。”

贝尔进入房间发现玛格丽特正在屋子清理地上的垃圾，大多都是破碎的瓷器、瓷雕和蒂芙尼灯罩。她穿着舒适的红棉裙、羊毛衫，上面套着一条长长的围裙。她将头发紧紧盘在头顶，有几缕垂在脸颊边上，虽然她穿得很朴素，但她周身散发着甜甜的香味，无论她穿的是昂贵的绫罗绸缎还是普通的工作服，玛格丽特都称得上绝世佳人。

她领着贝尔来到客厅，让他坐在壁炉的椅子旁，烟囱倒塌时，地毯上满是壁炉的灰烬。“喝杯茶吗？”

“要是有杯咖啡就好了。”

玛格丽特转向早在一旁听得真切的管家，她点点头，飞快走向厨房。玛格丽特根本不敢直视贝尔迷人的眼睛。而且她发现，比起以前，现在贝尔的出现更让她按捺不住自己的欲望。

“你找雅各布干什么？”她突然问道。

“我想你心知肚明。”他平静地说。

“你没办法再次绑架他了。在旧金山你没这个本事。我想你现在肯定领教过了吧。”

“为了掩饰你们的罪行，你们在旧金山贿赂的政客可真不少。”贝尔恨恨地说，他看了看四周，发现佣人正在打扫房间，将家具和装饰品归位，“看来你们还打算留在旧金山嘛。”

“为什么不行？”她假装十分愤慨地回答道，“这是我们的地盘，我们在这儿的生意做得风生水起，还有很多好朋友在这儿。我们关心这里的穷人，为什么要走？”

贝尔几乎就相信了玛格丽特的话。这个女人其实还不错，他想，那晚在布朗宫殿酒店跳舞的情形历历在目。感觉还真不错。

“雅各布在银行吗？”

“他出去调查受损情况了。”

“我见过大市场街的情形。大多数建筑物都倒塌了，克伦威尔银行马上就要着火了。”

玛格丽特似乎并不关心：“雅各布当初建设那座银行的时候就想到了，就像建造这栋房子一样，你也看到了，诺布山大多所谓的豪宅即使没倒也受损严重，而我们的房子即使这样的地震也奈何不了。克伦威尔家族的房产坚持千把年没什么问题。”

“就算你说得对，玛格丽特，”贝尔极其认真地说，“我还是要提醒你们，别想离开旧金山。”听罢此言，玛格丽特非常生气，腾地站了起来：“别想威胁我，千万别以为你能吓到我哥。你就省省吧，伊萨。你在旧金山无权无势。你走之后，我和我哥还会一直待在这儿的。”

他也站了起来：“我知道在这点上确实比不上你们兄妹，没权没势，在旧金山确实是你们说了算。不过，一旦你们离开这里，你们两个保证逃不出我的手掌心，我说话算数。”

“滚！”她歇斯底里地叫道，“马上给我滚！”

两人眼里充满敌意，生气地盯着对方，良久，贝尔慢慢起身，戴上帽子往前门走去。

玛格丽特跳将起来，大声怒吼道：“你永远也别想抓我哥。永远！除非踏过我的尸体！”

贝尔站住了，最后看了她一眼：“我真希望你没这么说。”说完，他继续从前门走了出去。

亚伯纳熟练地开着那辆劳斯莱斯，不停闪躲着街上成堆的砖块和熙熙攘攘的人群，一路往克伦威尔国家银行所在的萨特和海德大街开去。车行至一个拐角处时，一名警察截住了他们，叫他们到梅克尼克斯馆去，这个大型场馆里面藏有很多档案，该场馆还举办了许多集会、体育比赛和音乐会。现在，旧金山亟须紧急服务设施，政府已将这里临时改成了医院和停尸房。那名警察坚持要克伦威尔将那辆劳斯莱斯当救护车运送伤员。

“我的车另有他用，”克伦威尔盛气凌人地说。接着，他对着传话筒说：“继续往银行开，亚伯纳。”

那名警察掏出一把左轮手枪，指着亚伯纳：“这辆车被我征用了，我要看着你直接开往梅克尼克斯馆，否则我打爆你司机的头，然后将这辆车交给还有点儿良知的人手里。”

克伦威尔没有丝毫怯意：“你说得挺好的，警官，但你休想打车的主意。”

那名警察脸气得通红，挥了挥左轮手枪：“同样的话我不想多说……”

话音未落，那名警察面带惊恐，眼睛睁得大大的，连连退后，克伦威尔早已掏出一把38毫米柯尔特式手枪。他对着警察的胸口就是一枪，那名警察还没弄清怎么回事，怔怔地站在那儿，很快，他的心脏已停止跳动，一头栽倒在人行道上。

杀人时克伦威尔没有犹豫，也没有任何怜悯和愧疚之心。亚伯纳很快从司机位钻了出来，像抱一个假人一样抱起那具尸体，将它放在前座。然后在司机位坐定，挂上一挡，扬长而去。

街上一片混乱，喊声悲天抢地，不时还会有建筑物轰然倒塌，消防车呼啸声此起彼伏，根本没人注意有人杀了警察，为数不多看到的人还以为那人只是受伤了，被这辆用作救护车的司机抱进车里。

“你会把他扔了吧？”克伦威尔问道，好像是在建议他的手下将一只死蟑螂扔进垃圾堆里。

亚伯纳对着传话筒说：“这事交给我就行了。”

“等你办完这件事后，将车开到银行后面的货运入口。你不是有钥匙吗，等下你到后门去。我要你帮忙把几个箱子抬到车上。”

“好的，先生。”

那辆劳斯莱斯在萨特和市场大街的拐角处停定，克伦威尔看到大火越来越近，那边的建筑物被破坏得非常严重，车往银行开去时，他也不知道能在里面找到什么东西，心中不免惴惴不安。本来一直都在担心，但看到自己的银行时，一阵窃喜。

地震过后的克伦威尔银行几乎毫发无损。克伦威尔曾说这栋建筑物能屹立千年之久，他没有吹牛，这栋石砌的建筑物果然争气。墙和凹状石柱都没有倒。唯一明显受损的地方就是那些破碎的彩色玻璃窗，银行附近的人行道上满是五颜六色的碎玻璃。

亚伯纳将那辆劳斯莱斯停了下来，打开后门。几名银行职员跟往常一样早到银行上班了，此刻正在前门入口处晃悠，这场悲剧将他们的生活打断了，他们一时半会儿也没别的事做。克伦威尔从车里出来，刚走上一半的台阶就被人围了过来，大家七嘴八舌地说开了，不停地问他问题。他举起双手，示意大家安静，并向他们保证说：“求求你们了，先回家陪陪家人。你们现在来这儿什么事都干不了。我答应你们，在这场可怕的灾难结束之前我会继续付给你们薪水，银行业务也一定会再恢复正常的。”

但这只是个空头承诺。他不仅没打算支付他们的薪水，而且这家银行也将倒闭。他之前已经发现商业区的火烧得正旺，不出几个小时，他的银行也会被大火吞噬。虽然银行的主体部分是石砌的，不会倒塌，但木横梁极易着火，到时这栋建筑物只会剩个空壳。

银行职员前脚刚离开银行，克伦威尔便从外衣口袋里掏出一大串铜钥匙，打开前门那把硕大的铜锁。他知道大火很快就会烧毁里面的账簿，他也懒得锁上身后的门了。克伦威尔径直朝金库走去。之前设定的密码是在 8 点钟开锁。现在是 7 点 45 分。克伦威尔冷静地走到信贷员办公桌前的一张皮椅那儿，掸掉身上的尘土，坐了下来，并从胸前口袋中的烟盒中掏出一根雪茄。

感觉自己已经完全掌控了局势，克伦威尔斜靠在皮椅上，点燃雪茄，朝休息室装饰得颇为华丽的天花板上吐出一圈蓝色的烟雾。他心里盘算着，地震来得可真是时候。没错，他可能得损失几百万，但保险公司会赔付这栋大楼的损失。他的竞争对手都是靠放贷为生，现在资金全部套牢，但克伦威尔的资产都是现金，投资时用的也是现金。等这事被人发现了，他早已逃之夭夭，到时银行查账员会像秃鹫一样蜂拥而至。他的那些储户，要是运气好的话，或许还能分个仨瓜俩枣。

8 点整，金库的锁一把接一把弹开了，机械装置发出叮当声。克伦威尔走到金库那儿，旋转着像轮船舵柄一样有着辐条的大轮盘，转动，然后将轮轴上杠条拿了下来。经常上油的铰链十分平滑，他像打开橱柜一样轻而易举地拉开那扇大门，走了进去。

他用了两个小时才将 400 万美元大面额的代金券装入 5 个大皮箱中。亚伯纳将那名警察的尸体藏在一个倒塌的五金店下后也赶到这儿了，随即将箱子拿到劳斯莱斯上。这个爱尔兰人有股子蛮力，克伦威尔向来惊叹。他自己连一个装满钞票的箱子都拿不动，但亚伯纳只是嘟囔一声，就将一个箱子甩过肩膀。

那辆劳斯莱斯就停在地下室的货运入口，运钞车以及从旧金山铸币厂运送硬币的车辆都从这个入口进出。克伦威尔帮亚伯纳将箱子放在宽敞的车尾箱中，然后用之前从他从家中带来的毯子盖上。而且，他还从银行休息室的椅子上拿来了几个垫子，放在毯子底下，弄得下面像尸体一样。

克伦威尔再次走到银行里面，让金库的门开着，就是想让火将里面的东西烧了。接着，他又走了出去，上车后坐在司机亚伯纳的旁边。

“去铁路站场的货仓。”他命令道。

“如果要去铁路站场就得绕过北边的码头，从正在燃烧的建筑物后边绕过去。”亚伯纳说，一边将车挂上一挡。将车绕过正在燃烧的唐人街后他径直朝黑点要塞驶去。那些木建筑已烧成一堆冒烟的灰烬，断裂的烟囱像烧焦的墓碑一样。

有些街道已经清理得差不多了，车可以畅通无阻地经过，亚伯纳同时还得小心翼翼地躲过那些被倒塌的墙堵住的街道。劳斯莱斯两次被警察截停，要求该车用作救护车，但克伦威尔指着毯子下的假尸体，说他们正赶着将它们运往停尸房。听他这么说，警察赶紧退后，挥手让他们继续前行。

亚伯纳必须绕过许多难民，现在旧金山市许多地方都烧毁了，那些无家可归者也只带出了一点点东西。但他们并没有慌乱，慢慢在街上走着，好像周日出来街上溜达一般。有时他们还会拉拉家常，很少有人回头看已被地震损毁的家。

看到附近的建筑物很快被大火吞噬，克伦威尔很是吃惊。冲天的火光溅着火花，屋顶很快被烧毁了，不到两三分钟就变成了火炬。接着大火很快将整栋建筑物吞噬了，一眨眼的工夫，房子就被烧个精光。

附近军事基地的正规部队很快过来维持秩序，帮消防队员灭火。10个连队的炮兵、步兵、骑兵和医护兵，共计1700人，全副武装地开进旧金山市，准备保护被烧毁的建筑物、银行、商厦的金库和保险箱、邮局以及铸币厂，防止人们哄抢。他们已经接到命令，如果有人胆敢偷窃，则可以直接开枪。

他们开车经过4辆满载士兵的车队，车的后座堆满了一箱箱来自加州火药厂的炸药。很快，他们将引爆已经被摧毁的民房、商店，防止火势蔓延。见扑火无望，那些官兵很快将炸药布置在整个街区，那也是阻止大火蔓延的最后一道防线。

越来越浓的烟幕中蹿出一道淡黄色的火光。除了郊外，太阳光已照射不到被烧毁的城市。

头顶的太阳发着暗淡的红光，似乎比平常小了不少。正规部队、消防官兵和警察已从熊熊燃烧的大火边上撤退，赶着那群无家可归的人远离大火，往西而去。

亚伯纳不停打着方向盘，躲避街上的碎石堆以及拼命涌向码头的人，那些人一心只想横过海峡到奥克兰去。他驾车穿过铁轨，沿着南太平洋铁路公司的主站场一路开去，终于到达克伦威尔的货仓。他将车开上一个斜坡，停在码头附近的一节车厢旁，发现车厢的侧面印着16455的编号。

克伦威尔不知道贝尔已经知道他在车厢上做了手脚。但地震发生后，之前派来这里监视车厢的侦探已被布朗森叫去执行别的任务。看上去十分安全。克伦威尔仔细打量着侧门上的挂锁，确保没被人动过。见没有问题，他放心地插入钥匙打开那把装样子的锁。接着，他爬进车厢底下，从下面的活板门里钻入车厢。进入车厢后，他拧开里面那条重重的门闩，将门推开。

亚伯纳也不用老板指示，忙着将劳斯莱斯上装满现金的大皮箱用力搬到车厢上，克伦威尔随即将箱子拉到里面。最后一个皮箱搬上来后，克伦威尔低头看着亚伯纳说："回我家，把我妹妹和她的行李接来。"

"你留在这里吗，克伦威尔先生？"亚伯纳问道。

克伦威尔点点头："我还要去调车场的调度员办公室去，还有点事。"

亚伯纳知道绕过货仓，到诺布山那栋豪宅去几乎是不可能完成的任务，但他还是给克伦威尔行了个礼，说："我尽量把你妹妹安全带到这儿。"

"现在也只有你能帮我做这件事了，"克伦威尔说，"我绝对相信你。"

说完，克伦威尔拉上滑门，从活板门上钻了出来。亚伯纳开着那辆劳斯莱斯沿斜坡下去时，他看到克伦威尔正穿过铁轨，朝调度员的小屋走去。

39

贝尔从诺布山上走了下来，途中还停下来帮助一群人清除了一堆废墟，之前这里是个小旅馆，但现在只不过是一堆破碎的木梁和砖石。废墟下传来一个小男孩啜泣的声音。贝尔和那群人拼命施救，将碎石刨到一旁，朝凄凉的哭泣声方向挖出了一个洞。

将近一个小时后，他们终于挖出了一个防止小男孩被碎石压倒的空间。又过了 20 分钟，他们终于把小孩救了出来，并将他背上一辆正在等待的车上，车很快将他送往紧急救援中心。除了骨折的脚踝和身上的一些淤伤外，小男孩并没什么大碍。

贝尔看那个小男孩顶多不过 5 岁，哭喊着要爸爸妈妈，刚才救他的人无不伤感地互相看着对方，他们知道他的父母，而且可能包括他的兄弟姐妹都被坍塌的旅馆深埋了。悲伤的人群没有说话，四下散了，当然，至少那个小男孩得救了，他们也算感到一丝欣慰。

又走了两个街区，贝尔从一名监督人群干活的士兵身边走了过去，许多人正将砖块从街上清走，堆到一边的人行道上。贝尔发现其中一名长相英俊的人看起来很眼熟。出于好奇，他站住了，向那名监工打听他是否认识这个“志愿”清理街道的男子。

“他是我侄子，”上了年纪的士兵笑着说，“他叫约翰·巴里摩尔，是位歌剧演员，出演过《独裁者》。”他顿了顿说，“可惜，现在剧院都已经倒了。”

“我想我应该认识他，”贝尔说，“我在芝加哥看他演过《麦克白》。”

陌生人摇了摇头，咧嘴笑道：“天灾让他没了工作，但咱们的部队又让他有活干了。”

那名士兵还想让贝尔帮忙从街上捡砖头，但贝尔再次将范·多恩侦探社的身份亮了出来，继续往前走。现在，人群都分散了，街上除了一些骑兵和一些留下观看火势的人外，几乎没人了。

贝尔又走了8个街区才走到克伦威尔银行，期间他发现旧金山市的中心地带，也就是市场大街两边的建筑物正猛烈地烧着。他朝通往大铜门的台阶上走时，发现大火离银行也就6个街区远了。一名年龄不过18岁的士兵喝住了贝尔，用一把上了刺刀的步枪指着他。

“如果你想去打劫银行，我看你是活得不耐烦了。”他十分认真地说。

贝尔亮明了自己的身份，但又撒谎道：“我来这里检查银行账户，看看还能救下多少账目和现金。”

那名士兵放下武器：“好的，先生，你可以通过了。”

“你为什么不陪我一起去呢？我或许需要找人帮忙搬一些贵重的东西。”

“对不起，先生，”士兵说，“我的命令是在大火还没烧到的街上巡逻，阻止人们抢劫。我建议你别在里面待久了，估计一个小时大火就能烧到那里。”

“我会小心的，”贝尔向他保证说。接着，他走上阶梯，将克伦威尔没锁的那扇门推开。里面跟周日银行不营业的情况差不多。出纳柜台窗口、办公桌和其他家具安然无恙，里面的摆设看起来就像等着周一早晨重新营业一般。唯一明显被损坏的地方就只有那些彩色玻璃窗了。

贝尔吃惊地发现金库的门是打开的。他走了进去，很快发现大多数现金都不见了。只有出纳的抽屉、分散的储存箱和集装箱里还有一些金银币、账单以及面额都是5美元以下的钞票。雅各布·克伦威尔已将这里席卷一空。贝尔因为要救小男孩，失去了抓捕克伦威尔的好机会，要不他肯定没机会将银行的现金带走。

现在贝尔确定克伦威尔是想利用这次地震逃出旧金山，最终逃过边境。该死的，要是那辆跑车还能用该多好啊，他在心中咒骂着，在废墟中来回折腾不仅浪费时间，也耗费他的精力。他离开银行朝海关走去，一路全是大火。

玛丽安并没有完全遵照贝尔的指示。她先是违背了贝尔的建议，重新从那架摇摇欲坠的阶梯上爬了上去，来到自己的公寓。她将家人的照片、个人档案、首饰，以及一些比较贵重的衣服都塞进一个大手提箱中。她微笑着折好两件睡袍和一件丝质的披肩。只有女人才会在灾难发生的时候不忘带走美好的东西，她想。男人才不会在意那些名贵的西服呢。

玛丽安拖着手提箱走下阶梯，来到街上，加入许多无家可归的人群中，他们或是背着，或是拖着为数不多的私人财产、被褥和一些较贵重的东西。他们费力朝山坡上走去，没人再看那些废墟，也没人再惦记曾给他们带来安宁、舒适的家了。

整个晚上，成千上万的人不得不逃离这无情的大火。可奇怪的是，人们并没有慌乱，也没有发生骚乱事件。面对这样的不幸，女人没有哭泣，男人也没有大发脾气。他们身后，一群士兵也不再救火了，一边撤退，一边敦促人群赶紧往前走，还时不时地催促一些已经筋疲力尽，停下来休息的人。

人群拖着箱子，在陡峭的山坡上上上下下，走过一个又一个街区。大伙终于没了力气，将箱子什么的都扔了，他们现在早已筋疲力尽。有些人找来铁锹，将箱子埋在空地里，希望等到大火熄灭后再来取回。

玛丽安也不知道哪来的精神，她拖着箱子漫无目的地往前走去，感觉自己像是已经处于恍惚状态。她独自一人，不停地拖拽着箱子，也没哪个男人过来帮她一把。那些男人和他们的家人忙着抢救自己的财物去了。最后，玛丽安实在拖不动了，这时，一名十几岁的少年问她要不要帮忙，玛丽安感动得哭了，连忙谢过男孩。

她和男孩到达金门公园时不到凌晨5点，两人遇见一名士兵，那人叫他们去为难民搭建的帐篷那儿。她走进其中一个帐篷，想给男孩一点儿钱表示感谢，但男孩并没有要钱，一头倒在小床上，10秒钟不到就呼呼大睡了。

贝尔来到海关时，感觉像是一路从火墙里穿过来的。虽然已经夜深，但城市被一束束橘黄色的光点得通亮，火光诡异地跳跃着。人群还在逃离大火，但不如之前那般匆忙了，当初，他们开始拼了命地从家里、商店里将财物搬到马车上，逃到安全之所。海关三面都是大火，整栋大楼眼看就要着火了。一些官兵还在附近建筑物的屋顶徒劳地灭火，希望能阻止大火蔓延到海关大厦，这栋大楼的上层在地震中已受损严重。但被陆军、一队海军陆战队和海军用作行动中心的下层毫发无损，官兵们的消防水管也是从里面接出来的。

贝尔从一群站在大厦周围的守卫中穿了过去，走进里面。他发现布朗森、两名警察和一名陆军军官正在海关大厅那头的房间里，几个人将一张大比例地图摊开在一张会议桌上。

布朗森看见门口站着一个满是灰尘，脸也被煤灰弄得乌黑的男子，他一时半会儿并没认出来。等他看清楚来人后，脸上堆满了笑，走过去拥抱了贝尔。

“伊萨，见到你真高兴。”

“你介意我坐下吗，霍拉斯？”筋疲力尽的贝尔说，“我走了好长一段路。”

“当然可以。”布朗森领着他走到一张有活动盖板办公桌的椅子边，“我去帮你倒杯咖啡。尽管我们周围全是大火，可我们竟然没办法将咖啡加热，不过谁在意这事啊。”

“太好了，谢谢。”

布朗森从一个搪瓷壶里倒了一杯咖啡，放在贝尔前面的桌子上。这时一名高个子男人走了过来，站到布朗森面前，该男子有着一双黄褐色的眼睛，一头深褐色的蓬松头发，穿着一件洁白的衬衫，打着领带。

“你这样子可没有之前那么威风了。”布朗森打趣道。

“可不是嘛。”贝尔回答道。

布朗森转头看着陌生人：“伊萨，这是杰克·伦敦，是名作家。他想写一篇有关地震的文章。”

贝尔点点头，并没有起身，只是握了握他的手：“你就是写 10 本书也够材料了。”

“也许我会写一本吧，”杰克·伦敦笑着说，“你能将你的所见所闻告诉我吗？”

贝尔将他沿途看到的情形简单地跟杰克·伦敦说了，但并没有告诉他用枪杀死那名被大火焚烧的女人的恐怖事情。贝尔说完后，杰克·伦敦向他道了谢，接着便走到一张桌旁，坐下来开始整理材料。

“你跟克伦威尔交手情况如何？他和他妹妹没死吧？”

“他们活得好好的，正要逃出边境呢。”

“你肯定吗？”布朗森问道。

“我赶到克伦威尔的银行已经太迟了。金库所有超过5美元面额的纸币都被清走了。他肯定卷走了三四百万现金。”

“他现在还没办法出城，旧金山乱作一团，他出不去的。码头挤满了成千上万想去奥克兰的遇难者。他不可能用几个手提箱就将这些钱偷运出去。”

“他会想到办法的。”贝尔说，一边享受地喝着冷咖啡，感觉自己终于恢复正常了。

“玛格丽特呢？她跟他在一起吗？”

贝尔摇摇头：“我不知道。我中午去了他们家，玛格丽特给我的感觉是她和雅各布好像决定待在旧金山，跟我们在法庭上一较高低。后来我发现雅各布带着银行的钱跑路了。那时候我又没办法回诺布山了，因为一路都是大火。我差点儿没能来到这里。”

“玛丽安呢？”布朗森好奇地问。

“我叫她去了金门公园。她在那里应该安全。”

布朗森正准备回答，但一个顶多12岁的男孩突然跑进房间。他戴着宽宽的帽子，穿着厚厚的毛线衫和灯芯绒裤，裤管卷至膝盖。他显然跑了不少距离，因为他已经跑得上气不接下气，几乎说不出话了。

“我……我找布朗森先生。”他气喘吁吁地说。

布朗森好奇地抬起头。“我就是布朗森，”他回答道，“你找我干什么？”

“拉斯奇先生……”

布朗森看了看贝尔：“拉斯奇是我手下的侦探。地震刚结束后他跟我们见过面，由他监督铁路站场的货仓。你继续说，小朋友。”

“拉斯奇先生说我来这儿报信，你会给我 5 美元。”

“5 美元？”布朗森怀疑地盯着男孩，“对于你这么大点儿小孩这可不是笔小钱。”

贝尔从钱包里拿出一张 10 美元的钞票递给小孩：“你叫什么名字，小朋友？”

“斯图尔特 · 勒纳。”

“你大老远地从铁路站场跑到这儿，而且外边还受着灾呢。”贝尔说，“我给你 10 美元，你把拉斯奇的话说给我们听。”

“拉斯奇先生要我告诉布朗森先生停在克伦威尔先生货仓前面的车厢不见了。”

贝尔俯身朝小男孩靠过去，脸色都变了。“再说一遍。”他说。

男孩看着贝尔，眼里充满了恐惧。“他说克伦威尔先生的车厢不见了。”

贝尔盯着布朗森。“该死的！”他喃喃道，“他已经逃出旧金山了。”然后他又给了男孩 10 美元，“你父母在哪儿？”

“他们正在杰弗逊广场帮忙分发食物。”

“你最好找到他们。他们肯定很担心你。对了，千万小心火。”

男孩盯着两张 10 美元的钞票，眼睛睁得大大的：“天哪，20 美元。太谢谢您了，先生。”说完他转身跑出大楼。

贝尔一屁股坐在那张书桌的椅子上。“火车？”他喃喃道，“他从哪里搞来的火车头呢？”

“我只知道所有的码头都挤满了要渡船过奥克兰的难民。南太平洋铁路公司会将 100 英里以内的列车全部召回来，运送难民出去。他没可能租用火车头、工作人员和煤水车的。”

“可他的那节车厢也不可能长腿啊。”

“相信我。”布朗森说，“火车绝不可能经渡船到奥克兰。只有人才可以。只有从东部过来的运输救灾物资的火车才能开动。”

贝尔再次站了起来，冷峻地看着布朗森：“霍拉斯，我需要一辆汽车。我不能专拣那些没被火烧到的地方走了。”

“你要去哪儿？”

“首先，我得找到玛丽安，确保她的安全。”贝尔回答道，“然后我要去铁路站场，找调度员。如果克伦威尔雇用或偷窃火车离开旧金山，调度员办公室肯定有记录。”

布朗森狡黠地笑了：“我的福特 T 型号车可以吗？”

贝尔吃惊地看着他：“最新的福特 T 型车为 6 缸引擎，马力可达 40 匹。你真有这么辆车？”

“我从有钱的杂货店老板那儿借的。现在是你的，不过你得答应明天中午还给我。”

“我欠你个人情，霍拉斯。”

布朗森将手放在贝尔的肩膀上：“只要你将克伦威尔和他那个作恶多端的妹妹抓了就行。”

40

玛丽安睡了 6 个小时，醒来时发现帐篷里还有另外 5 个女人。一个坐在她的小床上哭泣，另外两个一副失魂落魄的样子，其余两人正打起精神在公园临时搭建的厨房里帮忙给难民喂食物。玛丽安从小床上起来后整了整衣服，跟她新认识的朋友一起走到几个大帐篷里，那些帐篷是救援部队临时搭建起来的“医院”。

一名医生指导她如何治疗和帮助病患包扎伤口，这些不需要很专业的经验也能做好，这会儿，医生们都在那边救助那些伤得比较严重的人。玛丽安抖擞精神，开始在一个帐篷里帮助小孩，也忘记了时间的流逝。许多人都很勇敢，这反而让她感觉伤心。她帮助一个家人全都遇难的3岁小女孩清理好割伤和淤伤后，小女孩用细细的声音向她道谢，玛丽安背过身去，偷偷地哭了。

她走到另一张床边，跪在一个做完脚伤手术的小男孩身边。给小男孩盖毯子时，她感觉有人站在她旁边，接着一个熟悉的声音传来。

“对不起，护士小姐，我的胳膊折了，你能帮我看一下吗？”

玛丽安猛一转身，扑倒在伊萨·贝尔的怀里。

“哦，伊萨，感谢上帝你没事。人家担心死你了。”

满脸污垢的贝尔开心地笑了：“我快支撑不住了，但至少还没倒下。”

“你是怎么找到我的？”

“你不记得我是干什么的了吗？我首先去的就是急救医院。我知道你肯定会学弗洛伦斯·南丁格尔。[①] 我知道你胸怀宽广，肯定不会对需要的人，特别是孩子坐视不理的。”他抓紧她，对她耳语道，“我为你感到自豪，贝尔夫人。”

① 弗洛伦斯·南丁格尔，因在克里米亚进行护理而闻名，被誉为“提灯女神”。她是世界上第一个真正的女护士，开创了护理事业。

她往后一退，不解地看着他的眼睛："贝尔夫人？"

贝尔笑容依旧灿烂："我知道此时此刻谈浪漫就显得太奢侈了，你愿意嫁给我吗？"

"伊萨·贝尔，"她哭着说，"你好大的胆子。"接着，她态度一下软化了，将贝尔的头拉了下来，吻了他。松开时，她俏皮地说："我当然愿意嫁给你。这是我今天收到的最好的礼物。"

贝尔的笑容没有持续太久，他绷紧嘴唇沙哑地说："我不能在此多作停留。克伦威尔和玛格丽特正要逃离旧金山。只要我还有一口气，就不能让这个刽子手逍遥法外。"

贝尔对抓住凶手的执着让她害怕，但她还是紧紧地拥抱着他："不是每个男人在向他心爱的女人求完婚后都会一走了之。"她再次吻了他，"你得给我回来，听见了吗？"

"我尽快。"

"我在这儿等你。我估计我和其他难民还没这么快离开这个避难所。"

贝尔抓住她的两只手，在上面忘情一吻。然后转身，从这个临时用作医院的帐篷里走了出去。

贝尔并不想回到克伦威尔在诺布山的豪宅，看玛格丽特是不是已经逃走了。他确定她和克伦威尔一起跑路。

旧金山那些有钱有势人家的房子同样燃起了熊熊大火。城里到处都是冲天火焰、残垣断壁，爆炸声此起彼伏。

福特T型车轻便、快捷，而且非常适用。在满是碎石的街上行驶时就像一只山羊。贝尔自己也不知道，他走的那条路正是克伦威尔和亚伯纳逃跑的那条。贝尔开着车远离大火，朝北边的海滨疾驰而去。离开玛丽安差不多半个小时后，他将车停在克伦威尔货仓的斜坡上。

看到车厢真的不见了，他一点儿也不沮丧。

那些调车机车正跟列车相连，以便将难民疏散到加利福尼亚南部，那里的轨道仍然是开放的，洛杉矶调配过来的食物和药物由货车源源不断地运到这儿。他开着那辆福特车沿铁路站场的轨道行驶着，最后来到一个屋顶上写着“调度办公室”的木楼前。贝尔将车停定，跳了下来，走到里面。

里面有几个工人正在整理调配火车的文件，贝尔走进去时竟然没有一个人抬头看他。“你们的调度主任呢？”他向一个正忙得不可开交的工作人员打听道。

那人朝一扇门点点头：“在里面。”

贝尔发现调度员将铁路站场的轨道编号全写在一个大黑板上。办公桌上的铭牌写着莫顿·古尔德。此人五短身材，下巴凹陷，鹰钩鼻。黑板上显示至少有 30 辆火车从铁路站场发出，密密麻麻的，就像蜘蛛网一般。贝尔忍不住想到底是哪个火车头将克伦威尔的车厢带走了。

“古尔德先生？”

古尔德一转身，看见叫他的男人像是刚从地狱里冒出来的。“你没见到我正在忙吗？如果你想搭火车出城，你得去南太平洋公司的车站……看看还有没有车。”

“我叫贝尔，是范·多恩侦探社的侦探。我正在找一节车厢编号为 16455 的车厢。”

古尔德指着那块木板：“南太平洋铁路公司正全力将成千上万的无家可归者运到渡船上，然后驶往奥克兰，我们已经安排列车在那儿等着疏散他们。还有 1400 节救灾车厢从全国各地赶到这儿。海湾这边一共有 300 列客车和货车，等着将灾民往南部送。这么多车，你要我查一节车厢，这可能吗？”

贝尔看着古尔德的眼睛：“那节车厢是雅各布·克伦威尔的。”

不经意间，古尔德神色变了：“我才不认识什么雅各布·克伦威尔呢。”古尔德顿了顿，惊恐地盯着贝尔，“你到底想干什么？”

“你调度了一个火车头，将他那节私人车厢拉走了。”

“你疯了。这个非常时期我才不会调度私人列车。”

“他给了你多少钱？”

调度员扬起手：“我不可能要一个陌生人的钱，简直太荒唐了。”

古尔德的谎话骗不了贝尔。“克伦威尔的火车往哪儿开了？”

“听着，”古尔德说，眼里露出惊恐的神色，“你给我出去。我才不管你是不是范·多恩手下的侦探。”

贝尔脱下帽子，好像在清理帽圈里面的脏东西。接着，一支黑洞洞的枪管对准了调度员。贝尔用那把双筒枪对准古尔德的左眼眼眶。“我给你一分钟的时间，除非你讲真话，否则我打爆你的双眼，将你变成丑八怪。你余生想做个丑陋的瞎子吗？”

古尔德吓呆了，脸上掠过一阵恐惧：“你疯了。”

“还有50秒，你很快什么都看不见了。”

“你才不敢开枪呢！”

“我有什么不敢的，除非你告诉我真相。”

贝尔表情严肃，声音冰冷，古尔德深信这位范·多恩的侦探不是在开玩笑。他慌里慌张地看了看周围，好像屋子里还有逃跑的地方一样，但贝尔仍然表现得很冷血。

“30秒。”他说，一边将那把短筒手枪的撞针往后拉。

古尔德都吓瘫了，眼里满是恐惧。“不要，求求你了。”他喃喃道。

“说！”

“好吧，”古尔德压低嗓门说，“克伦威尔到过这儿。他给了我 1 万美元的现金，要我用最快的火车头将他的车厢挂上去，火车是往南边开的。”

贝尔不解地半眯着眼睛：“往南开？”

“这是出城的唯一一条路了，”古尔德说，“所有运火车的渡船都被征用了，它们要将难民运往奥克兰，然后将救灾火车运回来。他只有这一条路可以走。”

“他会走什么路线？”

“往南去圣何塞，然后沿海湾往北走，再往东边大山中的主干线行驶，穿越内华达州到盐湖城。”

“他离开铁路站场多久了？”贝尔问道。

“大概 4 个小时吧。”

贝尔继续逼问：“那车计划什么时候到盐湖城？”

古尔德的头摇得像拨浪鼓似的：“这个说不准。火车司机得花很多时间在旁轨上等救灾的火车过去。如果他够幸运，他那列火车明天傍晚能到盐湖城吧。”

“你调给克伦威尔的是哪种型号的火车头？”

古尔德趴在办公桌上，在账簿中检查之前的登记：“我调给他的是编号 3025，‘4-6-2’太平洋式火车头，是包德温火车头制造厂生产的。”

“是特快车头吗？”

古尔德点点头：“我们还有几个比这更快的。”

“什么时候可以用？”

“为什么这么问？”

“我要一个更快的火车头。”贝尔一边回答道，一边用枪逼着古尔德，“这事十万火急。我必须追上克伦威尔的火车。”

古尔德在那块大黑板上看了看。“我这儿还有个编号为3455，‘4–4–2’包德温大西洋式火车头。比太平洋式火车头快。但正在奥克兰的调车场维修。”

“还要多久才能修好？”

“再过3个小时，修配车间就应该能将它修好了。”

“我就要它了，”贝尔毫不犹豫地说，“所有花费算在范·多恩头上。”

古尔德像是要抗议，似乎还想跟贝尔争辩几句，但一看到黑洞洞的枪口，他想想还是算了：“如果你把我的事报出去，我的工作肯定没了，还得坐牢。”

“把火车头调给我，然后按照克伦威尔的路线发车我什么都不会说。”

古尔德长吁了一口气，开始拟定出租文件，以范·多恩侦探社的名义将车发出。做完这些后，贝尔拿了文件，仔细看了看，再没多说，心满意足地离开调度室，钻进他那辆福特车，朝码头大厦驶去。

41

车快到码头大厦的时候，空气中满是煤灰，贝尔将一块毯子盖在头顶。他发现唐人街已经消失了，只剩下一堆堆仍在冒烟的废墟。码头大厦倒还没事，只是钟楼稍有损坏。贝尔发现大钟的时间停留在5点12分，也就是地震开始的时间。

码头大厦周围的街道和人行道拥挤不堪。成千上万的人相信整个旧金山市都毁了，现在正四处逃窜。人们乱作一团，有的用毯子裹着，有的正往渡轮上搬运他们之前抢救出来的财物，有的推着婴儿车，但是，尽管遭遇了这样的劫难，但人与人之间却表现得礼貌大方，都知道为他人着想。

贝尔走到一个站在那儿呆呆地看着大火从码头烧向街道的年轻人旁边，将一张 20 美元的代金券伸到他面前："如果你会开车，就将这辆车开到海关大厦，把他交给范·多恩侦探社的霍拉斯·布朗森，这钱就是你的了。"

年轻人眼睛都放光了，倒不是因为那 20 美元，而是有机会可以开车了。"好的，先生。"他开心地说，"我开过我叔叔那辆麦克斯韦。"

贝尔饶有兴致地看着那个男孩挂上挡，驾车沿拥挤的街道往前开去。接着，贝尔转身加入正逃出城外的大批灾民中。

3 天不到，22.5 万人撤离了旧金山半岛，乘坐南太平洋铁路公司的免费火车去了他们希望去的地方。在地震发生的 24 小时内，每小时都有挤得满满当当的渡船从旧金山开往奥克兰。

贝尔拿出范·多恩侦探社的身份证明，登上了一艘名为布埃纳维斯塔的渡船。他在桨轮上方找了一个宽敞的地方坐下，回头看着身后冲天的烟火。好像整个旧金山市都被大火吞噬了。

刚走下奥克兰的防波堤，一名铁路公司的官员就将火车头修理厂的位置告诉了他。他走近一看，那个火车头就像一个巨大的钢铁怪兽。前面的排障器到后面的煤水车均为黑色。贝尔估计驾驶室顶离铁轨至少有 15 英尺。大驱动轮的直径为 81 英寸。当时，大西洋火车头动力惊人。

对贝尔来说，这个火车头也真是有点儿丑陋。白色编号 3455 几个字很小，印在驾驶室的侧边。"南太平洋"几个字倒是很大，印在煤水车的侧边。贝尔走到一个身穿传统条纹工作服，头戴条纹帽的火车司机前面。那人正拿着一个有着长长喷头的大油箱，好像正要给连接活塞缸和驱动轮连杆的轴承加润滑油。

“这火车头真不赖。”贝尔羡慕地说。

火车司机抬起头。此人比贝尔矮，帽檐下露出几缕杂乱的黑白相间的头发。由于长年累月将头伸出高速行驶的驾驶窗，凌厉的风直接吹打在脸上，他脸上已经坑坑洼洼。这位火车司机有着一双天蓝色的眼睛，浓密的眉毛卷曲着。贝尔觉得此人的年龄应该比看上去小。

“‘艾德琳’绝对是最棒的。”火车司机回答道。

“‘艾德琳’？”

“这要比它的4个数字的编号容易记住些。我们会给大多数火车头取个女人的名字。”

“‘艾德琳’看来动力十足。”贝尔再次羡慕地说。

“这种火车头专为重载客运服务的。从包德温火车制造厂出来不到5个月。”

“它能跑多快？”贝尔问道。

“这得取决于拉多少节车厢。”

“比如说一节车厢也不拉呢？”

火车司机想了想：“如果在空旷、笔直的铁轨上运行，时速可达100英里。”

“我叫贝尔。”他将文件交到火车司机手上说，“我有特别任务，要租用你的火车头。”

火车司机仔细看了看文件：“你是范·多恩侦探社的，什么特别任务？”

“你听说过‘屠夫劫匪’吗？”

“谁没听说过啊。我看过报纸，说他杀人如麻。”

贝尔也没跟他过多解释：“我们要去追他。他之前租用了一个太平洋火车头，将他的私人车厢挂了上去。现在，他正往盐湖城去，然后会掉头往北，往加拿大边境去。我想他应该已经走了5个小时了。”

“等我们装上煤，等蒸汽足够后，应该差不多落后6个小时了。”

“我听说车正在修理，修完了吗？”

火车司机点点头，“修理厂正在更换车轮上一个坏掉的轴承。”

“越快越好。”贝尔顿了顿，伸出手，“对了，我叫伊萨·贝尔。”

火车司机热情地握着他的手。“我叫尼尔斯·洛夫格伦，我的锅炉工叫马文·朗。”

贝尔从口袋里拿出表，看了看时间：“45分钟后再见。”

“我们会到轨道上方加煤的码头。”

贝尔匆匆往奥克兰车站走去，来到西部联合电报公司的木制建筑前。电报公司负责人告诉他，只有一条线可以发往盐湖城，而且要几个小时后才能发出电报。贝尔向他解释了自己的任务，那名负责人非常合作。

“你要发什么内容？”他问，“看能不能直接发到我们盐湖城办公室。”

贝尔电报如下：

盐湖城范·多恩侦探社负责人启。令你截获编号为16455的货车车头。“屠夫劫匪”在上面。你们务必小心。此人极度危险。擒获后关押好，等我赶到。

伊萨·贝尔侦探

他等到电报员将信息全部敲好后才离开办公室，然后朝洛夫格伦和马文·朗装煤水的地方走去。贝尔爬上驾驶室后，洛夫格伦向朗介绍了他，锅炉工朗长得五大三粗，粗斜纹棉布衬衫的袖管下的肌肉发达。他没有戴帽子，头发跟锅炉中的火一样通红。他脱下皮手套，伸出那只因长年铲煤长满老茧的手，热情地跟贝尔握手。

“只要你准备好了，我们随时可以走。”洛夫格伦说。

“那就出发。”贝尔回答道。

朗点燃火，洛夫格伦坐在驾驶室右边的座位上，将反向刹车拉上，然后打开汽缸旋塞，将头顶上的绳子拉了两下，汽笛一声长鸣，火车马上要开动了。接着，他抓住长长的操纵杆，将它拉了回来。“艾德琳号”起动后慢慢加速。

10分钟后，洛大格伦将火车往东转往主干道上。他松开操纵杆，庞大的大西洋火车头开始往前行驶，火车慢慢绕过弯弯曲曲的调车场。朗不停调整火的大小，他已经干了5年的锅炉工了，知道如何控制火势大小。洛夫格伦猛拉操纵杆，驱动轮在蒸汽中滚滚向前，炉身上方冒出浓浓黑烟。

贝尔坐在驾驶室左边，觉得这次终于能够抓住克伦威尔，不管是死是活，都能将此人交给芝加哥当局，想到这儿，他长长地吁了一口气。

火车头上下颠簸，他感觉就像坐在山间湖中的皮筏子上一样舒适，蒸汽推动着驱动轮向前飞奔，发出咔嚓咔嚓的声音，炉膛里热气迎面扑来，虽有任务在身，但贝尔觉得无比惬意。在到达萨克拉门托，往东拐向内华达山脉之前，贝尔一直躺在座位上，打着哈欠，然后闭上了眼睛。火车头前面的排障器正对着内华达山脉和唐纳山口，疾驰的火车头铿锵作响，贝尔不到一分钟就沉沉地睡了过去。

42

亚伯纳·威德奋力将煤铲送向炉膛里，隆起的胸部和结实的肩膀不停淌汗。烧锅炉也是一种学问，但他并不知道如何做，他只管将煤从开着的炉膛门送进去，也不管火车司机大声抱怨太多的煤只会让火的温度降下来。

亚伯纳只是在轮班而已，那个叫拉夫·威尔班克斯的锅炉工也是个壮实的大个子，他连着铲了几个小时的煤，保证有足够的蒸汽让这个太平洋火车头在内华达山脉陡峭的上坡上一路狂奔，但最后还是顶不住了，这不，两人轮流干起了这活，一人休息一个小时。

亚伯纳干活的时候还得保持着警惕，他的那把史密斯 & 威森左轮手枪还别在腰间呢。他不时盯着火车司机，这会儿，火车司机正以又稳又快的速度开着火车在弯弯曲曲的山间铁轨上行驶，一边还得小心前面有没有意想不到的障碍物，比如会不会有临时安排的火车从对面开过来。火车终于爬上一个山峰，一路下坡后就是平坦的沙漠。

“我们马上就要到雷诺了。”火车司机韦斯·霍尔大声说，下面炉膛里的火焰蹿得老高。这人有一股子热情，就像一个饱经风霜的牛仔，克伦威尔要求他加快速度穿过山间的铁轨时，他还曾停下火车表示抗议，直到亚伯纳拿着那把左轮手枪对着他的头威胁要杀了他和锅炉工后，他的态度才软下来。为了说服他们，克伦威尔又给了他们 1000 美元，现在霍尔和威尔班克斯正壮着胆子，驾驶那个太平洋火车头以最快的速度在崇山峻岭中穿梭。

“前面的信号灯变红了。”威尔班克斯说。

霍尔摆了摆手，示意自己也看见了：“我们必须停车，先在旁轨上等着。”

亚伯纳拿枪指着火车司机的头：“鸣笛冲过去！”

“不行，”霍尔盯着亚伯纳的眼睛说。“那头肯定有往旧金山运救灾物资的火车。我现在宁愿你杀了我，也不愿跟另一列火车碰撞，到时所有人都会丧命，这条路一个星期都将没办法通行。”

亚伯纳慢慢将手枪插回皮带：“好吧。救灾车一过，马上开回主轨。”

霍尔关上节气门臂：“我们可以利用这点时间加煤加水。”

“好吧。不过你们给我小心点，否则我把你们两人的头打爆。”

“我和拉夫都坚持不了多久了，现在我们已经累得不行了。”

“如果你们坚持下去就有钱，还能活命。”亚伯纳威胁道。

亚伯纳将身子从驾驶室左边探了出去，看到了火车站和远处若隐若现的内华达州小镇雷诺。车往前行驶时，亚伯纳看到有个人站在前面的转辙机旁挥舞着一面小红旗。霍尔拉响了汽笛，告诉旗手他会降速，并准备转到旁轨上。

霍尔准确地将煤水车直接停在铁轨上架起的木制水箱底下，另一侧则靠在煤箱下。威尔班克斯跳上煤水车，抓住一根绳子，拉下铰在水箱上的喷嘴，水在重力作用下汩汩流向煤水车。霍尔从油箱那边的驾驶室里爬下来后开始检查火车头的轴承和零件，由于克伦威尔不愿意让司闸员跟来，他必须亲自检查煤水车和车厢轮子上的轴承。

亚伯纳一边死死盯着霍尔和威尔班克斯，一边飞快地经煤水车来到货车车厢门边。他用手枪枪托敲了两下，等了等，然后又敲了敲，里面的人拔掉门闩，门滑开了。雅各布和玛格丽特站在里面，低头看着亚伯纳。

“为什么停车了？”克伦威尔问道。

亚伯纳歪着脑袋朝火车头方向点了点头："我们得将车开到旁轨上，让救灾车经过。这会儿火车司机和锅炉工正在加煤水。"

"现在到哪儿了？"玛格丽特问道。她今天穿了一条普通的男装裤，裤管卷进靴子里。上身穿一件蓝色的汗衫，几乎遮住了她半个身体，头上扎着一条印花大手帕。

"雷诺镇。"亚伯纳回答道，"我们已经离开内华达山脉。从现在起都是平坦的沙漠地带了。"

"前面怎么样？"克伦威尔问道。"还会有救灾车过来吗？"

"我等一下问问扳道工，打听一下西行的火车情况。但如果那边有车过来，我们只能等。"

克伦威尔站了起来，将地图在地上铺开。上面密密麻麻地布满了西部的铁轨。他指着雷诺说："我们现在在这儿。下一站我们往北开往犹他州的奥格登。"

"不去盐湖城了吗？"玛格丽特问道。

克伦威尔摇摇头："南太平洋铁路公司的铁轨跟联合太平洋公司的铁轨交叉了。我们往北去奥格登的岔道，然后前往蒙大拿的米苏拉，从那儿经北太平洋公司的铁轨去加拿大。"

亚伯纳紧紧盯着火车司机和锅炉工，发现锅炉工正努力地通过斜槽往煤水车里加煤，火车司机正在那儿神情恍惚地走来走去。"这两个人均已经疲惫不堪。如果他们还能开 4 个小时的火车我们就烧高香了。"

克伦威尔研究了一下地图："内华达的温尼马卡有个铁路站场，离这儿大约 170 英里。我们在那儿换火车司机。"

"这两个呢？"亚伯纳问道，"我们不能让他们跑到最近的电报局把我们的行踪告诉警方。"

克伦威尔想了想，“先带上，然后让他们在无人的沙漠地带跳车。这样范·多恩的侦探就没法知道我们离开旧金山，也没可能通知警方在沿途截下我们的火车了，所以我们一路还得把电报线切断。”

玛格丽特久久地盯着内华达山脉和他们走过的铁轨，“你觉得伊萨在追踪我们吗？”

“只是时间问题，亲爱的妹妹。”他说，往常那种极端自负的神情又出现了，“但是，等他意识到我们已经不在旧金山，再去找火车头追我们的时候，估计我们差不多都到加拿大了，他肯定没办法阻止我们。”

43

洛夫格伦将“艾德琳号”视为至宝，在他眼中，这个火车头就是个漂亮的女人，而不是喷着火，在内华达山脉和唐纳山口蜿蜒而上的钢铁怪兽。现在，这个火车头不用拉着重达 200 吨的车厢，跑起来也毫不费力。

春天的空气凉爽宜人，山地仍有皑皑白雪。在美国西部的历史中，唐纳山口曾发生过一件极为悲惨的事。1846 年冬，一辆载有 12 户人家的马车队驶进唐纳山口，被困在暴风雪中，被人救出之前，这些人受尽折磨。那些生存者也是靠吃死人的肉挺过来的。之前，男女老少加起来共有 87 人，最后活着到达加州的仅 45 人。

火车经过萨克拉门托后，贝尔已经完全醒了，发现沿途的景色真是漂亮，高耸入云的岩石山峰，广袤无垠的冷杉林，有些树枝上的白雪并未融化，还有 1867 年由中国劳工从花岗岩凿出的越岭隧道。“艾德琳号”驶入一条深不见底的长隧道中，火车轰鸣，排气声像一百个大鼓在隧道里回响。很快，黑暗中出现了一道细小的光圈，接着，光亮越来越大。“艾德琳号”一声长鸣，冲到灿烂的阳光底下。又行了几英里后，唐纳湖尽收眼底，火车开始沿着漫长、弯曲的铁轨往下驶向沙漠地带。

火车头突然一个急弯，贝尔心惊肉跳地看着离铁轨也就一两步远的千尺悬崖。他没有催促洛夫格伦快点开。在弯弯曲曲的山间铁轨上行驶时，火车头的时速大约35英里，即使再快10英里也是安全的。

“我们过山峰了。”洛夫格伦说，“接下来是75英里的下坡路。”

贝尔站了起来，将驾驶室左边锅炉工的座位让给了朗。朗向他道了谢，随即坐下来休息，洛夫格伦封闭蒸汽，让火车头沿山坡往下滑行。火车头上了萨克拉门托的主干线一直沿内华达山脉攀登的这段时间，朗就没休息过，一直都在铲煤。

“要我帮忙吗？”贝尔问道。

“来吧，”朗说着点燃了他的烟斗，“我告诉你如何将煤铲进炉膛。虽然接下来一个小时我们可以休息一阵儿了，但也不能让火变小。”

“不就是用铲子将煤铲进去吗？”

朗咧嘴笑了：“不止这么简单。而且，我们用的工具不叫‘铲子’，而是锅炉工特有的工具，四号铲。”

接下来两个小时，贝尔一直都在火车头布满管道和阀门的炉膛前学习如何铲煤。火车头转弯时煤水车左右摇晃，这无疑增加了贝尔往炉膛铲煤的难度。不过“艾德琳号”在下坡时，这事就变得简单了。他只需保证有足够的煤生成蒸汽就可以了。贝尔学会要把炉膛的门打得很开，这样煤铲就不会碰到门，煤也不会散落到地上。而且，他还掌握了技巧，不会将煤堆在一起让火烧得特别旺，而是将煤撒开，烧出明亮、橙色的火焰。

火车头沿陡峭的山坡往下行驶时，身后留下一道弯曲的弧线。一小时后，贝尔将煤铲交给了朗，锅炉工突然对洛夫格伦大声叫道：“我们的煤水只够走 50 英里了。”

洛夫格伦紧紧盯着前面的铁轨，点点头：“行到雷诺没问题。我们到那里再加，然后再找人接班。”

贝尔这才意识到火车一路爬坡令洛夫格伦和朗已经筋疲力尽。他发现这名老实的火车司机已经身心俱疲，而火车一路从陡峭的山坡上往上行驶需要足够的蒸汽，这也耗费了这名不知疲倦的锅炉工身上的气力。贝尔很快推断出克伦威尔的火车司机和锅炉工肯定也没劲了。他看了看表，不知道两辆火车的距离有没有缩短。

“找人换班要多长时间？”贝尔问道。

“只要往煤水车里装满煤和水就行了。”洛夫格伦回答道。然后他疲倦地笑了笑，露出两排凹凸不平的牙齿，又补充道：“如果我们够幸运的话，也许就有人站在旁边替我们换班呢。”

“非常感谢你们，”贝尔真诚地说，“你们爬越内华达山脉时的举动令人致敬。你们的速度肯定创下纪录了。”

洛夫格伦拿出那块后盖上刻有这辆火车头的沃尔瑟姆铁路表：“还真是这样，”他笑着说，“比之前快了 8 分钟，原纪录是我和马文半年前，也是驾驶‘艾德琳号’创造的。”

“你很喜欢这个火车头，是吗？”贝尔说。

洛夫格伦笑了笑：“它比所有投入使用的大西洋火车头都要快：这种火车头是世界上最好的，都是同一时间生产的，型号和结构也都相同。但就跟人一样，每个火车头都是不一样的，它们的性格各不相同。即使在相同的蒸汽压力下，速度也有快慢之分。有的运气不好，有的更加娇贵，经常需要修理。但‘艾德琳’不一样，它是个可人儿。不会心血来潮、不会乱发脾气，也不会古里古怪。我待它就像女人一样，它也像一匹可以赢得锦标的良种母马。”

“你说得它像个人一样。”

“虽然‘艾德琳’是个重达107吨的钢铁机器，但它甚至还有心脏呢。”

火车离雷诺镇越来越近，洛夫格伦拉下拉笛绳，意思是说，火车头要换到旁轨上加煤和水了。他往后一拉控制杆，让火车头降低速度。扳道工将开关操纵杆连到锥形轨道上，就像之前为克伦威尔的火车所做的那样。接着，他挥舞着一面绿色的旗子，提醒洛夫格伦旁轨已经准备就绪。

“艾德琳号”还没停好贝尔就从驾驶室里跳了下来，他一路跑过铁轨，来到那个跟其他小镇并无二致的车站：木制板墙，拱形窗，尖尖的屋顶。装卸平台上空空如也，给贝尔一种这样的感觉，没有哪列客车会在这里停太久。

他走了进去，经过兼做货运和检票口的办公室，在报务员狭小的房间停了下来。贝尔进去时两名男子正在激烈地谈着什么。看他们谈论的时候一脸严肃，贝尔吃了一惊。

“对不起，”贝尔说，“我想找站长。”

那个稍高的男子盯着贝尔看了一阵儿，然后点点头：“我叫巴克·普尔沃，是这里的站长，你有什么事？”

“过去10个小时，有没有一辆只拉着一节车厢往东行驶的火车路过这里？”

普尔沃点点头：“他们在这里的旁轨上停了2个小时，当时有两列往旧金山运送救灾物资的火车从这儿经过。”

“他们耽搁了 2 个小时？”贝尔说，突然变得乐观起来，“他们离开多久了？”

普尔沃抬头看了一眼墙上的塞斯托马斯钟。“大约走了四个半小时了吧。你问这个干吗？”

贝尔亮明了身份，解释说他正在追克伦威尔。

普尔沃盯着贝尔的眼睛：“你说臭名昭著的‘屠夫劫匪’在那辆货车上？”

“没错。”

“要是我早知道，肯定告诉警长了。”

两车之间的时差比贝尔想的要短得多了。“你们还有可以换班的工作人员吗？我那司机和锅炉工爬越内华达山时创了纪录，他们现在已经累得不行了。”

“他们是谁？”

“洛夫格伦和朗。”

普尔沃笑了：“我早知道是这两个家伙，他们就想打破自己的纪录。”他看了看墙上的黑板说，“我手头上还有工作人员。”接着，他顿了顿说，“我当时就觉得那车有问题，无论是往东还是往西的火车，雷诺都是个中转站。不在雷诺找人接班真是太不寻常了。劫匪车上的司机和锅炉工也已经没体力了，他们走不了多远。”

贝尔低头看了一眼秃头报务员，绿色的帽舌遮住了他的前额，穿着配以挽袖带的长袖衬衣。“我想通知其他镇的警察截停火车抓捕那个叫雅各布·克伦威尔的劫匪。”

报务员摇摇头：“没办法。电报线都断了。我没法往东发电报。”

贝尔说：“我敢打赌，肯定是克伦威尔剪断的。”

普尔沃看了看另一面墙上的大黑板，上面显示了经过雷诺镇的火车时刻表："我在20分钟内就能给你安排工作人员，你们跑到埃尔科之前绝对是安全的。我希望你能在那儿将电报发出去，要不可能会跟往西行驶的火车相撞。"

"这样的话，"贝尔不无讽刺地说，"我倒愿意克伦威尔比我们先撞车。"

44

"艾德琳号"在平坦的轨道上一路疾驰，现在，火车头的时速高达90英里，呼啸着穿过建在干枯的峡谷之上的高架桥，穿越小镇，风驰电掣般地经过标明前面仍是空旷路面的指示牌。火车头飞快经过铁轨两旁的电报线，留下两串模糊的影子。烟囱里不断喷出夹着火星和煤渣的黑烟，在驾驶室上方拉下一道长长的烟雾，但很快被迎面而来的风吹散。

坐在司机位的拉斯·乔吉沃德是维京人后裔，一头亚麻色的头发，看着给人一种忧郁的感觉，他一只手放在操纵杆上。高个子的比尔·西恩是个幽默的爱尔兰人，现在正往炉膛里一铲一铲地加煤。听贝尔说他正在抓捕臭名昭著的"屠夫劫匪"的致命关头，两人高兴地登上火车，加入了追逐劫匪的行列。

洛夫格伦和朗也留在火车头上休息。"这是我们自愿的，"洛夫格伦说，"有了4个人轮流换班，我们再也不用停下来找其他人了。"

贝尔有时也会帮忙铲煤。上次在泰来瑞德被克伦威尔打中的大腿还没好利索，不过，只要他不往患处使力就不怎么痛。所以他每次只铲两个锅炉工一半的煤，但他每次会铲两铲。

两个南太平洋铁路公司的锅炉工会随时盯着水位表和蒸汽表，确保炉膛里的火势，火车头能够刚好在标有红线的200磅蒸汽压力下运行。他们还会研究炉身冒出的烟。如果灰色的烟变得稀薄，他们就会往里面加煤。如果变黑了，意味着火烧得太大，必须想办法让火变小。

洛夫格伦和乔吉沃德还会在暗地里较劲，但没能逃脱其他人的眼睛。“艾德琳号”虽然马力十足，而且速度惊人，但之前它在内华达山脉打破纪录也是因为驾驶它的人卖力的结果。两位火车司机咬紧牙关驾驶火车头，一路追赶那个杀人如麻的刽子手。

看到信号灯显示埃尔科那头都没有任何问题，洛夫格伦将操纵杆拉到最大限度，以时速95英里的速度开过车站。等车的乘客看到“艾德琳号”如同一发巨大的加农炮弹经过月台时全都吓呆了。

幸运的是，一路上交叉点并不多，偶尔会有几条支线横过主线，所以他们的速度一直都保持得不错。但是到了威尔斯镇后，速度不得不降下来，而且，到了普瑞蒙特瑞之后必须先让往西行驶的救灾车通过，速度再次慢下来。不过，他们还可以利用停车的时间加水加煤，但最后还是耽误了8分钟。

每次停车贝尔都会向站长打听克伦威尔那列火车。威尔斯镇的站长告诉他，奥克兰来的火车司机和锅炉工被一个沿途检查接口和铁轨的护路工发现了。两人被带到镇里后几乎都站不起来了，因为他们都快虚脱了。他们也证实了贝尔的担心：克伦威尔经常会命令他们停车，这样他手下的那个杀手就能爬上电报柱，将线剪断。

“情况怎么样？”贝尔爬回驾驶室时洛夫格伦问道。

“站长说他们过去3个小时了。”

“那意思是说从雷诺到这儿，我们追上了一个半小时。”朗咧嘴笑道，他们的努力没有白费让他很欣慰。

“从这里到奥格登这段路，你们得睁大眼睛。克伦威尔不停地在切断电报线，所以我们对往西开的火车的情况基本上会一无所知。”

“不会有事的。”乔吉沃德说，“如果公司联系不到安排火车时刻表的站长，他们也不会贸然让火车上主干线。不过，我们还是得小心点，特别是转弯的时候，我们连前面一英里远的地方都看不到。”

“现在离奥格登还有多远？”贝尔问道。

“大概 50 英里吧。”乔吉沃德回答道，“我们不用一个小时就能到站。”

42 分钟后，洛夫格伦驾驶“艾德琳号”到了奥格登联合车站。他将火车头开到煤水车的旁轨上停了下来。现在他们已经有了明确的分工。朗和西恩加煤水的时候，洛夫格伦和乔吉沃德检查火车头，给连接部位和轴承加油。贝尔匆匆跑到站里，找到了调度员办公室。

办公桌旁坐着一个矮胖的人，正望向窗外，盯着一辆刚刚到站的客车。一名长相俊美的年轻女子从卧铺车的梯子上下来时露出了脚踝，他的注意力全被她吸引了。贝尔看了看他办公桌前摆着的一块小铭牌。

“约翰斯顿先生？”

约翰斯顿往贝尔这边看过来，友善地笑了笑：“我就是。请问有什么事？”

贝尔将追捕克伦威尔的事跟约翰斯顿说了，自从离开旧金山后，估计他是第 6 次讲这事了，“你能告诉我那辆火车是什么时候过去的吗？”

“没见它过去。”约翰斯顿回答道。

“没见它过去？”贝尔两道浓浓的眉毛往额头上一扬。

“是的。”约翰斯顿说着往转椅上一靠，将一只穿着靴子的脚放在拉出的抽屉上。“他们换轨道往北去了。”

“怎么可能？”贝尔厉声问道，“那辆火车甚至都是临时的。”

“一个富家女拿着一些文件对正在交叉点的调度员说她租了一辆专车，获许可以畅通无阻地开往蒙大拿的米苏拉。”

“那是劫匪的妹妹，”贝尔说，“他们想到边境去，然后开往加拿大。”

约翰斯顿点点头示意明白：“调度员还跟我一起检查了往南开的列车。明天早上之前都没车过来，所以我告诉他只管放行，让那位女士的火车往北走。”

“这是什么时候发生的事？”

“不到 2 个小时吧。”

“我必须得赶上这辆火车，”贝尔斩钉截铁地说，“要是你放行让我们往米苏拉去我会非常感激。”

“你为什么不给巴特镇的警长发电报，让他截停火车，将劫匪和他妹妹抓了？”

“离开雷诺后我就一直想这么做来着，但克伦威尔将途中电报线都切断了。现在他更没理由不这么做了。”

约翰斯顿听后大惊失色：“天哪，他可能跟迎面而来的火车撞上。”

“到加拿大边境之前他和他妹妹肯定会孤注一掷，他们会杀掉任何挡道的人。”

震惊过后的约翰斯顿恢复了理智。“抓住那个畜生，”他恨恨地说，“我非常乐意放行。”

“太感谢了。”贝尔真诚地说。

“你的火车编号是什么？”

“不是火车，只是一个带有煤水车的火车头，编号为 3455。”

“什么样的火车头？”

“包德温大西洋式‘4-4-2’。”贝尔回答道。

“这种火车头很快。交班的工作人员怎么样了？”

“我现在有两组人员，他们坚持要求跟我一起追‘屠夫劫匪’。”

“这样的话，我能做的就是祝你们好运了。”约翰斯顿站了起来，握着贝尔的手。

“谢谢。”

“2个小时可不是那么容易追的。”约翰斯顿平静地说。

“我们离开奥克兰后跟他们缩小了两个半小时的差距。”

约翰斯顿想了想：“你的时间很紧迫，不过现在已经很近了。”

“我会阻止他的。”贝尔果敢地说，“我一定要阻止他，否则他还会杀人。”

45

驾驶“艾德琳号”的这几个人虽然挥汗如雨，浑身劳累，但他们心里怀着希望。他们全都精神抖擞，誓要完成这看似不可能完成的任务。在铁轨边的农场和牧场干活的人都放下手中的活计，目瞪口呆地看着风驰电掣的火车头从远处呼啸而来，不到一分钟时间，就雷霆般地经过他们身边，消失在他们的视线范围内，最后仅留下一缕青烟。

洛夫格伦驾驶“艾德琳号”一路狂奔，以近100英里的时速飞快掠过犹他州和爱达荷州的交界处。火车头很快经过波卡特洛、布莱克福特和爱达荷的福尔斯镇。这几个车站的站长都惊呆了，他们根本没弄明白这个只带着煤水车的火车头到底是从哪里冒出来的，为何事先一点警示都没有就以惊人的速度冲过他们的车站。

火车在奥格登行驶的时候，贝尔找来几床毯子，这样火车司机和锅炉工可以轮流睡觉。一开始的时候，他们觉得连小憩片刻都没有办法，因为驱动轮的嘈杂声、蒸汽的嘶嘶声以及碾压钢轨的咔嚓声此起彼伏。但很快，倦意袭来，轮班的人一下就睡着了。

除了短暂停车加煤水外，“艾德琳号”一直都没降低速度。在爱达荷州的斯宾塞时，贝尔获悉他们的车距克伦威尔的火车只有50分钟的距离了。得知他们同劫匪的距离大幅迫近后，他们精神为之一振，比以前更卖力了。

斯宾塞车站的站长跟贝尔透露了一件事，让他百思不得其解。太平洋铁路公司的主轨似乎在米苏拉就截止了，那儿只有一条分岔道，从那里行驶80英里后便会到达蒙大拿州弗拉特黑德湖伍兹湾的小港口。

“你怎么看？”洛夫格伦在乔吉沃德接班后问贝尔。

“从温尼马卡上车的司机和锅炉工估计累得半死了，克伦威尔后来肯定又找了换班的人。”贝尔说。

洛夫格伦点点头：“我们既没接到电报又没接到通知，看来他一定是将火车上的工作人员扔到鸟不拉屎的地方，然后逼迫换班的人冲过边境，做最后一搏。”

“那他还得驾驶汽车走一段路。”

洛夫格伦看着他：“为什么这么说？”

贝尔耸耸肩道：“斯宾塞的站长告诉我南太平洋铁路公司的轨道在弗拉特黑德湖东岸的伍兹湾结束。克伦威尔如果想继续往北走就只能通过公路进入加拿大了。”

“同意，我觉得他会坐火车到湖边车辆渡轮那儿。”

贝尔怀疑地看着洛夫格伦：“车辆渡轮？”

洛夫格伦点点头："加拿大的木材会通过货车运过边境，运到湖西一个叫罗林斯的小港。他们会借助渡轮过湖。到达伍兹湾后，他们会将车厢挂在火车上，运到西南边的木材堆置场。"

"南太平洋铁路公司为什么不直接将铁轨往北建到加拿大？"

"从政府那儿获得美国边境的土地使用权是大北方铁路公司。他们的铁轨从弗拉特黑德湖西岸码头一路往北穿过边境，加拿大太平洋铁路公司运载木材的车厢会在那里跟火车头相连。大北铁路公司和南太平洋铁路公司的高层不愿意合作，所以弗拉特黑德湖的两头周围并没有铺铁轨。"

"这些你是怎么知道的？"

"我叔叔住在湖上游的卡里斯比市。他现在退休了，以前是大北铁路公司的火车司机，走斯波坎市和海伦娜市那条线。"

贝尔之前还对这类消息感兴趣，但现在他的声音透着一股忧虑："你是说克伦威尔可以将火车开到渡轮上，渡过弗拉特黑德湖，再经北太平洋铁路公司的轨道一路往北到加拿大，期间根本不用下火车。"

"差不多是这样。"

"如果我们没赶到，他就乘渡轮过河了……"他声音渐弱。

洛夫格伦看着贝尔忧虑的眼神："别担心，伊萨，"他自信满满地说，"克伦威尔顶多在我们前面10英里的地方。我们会抓住他的。"

贝尔久未说话，最后，他慢慢将手伸进胸袋中，掏出一张纸。然后，他慢慢将纸打开，递给洛夫格伦。

这位火车司机仔细看了看，头也没抬地说："看起来像一串名单。"

"没错。"

"都是什么人？"

贝尔说得很小声，极速前行的火车头发出的咔嚓声几乎将他的声音淹没。

“是克伦威尔杀害的人，其中还有妇孺，我奉命追查他后就一直将它揣在身上。”

洛夫格伦抬起头，从火车头前面的窗户望向铁轨：“其他人也该看看。”

贝尔点点头：“我觉得现在是时候了。”

3 个小时后，洛夫格伦驾驶“艾德琳号”慢慢驶进米苏拉。他让火车头停在离转撤器 50 英尺远的地方。西恩从驾驶室里跳了下来，沿铁轨一路往前跑过去，然后将铁轨换到前往弗拉特黑德湖的那条支线上。一名扳道工从小屋里跑了出来，他并没有理会。

“嘿，你在干什么？”扳道工大声问道，他将自己包裹得严严实实的以抵御寒风。

“没时间解释了。”西恩说，一边朝洛夫格伦挥了挥手，告诉他可以安全将火车头从主线开到支线上了。“艾德琳号”从西恩身旁慢慢经过，他看着扳道工说：“你知道过去一个小时还有一列火车从这儿经过吗？”

扳道工点点头：“他们也是没经过允许就换到支线上。”

“什么时候的事？”西恩问道。

“大约 20 分钟前吧。”

西恩也没回答，很快朝“艾德琳号”跑去，爬进驾驶室里。报告说：“扳道工说克伦威尔的火车 20 分钟前上的支线。”

“我们要在 80 英里的距离追 20 分钟。”乔吉沃德若有所思地说，“够紧张的。”

他将操纵杆拉到最大刻度，离开岔道口 5 分钟后，他便驾驶着“艾德琳号”以 85 英里的时速往前驶去。

他们沿东岸往前行驶的时候弗拉特黑德湖很快映入眼帘。这也是美国西部最大的淡水湖。长 28 英里，宽 16 英里，面积 188 平方英里，平均深度达 164 英尺。

经过长途跋涉的追逐后，他们马上要冲刺了。洛夫格伦坐在锅炉工的凳子上，帮助乔吉沃德勘查前面的路况。贝尔、西恩和朗则不断往炉膛里加煤。跟两位锅炉工不一样，贝尔并没有皮手套，他只能用火车司机用来擦油的抹布包着手。倒也能有一定的保护作用，但长时间的铲煤让他的手掌开始起疱。

很快，火车头创下了在支线行驶的极限速度。即使经过桥梁、弯道时，火车头也没有减速。在一个回形弯路处，火车猛地一个转弯，令煤水车里的铁链铿锵作响。幸亏接下来的都是直路。乔吉沃德以每小时 85 英里的速度走完了余下的 40 英里。

“看到了！”洛夫格伦突然大声叫道，疯也似的指着前面。

大家从驾驶室里探出身来，凛冽的寒风吹得他们眼泪直流。前面大概四五英里的地方出现了一道淡淡的烟。

46

玛格丽特穿着刺绣丝质长袍，躺在一张靠背长椅上，盯着碟形冰激凌杯中冒泡的香槟。“不知道是不是真的。”她轻轻地说。

克伦威尔看着她，“什么真的？”

“据说这种杯子是模仿玛丽·安托瓦内特[①]的胸部做的。”

---

① 奥地利哈布斯堡王朝公主，也是法国路易十六的王后。

克伦威尔笑了笑，“这个故事有关这部分的传说是真的，的确是这样。”

玛格丽特从克伦威尔之前拉起的车厢后窗看过去，车窗嵌在后墙上，关闭时是隐形的。火车飞驰，车轮下的铁轨一扫而过，像是永远没了尽头。她看到现在他们正穿行在被茂密山林环绕的峡谷中。

“我们现在到哪儿了？”

“落基山脉中心地带的弗拉特黑德峡谷中。”

“离边境还有多远？”

“离弗拉特黑德湖的渡口还有30分钟。”克伦威尔又打开了一瓶香槟，“在大北方铁路公司的轨道上行驶30分钟后，日落时分就能到加拿大。”

她举起杯子：“这杯为你干的，哥，从旧金山一路行到这里，你的计划太完美了。希望我们继续一路顺风。”

克伦威尔沾沾自喜地笑道：“这杯酒我一定得喝。”

前面的驾驶室里，亚伯纳正用枪指着他从犹他州布里格姆城铁路站场旁边的小咖啡馆里绑架来的两名工人，一头红色卷发的火车司机莱·亨特和锅炉工鲍勃·卡尔。卡尔这名强壮的男子在做锅炉工之前是一名司闸员，他的梦想是最终成为火车司机。在他们刚跑完一趟车，喝完咖啡准备回家休息的时候，亚伯纳用枪指着他们的头，将两人押到克伦威尔那辆漂亮的私家车厢的火车头里。

至于威尔班克斯和霍尔，他们跟之前的工作人员一样，在亚伯纳剪电报线的时候被扔到了无人地带。

亚伯纳坐在驾驶室上面的煤水车上，用枪指着亨特和卡尔开着这个太平洋式火车头往弗拉特黑德湖驶去。这时，落基山脉上空一团旋转的黑云引起了他的注意。

“好像暴风雨要来了。”他冲着卡尔喊道。

“看来是奇努克风。”卡尔一边铲煤，回头喊了一嗓子。

“什么叫奇努克风？”亚伯纳问道。

“是落基山脉吹过来的暴风，温度一个小时内就会下降40度，风速将达到每小时100英里，甚至能将铁轨上的车厢吹倒。”

“到这里还有多久？”

“也许一个小时吧。”卡尔回答道，“到时候我们已经到达伍兹湾的渡口了。不过到那里后，我们得等着暴风过去。渡轮在这种天气状况下不会航行。”

“为什么？”亚伯纳问道。

“每小时100英里的风速会在大湖里掀起惊涛巨浪，估计得有20英尺那么高。火车渡轮哪能顶得住这么大的波浪。出现奇努克风时船员绝不会航行。”

“我们已经发电报了，让渡轮在那儿等我们，”亚伯纳说，“不管刮不刮风我们都要过去。”

玛格丽特借着香槟的酒劲在克伦威尔豪华的车厢里沉沉地睡着了，她哥哥坐在那里，轻松地看着亚伯纳在布里格姆城绑架列车员时找的报纸。大部分新闻都跟旧金山地震有关。他看报纸上说大火已经被扑灭，不知道他在诺布山的豪宅和银行有没有事。

他抬起头，突然听到一个奇怪的声音，不同于钢轨发出的噼噼啪啪声。声音十分微弱，是从远处传来的。他意识到是火车发出的汽笛声时整个身体都僵住了。克伦威尔大吃一惊，知道有人正在追他。

“贝尔！”他生气地大声说。

玛格丽特也被这声吼吓了一跳，很快坐了起来：“你在喊什么？”

“是贝尔！”克伦威尔咬牙切齿，“他从旧金山一路追到这儿来了。”

“你说什么？”

“听，”他大声说，“听啊。”

玛格丽特听了听，肯定是火车的汽笛声，尽管声音小到几乎无法听清，但绝对错不了。

玛格丽特跑到后窗，往铁轨那边看去，感觉像是被人狠狠地冲她肚子打了一拳，她看到一小块防风林那边冒出一缕青烟。

“你得告诉亚伯纳！”她尖叫道。

话音未落，克伦威尔早就从车厢顶上的排风口上爬了上去。他推开排风口上的盖子，站在车顶，因为火车开动时声音太大，他只得鸣枪引起亚伯纳的注意。亚伯纳听到枪声后，匆忙从煤水车爬了过来，最后离克伦威尔也就 12 英尺的距离。

“有火车在追赶我们。”克伦威尔大声叫道。

火车不停颠簸，亚伯纳双脚叉开才能站稳，往车厢顶那边望过去。后面极速追赶的火车转了个弯后已经进入他们的视线。看来那是一节仅有煤水车，连车厢都没有的火车头。火车头的速度越来越快，炉身里冒出的烟很快被迎面而来的风吹散了。

现在，两列火车的人不仅能听见声音而且能互相看到了，他们离弗拉特黑德湖上的伍兹湾仅有 20 英里了。

47

“艾德琳号”就像一匹良种马，先是其他动物一路奔跑，但它在之前的弯道中一阵猛追，在最后转入直道后一举反败为胜成为头马。

火车的连杆跟钢轨上滚滚前行的驱动轮相撞时发出沉闷的声音。没有哪个火车头如此卖力过，从奥克兰铁路站场一直追到蒙大拿的荒郊野岭，这段距离它行驶得比历史上任何火车头都要快。没人计算过它的速度，但驾驶室里的人也好，看它飞快从身边飞驰而过的人也好，都觉得这个火车头在直线行驶时时速超过了 90 英里。

乔吉沃德将操纵杆拉到最大刻度，“艾德琳号”以前所未有的速度往前疾驰。两名火车司机都坐在驾驶室的凳子上，眼睛直视前方。贝尔和朗不停铲煤，西恩则在那儿有条不紊地将煤炭堆好，让炉膛里的火发挥最大效力。

蒸汽排放的扑哧声变成了持续的嘶嘶声，炉身里的烟越聚越高，变成了一团乌云。正在铲煤的贝尔不时停下来，想好好看看前面的火车，那辆火车的轮廓越来越大了。现在没必要再偷偷摸摸地跟在克伦威尔后面了，他拉下笛绳，火车发出的又长又尖的汽笛声穿透了湖面渐渐起势的微风。贝尔浅浅一笑，希望克伦威尔感觉是他在后面穷追不舍。

贝尔转头望着天空，发现落基山脉来的奇努克风正往东而去，蓝色的天空也已变得乌云密布。尘土、树叶和小岩屑形成巨大的旋涡，像是打谷机里甩出的小麦壳。不到 20 分钟，之前还风平浪静的弗拉特黑德湖水已是怒涛翻滚。

这时，乔吉沃德和洛夫格伦同时大声喊道：“铁轨上有辆马车！”

所有人都齐刷刷地盯着前面的铁轨。

有个农夫正赶着一辆数匹马拉着的马车走过跟铁轨交叉的公路。他肯定听到火车头的汽笛声了，贝尔想，但那个农夫对火车的速度判断有误，他觉得自己肯定有足够的时间横过马路。乔吉沃德赶紧往后面拉刹车，降低驱动轮的速度，直到它们停下并向后倒转，刹住了高速行驶的火车头。

等那个农民意识到后，他发现那个钢铁怪兽离他仅有100英尺左右的距离了，眼看着死神临近，他疯也似的鞭打着那几匹马，想将它们从铁轨上赶走，可是已经太迟。

“艾德琳号”将那辆拖着干草的马车撞飞了，干草、木板、碎片和破碎的车轮漫天都是。马车残骸飞过火车头的两边，甚至飞到了煤水车的车顶，驾驶室里的人本能地躲在锅炉后面。

幸亏所有的马都跳离了轨道，并没有受伤，简直堪称奇迹。但贝尔等人并不知道农夫怎么样了。滑行了100码后，乔吉沃德终于让“艾德琳号”停了下来，火车头一停定，贝尔他们很快从驾驶室里跳了下来，往回跑向十字路口。

看到农夫躺在离铁轨不到5英尺远的地方，一点事都没有，几个人都长吁了一口气。农夫奋力坐了起来，看了看四周，看着被撞毁的马车，一副惊魂未定的样子。

“你受伤了吗？”贝尔焦急地问道。

农夫检查了一下手臂和胳膊，感觉头上撞了个包。“被撞了几个包还有些瘀伤。”他喃喃道，“但真是奇迹中的奇迹，我竟然没事，感谢上帝。”

“你的马也没事。”

西恩和朗扶着农夫站了起来。领他来到马前，那些马似乎也忘记刚才九死一生的遭遇了，全都在公路旁吃草。发现马没事，农夫自是高兴，但看到马车被撞成碎片后，他开始懊恼起来。

贝尔看懂了他的心思，给了他一张范·多恩侦探社的卡片：“联系我的侦探社，”他说，“他们会补偿你的马车。”

“该赔的不是铁路公司吗？”农夫不解地问道。

“这并非铁路公司的错，这事说来话长，你将来会在报纸上看到相关报道的。”贝尔转身，沮丧地盯着铁轨前面克伦威尔火车渐渐消失的烟雾。眼看着煮熟的鸭子就这样飞走了，他简直难以相信。贝尔整个人都蒙了。乔吉沃德这会儿已经将“艾德琳号”倒退着开回来接贝尔他们。

看到农夫已经能照顾自己了，乔吉沃德冲贝尔大声喊道：“上车，我们还有时间。”

乔吉沃德再次开动火车头去追赶劫匪，贝尔、洛夫格伦和锅炉工已经爬上火车。现在，奇努克风已经起势。大风将尘土和落叶卷入空中，像是涌向海滩的急浪溅起冲天泡沫。前面不到 200 码的距离都看不清了。

乔吉沃德不再斜着往驾驶室侧边看了，否则他的眼睛将被尘土封了。现在，他只能直视驾驶室的前窗，不得不将“艾德琳号”的速度从时速 75 英里降到 45 英里。

他看到水平方向的信号旗上给出了火车头停止的信号，但他没有理会。接着，一块标识牌表明他们已经到伍兹湾城外了。也不知道离码头还有多远，他慢慢降低了车速，最后，“艾德琳号”仅以时速 25 英里的速度朝前开去。

乔吉沃德转向贝尔：“对不起，我现在不得不放缓速度，因为我现在不知道码头离我们到底是 500 码还是 5 英里。现在只能降低速度，以防跟劫匪的车或停在主干道装运木头的货车相撞。”

“你觉得我们刚才损失了多长时间？”贝尔问道。

“我看了表，是 12 分钟。”

“我们一定会追上他们的。”贝尔自信地说，“看起来码头的工人应该不会冒险在这样的天气下过湖。”

贝尔想得没错，正常来说，渡轮的确不会在这样的天气状况下开船。但他因低估了克伦威尔而错过了渡轮。事到如今，“屠夫劫匪”和他的妹妹绝不会轻易投降。

克伦威尔和玛格丽特一路畅通无阻，他们的火车已经驶过码头，上到渡轮了。

48

克伦威尔的火车到达时，火车渡轮正在码头上等着。火车头换到连接木制码头的铁轨，开上渡轮。但仅此而已，三位船员决定等到奇努克风停了，湖面风平浪静之后才能航行。现在，他们正坐在船上的厨房里喝咖啡、看报纸，根本没理会克伦威尔的火车上船。

克伦威尔从车厢下来后迎着大风往火车头走去。他听了听，仔细看了看波涛汹涌的湖面。这让他想起了狂涛骇浪的大海。接着，他又看了看那艘靠蒸汽驱动的边桨式渡轮。

驾驶室旁边贴着一块已褪色的木牌，上面写着“卡里斯比号”。那艘船已经很旧了。上面的漆已经剥落，木甲板也已破旧不堪，看来已经服役多年。但在克伦威尔看来，这艘船还足够承受这样的狂风怒涛。他相信此船一定能够过到湖的西面。不过，没看到船员让他颇为恼火。

他抬头看了看铁轨，没见到一路追赶他们的火车头让他十分满意。他也不知道那个火车头为什么没有追上来，不管是什么原因，他都没时间浪费了。克伦威尔朝驾驶室的亚伯纳挥了挥手：“让锅炉工往炉膛里加点煤，这样我们到达大北方铁路公司的铁轨上就有蒸汽了。”

“包在我身上，”亚伯纳回答道，用枪指着已经听到克伦威尔吩咐的卡尔，“你也听见了，继续铲煤。”

“你有没有看到船员？”

亚伯纳耸耸肩：“一个都没瞧见。”

“最好赶紧让他们干活。我们得马上出发。后面的火车头随时都可能追上来。”

“那两个开火车的怎么办？”亚伯纳问道，“如果撇下他们，他们肯定会跑了。”

“你把绳子解开。”克伦威尔命令道，“如果船离开码头，他们哪儿也去不了。船员交给我。”

亚伯纳跳上甲板，跑上码头。他发现船头和船尾都系着绳子。湖中央扬起的巨浪朝渡轮打来，使右舷轮盖上挂着防护垫的船前后摇摆。亚伯纳等船离开码头，很快，缆绳绷紧了。大浪打过来后缆绳再次变得松弛，亚伯纳将绳子从系船柱上拉了下来，将它们扔过“卡里斯比号”的栏杆。他敏捷地跳到甲板上，很快又回到火车头的驾驶室里。

克伦威尔从梯子爬到驾驶室里，总算能够躲避呼啸的大风了。但他发现驾驶室里竟然空无一人，他很快爬下通往厨房的楼梯井，发现船员正无所事事地坐在那儿看报纸。几名船员抬头发现克伦威尔从梯子上走了下来，但他们对这位陌生人的造访一点儿兴趣也没有。

“你是克伦威尔先生？”一名长着浓密胡须，身穿伐木工格子呢大衣的红脸大个子问道。

“是的，我是克伦威尔。”

“我们听到你的火车上船了。我是杰克·波斯船长，乐意为你效劳。”

波斯船长甚至都没起身，态度很是懒散，另外两名船员也是异常冷漠，克伦威尔感到非常气愤：“我们必须马上走，这事十万火急。”

波斯摇摇头：“我也没辙，湖面起了大浪。只能等到风暴过了才能开船。”

克伦威尔从外衣口袋里拔出那把柯尔特式手枪，对准一名船员的脑袋“砰”的一声，就像点燃一支雪茄一样平静。始料未及的船员栽倒在地，一脸茫然，那神情像是仍在看报纸。

“天哪！”波斯嘴里只迸出了这句话，他的脸都已经吓白了。

克伦威尔用枪指着另一名瑟瑟发抖的船员。

“马上开船，否则你的下场也是一样！”

“你疯了！”波斯喘着气说。

“我的手下已经解开了缆绳。我建议你不要浪费时间作无畏的抗争了。”

波斯看着已经死去的船员，在失魂落魄中缓缓地站了起来。他既厌恶又愤怒地盯着克伦威尔。“你干脆现在杀了我们得了，”他慢慢地说，“因为我们还没去到对岸就会没命了。”

“我们必须试一试。”克伦威尔恶狠狠地说。

波斯转头看着他的船员马克·雷根：“你必须一个人发动引擎了。”

看上去还不到 17 岁的雷根的脸已经吓得煞白，他点点头说：“行吧。”

“那就点燃锅炉，等蒸汽够了后将船快点儿开起来。”

雷根很快离开厨房，将一条梯子放到引擎室里。波斯紧跟在克伦威尔后面爬上驾驶室。

克伦威尔盯着波斯："别想要花招，船长，否则你在引擎室的船员也只有死路一条。如果你不能将船驶到对面码头，你也死定了。"

"你真是魔鬼。"波斯说，他的脸因为愤怒已经扭曲。

克伦威尔笑了笑，冷冰冰地看了波斯一眼，然后转身离开了驾驶室。

他往豪华的货车车厢走去，突然听见一声尖锐的汽笛声，像是离这里不过几百码的距离。接着，他再次听到了蒸汽的嘶嘶声和火车轮碾过钢轨的声音。虽然因为"奇努克风"，外面飞沙走石，一片模糊，但他还是看到了火车头的轮廓。

你们太迟了，克伦威尔得意地想。"卡里斯比号"已经离开码头5英尺了，现在天王老子也无法阻止他了。他自顾自地笑了笑，回到车厢那儿，爬了进去。

乔吉沃德驾驶的"艾德琳号"在刺耳的摩擦声中停下来，最后离码头铁轨尽头仅有30英尺。大驱动轮甚至还在打转，贝尔就从驾驶室里跳了下来，一路跑到岸边。火车渡轮已经经过桩基驶进湖里，桨轮也开始转动。等贝尔来到码头边的时候，船已经离开码头8英尺了。

他没有犹豫，也来不及思考，必须采取行动，贝尔并没有退后助跑。8英尺的距离似乎太远，但一点儿时间也不能再耽搁，他纵身从码头上跳了过去。他知道这个距离对他来说太长，没办法跳到船上，他只能伸手抓住栏杆，整个身体就像钟摆一样在渡轮上来回荡漾。因为大风的原因，他差点儿没能抓住栏杆，幸亏没掉入水中。贝尔拼命抓住栏杆，等着恢复气力，但因为撞击，他胸口仍然疼痛难忍。最后，他只得忍住痛，慢慢地爬上克伦威尔车厢停靠的甲板。

贝尔用手轻轻摸了摸胸部，意识到他的一两根肋骨可能断了。他咬着牙，奋力站了起来，船在大风中摇摇晃晃，贝尔只得抓住一根通往车厢车顶的梯级站稳了。此刻“卡里斯比号”正迎着大风往湖中心驶去，巨大的波浪不时从船头涌上来，水流经船上的铁轨，在火车轮周围不停打转。恐怖的风竟然让温度一下上升了 20 多度。

贝尔也顾不得那么多了。他打开货车车厢的加料门，往地板上就势一滚，忍着胸部的剧烈疼痛，将那把 45 毫米口径的柯尔特式手枪紧紧握在手中。克伦威尔根本就没察觉他的突然袭击，他还以为亚伯纳进入车厢了。等他反应过来的时候已经太迟了，发现他的死敌竟然出现在他面前。

“你好，雅各布。”贝尔亲切地笑道，“想我吗？”

接着便是死一般的沉寂。

贝尔用膝盖顶着站了起来，枪口一直对着克伦威尔的心脏，接着，他关上车厢的门，将肆虐袭击旧渡轮的狂风挡在门外。他扫了一眼车厢里面。“瞧瞧，瞧瞧，”他饶有兴致地说，“这里还真不错。”那只没拿枪的手在装饰得极为华丽的车厢里挥了挥，“想必这就是你每次犯罪后用来逃跑的工具了。”

“我很高兴得到你的首肯。”克伦威尔不甘示弱地说。

贝尔笑了笑，眯缝着眼睛，丝毫不敢怠慢，并没放低手中的柯尔特式手枪。他瞥了一眼那几个靠墙放着的皮箱：“那是你从银行带出来的钱吧，想必不少。”

“足够开一间新银行了。”克伦威尔热情地回答道。

“你跟踪我们？”玛格丽特不解地说。与其说是在问贝尔，不如说是在陈述事实。

“不是跟踪。”贝尔简单地说，“更像是追捕。”

不出所料，现在克伦威尔已经镇定下来：“你为什么这么快就能追上我们？”

“说来幸运，我的火车头比你的快，而且我还有一群勇于奉献的火车司机和锅炉工。”

“你知道我和玛格丽特离开旧金山了？”

“我追查到了这辆货车，知道你重新在上面印了编号。我的侦探一直都在监视它，等着你再次用这节车厢。不幸的是，后来发生地震了，那些侦探在其他地方有更紧要的任务。”

“然后你发现这车离开了铁路站场。”克伦威尔说。

贝尔点点头：“我回到银行后发现你把金库的大面额纸币都带走了。”

“可你是怎么知道我往加拿大那边去了？”

“南太平洋铁路公司的调度员说的。”贝尔说，他不想连累玛丽安，“我用枪指着他的头，叫他告诉我你租用的火车往哪里去了。余下的事情就简单了。”

“你真厉害，贝尔先生。”克伦威尔端着装有香槟的玻璃杯，赞许地看着贝尔说，“看来我没少低估你。”

“我也好几次被你迷惑了。”

玛格丽特细若蚊蝇地问道：“你想干什么？”她之前的震惊变成了绝望。

“上岸后将你哥哥交给当地警长。然后申请将你们移交给芝加哥当局的文件，然后他会在当地受审，那里肯定没有事先安排好的陪审团，他一定会被判处绞刑。”贝尔的笑容突然变得冰冷，语带威胁地说，“至于你，亲爱的玛格丽特，肯定得在联邦监狱好好待几年。”

贝尔看到克伦威尔和玛格丽特交换了一下眼神。他也不知道他们在想什么，但肯定不是什么好兆头。然后，他看到克伦威尔一屁股坐在那张漂亮的沙发的一头。

“在这样的天气下，我们可能要很久才能到对岸。”话音刚落，他手中的香槟便洒到地板上，“真可惜，我还想请你喝杯酒呢。”

贝尔也不知道克伦威尔将那把38毫米口径的柯尔特式手枪藏在什么地方。“我当值的时候从不喝酒。”贝尔开玩笑道。

渡轮突然侧向一边，车厢也随之倾斜，一侧的桨轮用力划着水，整个船身剧烈地摇动起来。玛格丽特因为恐惧倒抽了一口凉气，死死地盯着车厢地板下浸过来的水，现在正蔓延开来。

外面大风呼啸，“卡里斯比号”迎着弗拉特黑德湖的大浪艰难前行，发出嘎吱嘎吱的声音。这艘破旧的船的船头扎进了被飓风卷起的波峰中，然后又突然栽入波谷中。一个冲天巨浪往前窗户打来，溅得驾驶室里满是水。

波斯船长卷起外套领子，拼命掌着舵，大风溅起的水花刺得他的脸和手疼痛难忍。

这时，引擎室的通话管中突然传来刺耳的汽笛声。波斯拿起话筒说：“这里是驾驶室。”

雷根闷声闷气地在通话管那头说：“我这下面进水了，船长。”

“水泵能将水抽出去吗？”

“现在还行。但是船身裂开得比较厉害。我害怕隔板会脱落。”

“如果情况进一步恶化，你就准备撤走。上到厨房顶解开筏子。”

“是的，船长。”雷根回答道，“你怎么办，船长？”

“你离开引擎室的时候通知我。如果可能的话我跟你一起走。”

“火车上的人怎么办？我们不能抛弃他们。”

波斯是个有着强烈信仰，对上帝心存敬畏的人，他向来笃信上帝。大湖周围的人都对他尊敬有加。他从破烂的驾驶室窗往遥远的湖岸望去，湖水正疯狂地涌向船头，他感觉“卡里斯比号”应该会顶不住的。

“我来照顾他们。”他慢慢地说，“你照顾好自己便行。”

“上帝保佑你，船长。”

接着，通话管再次变得死一般的沉寂。

49

记忆中，“奇努克风”造成的龙卷风曾有过最具毁灭性的破坏力。谷仓倒塌，屋顶被整个掀开，树被连根拔起，电报和电话线也会被吹倒。这股热风在弗拉特黑德湖上空肆虐，卷起冲天漩涡，破旧的“卡里斯比号”不时被巨大的波浪吞噬，大风无情地鞭打着渡轮。波斯船长用来救命的救生艇很快被大浪打得支离破碎，残骸被卷进汹涌的水中。

波斯拼命掌舵，试图将“卡里斯比号”带回正对西岸的航道上，现在离那边也就 2 英里的距离了。虽然希望渺茫，但他多么希望渡轮能够安全到达那个唤做罗林斯的小港，但他心里清楚得很，知道他和他的船在大风中全身而退的希望不大。不停摇摆的渡轮时刻都会沉入湖中，火车头、煤水车和那节货车车厢肯定是压垮骆驼的最后一根稻草。

没有这些东西的重量，“卡里斯比号”的船身可能不会沉在湖中这么深，这艘船也不会被扫过轨道甲板的大浪破坏得这么厉害。波斯低头看了一眼船头，发现已经受损严重。船头暴露在外的木头已成碎片，跟横梁脱离了。

他的衣服以及格子呢外套都湿透了，但波斯还是紧紧抓住舵轮，将通话管放在嘴边，吹了吹。差不多 30 秒钟后雷根才回答。

“船长，什么事？”

“下面情况怎样了？”

“蒸汽还挺多的，但水越来越高了。”雷根战战兢兢地说，“已经到我的脚踝了。”

“水到膝盖的时候就上来。”波斯命令道。

“你还要我放下救生艇吗？”雷根焦急地问道。

“不必了，”波斯苦涩地说，“已经漂走了。”

雷根说话的时候感觉更恐惧了：“如果要弃船，我们该怎么办？”

波斯平静地说：“只能祈祷湖中漂了足够多的残骸，看我们能不能漂在上面等风暴停。”

波斯放下通话管，这时，一个巨浪往“卡里斯比号”船头左侧打来，整个舷侧紧靠大浪，波斯用力打着舵轮，让船迎着巨浪往前行驶。这正是波斯害怕的地方。船侧被大浪打坏后再也无法恢复了，船会侧翻，在火车的重量下，这艘渡轮会像石头一样沉入湖底。

波斯拼命驾驶渡轮勇斗飓风，船被巨浪抛到波峰，波斯还偷偷瞄了一眼火车，发现它正剧烈地摇晃着，他吓得不知所措，接着渡轮很快又被波谷吞噬了，湖水在火车头的车轮旁不停打旋。

如果“卡里斯比号”沉入湖底，火车上的罪犯就会跟他一起命丧于此，贝尔并不希望是这样的结局。

火车头里的亨特和卡尔死死抓住身边的阀门、计量器或操作杆，以免自己撞到锅炉上和驾驶室的侧边。亚伯纳坐在锅炉工的凳子上，双脚死死顶着窗户下的前幅。他觉得现在没必要用枪指着锅炉工了。现在，他们只是拼了命地防止自己被抛出去，或者被撞伤，哪里还顾得上其他的事。那两个人觉得现在的威胁肯定不是来自亚伯纳，而是暴风。

亚伯纳根本没觉得亨特和卡尔会一起造反。他既没听见两人是否在窃窃私语，也没看见他们互相做手势。他现在什么也做不了，只是恐惧地盯着一浪高过一浪的湖水冲击着渡轮。火车司机亨特从座位上掉了下来，滚过驾驶室，撞在亚伯纳身上。巨大的冲击力让亚伯纳吓了一跳，但他很快又将亨特重重地推到驾驶室侧边。

亚伯纳根本没注意之前正用力铲煤的锅炉工卡尔，渡轮不停晃动，他正努力保持平衡。这次，亨特再次撞向亚伯纳，被激怒的亚伯纳试图将这名火车司机推到驾驶室那边。但这次亨特整个身子都扑倒在亚伯纳身上，压住这名大个子的双臂。接着，亨特一个踉跄往后倒去，将受到惊吓恼羞成怒的亚伯纳撞到驾驶室的地板上，重重地压在他身上。

见此情形，卡尔高高举起煤铲重重地砸在亚伯纳的肩胛骨之间。就在卡尔用尽全身力气砸向亚伯纳的时候，渡轮再次被卷入波谷，铲子没能砸到亚伯纳的头，如果真要砸到，他的脑袋早就开花了。不过，对卡尔来说，他感觉自己像是砸到一根倒在地上的圆木上。

要是换作别的人，这重重的一击不让对方瘫痪，也会让其失去意识。但亚伯纳伤得没这么重。虽然他的脸因痛苦而变得扭曲，但他只是喘了口气，推开亨特站了起来。他很快掏出那把史密斯 & 威尔森手枪，瞄准卡尔。然后面无表情，眼睛一眨不眨地扣响了扳机。卡尔正待举起铲子砸向亚伯纳，但子弹穿透了他的心窝，这名锅炉工扬起的手举在了半空中。巨大的冲击力让他重重地倒在迷宫般的阀门上，然后慢慢地跪下，倒在地板上。

亚伯纳没有丝毫犹豫，掉转枪口对着火车司机亨特的肚子就是一枪。亨特扭曲着身子，冷冷地盯着亚伯纳，眼神里满是恨、痛苦和震惊。他蹒跚着倒在地上，一只手捂着肚子，将另一只手伸了出去。等亚伯纳知道亨特在想什么后已经太迟。在他还没来得及反应之前，亨特已经伸出手，将火车头铜制水平制动杆从右边拉到左边。奄奄一息的亨特用尽最后一点气力将操纵杆抱住，他在跌到地上断气的一刹那将操纵杆往自己身边一拉。

驱动轮旋转起来，火车往前开去。之前亚伯纳背上的一击让他还没缓过气来，甚至没来得及反应。他的视线已变得模糊，足足花了三秒钟才意识到火车头正隆隆驶过渡轮的甲板。现在根本没办法阻止这个火车头了。等亚伯纳往后拉操纵杆时，这个重达 134 吨的火车头已经从“卡里斯比号”的船头掉入弗拉特黑德湖冰冷的深渊中。

50

起初，克伦威尔那节车厢的人并没有意识到火车正开离渡轮，因为狂风巨浪本就让车厢颠簸得非常厉害。但贝尔很快意识到车厢的移动跟之前并不一样，他感觉下面的车轮开始滚动。贝尔猛地打开车厢门，大风迎面而来，竟然一个趔趄，差点儿跌倒。但他很快低下头，探身而出，眼前的情况令他毛骨悚然。他发现甲板像是正往船尾移动，因为火车正在往前开，而且，火车头前面四个轮子正往船头下滚，很快掉进了波涛汹涌的湖中。

贝尔回过头来。“火车正往下掉！”他在狂风中大声喊道，“快跳！”

克伦威尔认为自己机会来了，根本没去想自己正身处危险中。他一句话也没说，突然从沙发上跳了起来，顺势掏出了那把自动手枪。这真是一个愚蠢的行为。不过他并没有及时扣响扳机杀死贝尔，而是犹豫地说:“永别了,伊萨。”

突然,他握枪的手被撞到一边,子弹擦过贝尔的头打在门框上。

玛格丽特站在克伦威尔前面,那双深色的眼睛冒着怒火,双唇紧闭。她没有感到一丝恐惧,双脚稳稳地站在车厢的地板上。“够了,雅各布。”她说。

但她已经没时间说别的话了。贝尔抓住她的胳膊:“跳!”他命令道,“快!”

只有贝尔知道现在的局面有多恐怖。他又看了一眼门外,发现火车头几乎已经消失在波浪中,在火车头巨大的重量下,煤水车和这节车厢也正在加速往下掉。甲板也已倾斜得非常厉害,“卡里斯比号”马上就要跟火车头一起沉入湖底。这节车厢眼看着就要从船头掉下去。

现在,克伦威尔的脸因愤怒已经扭曲,他又用那把柯尔特式手枪指着贝尔,但玛格丽特站在这两个男人之间。克伦威尔现在终于知道危险了,等他意识到失败和死亡近在咫尺的时候眼里满是绝望。他想将玛格丽特推开跳出门外,但玛格丽特死死抱住他的腰,将他往车厢里面拽。克伦威尔扬起手枪,重重地砸在玛格丽特的面颊上,尽管她脸上满是鲜血,但还是死死地抓住克伦威尔,令他动弹不得。

车厢的前轮已经跟着煤水车掉下渡轮。贝尔试图将玛格丽特拉出门外,但她还是紧紧地抓住哥哥。那件蓝色毛衣的袖子已经脱落,他没能抓住她的胳膊。

她看着贝尔,眼里满是柔情:“对不起,伊萨。”

他再次伸出手去,可惜太迟。贝尔从门外掉了出去。

他身体扭曲着飞在半空中,肩膀重重地撞在木甲板上,幸而撞的不是折断的肋骨。但巨大的冲击力还是让他痛得直喘气。他躺在那儿,惊恐地看着克伦威尔的火车掉入湖中。但他仍然觉得玛格丽特有可能从门里跳了出来，掉入水中保全性命。但情况并非如此。汹涌的湖水很快掠过车厢，从开着的车门里涌进去，任谁也无法逃生。尽管希望渺茫，但贝尔还是躺在满是旋涡的甲板上，盯着蒸汽驱动的渡轮驶过水面时从水底深处冒上来的气泡，而在火车掉下的那个地方，他既没发现玛格丽特也没看到她哥哥浮出水面。

渡轮船头一阵摇晃，没有火车头的重量后，船身将近上升了一英尺。几乎与此同时，驾驶室里的波斯船长长长地吁了一口气，“卡里斯比号”竟然一下就稳住了，正迎着波浪往前行驶。桨轮划动，渡轮朝西岸驶去。

贝尔将近用了10分钟才奋力走过甲板来到通往驾驶室的楼梯口。进入驾驶室时他简直就像一只落汤鸡，波斯惊讶地盯着他。

“你又是从哪里冒出来的？”

“船在伍兹湾发动的时候我跳上的甲板。对了，我叫贝尔，是范·多恩侦探社的侦探。”

“你没跟其他人一起沉下去可真是幸运。”

“是啊，”他轻轻地说，“我太幸运了。”

“其他人都是些什么人？”

“两个是无辜的火车工作人员，被当成人质了。另外三人是通缉的劫匪和杀人犯。这些人到达港口时我本是要抓住他们的。”

“可怜的家伙，淹死真是可惜。”

贝尔既自责又伤心。他面无表情地盯着湖面。波浪已不再那么恐惧，慢慢平息下来。“奇努克风”往东去了，恐怖的飓风尽管还很大，但比之前小了很多。

“是的，”贝尔喃喃道，“确实可惜。”

浮出深渊

贝尔踩过淤泥，走到玛格丽特的尸体旁。当年光彩夺目的头发在淤泥中呈扇形散开，上面缠满了芦苇一样的水藻，先前那张漂亮的脸就像艺术家未完工的雕塑作品。贝尔不由得想起当年在布朗宫殿酒店的电梯跟她邂逅的情形，她的美貌和活力令他印象深刻。

考夫曼打断了贝尔的思绪。“这是他妹妹？”

贝尔点点头。此刻，他感到无比伤感和同情。她掉进湖里之前的最后那几句话一直在他耳边萦绕。他永远无法解释自己对她的感觉。他对她并无爱慕之心，更像那种夹杂着恨的喜欢。她跟她哥哥犯下的罪是不可原谅的，跟克伦威尔一样，她死不足惜。

“现在也看不清她的样子了。”考夫曼说，“不过当年她肯定是个大美人。”

“是的，她很漂亮。”贝尔轻轻地说，“而且充满活力，但漂亮的面孔下却包藏邪恶之心。”他伤心地转过头去，眼里的泪水已经干涸……

1950年4月16日 / 蒙大拿州　弗拉特黑德湖

煤水车被拉上来后，挨着太平洋式火车头后面放在驳船上，潜水员正聚精会神地拉着货车车厢底下的钢缆绳，想将它们连在支船架上，等着被拉起。尽管满是淤泥，但煤水车侧面“南太平洋”的字样仍然清晰可辨。

傍晚，潜水员从湖底被拉到驳船上方晃荡的平台上，负责水运救难的鲍勃·考夫曼不耐烦地在甲板上来回踱步。他看了看天空，尽管云层密布，但似乎并没有下雨的迹象，他点了支烟，潜水队长将铜制的头盔取了下来。

潜水员一取下头盔，考夫曼急忙问道：“怎么样？”

这名秃顶潜水员也就40岁出头，他点点头：“缆绳已经固定好。你可以叫吊车司机拉了。”

考夫曼朝驳船甲板上那个操纵巨型吊车的司机挥了挥手：“所有缆绳都固定好了！”他大声说，“拉！”接着考夫曼转身朝挨着自己站在驳船甲板上那个满头银发的老人说：“我们准备拉货车车厢了，贝尔先生。”

伊萨·贝尔点点头。他脸上显得很平静，但还是有一丝期待的表情：“好了，考夫曼先生。看看那节车厢沉在湖里这么多年后变成什么样了。”

吊车司机起动升降操纵杆，吊车上的柴油机高速转动起来，缆绳也很快绷紧，往上吊起车厢后又成水平位置移动着。这项工作似乎不像拉起 134 吨重的火车头那么复杂。车厢被拉离湖底后，起吊工作十分顺利。

贝尔满怀期待地看着货车车厢浮出水面后被高高吊起，接着，吊车慢慢转动，将它放在驳船上。司机熟练地控制着吊车，小心翼翼地将车厢放了下来，最后将它放到了火车头和煤水车的后面。

贝尔盯着车厢，这么多年他也几乎想不起当时车厢的模样了。他走到车厢那儿，将湖里的水藻抹去，车厢里汩汩渗出淤泥，上面的编号几乎全给遮住了，良久，16455 的编号才清楚地显现。

贝尔抬头看着车厢门，那里还跟当年他跳下去的时候一样敞开着。因为此时太阳光已被厚厚的云层遮住，车厢里面漆黑一团。那天惨烈的一幕再次浮现在他的脑海里，他仿佛又看到车厢从渡轮垂直掉入湖底的情形。不知道里面是什么状况，想到这儿，贝尔不禁感到恐惧。

考夫曼拿来了之前他们用来爬上火车头驾驶室的梯子，然后架在车厢开着的门的边缘："您先请，贝尔先生。"

贝尔没有说话，只是点点头，慢慢爬上梯子，走到货车车厢的门槛上。他盯着黑漆漆的车厢里面，听着车厢内的水滴声。此刻，他也不再害怕了。湿气和淤泥似乎散发着死尸一般的腐臭味，让人不寒而栗。

曾经装饰得极为豪华的车厢现在看上去像是噩梦中见到之物。长毛绒的地毯被一层上面长有细长海藻的沉积物覆盖着。之前雕饰着复杂花纹的栏杆、皮椅、沙发，上面悬挂着的蒂凡尼台灯，甚至墙上的油画，在淤泥和水藻下看上去十分怪诞。车厢出水时没来得及逃走的小鱼重重地掉在地板上。

贝尔好像觉得这事终归要面对似的，他从淤泥中走了过去，看到

5个大皮箱仍跟1906年一样，在墙边放着。他从袋子里拿出一把折刀，撬开第一个皮箱那锈迹斑斑，几乎凝固的锁。贝尔掀开盖子，发现里面竟然没什么淤泥。他仔细拿出一捆钞票，那些纸币尽管全被水浸透了，但形状保持得不错。黄金券上的印花仍然清晰可辨。

考夫曼很快也上来了，入神地盯着箱子里摆放整齐的纸币："你知道有多少钱吗？"

贝尔关上箱盖，指了指其他5个箱子："斗胆猜猜？大概四五百万吧。"

"你打算怎么处理这些钱？"考夫曼眼里闪着光，问道。

"还给那些存款被盗的银行。"

"最好别让我的船员知道了。"考夫曼认真地说，"他们可能会挤破脑袋想得到这种打捞上来的财物。"

贝尔笑了笑："我确定旧金山银行业的委员一定会重金酬谢你和你的船员。"

这下考夫曼满意了，眼睛扫过车厢："沉入湖底之前这里面一定装饰得非常豪华。我以前从来没见过货车车厢也会装饰得跟豪华卧铺车厢一样。"

"确实非常奢侈。"贝尔说，一边看着沉淀物中几个香槟酒瓶和昂贵的白兰地酒瓶。

考夫曼朝地板上两堆恶心的东西点了点头，表情变得冷酷起来："这是你要找的两个人吗？"

贝尔严肃地点点头："是臭名昭著的'屠夫劫匪'雅各布·克伦威尔和他的妹妹玛格丽特·克伦威尔。"

"'屠夫劫匪'，"考夫曼轻轻地说，语气中满是敬畏，"我一直都以为他失踪了。"

“因为当年钱并没有找回来，所以大家都误以为他不见了，谣言便持续传了这么多年。”

克伦威尔身上的脂肪组织已经脱落，跟火车头上的那几具尸体一样，他的尸体也因为皂化作用变成了蜡状。现在，这名恶贯满盈的杀手根本不像个人了，像是融化成了一堆无法辨认的褐色明胶。他的身体扭曲着，死的时候好像十分恐惧，当年这节车厢跟着火车头一起掉下去时，湖水一下子涌进里面。贝尔对当年的情况十分了解。克伦威尔也许挣扎过，想要逃生，但另一方面，他也决不允许自己活着被警方逮捕。从此以后，他再也没机会作恶了。45年前他沉入冰冷的弗拉特黑德湖后，这个抢劫、杀人的大魔头肮脏的一生随之结束。

贝尔踩过淤泥，走到玛格丽特的尸体旁。当年光彩夺目的头发在淤泥中呈扇形散开，上面缠满了芦苇一样的水藻，先前那张漂亮的脸就像艺术家未完工的雕塑作品。贝尔不由得想起当年在布朗宫殿酒店的电梯跟她邂逅的情形，她的美貌和活力令他印象深刻。

考夫曼打断了贝尔的思绪：“这是他妹妹？”

贝尔点点头。此刻，他感到无比伤感和同情。她掉进湖里之前的最后那几句话一直在他耳边萦绕。他永远无法解释自己对她的感觉。他对她并无爱慕之心，更像那种夹杂着恨的喜欢。她跟她哥哥犯下的罪是不可原谅的，跟克伦威尔一样，她死不足惜。

“现在也看不清她的样子了。”考夫曼说，“不过当年她肯定是个大美人。”

“是的，她很漂亮。”贝尔轻轻地说，“而且充满活力，但漂亮的面孔下却包藏邪恶之心。”他伤心地转过头去，眼里的泪水已经干涸。

即将午夜的时候，打捞驳船跟罗林斯码头的铁路渡轮对接上了。

贝尔让考夫曼将尸体运到最近的停尸房妥善处理，也通知了亨特和卡尔的远亲。安排完毕后，他看到约瑟夫·范·多恩在4名侦探的簇拥下站在码头上，他并没觉得惊讶。

范·多恩已经80多岁了，但腰杆笔挺，尽管满头华发，但仍然不失光彩。虽然现在由他两个儿子管理华盛顿特区的办事处，但他仍在芝加哥办公，还会过问一些悬而未决的案件。

贝尔迎上前，握着范·多恩的手："见到你真高兴，约瑟夫。好久不见。"

范·多恩开心地笑着："你退休后我做事也没什么兴趣了。"

"没什么可以阻止我重新调查这个案子。"

范·多恩盯着那节车厢。在码头昏暗的灯光下，那玩意儿就像一头从深渊中出水的怪物。"在吗？"他问道。

"你说钱？"

贝尔只是点点头。

"克伦威尔呢？"

"他和他妹妹玛格丽特都在。"

范·多恩长长地吁了一口气："终于结束了。'屠夫劫匪'一案终于可以结案了。"

"克伦威尔银行也没多少储户可以活到现在拿回他们的钱了。"贝尔慢慢地说。

"是啊，但他们的子孙可以获得一笔意外之财。"

"我答应考夫曼和他的船员给他们重酬。"

"他们理应获得。"范·多恩保证说。接着，他将一只手搭在贝尔的肩膀上，"干得好，伊萨。只可惜我们50年前没找到这辆火车。"

"火车沉入湖底270英尺深的地方，"贝尔解释说，"1907年，旧金山银行业委员会曾雇用过打捞公司，在湖底搜索，但没能找到。”

“他们怎会没找到呢？”

“当时船掉进了洼地中，拉索没有钩到。”

范·多恩转身朝停在码头的一辆车点了点头：“你要回家了吧。”

贝尔点点头：“我妻子正在等我。我们开车回加州。”

“旧金山吗？”

“调查这起案件的时候我爱上了那个城市，地震后我决定留下来在那里安家。我们就住在克伦威尔以前在诺布山的老房子里。”

贝尔离开范·多恩，走过码头，朝一辆停放在那儿的车走去。那是一辆 1950 年出的定制 Super 8 帕卡德敞篷车，车身为蓝色的金属漆，在码头的灯光下闪着耀眼的光。虽然晚风冰凉，但车篷还是放了下来。

驾驶室里坐着的女人戴着一顶时髦的帽子，本来金黄色的头发染了色。她用那双珊瑚绿色的眼睛盯着贝尔，眼角布满的皱纹表明女人是个爱笑之人，尽管岁月蹉跎，但她漂亮的五官仍然很耐看。

贝尔打开车门，坐在她旁边。她俯身过来用力地吻着他的双唇，然后淘气地笑了：“你也该回家了。”

“今天真的很多事。”他说着长长地叹了一口气。

玛丽安转动点火器，发动了车：“找到你要找的东西了吗？”

“雅各布、玛格丽特和钱都在。”

玛丽安望向黑漆漆的湖面：“我真的想对他们说声抱歉，但我心中竟然没有伤感，知道他们犯下的滔天罪行后我实在伤心不起来。”

贝尔不愿再谈论克伦威尔兄妹了，他很快改变话题：“你跟孩子们说了吗？”

玛丽安脚踩刹车，将车从码头拐向主干道：“今天下午跟他们四个都说了。我们一回家他们就会给我们办周年庆。”

他拍了拍她的膝盖："你整晚都有心情开车吗？"

她笑了笑，吻了贝尔的手："我们越快回家越好。"

他们沉默了一会儿，沉浸在多年前的回忆之中。而过去的帷幕业已拉下，两人没再回眸看那火车。